U0135343

正　篇

1

"从哪儿说起呢？"

"从白马吧。"

2

晋察冀军区四分区骑兵连的成立缘于聂荣臻司令员从陕北带到五台山的三匹马，两匹属于将军，一匹是警卫兼驭手刘有才的坐骑。1941 年敌情吃紧，将军由内线向外线转移，带着马匹无法通过封锁线，走着走着停下来，把刘有才叫到跟前，看着仅有的三匹马，说："你带它们留下，搞个骑兵班，坚持斗争，我是要回来的。尤其是这匹大白马，是朱总司令送我的，我当它是宝贝呢！出了差错拿你是问！"

刘有才人长得半截黑塔一般，脚下砰啪一个炸响，立正敬礼，扯开大嗓门吼道："司令员放心！刘有才在马在，刘有才不在了马还在！"

将军哼一声说："哪有这么严重，首先是人，其次才是马，马再金贵能比得上你这个红军老战士？"说着队伍已接近封锁线，滹沱河两岸枪声大作，敌我双方曳光弹打得如同现在国庆节夜晚的礼花。刘有才一个人牵着三匹马，站在北岸望着将军带人上了一条树叶一般的小船。小船载不动似的摇晃着，渐渐远去，最后消失在不时被弹道映亮的河面上。

聂司令这一去就没有回来，先是到延安，后又去了太行山东麓建立新的晋察冀军区司令部。刘有才和留下的三匹马熬过了一个艰苦的冬天，竟然将三匹马的骑兵班发展成了四分区一个很像样的骑兵连。大白马和另一匹名叫"黑豹"的母马边战斗边产驹，加上从日伪军那儿打来的，在1942年冬天，这个连竟有了二十六匹马，外加四头驮辎重的大走骡。刘有才当上了连长，率领骑兵连在太行山西区纵横驰骋，杀得鬼子闻风丧胆，成了保卫我晋察冀根据地的重要力量。这期间他改了名字，不再叫刘有才，叫刘抗敌。

那时刘抗敌可是一门心思要将骑兵连发展成一个骑兵团，

最起码也得是个骑兵营，然后带着这帮人马渡滹沱河南下，再向东，去不停东移的军区司令部找聂司令。他一直都在想象见面时的情景：他突然带着一个像模像样的骑兵团或者骑兵营出现在聂司令面前，将部队交给首长，首长肯定会大吃一惊，然后就会大大地表扬他一番，说："好哇，长能耐了你。"

他想那时候自己站在首长面前，会像个孩子一样咧开嘴大笑起来。大白马老了，他已经为聂司令另准备了一匹同样毛色的三岁口的追风快马，通体雪白，西域汗血宝马和蒙古马的混种，骨骼高大，身段优美，跑起来四条腿伸展开就是一条直线，腚后再起云条似的一道马尾，端的是马中神骏。分区抗敌剧社一位诗人兼编剧还为它起名"飘雪"，写了诗，登在小报上。

刘抗敌想，司令员不但喜欢马，还是相马的行家，一说起来中国"三大名马"三河马、伊犁马、河曲马就滔滔不绝，见了"飘雪"准要夸它一通，因为平常的三河马河曲马刘抗敌也见过，比不上这匹"飘雪"。然后呢，没有然后——数十年后，刘抗敌常对人说："那时候的人不讲究当官儿，讲究的是个痛快。聂司令将三匹马托付我，我还给他一支成建制的骑兵营或者骑兵团，再加上这样一匹'飘雪'，无论如何他总得夸我一个能干吧。有这一夸就够了，说明我能力行，任务完成得好，官就不当了，我还要乐呵呵地回去给首长当警卫兼驭手。"

他的心愿最终却没有实现。第二年军区一个命令下来，他就和一批来自延安的干部离开太行山腹地，前往山东执行巩固胶东新区的任务。上级的指示是接到命令后马上出发，不得讲条件。不但他麾下的骑兵连不能随他走，就连那匹跟随他出生入死、数次救了他命的大白马——准备送还给聂司令的"飘雪"——也被留在了滹沱河北岸。多年与战马朝夕相伴的他第一次离开了马，那叫一个千般不愿万般不舍。刘抗敌像聂司令当年一样在滹沱河边上了小船，回头看白马在薄暮朦胧的时刻懂事地掉过它那俊美的头颅，朝部队驻扎的山村跑去，越来越远，他的心猛地疼起来。

树叶一般的小船摇摇晃晃载着他离开北岸，他一直站在船尾，望着那没有鞍子往回跑的白马，望着落日最后一抹余晖勾画出的太行山曲折冷硬暗黑的山脊线，高阔辽远的天穹仍是一片青色，有一两条白云浮在空中，白云底部是从暗黑山脊线下向上反照的赭红色的晚霞。夜气升腾，白马在滹沱河和山间的河滩上一路奔跑，他以为它会回头再看自己一眼。没有，"飘雪"一次也没有回头看他。开始它还只是均匀地跑着小步，慢慢地就快了，奔驰起来，迅速冲进昏暗之中，只有白色云带般的马尾梦幻般一闪就看不见了。

骑白马，挎洋枪，

三哥哥吃了八路军的粮。

有心回家看姑娘，

呼儿嗨哟，

打日本嘛顾不上。

　　他们这批战斗骨干一路徒步，穿越多道封锁线，终于到达胶东，马上就投入了战斗。已是1943年了，胶东军区昆嵛山边缘的某些地方仍被称为"一枪打得穿的根据地"。刘抗敌先在老十团，还当连长，接着当了独立营营长。从骑兵一下变成步兵，好难适应。队伍装备情况极差，好在是独立营，可以自行其是。他这个营长打破当地抗战以来我守敌攻的被动局面，主动出击，神出鬼没，不但让形势有了改观，还从日军那里缴获到了一匹马，竟然也是一匹白马，无论骨骼还是毛色都和他留在太行山腹地滹沱河北岸的"飘雪"相似。

　　刘抗敌虽然换了战场，但仍然记得自己是聂司令的兵和当年对聂司令的承诺，在上级面前费尽口舌才把这匹马留了下来。因为是日本马，有知道内情的战友就开玩笑，给它起了一个名字，叫"飘雪二郎"。刘抗敌仗打得好，在开辟和巩固根据地的战斗中屡建战功，战斗经验又丰富，胯下又有了这样一匹通体雪白的高头大马，人又年轻，根据地的姑娘媳妇都眼馋地喊他是"白马营长"。抗战多年，1943年最艰苦，直到年底，处在敌、伪、顽夹击中的我军根据地仍要天天"反扫荡"，这一年的日子在他的感觉里甚至比长征中的一些日子还要苦，就连他问到军区的许世友司令，这抗战还要打多少年，许司令说那得打着看，也许要五六年也许要八年十年。

军区政委林浩，山东本地人，很关心他们这批太行山来的战斗骨干。有一天对刘抗敌说："你年龄也到线了，马上要当副团长，该成个家了。有了家你的心就能落在山东，看眼前这个形势，坚持抗战最要紧的一个字恐怕就是熬了。毛主席讲要打持久战，仗要打多少年我们就得准备跟小鬼子耗多少年。"听了林政委的话他只是笑，并不点头，以为事情能躲过去，但后来发现还真不行。军区组织部的一位姓赵的大姐专门找来了，问他想得怎么样了，有没有自个儿看好的姑娘，不然就由组织上帮忙找一个。刘抗敌被逼急了，说："大姐呀，你瞧瞧我们，天天打仗，这也不是结婚生孩子的时候啊，还是算了吧。"

真正的原因在他心里藏得很深，他也从不跟别人讲。胶东军区的领导不熟悉他，但这位军区组织部的赵大姐也是从延安来的老红军，长征路上他们就认识，知道他先前有过一段婚姻。1935年6月，红一、红四方面军在长征路上的懋功会师，统一整编为左、右路军。那时还叫刘有才的刘抗敌在红一方面军五军团当排长，五军团在这次整编中被编入了左路军。离开红一方面军，和红四方面军主力一起行动，三过草地时刘有才掉了队，在茫茫无际的松潘大草原上，身处一片沼泽之中，他绝望了。突然，远远地望见一个同样掉了队的红四方面军的女同志。头一眼望去她是地平线上一个小黑点儿，都没敢相信那是一个人。

两人见面后，她对他说的第一句话就是我不行了，你走吧，别管我。她个子那么小，看上去只像个十二三岁的孩子，自己却说十九了，是红三十军卫生营的。生在川北通江的大山里，家里穷，六岁就给卖到城里一户人家做童养媳，白天当牛做马，夜里父子两个都来欺负她。她抓破了他们的脸逃回娘家，又被送回去，就跳了江，捞上来后差点被婆婆打死。

红军来了，她琢磨着不跑一定得让他们折磨死，就半夜里偷跑出去，辫子一剪，跟随着进入了红军大队。第三次过草地不久她就掉队了，已经一个人走了七天，实在没了力气，过去老说革命到底，这个日子看来到了。没想到这个刘有才看着她这么小的一个人，想起了他留在江西老家讨饭的幺妹子，不知道哪来的力气，开始是架着她走，后来干脆背起她走，一边走，一边大声责备她，不让她昏迷过去，不然她就可能再也醒不过来。

两个人艰难地挣扎着往前走，每天只能走一小段路，见到地面稍干的大草甸子就停下。刘有才身上有一只洋铁皮罐子，他用它煮自己的皮带和一块带毛的羊皮坎肩儿给她吃，告诉她（其实也是在鼓励自己）只要有信心，咱们一定能追得上队伍。一路上，一半是为了不让自己昏过去，一半是她想说，他们在那片草地里走了二十多天，她就在他身边和背上对他说了二十多天，仿佛要把一辈子的话全说完——当然这是她醒着时，一旦昏迷，他就连忙把她放下来，想办法让她苏醒。

开始他并不在意她在说什么，后来渐渐地听进去了，她这么不停地说啊说啊，就是想实现自己最后的一个心愿，把她的一生都告诉这位连名字也还没问的来自中央苏区的红军哥哥——万一他能活着走出草地，找到自己的队伍，一定想法子把她的情况报告给将她引进革命队伍的红三十军卫生营一位姓赵的大姐。虽然自己掉队了，尽管九死一生，但她没有动摇，坚持走出了草地。

最后几天连他也扛不住了，没想到她却缓了过来。从这时起，情况反了过来——过去是她靠着他，现在是他要靠着她，不仅如此，她一缓过来就认出了草地上那些他认不出来的、拔起来就能吃的野菜，这重新给了他们能量，最后两人居然真的走出了草地，追上了她的队伍。

三大方面军会师后，红三十军很快又开始西征。1937年1月西征军主力在甘肃临泽的倪家营子和马家军展开了四十多天的血战，一直没有找到自己队伍的刘有才就一直留在红三十军，和这位参加红军后才有了名字的红四方面军女战士金丹心——对革命一颗丹心——并肩苦战。

有一天她很突兀地提出要和他结婚，多日没东西吃她再也扛不住了，说自己看不到革命胜利的那一天了，想在牺牲时觉得身边有一个亲人。他不同意，在那些最血腥的日子里一直不放弃她，又像过草地时那样背着她行军，背着她打仗，背着她突围，就连被敌人逼得跳崖时两个人都抱在一起……奇迹再次发生，红三十军最后的几百人，居然在李先念政委的率领下打通了从河西走廊过星星峡最后进入新疆的道路。这以后他们又都活着走到了延安，第二天他们就结了婚。这时的他之所以同意了结婚，一是因为她的坚持，非这样不可；二是她对他说了那样一句话："哥呀，愿不愿意和我结婚是对你革命意志的考验。"

没有谁比他更懂得她这句话的意思了，他可以不和她结婚，但无法拒绝她这句话。

他唯一没想到的是这场对他革命意志的考验会那么短暂，长征路上她没有死，西征军遭遇重大挫折她没死，新婚之夜过后，第二天早上她去延河边为他洗衣服，碰上了山洪，她扔下手里的棒槌去救河滩上玩耍的保育院烈士遗孤，人被冲走了，三天后才在下游河滩上找到她的遗体。

妻子的死让不会表达感情的刘有才痛苦得像自己死了一回。虽然一年年过去了，她在他心里的分量却越来越重，他时时处处都能想起她楚楚可怜的样子，好像她还没有死，还在一个地方战斗，还需要他赶过去保护。他后来改名字也和她有关：让刘有才继续和她在一起生活，让刘抗敌出门去打仗。不知为什么，他这样做了，竟真觉得心情好了许多，丧妻的苦痛不再像以前那样没日没夜地折磨自己。

当然，一旦到了战斗间隙，他仍然会想她，哪怕到了山东。转眼就是1944年1月，全面抗战到了第七个年头，他三十三岁，妻子去世也七年了。还在晋察冀时，聂司令和别的首长看他这个样子，也曾想为他再提一门亲，让他把内心的情感转移到另一个女人身上，但被他一概王顾左右而言他地拒绝了。他觉得自己这一生一世无论再娶什么人都是对死者的背叛，即使是现在她也仍然像在过草地时一样看着他呢。正因为她已经不在了，她除了他，更没有别人可以依靠了，如果他忘了她，世上就再没有人记得她了。

这让他内心无法承受，何况他还有另外一种心思——这战争多么血腥，他天天都在目睹都在经历，随时可能牺牲，既然如此，为什么还要去祸害一个女孩子呢？

但这一次不一样，组织部的赵大姐又找他谈话了。

赵大姐就是他去世妻子金丹心在草地生命垂危时，仍然忘不了的那位革命引路人。赵大姐半开玩笑半认真地告诉他，胶东的仗不知道还要打多少年，像他这样的战斗英雄，眼下愿不愿意接受一位胶东根据地的女村干部做终身伴侣，真是对他的党性、革命意志，对他是否愿意留在山东坚持到抗战最后胜利的考验。"不要以为只是为了解决干部和根据地基层女青年的婚姻问题，同意和这些'一枪打得穿的根据地'的女干部成亲，你必须是愿意把根扎在胶东这块土地上，和当地的抗日百姓成为血肉相连休戚与共的一家人。"

赵大姐不容他再说什么，她说："你刘抗敌同志一向对党和革命无限忠诚，所有交给你的任务都完成得很好，今天告诉你，这也是一项任务。至于金丹心同志，如果她地下有知，一定会支持你的，因为你我现在做的事业也是她生前的事业。我是她的大姐，知道她会同意的。再说了，难道她希望你一个人生活一辈子吗？她是个好同志，也是个好女人，她现在人不在了，当然希望有一个女人像当年的她一样心疼你，照顾你的生活，同时也像她当年一样受到你的保护。"

最后赵大姐说:"总之结婚对象上级已为你选好了,是昆嵛山根据地附近赵家垴村的一位妇女干部,十九岁,女方父母是胶东最早的一批党员,在天福山起义中双双牺牲,只留下了这个女儿。啊,就当是组织上交代给你一定要完成的又一项任务吧。你的事情许司令和林浩政委都知道,用许司令的话说,谈什么话,让他娶媳妇还不干?就传我的话:当任务完成,不能跟组织上讲价钱,违令撤他的职,关他的禁闭!"

听到这里,刘抗敌已经知道,无论如何,婚是一定要结了。另外他还模糊地想了起来,不久前他带独立营夜袭黄县的孙家铺子炮楼,一名带村里的民工排配合他们行动的女村长,两条大辫子,银盆大脸,右边嘴角上有个小米粒大小的痦子,冒着密集的子弹硬是从炮楼底下把受伤的二连长李大德抢了回来。因为孙家铺子离位于根据地附近的赵家垴只有八里地,这位女村长还把伤员短暂地抬回了自己在村口的家,第二天才让部队把伤员接走。他对赵大姐讲了这件事,后者拍了一下手,还是用那种半开玩笑半认真的语气说:"这就更好了,你连新娘子是谁洞房在哪儿都知道,这就不会认错了。"

刘抗敌将自己关在屋里一夜,和死去的妻子告别。他喃喃自语道:"那时我答应和你结婚是对革命意志的考验,这一次也是。再说还是命令,就许司令那个脾气,他说撤了我就撤了我。"但他内心的真正松动和转变还是由于赵大姐说了那些话："和一个根据地的女干部结婚,是要和这块土地、这里的人民建立血肉相连休戚与共的关系,成为胶东人民的儿子,无论仗打多久都要坚持到胜利。"

这些话深深地打动了刘抗敌的心,让他不能再拒绝组织上安排的这桩婚事。还有一件事也打动了他:这个结婚对象是一位父母双亡的烈士遗孤。

天亮后赵大姐又过来催了,说:"喜事要快办,有情报说日本人对根据地的新一轮'扫荡'可能突然开始。"她还说:"已经让人给女方捎了话,日子就定在今天,结婚地点你知道,就在你去过的昆嵛山根据地附近的赵家垴,你去过这位女同志的家。"

3

虽然战争时期一切从简,但从那件事定下来,她心里就有了一份期盼和憧憬。区长秘密地跟她谈过,为她挑选的结婚对象当过红军,年龄不大,就要当老十团的副团长了,作战英勇，骑一匹白马，会使双枪，还是骑兵出身，能用马刀杀鬼子。她不小了，姑娘像她这么大没出嫁在她那个年代说出去都有点丑了。

父母逃荒来到这个村子，双双去世后她在村里孤苦伶仃，十里八村没有近支的亲人，按照当时干部党员秘密结婚的规定，事情也不能声张，但她还是提前几天悄悄让人帮着重新裱糊了房子，将早就织好压在箱底的新炕单和为出嫁准备的里外三新的被褥铺上了炕，还剪了一对大红双"喜"字的窗花，要在洞房之夜来临前贴在窗上。然后她就坐下来，脸火烧火烫，心里的欢喜成了一阵阵奔涌不定的海潮。这会儿她能做什么呢，做不了什么，只剩下一件事——等。

虽然从那天起就开始度日如年，但日子一旦到了，她还是惶恐起来，觉得怎么突然快了呢，她还好像什么都没准备好呢。出于安全和保密的考虑，区长自己不能来，就让小通信员送来一个口信：约好了新郎天黑后到，你们见过面的。到了这会儿她本来应当慌乱成一团的，但是心反而定了下来，不就是结婚成家吗？女孩子不都是这样过一辈子吗？再说了，就是不想承认，也就是嘴硬罢了——不是天天都在盼着这个大喜的日子吗？

这以后她一直都在忙着为晚上他的到来做准备，心里想的却是另一件事：他到底是不是前些天她在孙家铺子炮楼底下认识的那个人呢？如果真是他——真是他就好了，可万一不是——万一不是她会失望的，但也没大碍；不要想了，组织上帮她挑的人，难道会不好吗？可是她还是会想，如果是他……如果是他——哎哟，她一定会非常欢喜的。

吃了早饭，过了一阵子，大雪铺天盖地下来时，她竟担心自己会不会听错了日子。万一呢？又有一会儿她想到鬼子和伪军会不会在她这个大日子里突然开过来"扫荡"？毕竟孙家铺子离赵家堉这么近，鬼子前脚出炮楼后脚就到……不，她一边想着这些自己也觉得可笑的问题，心里真正的事情仍然没有被忘掉。她转过去胡思乱想刚才那些事就是为了避开它不去想，但不想是可能的吗？我的娘啊，区长你倒是让那个小通信员把话说清楚了呀，他到底是不是那个人人都在传的"白马营长"呢？

这样的白天过得很快，人逢喜事精神爽，天快黑时她元气充沛，早早地烧暖了炕，照着规矩做了一蒸笼喜饼，本地叫喜饽饽或媳妇饼。胶东姑娘出嫁时都要亲手做出来带到婆家去的，用鸡蛋与香油和面，又甜又酥，可给公婆上寿，又可做洞房里的点心，更重要的是要让她将一辈子心疼和侍候的男人尝尝自己的手艺。她又自己笑起来了：好没羞！今天她和他这么结婚哪里会有公婆在场，但她还要做，给他吃呀，想让他一个人在洞房里吃，吃不完天亮后带回队伍上，给大家一起吃。老十团的副团长，不管是不是他，总是个抗日汉子吧，而且骑着白马，会用马刀杀鬼子，不是他又是谁呢？一定是他！

姐儿房中啊绣呀绣荷得儿包啦咿，

手拿着那钢针儿轻上描儿描。

显显你手段高噢呢，

哎嗨哎哎哟噢，

显显你手段高噢呢。

上绣星辰啊共啊日得儿月啦咿，

下绣上就凉船水嘛上儿漂噢。

黄莺儿呢站树梢噢呢，

哎嗨哎哎哟噢，

黄莺儿呢站树梢噢呢。

小小荷包啊绣呀就完得儿了啦咿，

扬州的那穗子儿绿吧丝绦，

再用那红纸包呢。

哎嗨哎哎哟噢，

送给那郎亲亲你噢呢。

脸烧起来，怎么想起这支歌来了呢，还说自己革命了，不封建了，端的是封建思想大扫除还很不彻底，还想着给人家绣个荷包……喜饼蒸好了，热气腾腾地出了笼。她一个个在上面点上红点儿。

哎哟我的娘呀，我怎么把这件事忘了呢？不能光让他吃干的呀，那会渴住他的。她马上擀了面，放在案板上醒着，等他来了下一锅过水面给他吃。她就这样一边忙着，一边做着活儿，一边笑话自己这是怎么了。

她不是第一次走到门口朝后面山路上望了，雪越下越大，都下成了雪白的棉絮子了。再焦急再热烈再清亮的眸子，也透不过重重复重重帐幔子似的雪阵，望到后山他要来的路上去。这样的雪下着，天黑透了，他怎么还不来呢？不会是路上出了岔子吧，不会是上级临时来了命令，说："你今天不要去赵家垴和赵秀英同志结婚了，你马上赶到某某分区某某队伍上去，那里发现了敌情……"不，这怎么会呢？无论是他，还是她，还是这说好的大喜的日子，都是上级定下来的。就是哪个地方真有了敌情，上级也会想起今天是他和她成亲的日子，一辈子就这么一回，可以派的人那么多，为什么一定要让他去呢？把她一个人晾在家，空欢喜一场……发生这样的事情太不可能了，太不可想象，她自己更不愿意想象。他一定会来的，没有人在这种事情上失约，但他真要失了约那就太让她失望了……

当然，这种事以前也有过，说好了某某村的某某大嫚儿，和队伍上的某某营长还是某某团长成亲。到了日子人却没有去，让新娘子穿着红棉袄坐在洞房里白等了一夜，蒸好了媳妇饼，擀好了过水面，结果空喜欢了一场，后来请人去打听，才知道人在来时的路上碰上日本鬼子打了一小仗，牺牲了。新娘子听到这个消息一声都没哭出来，人就昏过去了……

啊不，我这是想到哪里去了！那是好几年前的事了，在整个胶东军区，昆嵛山根据地，就发生过那么一次，何况后来那新娘子还是另外找到了一个队伍上的人嫁了，听说人还不错。有一次带村里民工出去支前，自己还见过这两口子，在战场上并肩作战，光看她那脸色儿眼神儿就知道人家嫁得有多好，对自己的男人有多满意……

再后来她干脆什么都不让自己想了。虽然天黑后一直都在胡思乱想，其实是着急，是担心，但同时也本能地觉得那个时刻越来越近了，他还没有到，但是真的就要到了！她已经为他的到来做完了所有的事情，却忘了今晚的新娘子还没有梳妆打扮呢！天黑前没有早早地做这件事是怕突然闯进来一个人，问她一件什么事，村长这个村长那个，要是被他们看见了，这件事情就保不了密了。但是这会儿是时候了。

她一个人坐上炕，摆开了母亲留下的梳妆匣，面对着一面旧菱花铜镜，先穿上了大红的新棉袄，再把长辫子打散，梳出一个新娘子的发髻，再用红头绳扎紧，自己对着镜子悄悄开了脸，腮上涂了胭脂粉，左看看，右看看，哎哟我的娘啊，只这么一捯饬，人就不一样了，我咋就这么好看了呢！即便他真是那个"白马营长"，也配得上！

她盘起腿坐在炕上等，人还是没到，但是那个时刻更近了，更近了，她那颗心怦怦地跳……想起了春天村边的河水，从山里流下来，泛滥成汪洋的一片，她今夜的心情就是这样了吧！一转念又想到今夜真的不一样，这一夜就像是一个人生的分界，它来到之前，她一直是过去的那个她，而一旦过了这一夜，她就不再是她，就是一个全新的她了。那个时刻越来越近，她的心思开始从自己身上移开，向着屋外，向着后山，向着这一场大雪，再就是那个他——既敬重又盼望的红军和抗日英雄，以后她就是这个男人的媳妇了。

过了这一夜，明天早上他们当然还是会分开，以后会是什么样子呢？他还会打他的仗，她还会支她的前。但在战场上、在不打仗的时候，她和他还是会经常见面的。这座小小的石头房子，过去只是她一个人的家，以后也会成为他的家，他们的家。再后来……她不能再想下去了，脸上一直像着大火，现在这火像是更旺了，用手摸一下脸都是烫的。她自己笑自己，好没羞，都想到孩子了，哪有那么快的事情！

忽然一切想象都停止了，下炕跑到门前去看，她刚才分明听到了声音，看清楚了却是风雪压垮树枝从山上倒下来一大片。雪还在大下，不是絮状的了，简直就是连绵不绝的棉花团，密密匝匝地下落，不但遮没了村子，后山也被遮没了，连后山外的群山众壑全都遮没了。冷不丁想到他人生地不熟，毕竟只来过一次，会不会迷路，她的心就真的慌了，想着要不要出门去，到后山迎一迎他。可是从村子通后山的路又在哪里呢，过去一出门就能看到，就在眼前，现在有了这场遮没了天地的大雪，就连她出了门也找不到这条路了。

很快她又释然了，笑自己：这是什么事儿，天天打鬼子，枪林弹雨的，死都没怕过，今天结一个婚就怕成这样了。接下来又想到了另一件事，她就笑不出来了：去年冬天小鬼子就趁着下这么大的雪，突然进山"扫荡"，根据地遭受了巨大损失，赵家垴首当其冲，第一个被烧光。今天的雪这么大，鬼子不会再这么来一回吧？

她出了石头屋子，走到旁边那间没有拴任何牲口的棚子里，将村里的一门闹捻军时的旧土炮抱出来，在石头屋子进门的地方放好，连同火药、铁砂、炮捻和一应点炮的家什，这样万一有情况她扛着它就能跑出去，对着村口放一炮。乡亲们就知道有了情况，马上撤到后山去。这样的事情发生过不止一次了。

她的心猛跳起来，虽然风急雪大，但那一串急遽的马蹄声还是穿透山上山下的风雪呼啸，让她远远就听到了。一抬头他和那匹高大健壮的白马已经进了院子，做院门的栅栏她一直都为她想象中的那匹白马开着。

这时的他人是白的，马是白的，不知为什么她心里一下子就热辣辣起来，热辣辣地喜欢上了马上的人，也热辣辣地喜欢上了这匹高大健壮的白马。我的天哪，真的是他！她什么也没说，急急地奔过去，接过了他扔下来的马缰，待他一跳下马，就快步牵着白马，把它牵进牲口棚里，拴到早就空出的一架驴槽后面，她在那里为它准备好了细草和精料。

这中间她只和那个男人对望了一眼，脸就红了。他也认出了她，冲她一笑，她的脸再一次起了大火。从牲口棚里出来，进屋找到扫炕的笤帚，跑出来帮他从头到脚扫净全身的雪，她还是说不出一句话。

支前的时候，见到山东军区罗荣桓司令，她也从来都是大声大气地说话，前几天在孙家铺子炮楼前，她也这么跟他说过话，为啥到了这会儿人就像被堵住了喉咙一样啥话也说不出来呢，是什么让她变得不一样了呢？其实她是知道的，是喜欢让她的喉头堵上了一样，一句话也说不出来。

她转了身走，都没有招呼他一声，这算是什么呢，平常部队来了人，她迎出来，也要招呼人家一声呢……不过好像也没关系，他跟在她后面，也是一句话没有，就这么进来了。这个人为什么就不能先开口呢，就像在孙家铺子炮楼前，两人第一次见面，他主动上前和她用力握了一下手，开口就说："你好，欢迎你们参加战斗！"从那个时候，冲着他这一句话、一个笑容，她就暗暗喜欢上他了，虽然还没想到会有一天嫁给他……很快她自己也在心里笑了：他进来了就好，他要是不进来，就那么站着，那倒更好笑了呢。今天对他也是一个不一般的日子呀，哪怕他是全胶东女孩子都在眼馋的那个"白马营长"。

两人就这样走进了烧得暖暖的石头屋子，他们的洞房。天黑后炕上的新被褥又被她重新铺过了一遍，炕头上多加了两根灯芯的豆油灯映照着大红双"喜"字的窗花，也映照着那一大筐箩点了大红点又加了大红剪纸的媳妇饼。石头屋子是自己的，窗花是自己剪的，被子和炕单是自己织的和做的，整个洞房都是自己布置的，可是就随着他走进来，随着这屋子里有了他的呼吸、他的声响……

那一刻她竟然觉得这间洞房和洞房里的一切都变得不一样了。无论是双"喜"字、新被褥，还是多加了灯芯的豆油灯，它们都化作了某种新的、喜气洋洋的存在。每一种都显得有点陌生，却又有一种异样的亲切和温暖，就连满屋的空间里，也都一下被某种红光充满了，喜气如同清晨山林的雾一样弥漫在整个屋子里，浓得让人的眼睛都看不太清楚他了。虽然一直回避着他，可她的眼神、她的心魂一刻也没有离开过他。

他也不客气，真当这就是他的家似的，进了屋就关门，还插上了门闩。她的心大跳起来，他要干什么？这时她忽然敢直视他了。这是她今晚上第一次和他认真地对视，他和她就这么相互地打量对方，都欲言又止。她看到他嘴咧开想笑一下，但不知为什么这笑又僵硬在嘴角，他在心里挣扎着，突然一不做二不休，干脆张开双臂直接将她抱了起来。她大吃一惊，心中闪出的第一个念头居然是他可真是有劲儿呀，再看他时那脸上有了更大的火焰毕毕剥剥燃烧起来，不由得起了娇声，说："你干什么？"嘴里这么说着，其实并不指望会听到他的回答。

他只是紧紧抱着她，而她的心也就在这瞬间——极短的瞬间，发生了奇妙的变化。他在这个过程中曾停下来看她，说："我们不是要做抗战夫妻吗，我们做夫妻，和小鬼子熬个十年八年，抗战一定能胜利!"他在这个时刻竟然说出了这样的话，让她吃了一惊。他可能还说了些别的话，但她已经听不见了，记不住了。从这一刻起，她对接下来发生的一切全然没有准备，但它就那么发生了，她又觉得也是挺好的，不，比她想到的还要好。

他似乎一直在说话，而她则一直努力在听，用自己的心回应他。她那么近地看到了一张仍然沾着几粒冰屑的胡子拉碴的脸，脑瓜里闪过念头他真的还很年轻，忽然又觉得这张脸英俊得不得了，浑身骨头跟着就软了，她这会儿已经非常喜欢这个铁塔般的男人和抗日英雄了。

啊，"白马营长"，自打组织上通知她，她想到了可能是他，到现在才相信自己猜对了，她的命是这么好，心里对他有的就只是温情、顺从、欢乐和幸福了。豆油灯灭了，这一夜会发生一些事情，刚才还只是觉得它们发生得太快了，都让她来不及去想一下，但奇怪的是这一切发生后她的心才真正安定下来。

这真是一个让她一直都在眩晕的夜晚哪，她没想到自己在这一夜就成为了他的女人，这个夜晚是她几天来甚至做姑娘时都在盼望的事情。这是一个多么不可思议的夜晚，和一个男人成亲是一件多么奇幻的事啊。这个夜晚还没有过去，才刚刚开始，她这个刚刚还是形单影只的姑娘就变成了一个有自己的男人、自己家的年轻媳妇了，以后还会有自己的孩子，那多好哇……

她重新点灯穿衣下炕洗手，端出那一笸箩喜饼，上面还盖着大红双"喜"字剪纸呢，红着脸笑着说："你吃吧，过水面马上就好。"只过了这么一会儿她发现自己看他的目光、待他的心情全都不一样了。他由一个外人、一个传说中的英雄，成了一个她这辈子都要像今晚上这么喜欢、这么温顺贤惠侍候着的男人了。

参加抗战工作并入党后她也天天学习，知道共产党将来要建立的是男女平等的新社会，但才过了这么半个夜晚，她就觉得自己一个平常风风火火带领全村青壮年支前的女村长，一下子又像山里所有没上过识字班的女人一样了。想到这个男人从此就是自己终身要依靠的人了，她的一颗心被越来越高涨的欢喜满溢着。男人即使不像面前的这个人这样英俊，这样有出息，这样声名远扬，哪怕他只是个平常的战士，大队伍中的普通一员，一旦嫁给了人家，她也要一辈子心疼他，像世上最好的女人那样知冷知热地喜欢他、疼他，侍候他吃饭穿衣，让他头是头脚是脚地出门。不是为这个家顶门立户，而是去做大事业，打鬼子，干革命，建立新中国。啊不，她和他一样，也是革命者，不能再做回封建制度的小媳妇，但就她这一会儿的心情，真回去为他做一个这样的小媳妇她也心甘情愿。

她这么一边想着一边手脚麻利地忙活，过水面很快好了，她看着他呼噜噜狼吞虎咽吃下只有为了他才会这么用心下的面，咔咔嚓嚓啃下也是只会为他一个人做的喜饼。最好一辈子都这样，她一直看着他，看着他吃，看着他笑，守在这间春意融融的石头屋子里再也不出门。

从他看她的眼神里她知道他吃饱了。她又不敢看他了，她盼着他像方才那样过来抱她，她为自己这个近乎疯狂的念头而浑身打战。自己究竟是怎么了呢，女孩子一旦嫁了人都这样吗，还是就自己这样？今天夜里她还是第一次和这个男人做夫妻呀，除了在孙家铺子炮楼前见过一面，他和她差不多还是陌生人哪。

他像是被她躲闪的目光点燃了一样，将她抱起来。"我只有一个晚上，天不亮就得回去，军区敌情通报说烟台青岛平度的鬼子有趁着大雪进山'扫荡'的迹象。"他开口说话了，是异乡人的口音，来自江西的红军都是这么讲话，她对这样的口音并不陌生，红着脸点头说："我知道，我们也接到了指示，要提防鬼子对根据地发起突然袭击。我们村还是他们进山的必经之路呢。我今晚上不睡了，一直守着你，天亮时喊醒你送你走。"但他想听到的并不是这个，他抱着她，回到炕上去。啊，这时她觉得这不是她一个人而是他们这一对抗日夫妻的炕了，将来他们会在这盘炕上吃饭、说话、做针线，她还要在这炕上为他生儿育女呢。

这一夜他和她几乎没有睡觉，一回到炕上他就用力把她搂在怀里，生怕她会跑了似的。她在心里笑自己，也笑他，刚才两人的手忙脚乱，可这也正是她心里喜欢和盼望的呀。这一夜彻底让自己成为他的人吧，她应该疯一下吧，应该拼命往他的怀里拱吧，感受男人胸膛的滚烫——不害臊了，为什么要害臊，从今往后一辈子她都属于他，他也只属于她，任谁也甭想再从她怀里将他夺走，或者从他怀里把她扯开。

她是多么爱这个男人，多么心疼他啊，为了他可以去死。是的，这是战争年代，她陡然间开始为他每天的安危担心了，打日本的日子以后还要一天天过。想到这里她本应当发愁……可这个正在流水般过去的夜晚她是如此幸福，那些将来应当担心的事，她一点儿也不愿意去想了。

她想对他说说自己的身世，参加革命后受到的教育，参加过的支前战斗，但她希望他先说。他是红军，参加过长征，心里一定藏着许多她无法想象的故事，从这一夜开始，它们也应当和这个人一起属于她。和他相比，自己的一点革命经历又算得了什么呀……她刚刚想到这里，他就像听懂了她的心语一样说起来。不，不是说他自己，他开口说起了他先头娶的女红军。

她不会计较也没想计较那位已经牺牲的人。但他一开了口就收不住了，他讲他和她在大草地的相遇，讲他们在西路军的浴血苦斗，讲倪家营子、高台、嘉峪关和星星峡，讲她在延河边为了救烈士遗孤的牺牲……她有点悄悄地忌妒那个牺牲的人了，不，那是不应该的，但她已经心痛了，不是为了那个女人的牺牲，而是她的牺牲带给身边这个已经属于自己的男人的永久的痛楚。但她也是第一次非常清醒和理智地想到，这是一个对自己的妻子多么好的丈夫啊。这个五大三粗的男人如此深情，让她在深深地震惊之后突然就感动了。

天亮前他到底睡了一小会儿，呼噜打得山响，房梁都要被他震塌了，但男人的呼噜声她并不讨厌。今夜，他仅仅讲了自己和他去世的妻子，她就觉得自己明白了什么是革命，真正的牺牲是什么样的。她一夜都醒着，天快亮时她听到院门像被风雪吹开，有人窸窸窣窣踏响满地厚雪跑进来，用力打门，急切而低声地喊："大姐，鬼子进村了！"

灯光从屋门透出去，她看清了跑来打门的是村妇救会副会长、她最得力的助手赵大秀。匆匆一瞥之际她注意到了赵大秀也穿着一身大红的嫁衣，头上梳成了发髻，扎着红头绳，脸上涂了胭脂粉。虽有一丝诧异，但她没工夫问，回头就朝炕上那个男人大喊："你快走!"

男人边披挂边冲出去，转眼间就从牲口棚里牵出没卸鞍子的"飘雪二郎"并且利索地翻身上去。她不容他说什么就朝马屁股上用力打了一笤帚，受惊的白马奋力一蹿直接跃过院墙向后山林奔去。架在村口的小鬼子的歪把子机枪这时打响，子弹蝗群般飞来，打在院子里的树干与石头墙上，从她和大秀的头顶与身边飞过。她最后只来得及看他一眼，这一眼也只模糊地看见了伏在白马身上的他，穿过纷飞的拖着红尾巴的弹雨，向依旧灰暗一片的积雪厚重的后山飞驰，转眼就消失在林子里不见了。

白马又一次救了刘抗敌的命。直到他带着自己的半个警卫班——他们昨晚上和他随行，借住在村里另一户人家，不去打扰他和女干部的新婚之夜——驰上村后高高的山岗，还没来得及回头朝下面山洼里的赵家垴望一眼，就听到一声震耳欲聋的炮响，随即回头看到了那让他撕心裂肺的一幕：他和他新婚妻子的洞房，那间石头小屋子一定是刚刚中了炮弹，整个燃烧成了一支巨大的火炬，映亮了村子和下面山洼的夜空。山下的弹雨直飞到山顶，他无法驻马，但是仍然望着那个熊熊燃烧的地方——他和她的新房，他第一个念头就是她死了!

刚刚他还吃了她为他做的过水面、喜饽饽，做了她新婚的丈夫，转眼间她和那间给了他一夜温柔与幸福的石头屋子就不在了，和她一起葬身在火海。就像他当年后悔自己为什么到了延安要答应和前妻成亲一样，那个拂晓过后，刘抗敌很久都在恨自己为什么会答应和这个名叫赵大秀的根据地女村干部结婚。有一阵子他痛苦地怀疑自己是不是命里就不该结婚，不管谁跟他结婚怎么结局都是这么不幸？但这个拂晓下山寻找她的遗体又是他做不到的事：鬼子大队已经进了山下的赵家垴，表明前几日情报中显示的日本人的年关"大扫荡"正式开始，他必须马上回到团里去指挥部队投入战斗。

一眼瞥见给她留下终生印象的白马"飘雪二郎"，带着她的亲人，从最初一波弹雨中逃脱，她想都没想就回头从屋里抱出了土炮，身后那个同样穿着一身嫁衣的女孩子赵大秀也想都不想帮她带上了其余的东西。两人出了院门立即转向村口大树。鬼子正从大树下拥过来。但她们还有时间。两人只用了几分钟就在积雪覆盖的村道中央架好了土炮，装填上了火药和铁砂。她极其冷静地用火镰火石打燃纸煤，点着炮捻，拉起大秀转身就跑。

土炮轰的一声响了，因为用的是缴获鬼子的黑火药，真正的火药，不是村里民兵自己一硝二黄三木炭碾成的，那炮声竟然响得像一声巨雷，炮口的火光喷出了十几米远，村头日本人的歪把子机枪顿时哑了，正冲向村子的鬼子呼啦啦倒下去一片，其余的叫着退了回去。再回头看，一道火焰已经喷上了自家的石头屋子，是鬼子的喷火器——石头屋子瞬间烈焰冲天，燃成了一支巨大的火炬。身边的大秀看她一眼，喊："大姐，鬼子把你们家点着了！"

这时候别说家，她连他也不能想了，相信骑着那样一匹高大健壮的白马的他已经脱险。现在她想到的只是村里的乡亲，她冲着大秀大喊："快带乡亲们上山！"

乡亲们已在上山的途中，刚才她俩对着村口放的那一炮给乡亲们的撤离赢得了宝贵的时间。这时的她又只是村长兼村武委会主任了，她和大秀最后离开村子，走上后山。山下全村的房子都被鬼子点着了，大火映亮了上山的小路。

她再次注意到大秀身上的嫁衣，才赶紧问："秀儿，你这是——"

"大姐，我也正要问你呢！"借着下面村里的火光，大秀也惊奇地看着赵秀英身上的嫁衣。

"啊，我结婚了，组织上安排的。"

"组织上也安排我昨晚结婚，可我等了一夜，人没来。"

她并没有多想，这时最需要盯紧的还是山下的鬼子，但还是随口问了一句:"你的结婚对象是谁?"

"老十团的,副团长,年龄不大,当过红军,名叫刘抗敌。"大秀说。

"我这个叫刘德文,"赵秀英说,心里不知为什么会泛起一丝不安,"也是老十团的。"

大秀抹起眼泪来,山下村子里被点燃的石头屋子中,有一间是她的家。

"我不知道他为什么不来,让人家空等一夜。他们烧了我的洞房。"

"或许被事情绊住脚了。咱们快上山和乡亲们会合,安置好了去找县大队,'反扫荡'开始了。"她说。

第三天,在昆嵛山中的军区指挥所,赵秀英遇上了组织部一个不认识她的女同志,问:"大姐,有件事打听一下。我是赵家埇的,组织上给我们村的赵大秀,就是我们村的妇救会的副会长,安排的结婚对象,叫什么名字?"

"怎么了?"女同志反问道。

"他在约好的日子让大秀白等了一夜,人没去。"

"你掌握的情况不准确。刘抗敌同志不但去了,还和他的结婚对象成了亲。吃了人家为他准备的过水面和喜饽饽。"女同志惊讶地看着她,停一下又说,"你也是赵家埇的?"

她想都没想就撒了个谎："不是。我表姐是。我表姐是赵家垴的村长和村武委会主任赵秀英。听说她也结婚了。对象是谁？"

"原来你是赵秀英同志的表妹。"女同志说，"她的结婚对象也是老十团的副团长，名叫刘德文，家是咱山东沂蒙山的。你表姐没结婚。约好的日子到了，刘德文同志被山东军区罗荣桓司令紧急调去了鲁西南，那里的局面比胶东还要危险。"

4

直到晚年，千秋将军仍然记得第一次见到秀英大姐的时间是1945年的9月。

当时他从家里逃出来加入八路刚满一年，正在二分区独立团三营为营长温书瑞当警卫员兼通信员。

日本人8月15日宣布投降，胶东我军奉朱总司令命令就地向鬼子展开全线反攻，伪军土崩瓦解，盘踞在大小据点内的日军则纷纷龟缩到几座县城，坚持只向尚未来到的蒋军缴械，军区不得不动员全部力量对负隅顽抗的鬼子兵一处一处进行拔点攻坚作战。

9月下旬，千秋所在的二分区独立团奉命攻取平度，三营从东门突击，七连和八连都上去了，仍无法接近城门洞，做预备队的九连接着被营长派上去，从战场右翼越过护城河向城门洞迂回。这时城门忽然大开，从里面冒死冲出一支由当地汉奸伪军头目等"二鬼子"编成的队伍，这些人在日占时期作恶多端，现在我军对平度城的攻击让他们预感末日来临，一旦城破，他们必死无疑，于是组织起队伍，趁着城还没被攻破拼死也要突围。这帮顽匪久经沙场，火力强大，而独立团本是地方部队，负责攻城的九连不久前还是县大队，没有攻坚的经验，被他们一冲，伤亡一片，活着的被压制在护城河两岸的洼地里，在日军和"二鬼子"的火力下陷入了绝境，随时可能全军覆没。

温营长是一名红四方面军的老红军，1938年第一批来到胶东，性如烈火，见此情景勃然大怒，吼了一声就带营部通信班十几个人冲了上去。他亲自抄起一挺"花机关"，拼命压制城门前"二鬼子"的机枪火力，试图掩护陷入绝境中的九连撤下来。

千秋跟着营长往前冲，就地卧倒在营长身边的一个水沟前，用一支坏了准星的小马枪向城头上的鬼子射击。即使是这样，城门外的形势依然严峻，本来趁着营长带营部一帮人冲上去，被压制在护城河内外的九连应当一鼓作气冲上去，即使失去了战斗力，也应趁此机会撤下战场。但是由于从连长到战士们都没有战场经验，仍旧一动不动地趴着，既不敢向前，也不敢退后，任鬼子和顽匪继续用强大火力给全连带来新的杀伤。

温营长被气晕了头，一声叫喊，就要站起来，端着"花机关"冲上去，被千秋猛地上前扑倒在水沟里，几乎就在同时，一梭子子弹掠过他们的头顶。战场上再次出现了对我军极为不利的局面，不但九连，先前被压制的七连和八连失去了九连的支援，也处在了全军覆没的危险之中。

战场左翼忽然出现了一支新的队伍，开始千秋看到的还只是一名个头不高剪了短发的女同志，帽子也没戴，穿着一套肥大的独立团的军装，手持一把老掉牙的汉阳造，就是那种打一枪压一颗子弹的长枪，身后是一些像她一样只能发出零星火力的男人和一个个子更小的女同志，一看他们的衣着就不是正经的八路，连县大队区小队都不是，完全是山里支前民工的打扮，却在他们陷入绝境的时刻，什么情况也不了解，就那样从整个战场的左侧，绕过一座被焚烧的房屋，一下子就进入了战场。

冲在最前面的那位女同志，动作很快，趁着城头的日军和城门洞前的"二鬼子"还没来得及注意到他们，就已经攻到了九连的后尾。他们的火力虽然不是那么强大，却因为来得突然，又是侧翼攻击，一时间无论是日军还是"二鬼子"的火力都被他们扰乱了。刚才他们还能用全部火力压制温营长带领的营部这一波援兵，现在他们在惊慌之中必须分散出大部分火力来对付这支队伍了。

温营长早就注意到了这支队伍，开始他们的出现让他十分吃惊，凭他对平度之战我军兵力部署的了解，这个时候团里无论如何是派不出力量来支援三营的，但是援军来了，他还是很兴奋，但这种兴奋没有持续多久，转眼之间他看到这支队伍中持枪冲在前头的竟然没有多少人，更多的人在他们后面拖着担架冒着弹雨匍匐前行，且全是山里老百姓的装束。他才明白他们不过是一支支前的担架队！温营长这个时候模糊地想起战前团长说过的，战斗一打响就会给三营派一队民工去战场上抢救伤员，不过眼下还不行，这支民工队刚刚被他派出去了，要晚一点才能赶过去。仗一打起来他就把这件事给忘了，没想到现在这支民工支前队真的出现了，而且是在这个时候，以这样的方式出现！

有一瞬间他猛然想，坏了，这支民工队一定是不了解情况，一听枪响就冒冒失失地闯进了战场，要是知道三营现在危险的处境，他们就不会贸然杀入了！但是很快他发现自己错了，冲在民工队最前面的是一个年轻的女同志，在她的率领下，居然没有被敌人凶猛的火力压制住，他们以令人难以置信的速度接近了被敌人火力覆盖的九连攻击阵地。

由于日军和"二鬼子"把火力转向了他们，被压制住的温营长这才有了机会就地一个转身，换了一个位置，手中的"花机关"重新对敌人吐出了子弹。这样，两路火力改变了局势，避免了暴露在敌人火力下的九连官兵在极短的时间内被全部干掉。

千秋一直跟着营长前进，营长滚翻他也滚翻，营长射击他也射击，但所有这一切都没有妨碍他用两道震惊的目光盯着战场那一边一直率领民工队冲击的年轻女同志——她总是一个人冲在全队的最前头，一会儿卧倒不动，躲避子弹，一会儿趁着敌人火力的转移，迅速跃起紧跑几步，占领一个地形，马上卧倒射击，动作如行云流水，一气呵成。然后不等敌人对她还击就离开射击位置，迅速匍匐前进，一边用目光寻找可以利用的地形地物隐蔽自己，打上一枪。

忽然，她消失了，千秋的心猛地揪起来，但只是一眨眼的工夫，他又看到了她！这时她已经滚进了护城河，而且不知从哪里弄到了一床被河水浸透的厚棉被，将全身裹起来，顺着护城河的斜坡往上爬去，她进入到了被打得抬不起头来的九连攻击队形中间，躲到了一堵断墙根后面，敏捷地为伤员包扎，不时回头向护城河对岸的自己人打手势，招呼他们带担架跟上来。

仿佛是在她的鼓舞下，被打蒙了的九连官兵像是醒了过来，连长喊了一声，枪声重新打响，然后是温营长，他吼了一嗓子，端着那挺"花机关"就直立起来，一个长点射直接将对我军威胁最大的日军机枪手从城头上干了下来，砸进了城门洞外"二鬼子"的机枪阵地，造成一挺机枪哑火。

借助敌人火力的减弱，千秋注意到护城河外那队提着担架的民工迅速过河，跟上了自己的女队长。女支前队队长将伤员们交给他们，很快又蒙着那床水淋淋的被子离开了断墙，又去抢救伤员。就是这一刻，女队长披着被子的形象震撼了千秋，当她从被子的一角蓦然回头朝身后自己的担架队投来焦急一瞥时，千秋隔着那么远，借助从林间投射的明亮日光，居然一眼就看清并记下了她那满是血迹与污痕但仍旧年轻姣好的面容。

啊，大姐，千秋将军几十年后在他的弥留之际中喃喃自语，仿佛再次回到了平度东门外的战场——"赵秀英大姐，数十年前在平度城下的激烈战斗中我就认识她了，我从那一天就记住了她，一位带着本村民工队跟我们分区独立团上战场的女村长，她和她身后的担架队那天的英勇战场救护行动让包括老红军出身的温营长和还是营长通信员的我，以及分区独立团三营全体官兵，都羞惭得无地自容。"

营长在秀英大姐顶着一床湿厚被子冲到城门洞前时眼睛都红了，骂了一声："娘的这里还有男人吗？人家支前的女同志都冲上去了，有卵蛋的全跟我上！"他率先抱着"花机关"向城门洞方向冲击，带动营部二十几个人全上去了，接着是护城河两岸被打趴下的全营三个连的官兵，所有的人都随着他的一声呐喊，迎着弹雨飞身跃起，向拼命要逃出城的"二鬼子"打开的城门洞方向冲击。前面的人倒下了，后面的人继续向前，像排山倒海的潮水涌了过去。

"二鬼子"终于顶不住了，退回到城门洞去。营长提着"花机关"带着千秋冲在这潮水般的全营官兵前头，在杀进城门洞时，他们看到了仍在为刚刚负伤倒下的战士包扎的那位女队长。也就是那么一眼，随即全营就一鼓作气冲进了平度城，将日本鬼子和"二鬼子"全部消灭，平度城终于解放！

战斗结束后，千秋并没有机会和这位日后叫了一辈子大姐的女支前队队长说上一句话。那年十七岁的他在人面前要多腼腆有多腼腆。

当然更重要的原因是平度城内枪声尚未完全停息，一些零星的战斗仍在街巷间进行，刚刚打进东门里的他们就被上级紧急叫停了战斗，上级的命令十万火急，要他们团迅速收拢，撤出战场，以急行军速度日夜兼程开赴蓬莱的栾家口码头。上路时温营长判断，这可能是要他们参加反击日军和蒋军赵保原部，抗战期间赵保原一直消极避敌，积极摩擦，此时又和青岛的日军沆瀣一气，要与我军争夺已被我军解放的烟台和蓬莱。

第二天午后他们到达了目的地后，才发现包括老十团等主力在内的胶东军区部队和他们这些"二主力"——各分区独立团——几乎都在同一时间接到了命令，赶到了蓬莱的栾家口和黄县的龙口。还没有进入港口，一眼望过去，码头上已经人山人海，进了港口就见大大小小的船只已经准备就绪，每一支部队到达后接到的命令都一样：不准停下，立即登船起航。至于去哪里，做什么，上船后跟着船队走，到了目的地就知道了。

千秋随同温营长和三营，杂在各支编制被挤乱的队伍中，走向临时搭成的栈桥去登船，一回头竟然在岸边刚到达的一支队伍中间看到了那位在平度城下出生入死救护伤员并改变战场局势，可以说是挽救了他们全团的女支前队队长。

团里的群工干事老顾不知怎么也被挤到了三营营部的队伍里，被后面的人踩掉了鞋，正一边跳着提鞋一边往前走，也顺着千秋的目光望过去，回头说："哎呀，她果然也跟过来了！"千秋就顺嘴问了一句："她是谁？"老顾是个话痨，一开口就收不住，说："你连她也不知道呀，你这个兵是怎么当的？她叫赵秀英，昆嵛山二区的一个村长，被他们区长派到平度前线来支前，带领全区的民工队配合我们团作战。这个赵村长，不，赵队长眼下在我们团可是无人不知无人不晓，她太能干了！全面反攻第一仗，我们团参加打莱西的水沟头，她带着她的民工队上战场，战斗还没结束就被团长抓了差，说我要任命你为本团火线包扎所的第二所长，兼军队地方支前队各种事务总协调。她一个老百姓一下就成了我的领导。别看年龄不大，老根据地出来的，资格说不定比我都老，最要紧的是什么都会干！她当过村武委会主任，能打仗，能办后勤，管理起一个团的野战医院喝凉水似的，最大的能耐是动员当地老乡支前，论起这个就连团长也干不过她。为了留住她，不让别的团给拐跑了，团长硬要给她和她的助手——她同村的姑娘，名叫赵大秀——每人额外发了一身我们团的军装，还特别嘱咐她们一定不能扯掉了军装上的布胸章，走到哪里都要让别人知道她们是我们的人，不能再打她们的主意。"千秋一边听老顾滔滔不绝地往下说，一边被挤着朝前走，仍会不时回头朝岸上的她遥遥地瞄上一眼，觉得在中午强烈的日照下她身上的那套军装越发显得肥大。

军装主要是长，但她把两条袖子高高地挽起来，下襟到了膝盖，用一条皮带拦腰扎住，仍然把年轻美好的身段伶伶俐俐地勾勒了出来——一个男孩子突然发现女人的身材好看，别人是什么情况千秋并不知道，他自己却是这个时候，在栾家口码头上，回头一眼瞧见穿着那套过大的军装的大姐突然意识到的。

此刻，赵秀英大姐仍像在平度东门外的战场上一样，风风火火，在队伍间跑来跑去，大声招呼着自己的队伍，满面春风地和身前身后遇到的熟人吆喝一句什么话，眼睛却在滴溜溜地四处寻觅。千秋看出来了，这一会儿满面春风是假的，很着急才是真的。在这样千军万马挤在一起登船出发的时刻，赵秀英大姐像各支队伍里大大小小的头头脑脑刚到栾家口码头一样，想通过和熟悉或者不熟悉的人热情打招呼交换一些信息，明白正在发生什么事，部队这样急匆匆地大规模上船渡海要到哪里去。

老顾像是看出了千秋没有说出的疑问，接着对他解释："虽然平度的仗打完了，许多和昆嵛山二区一样来支前的民工队都走了，但这位赵秀英队长带的民工队伍还不能走。民工队和民工队也不一样，她带到战场上来的是昆嵛山二区的骨干支前队，奉军区的命令，在整个大反攻中要一直跟着二分区独立团行动。"于是千秋又明白了另一件事：她现在那么着急想知道的，一定是接下去二分区独立团还要去哪里；如果是渡海远距离作战，他们是不是还要跟着登船，怎么登船；万一到了海上失散了，上岸后他们和谁联系，怎么联系；等等。

如果她不是一位有经验的民工队队长，就不会想到这么多问题，恰恰因为她非常有经验，这些问题就让她着急起来。当然还有许多别的问题，譬如海上要走多长时间，要不要给自己的队伍补充给养；如果只是一小段航程，那就算了，饿一顿也罢，但看眼前这浩浩荡荡大军云集的阵势，上船后不像是去打一个小地方，也不像是只有一小段航程，不然这么多部队就不会全走海路；如果是去打青岛，直接从平度走陆路反而更近——这些问题其实一直困惑着船上的每一个人。

前面的队伍忽然不动了，千秋站在那里，再次回头寻找岸上的女支前队队长。刚才还和她带的那支穿着各色山里人粗衣粗鞋的民工队伍在一起，被挤在码头边上，随时都可能有人被挤到海里去一样，这时却见她已经费力地挤过层层叠叠的人流，向码头中央一个临时搭起的高台跑去。

队伍又朝前走，老顾的鞋又被踩掉了，又开始一跳一跳边提鞋边朝前移动，千秋跟着他，目光再转回来时，发现那位女队长已经跑上了高台，于是千秋忽然间就看到了站立在高台上的首长——胶东军区大名鼎鼎的许世友司令员。这位在胶东被传说成会飞檐走壁运了气刀枪不入的司令员正带着几名作战参谋站在临海的高台上，指挥一支支风尘仆仆赶来的队伍登船、起航。

许司令千秋是见过的，虽然距离不近，但天气晴好，9月中午的日光仍旧凶猛，人的视野也开阔，千秋清清楚楚地看到了今天的许司令神情严峻。他一忽儿面向海上，冲着已完成装载的船只用力挥手，一忽儿又回头，冲着刚刚赶到的部队挥手，喊着什么话。千秋听不清他的话，却又完全明白，首长刚才是在命令登船完毕的部队马上起航，现在又是在命令刚赶到的部队迅速上栈桥，登船出航。

就在这一刻他又看到了赵秀英队长，她已经一溜小跑直接上了高台，没有受到任何人的阻挡，直接跑到了许司令面前，仍旧满面春风，对着许司令说了些话。千秋觉得自己隔着那么远的距离看到了她脸上的表情变化，从而读懂了她和许司令谈话的内容。

让他印象深刻的是：他相信她过去是认识许司令的，而许司令也认识她。不，不是认识而是相当地熟悉。因为他们彼此见了面后竟没有一点陌生感，但随后他和她脸上的表情都在迅速改变——许司令开始还在认真听，但很快他的脸上有了不耐烦的反应，他的话虽然简短，但坚定、毫无商量的余地，让原本清楚写在她脸上的热情和盼望一扫而尽。

在这个过程中，千秋只有一点没有看明白：许司令在坚定地拒绝她的时候，突然朝女队长身上的军装一瞥——他不知道为什么，她身上那件过于肥大的军装，连同她左胸前那块二分区独立团的布胸章，让许司令看她的眼神、表情，连同对待她的态度完全改变了。

接着，许司令肢体上显示出的那些细小动作，更加清楚地表明他根本不愿意再听她说任何的话，他开始像对待所有部队一样连连用力地对她挥手，要她回到她的队伍中去，和所有来到栾家口码头上的人们一起，马上登船，一刻也不要拖延。

许司令重新转身向着海上，继续指挥新的完成装载的部队开船。虽然只在栾家口码头上停了不到一顿饭工夫，但千秋认为从这天开始一连三天许司令一直说的都是一句话：开船！开船！开船！他甚至连吃饭的工夫也没有，一边不断严厉地命令赶到的队伍脚步不停直接走上栈桥去登船，一边命令当地支前人员把刚烙好的煎饼裹上大葱直接送到船上。

多少年后，千秋才从军史中了解到许司令这一天和以后三天的心情：山东军区数日前接到了延安的命令，整个军区半月内要抽调六万主力渡海北上，和国民党争夺东北，其中胶东军区的任务是三天内海运三万人，不得有误。

许司令心急如焚，为了圆满完成党的这项战略性任务，他根本没有时间听包括赵秀英大姐在内的任何一个来到栾家口码头的部队人员和民工对他说些什么，何况他还在这个他非常熟悉的女村长身上看到了二分区独立团的军装以及军装上的布胸章，以为她已经成了部队上的人。许司令一连三天三夜站在那个高台上做的仅有的一件事情就是不断地挥手，命令所有奉命赶到的部队和夹杂在部队中的支前民工上船并迅速起航。

扛枪穿军装的都把枪就地放下，但是人必须上船；扛担架没穿军装的，把担架放下，然后上船。像老十团、老十三团这样的头等主力，各分区独立团这样的"二主力"，放下枪后，成建制地上船，县大队区小队像部队一样也全体上船。

部队再次拥挤起来，老顾不知被挤到哪里去了，以后一生他都没有再见过这个人。现在温营长只带着二分区独立团三营营部的二十几个人挤在一起，三个连都与他们分开了，中间插进来一支不知从哪来的穿便衣的队伍，一打听是三分区的一个独立营。

有一阵子，千秋一直没看到那位刚刚受到许司令拒绝的女队长和她的支前队，栈桥上拥上来的队伍太多太杂，每个人都被动地跟在前面的人后面，被身后的人推着朝前走。万幸的是后来，他在不经意间，一回头在长长的栈桥中部拥挤的队伍中间又发现了她和她支前队的那些民工。

和刚刚赶到栾家口码头时相比，这一刻她的神情严肃了不少，但仍然算得上平静，她似乎发觉前面队伍里年轻的千秋一直在望着她，于是也不觉朝千秋这边瞅一眼。隔着太多的人，人流中又有太多的喧哗，他们之间的这一次目光交流也就仅限于此，千秋却觉得自己从她那里直接获得了一个友好温暖的关注。

他们的人生距离正在靠近，但还没有机会交谈，他却在这样一个眼神的交流中感觉到了亲切。虽然刚才多少有些沮丧，但她很快重新变得像过去一样高高兴兴、神采飞扬，边往前挤边不停地平复自己队伍的情绪。

一支队伍忽然紧跟了上来，问了一句才知道是胶东军区赫赫有名的老十三团开上来了。她和她的人大半是被这支走到哪里都牛气十足的队伍挤到了栈桥的一边，前面是二分区独立团的队伍，现在也要忍受老十三团的那些老兵。他们因为自己是一等主力，边横冲直撞向前，边不耐烦地说些让别人极不舒服的话："怎么还有民工！""你们来捣什么乱！""还嫌不挤呀，快闪开！"

长长的栈桥上因为上来了一个真正的主力团三千多人而骤

然拥挤，最前面的人被挤到一条条颤动的跳板上，随时有可能被后面拥上来的人挤下海。有人试图出来维持秩序，不幸真被挤到海里一个，一时间大呼小叫，乱成一团。

千秋这时看到女队长和她的队伍被挤到栈桥的另一侧，身边就是波荡的海水，随时都可能坠海。她一边被后面老十三团的人挤着，一边不停回头招呼自己的队伍，大声喊着每个人的名字，让他们小心，不要掉进海里。

那个年轻的名叫赵大秀的姑娘，千秋在战场上也见过她，现在听着女队长的叫喊，她就在人流的另一边惊慌地喊："大姐，部队到底要开到哪儿去？"赵秀英高声回答："你先上船！咱们的任务是配合主力作战，他们打到哪儿咱们就跟到哪儿！"

这几句话她喊得底气十足，把她周围老十三团的那些老兵们都镇住了。在这之前，老十三团把赵秀英和民工队给冲散了。现在她这一喊，把她的民工队伍迅速地收拢到了一起，还帮挤散的那半支蓬莱县大队的队员也聚到了一堆。这支县大队一定是像他们一样直接从战场上奉命赶到栾家口码头，被许司令直接赶上了栈桥。他们的人少，呼啦一声就被后面来的老十三团拦腰冲散，一半上了栈桥，一半被挤了出去。

上来的半支队伍由副大队长刘德全带着，对着被挤出去的还在岸上的半支队伍大呼小叫，军心大乱，但是退又退不回去。突然间听到了大姐的那几句话，刘德全回头就对自己那队人吼了一嗓子："吵啥！别叫了！人家支前的民工都有这样的觉悟，咱们连他们也不如吗？革命胜利了分田分地有你们，扛枪上前线就找不着你们了？扛得住跟着走，扛不住的回家抱孩子去！"队伍一下子安静了，只有一个和千秋年龄差不多的男孩子喊了一句："后面的人都没上来，我舅他们咋个弄？"刘德全没好气地说："咋弄？好弄！上了岸再集合！"

赵秀英这一喊，还帮温营长稳定了包括千秋自己在内的三营营部的全体成员。因为营部和三个连也被冲散了，营部二十几个人被裹挟在老十三团、蓬莱县大队和民工队伍中间。像后来夏国民调侃老温时说的那样，这一天老温带着的三营全部人马开进了栾家口码头，营部很快却成了光杆营部，老温也成了光杆营长。

在一根跳板前，赵秀英与蓬莱县大队的人被人群推上了一条不大的渔船。她拼命地朝栈桥另一边挤，一边喊："同志让我过去，让我过去，我的队伍在那边，他们都上了船了！"但她根本挤不过去，已经被推搡到前面来的半支蓬莱县大队就在她前面被挤上了另一条船，温营长带着营部二十几个人也稀里哗啦地跟着上了这条船，三营的三个连分别在栈桥两侧就近上船。千秋登船时身子一晃差点从跳板上坠海，随后的一瞥，他却注意到这时仍想拼命挤过人流和自己的队伍上同一条船的大姐又被挤回来了。

赵大秀和她的支前队的船也已经上满人，一条空船划过来，那条船被迫离开，将跳板让给了新船。一时间船上的赵大秀和民工队伍成员又全都互相呼喊。她身边的老十三团正在快速登船，秀英大姐被一个大汉奋力一挤，站立不稳，身子一晃，她机灵地顺势倒向栈桥下方千秋和三营营部官兵上的那条船。这就是命啊，千秋直到弥留之际仍旧在想大姐生命中的这一个瞬间，当时他们那条船已经超员了，这条上满人的船本该早就离开码头了。

此时东北风骤然大起，船在风中大幅度摇晃，赵秀英大姐从天而降一样从栈桥上被挤下来，落到船尾千秋身上。即使这一刻，大姐反应仍很快，动作很灵巧，在空中利用最短的时间迅速地完成了一个半转身，落下来时面对面地搂住了千秋，嘴里大喊："小兄弟小心！"

千秋下意识地张开双臂抱住了她！转瞬间，他明白了：如果不是他在这一刻及时地用力一抱，大姐一定要坠到海里去；但如果大姐从空中落下来时没有完成一个灵巧的半转身，回手正面抱住他，自己也百分之百会因为大姐的突然从天而降，随着风浪中渔船的猛颠，一同被掀翻到大海。

　　晚年身居高位的千秋将军曾在北京接待过一次大姐，他对她说起了这件自己一直不能忘怀的往事，说："大姐你知道你是个什么样的人吗，当年我们渡海去东北，在栾家口码头登船，从栈桥上被挤下去的是你，最该担心落到海里去的也是你，可你落下来砸到我身上时喊出来的话却是让我小心！你在最该提防自己掉到海里淹死的时刻喊出的这句话，连同你那么大力气的一抱，不但救了你自己，也救了我！"

　　大姐笑着说："千秋啊，你由小伙子现在成了一个老家伙，但你还是不说实话。那天我从天而降直接落到你怀里，让你一把抱住我，这是咱俩的缘分。你说说，哪儿有这么巧啊。"

　　千秋说："大姐呀，你从天而降，落到了我怀里，真是太意外，也太巧了。这一天，我永远都能记住。这些话我本打算一辈子都不说出来，可今天还是说出来了。"

　　大姐笑着看他，像是端详，又像是沉浸在久远的回忆中。她说："千秋呀，那时的你是怎么回事呢，大姐是后来才明白的。你对大姐竟是那样一种感情，是因为从小没有人疼你吗？只有没人疼的男孩子才会像你那样对待一个年轻女孩子……"

　　事情隔了几十年，他还是没有对大姐说出大姐对他的那一声喊和有力的一抱当即在他身上引起的全部反应。他不会说出来的，但他会将那一瞬间的感觉和反应留给自己的一生……那时候他还没有长大，现在想一想还算不上是一个真正的男子汉，最真实的就是突然被一轮太阳般的明亮和热力四散的光芒笼罩住了的感觉，被从天而降的年轻美丽成熟的女性身体的浓郁气息一下子包裹了他整个身心。

那一刻过后两个紧紧抱住的人并没有马上分开，也无法分开，风浪太大了，船还在大幅度颠簸，他们的身子跟着渔船的颠簸上下摇晃，一撒手都会同时坠海；千秋此时正经历着一瞬间的恍惚和眩晕，从小到现在生命蓦然被一轮从天而降的太阳照花了眼，不但火一样温暖着他，而且给了他一种照花了眼看不清任何东西的震撼感。于是不但他和大姐在相当长的一段时间里一直相互紧紧搂抱在一起，他们还被旁边伸过来的十几只手一起紧紧拉住，才没有被船尾一连串的大颠掀落到海里。千秋至死都不会说出的一件事是他一生中第一次逼近看清了大姐的那张满是硝烟和尘土的美丽而年轻的脸——大姐也在看他，并对他自然地一笑，顽皮地冲他眨了一下眼。

但他最后还是清醒了，镇静下来。他看清楚了她，红润的脸，那双一直笑看着他的眼睛。这一刻他才在大姐脸上看到了更多的表情，她仿佛在对他说："我们不是早就认识了吗？在平度东门外的战场上，你看到了我，我也看到了你……"

仔细想起来，就连她这样对他调皮地眨一眨眼睛也不是第一次，战场上他随营长打进东门回头看她时她就冲他眨了一下眼睛，有一句话怎么说的，一日长于百年，那个时刻应当说是一刻长于百年。

千秋年轻的心怦然，他不敢多看她那一张鲜花盛开一般的笑脸，但终于忍不住又看了，并且不经意地还给了她羞赧的一笑……这也是他内心一个永远的秘密：有过这样的一笑，他竟然一下觉得自己和怀抱里的女英雄的关系迈过了一道坎儿——如果说刚才他们还是两个完全不相干的人，一个男人和一个女人，现在的他们却像一对亲人，熟稔而又亲近。啊，是的是的，从一次从天而降的拥抱开始，到他还给她的一笑结束，似乎一生一世，他们都不会再是陌生人了。

船尾的颠簸停止，千秋和身边一个民工挤出一点地方，让掉到这条船上的她能够挤进去坐稳。她坐下去又马上站起寻觅自己的支前队和他们乘坐的渔船，那船已经远远地离开码头，接着她的这条船也在岸上的催促声中驶离码头。大风骤起的海面上波涛汹涌，她一直都没有坐下，一只手说是扶着不如说是抓着千秋的肩膀，一只手伸出让千秋抓紧，支撑着勉强站稳。

一开始两条船离得还不远，她一声声扯开嗓门高声喊他们的名字："大秀！栓柱！门墩儿！和尚！你们要小心！我不在你们船上，大秀总负责！你们都要听她招呼！我们是一个船队，不会分开的！靠了岸我去找你们！"喊完了坐下，转眼又想起了什么，不放心地站起再喊："记住我们的任务，部队打到哪里我们支前到哪里，再远也不会出咱山东地界儿！"这以后她还是不消停，又想起了什么事，再站起喊："胶东没解放的就剩下青岛了！青岛一解放我就带你们回家！"

她这边喊一声，那边船上的赵大秀和民工们应一声；她一声声喊，那边就一声声应。也有民工们从那边船上向她呼喊："大姐！""村长！""别担心我们！""部队去哪里我们去哪里，反正不会出山东！"也有人提出疑问，喊："不会打完青岛再让我们去打济南吧？"她听到了斩钉截铁地回答："不会！又不是只有我们胶东有八路，济南也有！"又喊："秋生！等不到你媳妇生小的，咱一定能回去！"

她一边喊船一边走，直到两条船在海面上远远分开，再喊对方也听不见了，才坐下来，不喊了，一抬头又看到了千秋，笑着瞅他一眼道："总看我干什么？我就那么好看？"周围的男人们开始起哄，千秋的脸立马红了。大姐一副见过大世面的样子，冲他们嚷嚷道："干什么干什么，欺负人吗？这我兄弟，失散了好多年，没想到今儿找到了！我是他大姐，想欺负人冲我来，别冲我兄弟！"没等人们回答她又站起来了，还去寻找大秀他们那条船。有人就说："坐下吧，看不见了，又不是生离死别，一上岸就见面了。"

大姐并没有听他们的，还是不坐，原来她看到了一条船，船上也坐满了人，已经驶离了码头，但是正从船底突突突地向上蹿水柱，足有三尺多高，船上的老大就要把船往回摇。千秋一回头又看到了岸上的许司令，许司令也看到了这条船，大力冲它摆手，喊着："走走走，不要回来!"船上就有一名负责人模样的男人站起大声冲他喊："司令，走不了，船是漏的!"许司令在岸上大力摆手，怒吼道："漏了堵上，边堵边走!"于是那条船上的人们就不喊了，开始七手八脚地往船外舀水、堵漏，船继续向波涛汹涌的港外驶去。

船出了港，大姐才安静坐下来，一转眼从身上那件肥大的军装口袋里掏出了一块大饼，一掰两半，一半塞给千秋，笑着说："来，咱们吃，不给他们!"船上的男人们又起哄："我们也要吃! 我们饿了!"大姐脸上笑出两朵花，高傲地说道："你们想吃没有，我这小兄弟方才救了我，我不会水，掉海里死定了，他现在是我的恩人，所以我的大饼只能给他吃!"边说边将大饼硬生生塞进千秋怀里，自己也大口地吃起来。

晚年的千秋将军问温营长："那天大姐上船后全船都在对她和我起哄，你温营长在哪里，为什么没有听到你说一句话。"老温说："我一直都坐在船头，坐在我身边的是营部军医老曾，曾佑华。老曾激动地对我说:'营长我认出来了,你还没认出来吗?她就是那个在平度城下冒死抢救我们同志的那个女支前队队长,她也上了我们这条船!'"

那时老温对曾军医说:"你才认出来,她一上船我就认出来了。在平度东城门外我就发现这个女同志不简单,不但作战勇敢,还能带队伍,就凭刚才在栈桥上的那几句话,还有刚才对她支前队做的那一通动员,就知道是老根据地锻炼出来的。刚才要不是她那几句话,她的队伍就散了!毕竟不是部队,只是些临时征调来支前的民工。可惜了。"老温还说:"曾军医一下子还没有听懂我的话,问我可惜什么,我背过脸去借着点烟的工夫悄声骂他,说:'你是傻呀!可惜她是个女的,是个男的我捆也要把他留下来,给我当个营部管粮秣的助理兼群工干事,本事绰绰有余!'"

船上这时就有一个沉不住气的蓬莱县大队刚入队的小伙子,看温营长一直在与曾军医窃窃私语,就大声问老温:"你瞅着像个部队首长,告诉我们这到底是去哪里?"老温开始故意不理他,后来听这个小子喊个不停,老温生气了,说:"你别喊了,我怎么知道去哪儿?上级让我们去哪儿我们就去哪儿!"老温是有名的大嗓门,经他这么一吼,船上暂时没人再说什么了,就连那小伙子也像是安静了,虽然从眼神看他心里仍然对前面的航程充满了不安与忐忑。

　　船上的人到了这时才知道作为二分区独立团三营营长的老红军老温，在这艘船上是职务最高的首长。老温个子不小，人长得又黑又凶，看着就让人畏惧。再说他的话又没错，反正去哪里都是打仗，抗战已经胜利了，小日本都宣布投降了，在整个胶东赶走日本人后，恐怕就是要建立新中国了吧。反正下面都是好事，老区土改早就完成了，新区正在土改，家家分田分地，上级让去哪就去哪！

　　刘德全第一个站起来，主动向温营长报告，介绍自己是谁，哪些是他的人，哪些不是。老温让他坐下说，在船上站着不安全。接下来是大姐，她也要向温营长介绍自己，老温说："赵队长就不用了，谁不知道你呀，我们在平度城下已经见识过了，本来仗打完还要感谢你呢，结果上级没给我们时间。不过现在好了，我们坐到了一条船上，我正式代表二分区独立团三营全体官兵向你敬一个礼，感谢你不但在战场上救下了我们那么多同志，还直接鼓舞了我们，有力地帮助我们拿下了平度东门！"

5

大批运兵船到了海上，不再有谁说话，但人人心里仍然都还存在着那个疑问：如果不是去打青岛，这么大的船队到底要去哪里？其实船上有一个人是知道三万大军此行的目的地，他就是温书瑞营长。军区首长不让他这一级的指挥员说出此行的目的地，担心的是此时正在渤海湾中游弋的美国军舰。

团长在全团急行军途中来到三营，只对他这个老红军出身的营长交了底，美国人一直怀疑山东八路可能偷渡东北，和国民党争地盘，万一被他们在海上拦住，所有的部队只能说自己是八路军渤海游击大队，是友军，而且坚持要求所有的部队登船前必须把枪支留下，来得及的还要用身上的八路军装跟胶东老乡身上的衣裳交换，扮成老百姓的样子。这样即便在海上和美国军舰遭遇了，对方上船盘查，查不到枪、看不到八路的军装，他们也没有理由将船拦下。

老温本想上船后再向大家宣布此次航渡要去哪儿，做什么，上了船却发现建制大乱，船上不但有他带上船的三营营部，还有半个蓬莱县大队，居然还有七八个各地方来的支前民工。这种情况他就什么都不能也不宜对大家讲了。

温营长后来承认这次胶东军区部队渡海北上是他戎马一生中最难忘的经历，只有当年红四方面军三过草地才能与之相比，三过草地时只是艰苦，并不紧张，这一次他主要是紧张。当然出发时完全没想到整个航程会那么艰苦，和三过草地相比好不到哪里去，都是九死一生。船到了海上，开始只是东北风，到了远海加上大涌大浪，因为没有动力，所有船都只能靠张帆划桨，那么大的涌浪让每一条小船都成了在波峰浪谷中颠簸的一叶。

在这种情况下，他们又看到了那条离开栾家口码头时船底向上蹿水的船，和开船时一样，一船人仍在手忙脚乱地舀水堵漏。这边的一船人又要站起，伸长脖子朝那条船上望，温营长生气了，大吼一声："都坐好！不准动！有什么好看的！"这时就有人喊："不好，我们船也漏水了！"众人看去，果然在中舱舱底有一小股细细的海水笔直地向上蹿出来！一时间人人都在喊叫，所有的人也都望着温营长，他这时也像栾家口码头上的许司令一样，愤怒地挥一下手，喊："嚷什么，快堵上！"

大姐这时已在千秋身边歪着睡着了，手里还拿着半块没吃完的饼。温营长这一声怒吼让她惊醒，她猛地站起，只怔了一下就明白了发生的事，随着船身猛地一晃，她整个人已经向中舱蹿水的船底扑过去，一把将脖子里围着的一条家织的土布毛巾扯下，拼命去堵冒水的船底，一边回头冲身边的刘德全喊："你死人哪，快来帮忙!"刘德全发愣之际，身边一名小伙子已经冲了过去，用尽全力帮她把土布毛巾一点一点地塞进蹿水的船缝里。

冒水止住了，舱底却淹了半舱的水，刘德全这时才醒过来一样，冲着他的人喊："舀水! 把水都舀出去!"水很快全舀出去了，但从船底的缝隙里，还是有海水一丝丝地往上冒，大姐和她身边的人一直没有放开堵漏的手。蓬莱县大队那个孩子模样的小队员哭了，大姐回头冲他吼："哭什么，把背包拿过来!"小队员有点舍不得，刘德全一把从他屁股下将背包扯出，塞到船缝里，再回头对身边一个大个子队员说："二烧饼，你坐上去!"

说来也是奇怪，在接下来全部三天四夜的航程中，温营长看到在栾家口码头舱底就开始蹿水的船，船上的人用随身带的锅碗瓢盆向外舀水，从没有停止过。他们的船状况好一点，但是三天四夜中，船缝一直还在冒水，他们一边用力划船逆风前行，一边还要半小时一次将积水清理出去。蓬莱县大队那个叫

"二烧饼"的大个子一直没有离开他的坐地,最后到了目的地人都站不起来了。

　　每一名亲身参与1945年9月渡海北上的胶东军区官兵都会记得这三天四夜的海上艰苦航程,一开始是吐,几乎刚到海上大家都像被传染了一样,把肚里不多的东西吐了个一干二净,有吐到海里去的,有憋不住乱吐的。就连温营长,开始坐在船头上看着身边的人吐,还笑话别人,说:"你们还是海边上的人呢,瞧我这川北山沟里出来的人都不吐!"话刚说完他一扭头就朝船外吐起来。刘德全干上县大队前就是渔民,可是最先吐得干净吐得利索吐出了绿色的胆汁的就是他。不过吐也有吐的好处,大家全吐了一轮后,竟然人人觉得清爽,又说笑起来。但是第二轮又开始了,这一轮先吐的却是老温,这下连千秋都吐得胆汁也不剩了,除了坐在舱底压住那个冒水的船缝的"二烧饼",就没有一个人还能打起精神。

　　刘德全昏头昏脑地扭头问他:"'二烧饼',我都要吐死了你怎么还有精神?你吃了老鼠药吗?""二烧饼"看着他,一时间想说什么又没说出来。他平日说话艰难,有人就开玩笑地说:"你这会儿别说是说话,就是能吐,都是好样的!"也不知道是不是因为这句话,"二烧饼"噗的一声直接吐到了刘德全脸上。

认真想一想，奇怪的事还有好多，譬如说即便都这样了，千秋和大姐居然还聊了起来。大姐出了外海就睡，船身一晃就醒，醒了就要站起来在茫茫海面上寻找载着赵大秀和她的支前队的那条船。千秋顺着她的目光望过去，发现有时候能看见那条船，更多的时候是看不见的。

在风浪的颠簸中，两条船的距离总是很远，而且越来越远，大姐最早还喊他们几声，后来船更远了，快要看不见了，而且她也吐得一塌糊涂，喊不出声来，再说就是能喊出声，就是她也有老温那么大的嗓门，那条船上的人也听不到。

大姐每次重新坐下来时神情都那么落寞，千秋看出了她因为自己不在那条船上，而且那条船离他们越来越远，她不但每时每刻都在为自己人悬着一颗心，还在一直为自己出发前没能上到那条船上去越来越生自己的气，不时会自言自语一句："我真没用……我怎么会这么没用呢？我自己都不知道自己会这么没用！"她每这样说一句，他的心也像是被扯了一下，生生地疼。

过了好一阵子，大姐完全看不到她的人和他们乘坐的船了，她呆呆地坐着，忽然就开口问了千秋一句："哎，小兄弟，告诉姐，你叫个啥？"千秋的心不知道为什么又一次因为她主动想到和自己说话疼起来，紧张起来，不好意思地说："我叫千秋。"大姐说："这个名字好，可怎么叫这个名字呢？听着就有学问，不像我，小时候一天书没念，参加抗日后才上了几天妇女识字班。"她的话里有一种不用怀疑的家人般的亲切，还有某种玩笑般的自嘲。

千秋忽然想到了，她主动和自己说话是因为她想说话，她想用说话排遣失去自己队伍的寂寞，暂时分散对自己队伍的担心和自责。虽然这样，他还是被她好听的声音打动了，被她亲人般的眼神温暖了。千秋入伍后一向不愿对外人敞开心怀，就连刚参军时连队里开诉苦大会，新兵们人人哭得稀里哗啦，他也跟着哭，但就是不讲自己受过的罪，那些藏在他心底的屈辱和仇恨。

可是今天他却不觉对刚刚认识不久的大姐打开了心扉，他说："大姐我哪里读过书呀，家里穷才跑出来当兵。要不当八路，要不去当伪军'二鬼子'。我恨死了小日本，就瞒着爹妈跑去山里当了八路。"这些话居然远远地被仍然坐在船头的温营长听到了，高声大气地插话道："赵队长你别听他瞎说，他小时候家里还行，念过三个冬天的私塾呢，后面胶东来了鬼子，才不行了，跑出来当八路，这小子还要过饭呢，哈哈。"

千秋那一刻真是恨死老温了，觉得船上有个地缝他都能钻进去。老温是他的首长，他的革命引路人之一，他一辈子都像对待恩人一样对待他，但千秋仍然会不由自主地恨他动不动就把自己小时候要过饭这件事当着外人说出来，让他抬不起头来。他想那天幸好是对着大姐，要是对着一个男的，老温还会说出更让他无地自容的话来呢。

事实上，不当八路就得被家里人逼着天天出门讨饭还不是最让他受不了的事，最让他受不了的事他是轻易不会对这位刚认识的大姐说出来，那也是当时的他人生中最大的隐痛，即便由自己的恩人温营长将这件事说出来他也不喜欢。尤其还是今天，在这样一位像太阳一样照亮并温暖了他的生命、意外地让他的青春意识猛然觉醒的年轻漂亮的大姐面前。

大姐像是想也没想，张嘴安慰他说："兄弟别听他胡说！要过饭怎么样？共产党没来时我们山里穷人家孩子谁没出门要过饭？不是因为这个谁愿意豁出去闹革命？"她说着话头噼里啪啦转向了温营长，说："你这位首长，你在平度城下看到过我，我也在平度城下看到过你，你就一个营，打鬼子一个中队，外加'二鬼子'一个团，你居然把平度城东门打下来了，你很能打的！你还说一口四川话，一定是个老红军对不对？"

千秋大吃了一惊，眼看着吐过两轮后变得面无血色的温营长的一张黑脸一点点好看起来。老温确实能打仗，但也有弱点，他最高兴的就是让人家知道他是一名老红军，家在川北，红四方面军的，还当过徐向前总指挥一年半的警卫员。

这时老温就有点忍不住，笑问大姐说："你这个女同志还挺有眼光的，你怎么就看出来我是个老红军？"大姐又笑了，说："你也太小看我们地方干部了，我见过的老红军多了，徐总指挥我也见过，民国二十八年，徐总指挥以八路军第一纵队司令员的身份到胶东，还在我家住过呢。"温营长就吃了一惊，盯着她说："民国二十八年，徐总指挥还到过胶东？我当过他的警卫员怎么一点儿都不知道！"他的兴头已经上来了，不知道前面就有一个坑在等着他呢。千秋这时就听到大姐说："可是今天我觉得你这个营长有点吹，你是当过红军，但没有当过徐向前总指挥的警卫员，因为徐总指挥告诉过我应当怎么带队伍。"

老温已经听出话里的味道不对了，说："怎么的，难道你是说我不会带兵？"大姐说："你要是会带兵，刚才怎么那样说话，什么人家小时候要过饭，他小子不愿说。一个会带兵的领导会用这样的态度向外人介绍他的战士吗？"

老温平时那么能说的一个人，居然被大姐几句话给噎住了，半天没想起怎么还击。还是坐在中舱一直没说话的刘德全看出来了，这时故意装成结巴插话上来解围，说："哎、哎、你、你们分区主力团的领导和地方支前的女同志说得那么热和，把我们县大队一级的晾在一边，这不利于团、团结吧？"冷寂了半天的船上因为他这番怪声怪调的话重新热闹起来，吹口哨的，打响指的，闹成一团。

大姐在一片喧哗中，脸红红地望着刘德全，把"枪口"转向他，很认真地说："刘大队长，我们也见过。去年你们蓬莱县大队让小鬼子撵得没地方去，是不是全大队跑到我们那里藏了半个月？谁给你们供的军粮、烙的煎饼？你们吃了我们的军粮，穿了我们点灯熬油做的军鞋，然后你说什么了？"她这几句话大家听得清清楚楚，于是喧哗声又起，不过已经由冲着老温全部转向刘德全，说："刘大队长快！""快交代，你对人家女村长说了什么？""他不说，赵村长说！"大姐故意卖关子不说，又说："让刘大队长自己说！"刘德全完全蒙了，瞪着一双大眼看着大姐说："你、你、你这位女同志赵村长我们虽然是革命同志，但是男女授受不亲，我家里可是有个厉害老婆，我们是在你们赵家垴住过半个月，可我们确实没有干过坏事呀！你、你、你要我说啥？"

温营长这时缓过气来了，也跟着说："赵秀英同志就甭卖关子了，刘大队长当时对你们村的女同志说了什么，都给他说出来！他要是真敢犯纪律，对你们失礼，我们就在这船上教训他！"大家跟着说："对，他要是对你们女同志有非礼的地方决饶不了他！"刘德全被逼成了一张大红脸，更蒙了圈，也在说："赵村长你真的有话就说，我身正不怕影子斜！真犯了错误就让他们收拾我！"大姐见众人的目光都转向了他，这时才红着脸说："他……他们在我们村藏了半个月，又吃又喝，他这个带队的副大队长，带队伍离开的时候，啥都没有说！"

一船的人都愣了，面面相觑，有人问："啥都没说什么意思？"但所有人很快都明白了，大家交换目光，几个脑瓜转得快的第一时间都要说，却被夏国民抢了先，他说："原来她……她的意思是：'我们为你们蓬莱县大队辛苦了半个月，你作为带队的副大队长，连句道谢的话也没说就走了！'赵村长是不是这个意思？"大姐红着脸点了点头。众人发出嘘声，喊："没意思！""太不过瘾了！"最可怜的是刘德全，紧张了好半天，终于长长地吐出了一口气，说："从现在起我要接受教训，可不敢惹这位赵村长了，我怕你！"

千秋开始也跟着船上的热闹走，这一刻心里却热腾腾起来。只有他想到了大姐的细心，她只是把话题轻轻一转，船上所有的人包括温营长都把说他要过饭的事儿忘了。千秋还想到了另一件事：好一个赵秀英大姐！她一个人上了这条船，不到半天就让船上四面八方来的人转眼间熟悉起来，成了热热闹闹的一家。当兵后的每天他都在长见识，今天他又长见识了——真是一位能说又能干的好大姐！更要紧的是心肠好，知道疼人，对千秋来说，别的都不重要，唯独这个心肠好，那时就能征服了他的心!

这样的热闹还是很快过去了,出发时还是一个巨大的船队,到了海上却要各自为战。这头一天他们从中午又是使帆又是划桨,天黑前船队中的大部分船只还是被大风刮到了长山岛。除了温营长之外大家都以为这就是目的地了,大家都欢呼起来,但很快就有海运督察人员乘小艇赶过来,告知不是的,要去的地方还远得很呢。可以允许他们歇一会儿,但歇过以后必须马上趁着夜晚继续向北方航行。

船上那个一直没有平复惊慌心理的小队员又忍不住大喊:"我们到底去哪里呀?都到了这会儿了,谁知道就说出来吧!"他一脸可怜地看着温营长,又说:"我们是县大队,不了解情况,你是二分区独立团,是'二主力'了,一定知道!"温营长一言不发。渤海湾中线还没过,美国军舰即使夜里也有可能迎面撞上他们,出发时他不能说的事情这会儿仍然不能说,不能说就是不能说!

一船人休息了一会儿,胡乱吃了点,登船时,地方支前人员送上来了煎饼和大饼,以及淡水。重新划桨起航,千秋心中一动,意识到大姐已经猜出了什么,她站起来从船尾走到船头,低声问温营长说:"上级不会是让我们去闯关东吧?"温营长冷不丁被她一问,怔了怔就恼了,反问她道:"你怎么知道的？谁告诉你的？你一个支前队的女同志，我一个营长都不知道的事你怎么就知道了？你比我们官都大，还是和上级首长有单独的电台联系？"

大姐没有被他的气势吓住，回答说："我和上级首长没有电台联系也能猜到是怎么回事，不让我们上长山岛，继续向北划，那就是要过海去关外，过了渤海中线就不是胶东的海了！"千秋一直在远处默默盯着大姐和温营长的这次对话，看到大姐说完这番话后没有听到温营长回答，自己的脸色先就大变了。大姐自顾自地低声说："真是这样就坏了，我家里还有吃奶的孩子呢！"

这下子轮到千秋大惊失色了，大姐已经结过婚了，大姐并不像他一直想象的那样是一个尚未出嫁的姑娘，虽然她看上去年轻水灵，如同初春时节第一朵含苞欲放的花，纯洁、鲜艳而又美丽。在这个海上没有月光只有大浪大涌的夜晚，千秋手中的桨第一次停下，又一次感觉到了眩晕，但心里涌出的另一种巨大和强烈的苦涩，很快就让他从短暂的眩晕中重新清醒了：难道他真应当失望吗？大姐既不是他的亲人更和他没有任何特殊关系，她是不是结过婚和他有什么相干？

但他还是失望，失望像潮水一样一波波涌上来，然后是难过，也像潮水一样一波波涌上来。他还想到了，在那条载有赵大秀和大姐的模范支前队的如今已经不见踪影的运兵船上，就可能有一个男人是她的丈夫，而在胶东昆嵛山区一个叫赵家坨的小村子里，还留下了一个属于她和那个男人的尚在襁褓中的婴儿。大姐方才关心那条船上的人，也可能是在关心船上某一个成了她丈夫的男人，当然这一切都和自己无关，但不知为什么，千秋还是为这个全新的发现痛苦和忌妒。

接下来的航行更不顺利，夕阳西下时，他们的船再次被顶头风刮回到长山列岛最北端一座无人无名的小岛上。所有的人都累垮了，淡水消耗殆尽，自从猜出了目的地是东北，大姐脸上阳光般的笑容就黯淡下来，千秋这一天中偶尔注意到的她的目光和表情里多出一种他不忍看到的坚韧，和这坚韧之下努力掩藏着的焦灼。

船在岛边锚定后，舱内一片沉寂，和狂暴的大海顽强搏斗了一天彻底失败后没有一个人还有心情和力气说话。每个人身上的衣服都是湿的，汗落下来时身子也冷下来，周身如同裹上了一层冰甲。

这时温营长站起来了，他说："同志们！我知道你们都很累，我也很累！但是我还是要说，从现在起，我们应当为后面的航程做更艰苦的打算！船上现有分区部队、县大队和各县的民工支前人员，组织领导不统一，我现在建议成立临时领导机构，统一指挥接下来的这最后一段一定更为艰苦的海上行动！我是二分区独立团三营的营长，民国二十三年，公历是1934年，加入红军，十一年党龄；民国二十七年，公历1938年末，第一批随八路军一一五师进军山东，算是部队一方的领导；另外我建议由蓬莱县大队副大队长刘德全同志，昆嵛山二区模范支前队队长赵秀英同志作为地方武装和支前民工两方的代表，和我一起临时组成三人指挥机构。我任指挥，刘德全副大队长协助我工作，我们俩的任务是组织全船人员，克服一切困难，将船划到我们的目的地！现在我仍然不能告诉大家目的地在哪里，但可以告诉大家这条船要一直向北！胶东的同志们你们的前辈都闯过关东，当年他们的任何一处登陆点都是我们这一次的目的地！另外我要郑重委托赵秀英队长，由她负责统一管理全船的干粮和淡水！也不讨论了，大家没意见就这样定了！刘德全同志，现在你讲！"

刘德全站起来说："温营长，船上其他单位包括几位民工同志的情况我不了解，但我了解我们大队出发前准备工作做得很差。上船时虽然想到有可能是去东北，但我想即便真是去东北也没啥。东北谁没去过，最快一天就能从蓬莱到大连，营口远一点一天半也够了。所以全大队为了轻装都只带了一天的干粮，加上在栾家口码头和长山岛从当地支前人员手中拿到的干粮，加起来也没多少。没想到会在海上走这么久，两天过去后我们把干粮都吃光了，没有干粮明天就没力量划桨，这是眼下我们大队面临的最大困难！"

他说完就坐下来，显然这个时候他想的还只是他们蓬莱县大队，还没有进入全船三人指挥组成员的角色。千秋这时就见大姐站起来了，先看了全船又把目光转向刘德全说："那好，我也说两句吧！刘副大队长，你们吃光了干粮我身上还有！你们看我这套军装，二分区独立团吴团长发给我军装时我特意领的，最大的号，为的就是口袋大，里面能多装东西！从平度赶往栾家口的路上我在这两只大口袋里各放了五斤大饼，我身后的这个在战场上缴获的日式行军背囊里还有十斤！本来是为我自己的支前队额外多带的，后来我上了你们的船，其实一上船就想过有可能是去东北，但我一直不愿意相信会是真的。宁肯相信没有这回事，但我也没有声张！为的是真要去东北，说不定碰上迎头风，就不知道几天才能到了，海上也没有补给，我想着把它们用到最艰难的时候！没想到这样的事情真让我碰上了！现在船走了两天，又被风刮回到这里，茫茫大海，前不见东北，后不见胶东，上级领导和地方政府的支援都得不到，最困难的时候到了！我以个人名义接受温营长的领导，同意参加三人领导小组，从现在起开始行使职权。我还有一个建议：收缴全船所有人现存的干粮和淡水，集中管理，统一分配。海上风浪这么大，我们还要多久才能到达目的地，谁也不知道，只有做好最困难的准备，全船人员才有可能渡过大海，完成党和军区首长交给我们的任务！有没有人反对?"

没有人反对。温营长有经验，早在从平度赶往栾家口码头的路上，他就提前让全营包括营部每个人在一个大饼供应点提前带上了三天的干粮。现在既然蓬莱县大队所有人的干粮都吃完了，能收缴的就是他们营部这二十几个人剩余的干粮了，加上大姐两个大大的衣袋和那个一直藏在身下的日本单兵行军背囊里装的大饼。至于船上的地方民工，除了大姐外，每个人早就没有了干粮，现在也不用再问他们。

大姐再次显示出老根据地妇女干部的干练本色和工作能力，一句废话没有，便立马行动起来。温营长率先响应了她，大声命令三营营部所有官兵把干粮袋和水壶全部交给赵秀英队长！

为了缓和众人的情绪，大姐边收集这些干粮和水壶边又告诉大家，不要怕，虽然她没到过东北，但长辈们去过，听说最坏时船会在海上走五天五夜，全部逆风。我们现在就从最坏的情况出发，将现有的干粮和淡水分作五份，每一份就是全船一天的口粮，再平均分发给大家，做一天的食用。

她还说："上了岸啥情况谁也不知道，也许马上就要打仗，眼下东北没有我们的根据地，没有人支前，所以我还要从这不多的干粮里扣出一部分来，准备应对万一。"仍然没有人反对，因为她每一句话都说得在理，只有在老根据地做过长期的支前工作的人才能像她想得这么周全。

在这条随时可能被大海吞没的渔船上，这个夜晚成立的温营长、刘德全和大姐的"铁三角"及时有力地稳定了船上全体人员的心，而大姐一出马参与船上食物和淡水的管理与分配，所有人都不再担心吃的和喝的问题。这次全船人休息了半夜，吃掉了当天的那份干粮和水，下半夜不到，渔船又重新驶向了浪涛汹涌的大海。

以后的时间里船上从没有因为干粮和淡水的分配发生过任何混乱，这都要归功于大姐的精打细算，和她分配食物和水时的公平，以及她对这一原则近乎执着的坚守。从战场上打了一仗下来，一口气没喘，就稀里糊涂上了船，来到这茫茫无际的大海之上，风颠浪涌，九死一生，还不知道目的地到底在哪儿。因为这一切，并不是每个人脾气都那么好，他们不敢对温营长和刘德全撒气，有时就把这股气撒向大姐，尤其是当她发放食物和水的时候。

大姐也不是只有一名老根据地来的支前队队长的泼辣和强

硬，她还有一份女性特有的温柔和耐心，说得更好听一点是她似乎天生就拥有一种与各种不好打交道的男人谈判并且达成协议的能力。这一点首先被温营长看出来，记在心上。事实上有了大姐的细心掌控，他们这一船人根本就没有消耗完那些干粮。船上每个人包括走过长征路的温营长在内，大家在后面的两夜一天中除了吐基本吃不下任何东西，甚至不愿意喝水。

第三个夜晚，他们这条历尽艰辛的船被一股突然从南方海面刮起的回头风一路刮进渤海湾深部，船上有来过东北的人，远远就认出来，挣扎着站起来欢呼大叫说："营口！营口！我们到了营口！"一船刚刚还半死不活的人瞬间都活了过来，奋力将船划向岸边，却在海滩上看到了提前赶来的先遣人员，后者挡住他们说："营口已被蒋军第五十二军抢先攻击占领，上级认为这里不再是合适的登陆点，你们和所有跟在你们后面的运兵船必须全都回海上去，绕过大连角向辽东半岛北方航行，寻找新的登陆点！"

船上人听到这个消息时几乎都瘫掉了，也疯掉了，一是没有谁还有丁点儿力气划桨，二是明明到了东北，却不让他们上岸，这些人完全不知道过去的几天里他们是怎么活过来的！出言不逊的男人们开始骂娘，有的甚至喊出了那样的话："再回到海上去不如让我死！"一名民工甚至突然拔出了一把自制的火药枪，对准了自己的脑袋。

走过雪山草地的温营长再次挺身而出，他非常生气，一时间连自己是全船的总指挥这件事也忘了，大声下令："别的人我指挥不了，二分区独立团的人全部听我命令！不管别人走不走，我们一起用力把船划回到海上去！总之上级的命令就是命令，没什么价钱好讲！不愿意继续跟船走的请马上自行下船！"他这一顿吼把船上的人都镇住了，也让刘德全头脑冷静下来，站出来对自己的人大骂了一通，说："你们是些孬种吗？共产党员留下来，不是的要下船现在就下！人都到了东北了，现在就是想回去还回得去吗！下了船你们能去哪里？想去做五十二军的俘虏？"

没有人下船，再说下了船也上不了岸，先遣人员枪都拔出来了，在沙滩上排成一队，无论如何八路也不能打八路吧。蓬莱县大队被稳住了，温营长开始面对那几个闹得很凶的地方民工，他说："你们呢？愿意跟我们回海上去，还是就地下船？不要怕岸边这些先遣人员，我会告诉他们，你们不是部队上的人，只是民工，想走就让你们走！"

民工们也被刘德全刚才的一段话说醒了，就是不在乎沙滩上的八路军先遣人员，他们真上了岸去哪里呢，真去做国民党第五十二军的俘虏？大姐开始时什么话也没说，只是看着，等到这些男人们都吼完了，没有话了，她却站起来说："等等，你们说完了，我还没说呢。既然你们让我在船上代表地方来的民工，那我现在就为他们说几句话！"温营长和刘德全大概都没想到这个，都回头很诧异也很不耐烦地看着她。老温说："你想说就说，没人拦你，代表什么人都行，不代表也行！"

大姐的脸色这时就不好看了，虽然仍然挂着笑，话说起来却不那么好听了。她说："温营长、刘副大队长，你们两个人一个是老红军，一个是老抗战，都是大家的领导，党龄都比我长，可刚才你们说的是个啥呀，我一个昆嵛山根据地的村长都替你们害臊！这几天大家在海上熬苦了，一没有像温营长您那样走过长征路，二没有像刘副大队长您那样民国二十六年就开始上山打鬼子，他们还都是没出过远门的孩子呢，遇上这样的事儿还不让人说两句了？说两句你们就发脾气，赶大家下船？我问你们，从我们大家上了一条船开始，我们是不是就成了一支队伍？要我说现在该被轰下船的是你们俩，是你们当领导的没有带好自己的队伍！"

她这一番笑着说的夹枪带棒的话狠狠地打击了老温和刘德全的气焰，却也春风化雨般地让船上的气氛缓和了下来，包括那几名民工和部队以及蓬莱县大队之间，也不再剑拔弩张了。

老温心里是服气的，也知道她这么说话，明着是批评他和刘德全，暗中却是在帮助他和刘德全稳定船上的局面，让闹成一团的各个山头的人马重新恢复成一支队伍。

老温憋了半天才不好意思地开了口，语气也顿时放缓，说："啊这个赵秀英同志刚才对我的批评很好，批评得对！同志们，我是船上的总指挥，是我的工作没做好，我向大家检讨，首先向几位民工同志检讨！"说到这里他的语气重新高昂起来，"同志们！我们已经到东北，这就是我们的目的地！都到了目的地了我也不怕把我知道的事情全说出来了！我们此次渡海北上的目的就是和老蒋抢东北！同志们，苏联老大哥和东北抗日联军一起解放了东北，但是现在蒋介石也要从峨眉山上下来抢，我们和他的人谁到得早，谁先站住脚，谁就能先得到东北！同志们东北是什么地方？听说地肥得出油，随便往地下挖一锹就是煤，还有小日本苦心经营留下的工业基础，说白了谁先占了东北中国就是谁的！我们占了东北革命就能先从这里胜利！同志们，为了这一天我们牺牲了多少人，从红军长征开始算，从第一次国内革命战争开始算！我们都走了这么久了还怕再回海上绕到辽东去？我们参加革命时发誓连命都可以不要，还怕再受这一半天的罪？你刘德全同志为什么没有个态度！"

刘德全刚才一直在听，听得心潮激荡，被他话头一转，像是被虫子蜇了一样跳了起来，说："我怎么没个态度？你总指挥检讨完了是不是还要我检讨哇?"大家就笑了,老温也笑,一时间全船的人都在笑。

刘德全也笑了,说:"行了弟兄们,温营长检讨完了我也要检讨,总之赵村长说得对,我代表蓬莱县大队向几位民工同志检讨!我们是地方武装,比不上人家正规部队,所以呢我这个副大队长有时候说错话了你们也不要计较,我就这个水平,不然我早当大队长了,是不是?好了我再说一句,从现在起,不管是不是党员,也不管是不是部队的人,蓬莱县大队的人、各县的民工,我们现在就是一支队伍,谁也不能下船,同生共死一起去辽东!这是对大家革命意志的考验!"说到最后他连拳头都举起来了。

几个刚才要动粗的民工不好意思了,你看看我,我看看你,其中刚才那个要死要活的海阳汉子主动站起来,也不看老温和刘德全,说:"行了温营长,刘副大队长,总是我们民工觉悟低,你们再检讨我们就更没脸了!还有赵村长,赵秀英同志,你是昆嵛山的名人,我们海阳也是根据地,早就知道你,既然你刚才代表我们民工说了话,以后我们就都听你的!好了我也不多说了,刚才够丢人的,总之去辽东就去辽东,打日本鬼子咱都没当软蛋,再回海上去漂一天怕啥?"

他说这番话就坐下了,不敢抬头,大姐眉开眼笑,看着老温和刘德全，道："你们两位领导都听到了，我们虽然是民工，但我们的觉悟不比你们部队上和县大队的人低！"这时就有人喊："既然要走那就快开船吧！"大姐听了却说："等等！开船急什么，我把今天的干粮发下去，再上岸补充点淡水，你们吃了喝了，有了力气，咱们再起航，这次咱们一鼓作气，一天内划到辽东上岸，再不能让大家在海上苦熬好几天了！"

一边说着她一边就要下船，温营长就急了，大声喊："赵队长等等！这船上还有男人吗？这么冷的水怎么能让赵队长蹚水上岸！"军医曾佑华暗中扯了他一把，悄声说："你得让她上去，有时候女同志比男同志能办事儿！"老温的目光就突然转向了千秋，说："千秋！你愣着个傻眼干什么呢！快跟着赵秀英同志到岸上去弄水弄干粮！啊，对了，从现在起我给你一个任务，这条船靠岸之前你不用干别的了，你就负责保护好赵队长，协助她工作！"

他好像还有别的话要说，却又咽了回去，但意思千秋和船上很多人都听明白了：这个人可真是个宝贝，有了她这条船一准能逢凶化吉，平安靠岸，再说上了岸我们说不定还要用她呢！千秋答应了一声，一翻身就从船上跳到了船下，立在水中，对大姐伸出了双臂，说："大姐你不用下水，我抱你上岸！"大姐就嘻嘻哈哈地笑起来，说："真的吗？我现在也有勤务兵了？哈哈！"

她一边说一边站起来，看着水中的千秋，又说："千秋你行不行啊，别把我扔到海里去了！"千秋在一船人的口哨和起哄声中脸又早红了，但还是说："大姐你放心，我不会把你扔到海里去的！"大姐还在说："那可不一定啊！我是山里人，我可是怕水。"一边说一边回头行动了起来，先在自己身上挎上了自己的和别人的十多只军用水壶，然后爬上船舷，让千秋靠近点，再靠近点，好稳稳地接住她。她越是这样，带着一点撒娇，要千秋靠近过来，船上的口哨和起哄声就越大，她也仿佛就越兴奋，终于被千秋接住，平平地托在怀中，慢慢转过身，蹚水一步步走向海滩。

这时，身后忽然有人喊了一声："等等！我们也去！"千秋回头，发现是刚才闹事的几个民工，他们也要下船和千秋一起保护秀英大姐。这时船上的口哨和起哄声更响亮了，他们也不管，跳下了船，蹚水跟上来，从两边扶着千秋和大姐，几乎是抬着大姐走上了海滩。

海滩上那一队先遣人员刚才对他们还横眉立目，现在听到船上刚才的争论，明白他们只是要干粮和水，态度立马改变。虽然仍然不许所有人上岸，却接过了大姐身上的水壶，补充了足够多的淡水，还为他们抬过两筐大饼。这时间大姐一直被千秋抱着众人抬着，大姐看那些先遣人员，忽然就认出了其中的一个，大声喊道："哎，你不是老十团二连的赵班长吗？我是赵秀英呀！"先遣人员中那小个子班长就惊奇起来，高兴起来，喊："哎呀，赵村长！你怎么也来了？"大姐就笑着说："你还认得我！少废话吧，快给我们补充淡水和干粮！看在当年我们村给你们支过前的分上多给点儿！"赵班长马上就说："那没问题！"一边说一边亲自忙活起来，灌满淡水的水壶送过来了，满满两筐大饼抬过来了。然后大姐就跟赵班长说再见，抬眼看千秋说："愣着干啥，抱我回去呀。"

千秋就又在船上众人的哄笑声中一路抱着她走回船上，另外两个民工仍然一左一右地保护着他和大姐。满满十几水壶的淡水，尤其是那满满两筐干粮，让全船的人都高兴坏了，人人笑逐颜开，口哨声不绝，几天来的疲劳一下子都不见了似的。

一回来大姐就让大家吃大饼，说："你们愣着干啥，今天放开吃，吃不饱不走，吃完了我还找赵班长要去，他们老十团欠我的人情！还有淡水，随便喝，喝完了再灌！"大家很激动地响应，不想这些大饼又干又硬，在海上受了好几天罪以后，连牙都不中用了，根本啃不动。

大姐就又心疼又生气，大声说："嘻！你们刚才拿我开心，我不计较，但你们不吃东西可不行，同志们一定要吃，吃下去才有劲儿！有了劲儿我们才能回到海上去，转到辽东上岸！"实际上这时她自己也不行了，在海上颠簸了几天又经过了方才在千秋怀里的一路蹒跚，大姐脸色灰白，没有了一点血色，说着还吐了。和她一样在最后一天的航程中吐得一塌糊涂的温营长看到了也生了气，大声喊："你们这帮小子怎么就不体谅赵秀英同志的心情！人家是个女同志，都能做到困难时刻不气馁，始终保持革命乐观主义精神，还给你们弄来了干粮，你们怎么回事？"说着说着，他的大男子主义又现了原形，"你们男子汉大丈夫，连个娘儿们都不如吗？想想当年长征路上草根都没的吃，这可是大饼，谁吃不下去谁就是不革命！"

话没说完他就又回过了头去，原来从海滩上蹚水过来了赵班长和他的一个兵，两人四只手高高举着一筐什么东西，放到船舷上大家才发现是十几个很多人见都没见到的俄式大列巴。赵班长说："这可不是给你们的，是给赵村长的，我们全团都欠她的人情！"秀英大姐正吐着，听了他的话立马不吐了，也过来看那些大列巴，高兴地说："这是俄式大列巴，东北才有的！大家快吃吧，这个吃得动，吃了咱们开船！"众人去抢那些大列巴。

赵班长蹚水走了一段路又回来，说："你们给赵村长留一个呀，你们……"大姐冲他摇摇手说："走吧走吧没有你的事儿，是我让他们吃的，他们吃就是我吃，我领你的人情就是了！"
那赵班长还是不走，眼巴巴地看着大姐，突然说："赵村长你不
是部队的人，你要是在这里下船上岸，我们不会阻拦你的。"

众人大吃一惊，一张张正在啃大列巴的嘴都停下了，齐看
大姐的反应。千秋也看大姐的反应。大姐像是想了一下，笑了
笑，对赵班长说了一句话，让千秋记了一生。大姐说："小赵
你回去吧，看见我身上的军装没有？我现在是二分区独立团的
人！所以，我不能下船，但我还是领你的人情！"

赵班长和他的兵走回去了。船上所有的人都分吃了大列
巴，喝了水，没有一个人再提到大姐刚才拒绝下船的事，仿佛
有意避开它似的，又好像那不是一件很要紧的事，齐声喊着号
子，将船重新推离浅滩，划向大海。

海上突然刮起一股东北风，帆大张起来，船一路乘风破
浪，走老铁山水道东出渤海口，绕到了辽东半岛东侧的庄河，
和海上更多的运兵船相遇，还得到新的命令：立即在庄河靠岸，
山东军区先遣队司令萧华将军正在岸上迎接大家。

6

船破得不成样子，直接搁浅在沙滩上，人一个个摇晃着下船，扑通通摔倒，死一样趴着不起。可不起是不行的，虽然萧华将军不在，但他留下了联络副官和新的命令：南满军情吃紧，国民党五十二军攻占营口后正兵分数路，向辽东一带快速推进，胶东军区的船队在海上被大风吹散，上岸的队伍七零八落。

刚刚成立的南满军区首长手中没有兵，果断决定打乱建制，不管原来你是哪个部队，上了岸的人先集合，能编成一个团就先编成一个团，能编成一个营就先编成一个营，编完了直接拉上火线。二分区独立团三个营加个团部三天内分成九批上岸，也就和一齐上岸的其他部队临时编成了四个团，直接开向了战场。

三营营部本来也要编进去，因为一个临时下达的任务又被留了下来，这个任务是秘密接应随时会乘快艇过海到东北的山东军区罗荣桓司令员，并在首长上岸后为他担任警卫。和三营营部一条船渡海的半个蓬莱县大队编进了以胶东老十三团两个营为基础新建的主力团，很快又被人家以队伍已经满编给退了回来，因为在庄河附近的某处又漂上来了某一个"二主力"的营，人家马上就把这个营编进了自己的团，不要他们了。

刘德全带着自己的人马回到庄河，也驻进了原二分区独立团三营营部暂时借驻的南关小学校，冲温营长发牢骚，说："说他们满编了，那是胡扯，还不是觉得自个儿是头等主力，嫌我们是县大队，都到这个点了还挑肥拣瘦！不要拉倒，没人要我们还回胶东！"他们回来了温营长却高兴，就笑嘻嘻地凑到他面前说："你这个同志什么觉悟？眼下东北什么阵仗？来了你就不要再想着回去！别急，后面还有好多部队没上来呢，还怕没有人要？真没人要你们我要，我这个营三个连都被编走了，我这个营长成了光杆司令，你们来了我就不是了！"

好话说了一大通，刘德全死活不干，仍然天天去见萧华将军留在庄河的那个副官，要求编到新到的主力团去。那副官就说："好好好，回去等着吧！"但是一支支部队过来了，编成了营，编成了团，雄赳赳地开走了，最后还是没有人来通知刘德全。就是这样刘德全还是不愿意留下来，天天盼着明天再上来一个主力，他们就能编进去了。战争年代谁都明白，打大仗硬仗恶仗当然要靠主力，后勤保障也会先保障主力，跟上了主力就有好吃好喝，不会再是县大队的待遇。县大队什么待遇呀，基本是找谁谁不理，要吗没有吗。

不只是他们这条船上，别的船也一样，在胶东上船时不同单位的人上了一条船上，几天的海上颠簸后成了一家人，上了岸马上各自归建，有的一辈子都再没有见过面。就他们这条船论，三营营部到底觉得自己是胶东的"二主力"，暂时没有编走也不担心最后不会被编进主力，他们不过是临时因为一个任务留了下来，任务完成后还是要归建的，而且不管在胶东你是头等主力还是"二主力"，到了东北都打散了，他们这种"二主力"和原来的头等主力混编，觉得自己和后者个头也一样高了。

至于同船的半个蓬莱县大队，在屡次要求被编入主力受到拒绝后，温营长慢慢发现刘德全的态度也有所变化，觉得既然不能赌气回胶东，留下来和三营营部在一起也不错，"二主力"也是主力，万一临时任务完成后编成了主力团，他们也就跟着被编进去了，抗战时期有个理论叫"曲线救国"，他现在这么做可以被称为"曲线入编"，在没有更好的前景的情况下这也是一条路，于是再和温营长千秋他们一起滞留在庄河，也不再闹情绪了。

他们的问题基本解决后，一船来的人中就剩下秀英大姐和那几个来自胶东各县彼此也不认识的民工了。就连这几个民工也都很快找到了自己的队伍，有的跟上走了，有的干脆直接加入主力团当了兵，也跟着部队走了，最后只剩下了两个人和大姐在一起，问是什么地方人，名字叫什么，吞吞吐吐，半天才说一个是招远的，一个是日照的，瘦大个叫刘廷华，小胖子叫许安。

说起他们怎么也在蓬莱栾家口码头稀里糊涂跟着部队上了船，两人都哭了，都说原本是跟着他们的村长来支前，上了栈桥还看到了村长和本村的人，上了船才发现村长和村里的队伍没上这条船，当时就想下去，可船上那个挤，根本下不去，那时也没多想，以为真是去打青岛，上了岸就能找到自己村的人，没想到来到了东北。

因为都是支前民工，大姐又是昆嵛山二区的支前队队长，还是个女的，在船上又替他们民工说话，上了岸就自然地对她亲近起来，主动找到大姐表示，有些话他们在船上不敢说，怕部队首长和蓬莱县大队的人批评他们思想落后，到了庄河就去岸边等着自己村的队伍上来，可是过了一天又一天，村里的队伍根本就没上来，现在他们怀疑村长带着他们村的人在栾家口就没上船。至于别的民工等不到自己的队伍又回不了胶东，干脆去主力部队当兵，他们两个想都不想，异口同声说来时村长向他们保证，完成一次支前任务就让他们回家，他们不知道到了这会儿任务算不算完成了，但大军都到了东北了，想必在山东的支前任务他们是完成了的，要说政府就不该说话不算数，还不让他们回去。

说到这里大姐也就明白了，他们不想留在东北，既不想留在东北支前也不想加入到队伍上去打仗，一心一意只想回胶东老家。而且两个人在这样的时刻既然毫无保留地把大姐看成了他们最信任的人，说出了自己心中的秘密，同时还觉得大姐也和他们一样，同病相怜，不觉把这位女村长和女队长当成了自己回胶东的希望，大姐也就不好不替他们做主了。

大姐上岸后曾经和萧华将军留在庄河的联络副官谈过一次话，后者对她和一大批民工出现在庄河非常吃惊，说："山东军区给胶东军区许司令下的命令是要三万部队，你们来干什么?"虽然只谈了这么几句话，大姐已经明白了，不但像刘廷华、许安这样的民工不该来到东北，就连她和她带的昆嵛山二区支前队来也是一个错误，至少是混乱中的一个误会。

她和这两个民工聊起来，问他们的基本情况，是不是党员? 不是。家里都还有啥人? 两人又哭了，都说上有八十的高堂老母下有不到一岁的孩子。他们要是回不去，刚刚土改分到的胜利果实，也就是土地，根本就没有人种。大姐听了这些话也就相信了他们，这是大姐一生的禀性，她似乎从来都不会怀疑别人有可能对她说假话，尤其是这样两个大男人，说着说着，还哭天抹泪起来。

大姐这时仗义又爽快，说："这个事情咱们这样办，你们俩的情况和我差不多，现如今既然脱离了咱们自己人的队伍，你们就暂时先跟着我。我也有自个儿的特殊原因要回胶东，但你们真想跟我一起回去就得跟着我一起等。我不能一个人回去，就是回去也得等到我的人上了岸，然后和这里的上级党组织和部队交涉，拿到正式的手续，然后一个不落地把他们全带回去。如果你们问我为什么要这样，那是因为他们每个人都是区长当初交给我的，我把他们从爹娘和妻子儿女身边带上战场，要是不把他们一个不落地再带回去，我对我们区长和他们的老子娘媳妇孩子都没法交代。"

两个人立马回答："愿意，这太好了，我们就跟着你了，你说怎么等我们俩就怎么等，你说要等你多久我们就等你多久。"叫刘廷华的一个还恭维起大姐来，说："我们村也有一个你这样的女村长，说话算数，能干，办起事来干脆爽利，我们全村包括我们这些老爷儿们都信得过她，当她是我们的主心骨，有她在鬼子占了胶东那么多年都没有打进我们村。你跟她一样。从这会儿起我们两个别的啥人都不信了，我们就信你，跟你一起等，然后和你一起回胶东。"

这两个民工和大姐进行过这么一番谈话后，倒像是去除了心事，能吃能喝能睡，什么也不想了。倒是大姐明显有了心事，一个人跑到海边一边继续每天的功课——朝大海上眺望，等待赵大秀和她的人乘坐的那条船靠岸——一边想自己的心事。当晚她就拿定了主意，回头就去找温营长，两人关上房门进行了一次很严肃很不愉快的谈话。

大姐当天晚上要和温营长谈话前先找到的不是营长而是千秋，因为在营部是千秋一天到晚跟着营长，做营长的警卫，还要当他的通信员。

大姐先去见了千秋笑着哄他说："千秋啊，咱们认识这么些天，你觉得大姐待你怎么样啊，好不好哇？"千秋吃了一惊，说："大姐怎么了，我做错事了吗？瞧你这话问的，大姐待我没说的，怎么着呢？"大姐这时就又说："那你听不听你大姐的？"千秋这时就有点明白了，大姐有事要求他，可他一时真猜不出大姐有什么事能求到他头上，就笑着说道："大姐你怎么了，你有什么话就说，有什么事要千秋去办，只要不犯纪律，千秋立马就跑着去帮你办去！"

虽然知道大姐已经结了婚而且有了孩子后他和大姐的关系似乎稍稍拉远了那么一点，但是知道这些反而让他在和大姐相处时新添了一种平静。

大姐在平度城下的表现，大姐在海上的表现，还因为在船上、在他们俩之间发生的这些零碎的故事，那种虽然被她结婚的事淡化了却依然存在的曾经温暖过他的心的东西，所有这一切即使到了此时仍然让千秋对大姐怀有一种发自内心的亲近与尊敬，虽在这种感情中新增添了某种不是很清晰却已经存在的距离。

参加八路一年多，让千秋心中拥有像他对大姐这样的特殊感情的人还没有很多，一个是温营长，他的首长，革命引路人，还是到了营部工作后连踢带打三下五除二就教会他怎么打仗的人，不是温营长有八个千秋也死在敌人的枪弹底下了。

还有，曾经有一次，温营长仍然用那种半开玩笑半带着真实的轻蔑的很伤人的话，三言两语就让他明白了，革命就是让天下所有穷人都有饭吃，不像他一样长到十三岁还光着腚，因为没裤子穿，让邻居家串亲戚的女孩子隔着矮墙笑话他。尤其是温营长的最后一句话，比当兵半年指导员讲了多少遍的政治课都更让他一下子就透彻地理解了为谁革命、为谁打仗这个人民军队的根本宗旨，他的革命觉悟就是温营长用这样一句初听起来让他觉得受到了侮辱的话树立起来的。

第二个让他拥有个人特殊感情的是他初入伍时的老班长刘

贤章。千秋入伍一年多经历了好几位班长，之所以会独独对刘贤章有感情，首先因为后者是他入伍后的首任班长，到了部队千秋什么都不懂，连吃喝拉撒睡都是刘贤章手把手教会的，更重要的是当兵后一次跑操千秋出了大错，丢失了子弹袋里仅有的三颗子弹。

那年月丢失子弹是要枪毙的，老班长没向连长报告，带着他沿早操的山路又跑了一趟，找回了三颗子弹，这在千秋心里等于是救了自个儿的命。

这第三个让千秋生出了特殊感情的就是大姐了，表面上说起来，他能想到的原因还是上面说过的那些：大姐作为一名女支前队队长在平度东门外的战场上出生入死，她的英勇表现几乎成了他们营在那场战斗中反败为胜的关键；大姐在三天四夜的渡海过程中作为"铁三角"的成员帮助了温营长和刘德全，将一船身份不同来历各异的人平安地带出险境，成功登陆东北，这本身就是件了不起的大事。

有过三天四夜的海上行程，在千秋心里大姐不是他的一个领导也成了他的一个领导，作为领导大姐有和温营长极像的地方，譬如遇事果断，作风泼辣，说干就干，不但雷厉风行而且执行力强，但更多的是不同，作为一名女性领导她会在渡海北上的航程中时时处处惦记着船上每一个人，谁吃了干粮没有，谁没有喝水，谁吃了还想打马虎眼再要一份食物，饮双份的淡水，她都记得特别清楚，不会让胆小不敢说话的人吃亏，也不会让想多吃多占的人蒙混过关占到便宜。

还有大姐自从开玩笑般地认他做了弟弟以后，真就像个大姐，无时不在地关心他，一会儿看不见他都要到处寻他，不让他离开她的视野似的，而且无论何时，大姐只要看到他，哪怕还离得很远，脸上立即会鲜花绽放一般现出笑容，而这时长得好看的大姐在千秋眼里就更加妩媚动人。

千秋有时也会不知不觉地将大姐和温营长做个比较，这时就会想到作为领导两个人真是天差地别啊。温营长是那种动不动就扯开嗓门大声骂人的人，要是千秋把事情做错了，温营长直接骂一顿还好受些，最受不了的是老温实在气不过时又不骂人了，他用一种恶毒的嘲笑取而代之。老温只有在他实在瞧不起你时才这么干，那时你就知道自己这一回死定了，在营长眼里你连一堆狗屎都不如了，他都不屑得骂你了。大姐可不一样，你事情不会做或者做不好她也会骂你，但她哪怕像老温一样用嘲笑的语气说你，你感觉到的也仍是满坑满谷的善良和疼爱。

在千秋那个年纪，有些事情是不可能想得明白的，譬如为什么大姐会在他心中成为和温营长、刘贤章老班长一样有特殊感情的人，其实真的能一下想起来的理由都不是，而那真的理由即便在他自己心里也是恍恍惚惚，如云如雾，说不清道不明的。大姐在他心中什么时候像是他的亲大姐他自己也不知道，但这种明显超出了革命队伍同志间正常关系的感情一旦生长起来，又让他觉得自己和大姐之间与自己和别的同志间的感情不完全一样了。

他都没有想过，能为大姐做点事，回报她对自己的亲近和爱该有多好，但这种事由大姐亲口说出来了，千秋才知道这种帮大姐做事的愿望，不仅早就在自己心中存在，而且还成了一种隐秘的渴望。

大姐这天晚上笑看着他说："你要是这么说我可就真信了。今天我要跟你们营长谈话，你在门外头给我守着，我和他谈的事情一句都不能让外人听见，只要我们还没有谈完你一个人也不能放进去。"千秋装成生气的样子说："这算什么，大姐你去吧，我保证不放一个人进去。"然后大姐就冲他举了举拳头进了营长住的那间教室，还关上了门。

千秋持枪立在门外，身后就是那道裂了几条缝的门，不想听里边两个人说什么但还是全都听到。让他大吃一惊的是大姐对温营长说出的第一句话："我要带着我的人回胶东。你不能拦着，还要帮我！"老温显然像千秋一样，也被她这句话给惊住了，接着千秋就听他很生气地说："赵村长，赵队长，你这是什么意思！党中央要我们渡海北上，和蒋军争夺东北，这仗还没打呢，你就要回胶东？你说出个理由我听听！"

大姐就说出了后来大家都知道的那些理由，最主要的理由是山东军区并没有要求胶东军区把支前民工也送到东北来，不能因为这种事发生了就不管了，得纠正。

"我和现在仍然滞留在庄河的两名民工都是跟你们一条船来的，我已经见过了萧华司令留在庄河的联络副官，他不反对我带着我的人回去，但我们不能就这样不声不响地回去，来时我们区长交代过，按照我们老区政府的习惯，但凡是出民工支前，任务完成后必须由部队出一道正式的手续，比方说写一封正式的信函，说明我们在完成支前任务过程中的表现，同时证明我们已经完成了支前任务，批准我们回去。现在我的人还没有上岸，二分区独立团已经不存在了，我现在能找到的只有你，我要求你不但要同意让我们回胶东，还要帮助我们回去，给我们弄到渡海的船、干粮和水，另外就是还要给我们写一封支前任务已经完成可以回去的信函，让我可以带回去交给区长。"

千秋这时就听出老温已经生了大气，他已经在屋里转着圈子哼哼起来，道："赵秀英同志，我刚才说过了，虽然你不归我领导，但我刚才已经说过了，这种时候你们不能回去！不应该回去！不过考虑到你还有吃奶的孩子，另外看样子你要带着你的人回去这件事你已经铁了心，我就是拦也拦不住你，那就算了，这件事你也不用跟我讲，我不拦就可以了还要我帮你！你想什么呢！还有那封公函，眼下这种情况我怎么给你写？说你们完成了全部支前任务？我们到了东北还一仗都没打呢！"

两个人话不投机，大姐就咄咄逼人地和老温讲道理："即使萧华将军的那个联络副官说的话不能算数，那你现在、马上、立即就告诉我，无论是延安还是山东军区罗荣桓司令员下的哪一道命令里有那么一条，胶东的支前民工必须和你们部队一起渡海到东北来打仗？"

温营长到了这时就有点语拙了，也更火了，大声咆哮说："你问我这个，我怎么知道有没有？别说没有，就是有也不会传达到我这一级干部！你当我是谁呀？"大姐一点面子也不给他，说："你别骗我！你一定知道！你就是真不知道也猜得到，你是谁呀，你是老红军，什么事没有见过，什么事情能瞒过你的眼？无论延安还是山东军区的命令里都没有让支前民工跟着部队渡海到东北这一条，所以我现在更有理由相信，我就是因为糊涂，上了你们团长的当，穿了你们团一套军装，才让许司令在蓬莱栾家口码头误会了我，他当时最担心的一定是胶东军区凑不够上级要求的三万部队渡海，只要看见一个穿军装的就认为是部队上的人，不管你对他说啥他听都不要听，结果我和我的人，还有别的不少民工支前队，就稀里糊涂地上了你们的船，来到了东北！"

千秋这时才知道大姐原来还有一副伶牙俐齿，真是一物降一物，温营长遇上她反而落了下风。老温最后被她逼急了，干脆说："你直说吧，你到底想跟我谈什么？"大姐说："我跟你谈什么已经说过了，我和我的人不能留在东北，我们要回去。但现在我要带我的人一起回去有很多困难，虽然我们并不是很熟但我们一起打过平度又一起过海也算是熟人了，你得帮我，我就是赖也赖上你了。对了还有一个招远的一个日照的，我也要一并把他们带回胶东。他们个个家里都有八十岁的老母还有吃奶的孩子。"

千秋听到老温又哼哼起来，不过已经变成了牢骚式的嘟哝："他们都有八十岁的老娘就我没有吗……"但千秋已经不关心他在说什么了，大姐的话已经彻底惊动了千秋的心。大姐要带自己的人回胶东！这件事不但是他没想到过的，更是他不希望发生的，他的心先是震惊，然后就慌了，为什么会慌，他不明白……这时他又开始仔细地听着屋里的动静，特别紧张地想听到温营长最后的回答。但是没有声音，老温的回答就是不回答。

千秋听到大姐又开始从头试图说服老温，说："温营长，我也是一名党员，我还是一名村干部，我和我的人并不是不想和你们一起留在东北打仗，和你们一起建立巩固的东北根据地。"千秋知道大姐能说出这句话是因为一上岸，中央指示精神就正式传达到了每一名官兵，"但是第一，我和我带到平度去的人当时受领的任务只有一个，就是配合你们团在胶东打完大反攻的最后一仗，完了就回去，没有接到过命令说还要在完成胶东的支前任务后跟着你们来东北支前。我要说的第二句话是，你作为一名老红军，老党员，一名部队的领导，你得体谅我们这些支前的民工，我带到战场上来的这些人都是地地道道的山里人，是农民，家家都有父母老婆孩子，他们到底和你和我这样的党员干部不一样，我们不能用要求我们自己的标准要求他们这些普通的翻身农民。作为他们的队长我更不能将他们带出来就不管了，我出发时对他们的亲人承诺过，到时候一定带他们回去，这件事真的和我自己革命意志坚定不坚定没关系，这是我们共产党对老百姓说话算不算数的问题。好好地把他们带上战场，然后再一个不落地把他们带回去，不论是区长还是我，只有这样做了，以后部队打仗再组织支前我们的工作才好开展。你怎么不说话，我是在这里对一屋子空气说话吗？"

老温不说话，忽然大姐的声音低了下去，说出了让千秋吃惊万分的一句话。她说："温营长我还要谈一下我个人的情况。这个情况也和我的革命意志是不是坚定没关系。我的孩子还没断奶，去平度战场支前时托付给邻居照看，我个人也不能留在东北的原因是我不但是他的娘，还是他活在世上的唯一的亲人。"

温营长好半天都不说话了，千秋已经不觉开始习惯只有大姐一个人在说。这时老温忽然勃然大怒，对大姐大光其火，吼道："你也不能留在东北，我也不能留在东北，那我们都回胶东！我也有老婆孩子，但你我都走，东北的仗谁来打？赵秀英同志你也是个老党员了，我们入党时怎么说的，为中国人民求解放牺牲一切，到了这个节骨眼那话又不作数了？我川北老家真的有八十岁的老娘，我的孩子也刚刚生下来，还没出满月呢，不是也和他娘一起渡海到了东北！他娘儿俩坐了哪一条船，这会儿在哪里，是不是上了岸，还是翻到了海里，我一点消息也没有！我怎么办？我要哭吗？"

老温才刚刚说到这儿，千秋就真的听到屋子里响起了一种奇怪的声音，开始还不明白那是什么，但很快就明白了，那是有人在哭，不是温营长，而是大姐，她不能放开声音大哭，只能用两只手捂住嘴，发出了一种小心、压抑同时又因为这小心和压抑格外惊动人心的号啕。

是的，不是一般的哭，是那种山洪暴发式的号啕，一个没有想到自己会哭的人突然被一种什么样的思念打动了，一直以来被封闭的情感之水突然冲决了意志的堤坝，从天而降般汹涌流泻，长江大河般充满了河床，淹没了两岸的田野。

老温一辈子最听不得的就是女人哭，这时的他显然更生气了，用更大的嗓门喊："赵秀英同志！你在我跟前哭什么？有用吗？我是你的领导吗?!"接下来千秋听到了他像急行军一样在屋里来来回回地走动的脚步声，山摇地动，听得千秋在门外害怕起来，他知道营长一旦这么走起来，那就是他对某件事情的愤怒达到了极点……果然温营长跟着就站住了大声吼叫道："哦，我问你！你刚才说你是孩子在世上的唯一的亲人，那孩子的爹呢？他就不能管你们的孩子吗？"

千秋在门外一下就听不到大姐的哭声了，此刻他自己也噙着眼泪，不愿意透过门缝看进去，但因为不放心，还是回头透过门缝看了一眼。这一刻大姐低着头，头发披散在脸上，他看不到她的脸，却分明听到了她的泪珠子从脸上叭叭落到地上去的声音。

大姐半晌都不再说话，也没有哭声，到后来连眼泪也没有了，抬头看着老温说："我可以不回答你的问题吗？"温营长什么也没有再问，咣当一声拉开门就冲了出来，吃惊地看一眼千秋，说："你怎么在这里站着!"忽然他那两只三角形的眼睛深处就透出了怀疑，"我知道了，是她让你替她守在这里的是不是？刚才你是不是都听到了？听到了就进去劝劝，告诉她，她又不是我的兵，她的事跟我说得着吗？真想回胶东，她等到了她的人，自个儿找条船，带上另外那两个招远和日照的民工马上就可以走，没有人会拦她。但是一旦她正式对我说出了这件事，它就是一件很严肃的事情了！我没有得到授权让任何已经渡海来到东北的人再回到胶东去！另外刚才我对你说的话也从来没有说过，她就是真回了胶东，这件事也从没有告诉过我！我这话你记好了，不是我批准她带着她的人回胶东的!"

说完了温营长抬腿就走，连一个回答"是"的机会也没有留给千秋。这时千秋心里仍然惦记的还是那个大姐刚才没有回答温营长的问题，在蓬莱栾家口码头开船时他想到过她的男人在另外一条船上，这个晚上听起来又觉得不像是那么回事了，十七岁是个男孩子肚里藏不住话的年龄，什么也没想就追上了营长，说："营长我刚才在外面听了一耳朵，好多地方都没听清楚，她的男人到底怎么了？"他没想到营长听了这话后竟然站住了，用一种在他看来极端轻蔑的目光盯了千秋一眼，只恶狠狠地说了一句话："你这个傻瓜。"说完了抬脚就走……

千秋回转身子，推门走进那间教室。大姐看上去已经平静了，但是面容惨淡，冲他努力一笑，说："他刚才的话我都听到了。"千秋一惊道："原来……你都听到了？"大姐点头，半天又说："那些话是说给我听的。"千秋呆呆地站着，脑瓜又有一点转不过来了。

"你说我傻不傻？"大姐忽然又开了口，但更是自言自语，"……我们区长就老说我傻。老温说得对，我又不是队伍上的人，现在又没有上级，我想走就走好了。"千秋的心就像被人生生地攥了一把一样痛起来，说："大姐呀，你真要走吗？"她想了想说："我是要走，但不会马上走，我的人还没上岸呢，我一个人回去怎么说呀，我说我把他们带去东北打仗了，我自己回来了？另外我刚才说，就是走你们团也得给我一个手续，这也很重要，没有这么一个正式的手续我就这么走，不成开小差了？没有这个手续我就是把我的人全都带回去了，也没法儿向区长和他们的亲人交代，他们会问我，那我们区上到底完成了支前任务没有呢？部队对我们完成任务的情况是个啥评价，他们满意吗？这些对你们好像都是小事儿，对我可是大事，回去都要向区长汇报的。"

千秋进到屋里就一直不转眼珠地盯着她，却一句话也没有听进去，心里转啊转的只有一件仿佛刚刚明白的事情：营长说得对，我是个傻瓜，战争年代一个女同志不告诉别人她的丈夫在哪儿，那她的丈夫就是牺牲了！我居然还想着有个人在另外一条船上，甚至还忌妒过他，为这个心痛……

他这种怔怔的悲从中来的表情让大姐看着好笑，一把将脸上的泪珠子抹了个干净说："你这会儿又愣着干啥呢，你不会是想帮着我哭吧，还是觉得你大姐咋就那么早早地结了婚呢？要是你大姐没结婚你不会想娶了大姐做媳妇吧？"

千秋心里轰隆一声响，像雷雨交加的季节时听到一幢房子倒了似的，差一点就哭出了声，瞬间脸也红了，转身就要朝外跑，那大颗泪珠扑簌簌地就掉下来。

大姐一步上来，从背后温情地抱住他，说："好兄弟，别走，是大姐不好，大姐不该像他们一样对你乱开玩笑……千秋呀千秋，我要是真有你这么个亲弟弟就好了，可惜大姐没有……姐刚才看出来了，你今晚上一直都在为姐难过哩，姐是个啥身世你大概都猜出来了，不过你也不要乱猜呀，事情还没有完呢，也许大姐没有你想到的那么惨……好了咱不说这个了，我们姐弟俩能在战场上相遇，又一条船到了东北，谁知道是不是前世的缘分！父母过世后就剩大姐一个人了，我没有别的亲人，你以后真就给大姐做个弟弟吧，要是咱们都能熬过战争活下去，以后就当一门亲戚走动……说话呀，行不行啊？"

千秋心里都要喊出来了，想说："大姐，大姐呀，我要是能有你这么个又能干又好看又知道疼人的大姐才是有福气呢！我怕我没有这么好的运气呀！"可是他当时啥话也没有说得出来，却鬼使神差地冒出了另外一句不相干的话，他说："大姐呀，要是找不到人批准你和你的人回胶东怎么办？"

大姐这时已经完全缓过了神儿，不像刚才他刚进门时那样愁锁眉梢，这时的她又成了那个他习惯的终日乐呵呵不知世间有"忧愁"二字的女子了，反过来笑着宽慰他说："瞧我这兄弟，真是姐的兄弟，和姐一样死脑筋，回不了胶东我就留下呗，和你们一起打仗，怎么你又不想让大姐留下陪你一起打仗了？"马上她又笑着说："我跟我兄弟说笑呢，大姐一定能等到我的人上岸，然后找到原来你们团的首长，拿到批准我们回胶东的正式手续，让我带着大家回胶东去！你们温营长管不了我的事，我去找你们吴团长，他现在虽然不是你们团长了，但新官不理旧账可不行，我的事情他还得管，他也不会不管对不对？大不了我直接去找南满军区的萧华司令员，我认识他，他也认识我，这么大的首长总能给我办手续让我带我的人回胶东吧！"

"大姐，你明天能见到更大的领导，你跟他说说你的事吧！"千秋说。

大姐就问："谁呀？"千秋这时又不敢说下去了，这是机密，不能再往下说。

但他知道自己的话已经把大姐的心给点燃了，大姐的眼睛亮了，脸上的笑容又像花一样开放了，如果说最初一瞬间还只是吃惊，马上就变成了狂喜，整个人变得神采飞扬起来，丢开千秋一迭声地说："我找温营长去！凭什么这么大的事要瞒住我。我能猜到是谁来了，比萧华司令员还大的首长就是我们山东军区的最高首长了，一定是他要渡海到东北来了！能为我做主的人到了！"

山东军区罗荣桓司令员第二天早上9点钟就到了庄河，比预先通报提早了三小时，上岸后和他的夫人林月琴大姐马上被接进了三营营部驻扎的庄河小学。温营长亲自带千秋和营部的全部人马加上刘德全的人为罗司令担任警卫，三步一岗五步一哨，现在大家见识了真正大首长的阵势：罗司令刚在庄河小学安营扎寨，来不及和担任接待和警卫的温营长打一声招呼，便马上让参谋人员支起了电台，开始处理紧要军务。

这些事情做完了已经到了吃午饭的时间，千秋被温营长安排了一个很光荣的工作，负责在罗司令和林大姐住的教室门前给首长夫妇打洗脸水，另外首长和林大姐的人有什么事招呼马上去办。罗司令忙完一上午的工作才走出来要水洗脸，千秋急忙把水送上去，捎带着想是不是趁这个机会把大姐的事三言两语向首长做个报告。

罗司令一边洗脸一边就和他唠上嗑了，问他是胶东哪里人，当了几年八路，过海时遇上的风浪大不大。千秋因为紧张话也不会说了，首长问一句答一句，一边在心里埋怨自己没出息，平时盼着见首长，真见到了首长这么和气自个儿却想不起要说什么了，愣了半天才想起首长是从延安到山东的，他参军后到了部队，听过一首歌，叫作《歌唱延安》，里面有几句歌词让他非常着迷：

延安的烟囱有多高？有多高？

延安的小米有多香？有多香？

…………

其他的歌词也记不住，突然脑瓜里就冒出了这两句，尤其是前面一句，意思他是明白的，延安是共产党的根据地，当新兵时指导员给他们讲政治课，说延安好得像现在的苏联，到处都是工厂，工厂里到处都是烟囱，于是那首歌里才有了这样的歌词……他几乎是昏了头，对罗司令提出了一个问题："首……首长，延安的烟囱有多高？"

罗司令一定是被他问住了，一边洗脸一边怔怔地想，又看着千秋，笑着说："什么……烟囱？我记得延安好像没有烟囱。"首长根本没想到这样一个回答给千秋带来了多么大的打击……直到几十年后他真的到了延安参观，才明白首长的话是真的。那时候延安真没有什么像样的工厂，更没有他想象中高耸入云遍地林立的烟囱……不过这件事很快就被另一件遮过去了，大姐就在这时冲破层层岗哨跑进来，令千秋想不到的不是她真的认识罗司令和林月琴大姐，而是她和他们熟悉的程度。

大姐跑进来抬头就喊出了一声"罗司令"，罗司令和这时推门走出来的林月琴大姐马上认出了她。罗司令一惊过后就笑着对林大姐说："你快看这是谁？这不是昆嵛山二区的小赵村长吗？"

林大姐过来拉住大姐的手说："哎呀，哎呀，秀英啊，你怎么也在这里呀？"秀英大姐激动得有点想哭，但还是笑着说："是呀是呀大姐呀，罗司令，我也到东北来了。"罗司令马上向身边的随员介绍大姐，说："你们快看看她，前些天边区《前进报》上登的那个支前女英雄就是她。你们不是说要见见人吗？现在她就在这里！"

这时呼啦啦从两边房子里出来了不少人，都来看大姐。大姐脸就红了，一边抹泪花一边对林大姐说："大姐你看看罗司令，他都把我说臊了！"林大姐就笑看罗司令，责备说："瞧瞧你，都是你不好！"罗司令就笑着挥了一下手，让来看大姐的人离开，自个儿将洗脸水泼在地上，回头看大姐，眼里就现出一点诧异，说："你怎么也跑到东北来了？"大姐这时像孩子见到娘一样忍不住了，痛痛快快地哭起来，说："首长，我正要向您汇报呢，我遇上难处了。"

在战场和渡海的船上那么勇敢坚强、乐观风趣的大姐，见了罗司令和林大姐，居然哭得像个孩子一样，让愣着连罗司令手里的脸盆也忘了接过去的千秋太不适应了，一下子又觉得这个大姐变得陌生。

温营长也不知道什么时候为了什么突然走来了，冲千秋瞪一眼说："你看西洋景呢，脸盆！"千秋这才想起把首长手里的脸盆接过去，看着罗司令和林大姐把大姐引进屋里去，林大姐一边扶着大姐还一边劝着说："别哭别哭，这到底是怎么了呀？"说着就关上了门，把温营长也关到了门外，和千秋一起站着。过了好一会儿，罗司令亲自打开门，把温营长喊了进去。

进门后温营长看到大姐已经不哭了，但脸上仍有泪痕，后来他对千秋讲述了当时的情景："那天进了首长的门我心里就明白了，我还是小瞧她了，这个赵秀英，小小年纪，居然连山东军区最高首长和他的夫人都这么熟。就冲她开头时向首长两口子那样一哭……那哪是哭呀，那就是撒娇嘛！哎哟，这个女村长不得了，不但会打仗，会支前，还会在首长那里撒娇，这人太不能小看了……"

罗司令让温营长进了门却没有马上跟他说话。首长先是自个儿沉默了一阵子，才开口对大姐说："中央建立巩固东北根据地的决心非常坚定，按照规定任何人到了东北都不能再回山东，连我也没有权力批准你离开。但你个人的情况确实又比较特殊，你的丈夫刘德文同志是我亲自从胶东选派到鲁西南的，我听说你们只过了一个新婚之夜他就走了。这次他没来东北，留在了山东坚持斗争。山东主力数万人渡海北上，留下的部队就很艰苦了，以后战争会打成什么样子不好猜测，也许在东北要和老蒋再打上八年。你的孩子这么小，像你这样能干的老区基层干部太少，留下的部队也需要你这样的根据地骨干支前……这样吧，再过三天我今天来时乘坐的快艇还会到庄河，等它要回去了，温书瑞营长，由你负责安排秀英同志和她的人上艇回胶东。这件事是特事特批，赵秀英同志不是回胶东，是奉命回胶东参加那边的战斗！"

大姐伏在林大姐怀里哭了一鼻子，抬头又想起一件事，说："司令我的事还没完呢。我带了我们昆嵛山二区的支前队上战场，现在要回去了，他们二分区独立团得给我一个手续，证明我和我的人把任务完成了，这我回去才好向我们区长交代。

可他们团渡海后已经散了，我找不到人给我出这个手续，这可怎么走哇！"

林大姐就笑着看了一眼罗司令，说："你瞧瞧这孩子，办事就是这么较真。"

罗司令说："行吧，他们团长你是找不到了，这个手续我给你出总行了吧。"罗司令当时就回过头，扯了一页纸，写下两行字：

　　　兹有昆嵛山二区支前队奉命支前，在各次战斗中表现优异，现任务结束，特准予返乡。

　　　　　　　　　　　　　　　　　　　　　　罗荣桓

写完了他拿给秀英大姐，说："我就不盖章了，你们区长认识我的字。"

大姐当时欢天喜地，几十年后千秋仍然历历在目。她接过了那张纸条，小心翼翼地叠起来，收好，回头搂住林大姐又跳又笑，但马上又哭起来，说："大姐，我们还能见得到吗？"林大姐说："嘻！你这个丫头，怎么见不到？全国解放了我还要带着老罗和孩子们再去你们赵家峪住几天呢。你们那里山清水秀，难找的好地方！好了好了，你的事情完了吧？完了就吃饭吧，我可是饿了！"温营长这时才像醒过来了一样，回头朝门外喊："千秋！千秋！快让炊事班大老王把饭抬进来！"

罗司令只在庄河住了两天就被沈阳来的人接走了，他们急着要他赶过去和延安派往东北的中央局要人会合，共商开创东北斗争新局面的大事。

千秋闷闷不乐，大姐意气风发，故意在千秋面前跑进跑出，眉开眼笑——罗司令夫妇一行刚刚启程，她一转身就又回到了海滩上。过去她只会在那里望眼欲穿地等待载有大秀和她的支前队的那一条船，现在又加上了还要等待首长说的那条从胶东折返的快艇。

温营长见她一天一天不回来晚上也守在海滩上就让千秋按钟点送吃的过去。大姐见千秋来了说："千秋呀我这会儿真吃不下，前两天我还只惦记一件事：大秀他们那条船什么时候靠岸，现在要担心两件事了，除了大秀他们还有罗司令的快艇。快艇不来，大秀他们到了我们还是回不去；快艇来了，大秀他们的船不到，我是走还是不走哇？眼下山东军区可就这一条快艇，来了就会马上回去，不会等我们的。"

千秋坐在她身边，在沙滩上胡乱画字，心里想的是自己就要永远失去她了，这时他才清楚地意识到时间虽然不长，大姐在他心里已经占据了一种什么样的地位，这种地位说不清道不明，像是要和亲姐姐生离死别，又像是别的。一时他又盼着快艇不要来，快艇一到，接上她和她的人一走，自己今生今世可能就再也见不到这个人了。

现在他对大姐的事情知道得更多了：大姐不但已经结婚，而且有了儿子；大姐丈夫名叫刘德文，原来是一名老十团的副团长，现在留在山东，听说已经是鲁西南一个新组建的团的团长了，他既没有牺牲也没有来东北。那时的他还不知道这就是难过，但他真的很难过，尤其是——这也是他后来才明白的——过去那些难过都是可以说出来的，但是今天这样一种难过，却是他从没有体会过的，因而也是说不出来的，于是就更加难过。

1945年9月，胶东军区兵力大规模渡海北上持续了七天，七天后最后一条船靠岸，标志着胶东三万大军全部渡海完毕。让大姐和千秋一样意外和失望的是，秀英大姐既没等到赵大秀和她的支前队乘坐的那条船，也没有等到胶东来的快艇。其实到了最后两天，海上就已帆影稀疏，零星上岸的已经是除蓬莱县大队外最后登船北渡的胶东各县最后一批大队和区小队。

后来有些军史专家无不感叹地说：胶东军区为了执行中央指示真是铆足了劲儿，胶东当年过海的兵员可能不止三万。

先期渡海的各主力部队在完成编组后并没有闲着，日军投降后东北正处于无政府状态中，到处是无业无食无生路的青年，只要竖起招兵大旗便不愁没人来当兵。南满军区首长也看出了这是个招兵的好机会，于是便鼓励他们就地征兵，军区首长干脆将新兵和刘德全的半个蓬莱县大队以及尚未收编的胶东各县大队区小队收拢到一起，多编了一个所谓的"最后一团"即第十九团。

温营长的二分区独立团三营营部因为接待罗司令，错过了编入主力的机会，被军区直接升格为第十九团团部。老温也升了官，出任第十九团参谋长。一名在苏联喝过"洋墨水"、从延安来到东北的干部当了团长。

千秋仍然跟着老温，不再是警卫员兼通信员，成了老温的警卫班长，手下领导着三个人：一个庄河当地新招的通信员、一个马夫和一个挑夫兼伙夫。这样一个四人的警卫班是那个年代团级干部的标配，不打仗时负责照顾团首长的生活，给老温牵马养马，打起仗来就是团首长身边的小分队。千秋当兵后吃了八路的粮，个头噌噌往上长，一年多竟长高了十五厘米，达到一米八二。所谓身大力不亏，他现在有了一个新任务就是上了战场首长一旦负伤能扛起来就跑。

渡海前在胶东他这样的还算是新兵蛋子，到了东北他在新兵眼里就升格成了"山东老八路"，不但受到所有新兵的尊敬，还要被驻地的老百姓高看一眼。

人一多事就忙，千秋既要天天跟着温参谋长编练新组建起来的十九团，让一向作风散漫的胶东各县大队区小队的游击队员们学会像主力一样行军打仗，让这个团就地在庄河招的一千多名新兵学会出操打枪，完了晚上自己还要抽时间给班里的三名新兵下小操。

这时他仍然没有忘记海滩上的大姐，秀英大姐到了这时仍旧天天守在那里，像一个痴情的女人等待出海未归的丈夫，虽然仍没有失去希望，信心却和形容一样越来越显出了憔悴。

千秋有时会在傍晚时分，抽出时间去海滩上看一眼大姐，这时他就会远远地望见她那孤单的身影，在海滩高处迎风直立，目光仍旧望着一片帆影也不见了的大海。这时的他还没有看到她那焦渴到绝望的眼神儿，就已经想到了一件事情：大姐已经等不来赵大秀和她的支前队了，也等不来那条快艇了。

她该怎么办呢？

7

"您跑题了。您把白马忘了。"

"没忘。别着急，马上就有白马了。"

8

大姐既没有等到她的人也没有等到胶东来的快艇，十九团却等到了进驻营口的蒋军第五十二军和南满我军一个主力纵队交火的消息。

最先到达东北的蒋军第五十二军号称是蒋介石"五大主力"之外的"第六大主力"，全套美式装备。我军这支主力纵队以老十团、老十三团为骨干编成，在胶东曾经打得鬼子闻风丧胆，本以为打蒋军没什么大不了，没想到以两个团攻敌人一个营，一旦交火被打得稀里哗啦，过去那一套对付鬼子的办法全然不灵，打了两天也没有打下一个小小的外围据点，还被对手趁势打了一个反击，伤亡两千余人，超过了大反攻打响后胶东主力的伤亡总数。

这一战震动很大，东北我军从高层到下面对蒋军的战斗力开始有了新的认识。一战而胜的五十二军则士气大振，没有停止攻击，他们兵锋向东，乘胜急进，我军在庄河的临时集结地立马受到了重大威胁。草草编成后尚未完成整训的第十九团奉命急急向北方中朝边境我方一侧的安东（现丹东）转移。接到命令后温参谋长马上派千秋把仍在海滩上苦苦等待的大姐喊回来，虽然军情紧急，老温看着这个几天下来形容憔悴的女支前队队长，仍然生出了恻隐之心，难得地耐着性子和她谈话，并且没让千秋回避。

老温开门见山地对大姐讲了我军面对的严峻形势，部队要马上从庄河撤离，问她打算怎么办。千秋明白老温为什么要这样说话：营口前线失利的消息给一些像十九团这样主要由县大队区小队的游击队员加上临时招募的新兵编成的部队带来了不小冲击，加上国共两党以后在东北要大打的消息在东北老百姓中传得沸沸扬扬，部队军心有些不稳，原来执意等着大姐要跟她一起回胶东的那两个招远和日照的民工就是这个时候突然不见了的。接下来一个晚上，十九团跑了四十一个新兵，就连一些胶东老区来的人立场也含糊起来。这让负责部队管理的老温大为恼火，不得不下令采取措施严防死守。

后来老温也想通了，跑的人多半不是为了打仗来的，他们多是日伪时期结束后到处找地方吃粮当兵的老兵油子或者无业人员，为了吃八路军的粮把小命赔上他们是不会干的，他们走了也有好处，就是马上减小了全团在给养方面的压力。一句话，真革命的不会走，不革命的拴也拴不住。

想是这么想，但那些天老温的脾气着实大起来，眼睛都红了，所以才在和大姐谈话的末尾说出了那样一句话："你打算怎么办？"秀英大姐听了老温的话，非常反感，毫不客气地怼他说："你说我怎么办？我的人我还没找到呢，我能怎么办？这个时候谁都能走就是我不能走！"

老温又做出了要破口大骂的样子，终于没有骂出来，但仍然红着眼睛很凶地说："你怎么不能走？你和别人不一样，你可是罗司令亲自批准过的！你家里还有吃奶的孩子呢，他又没有两个娘！再说你又不是我们十九团的人，要不你就入编，我在船上就想过把你编进队伍，给你一个职务，我们团缺的就是你这样一个人，可惜我不能，再说你也是个女同志。"老温其实还想对大姐说，到了这会儿，如果赵大秀和你的人乘坐的运兵船没有翻到海上，一定也上岸了。

那时大家都听说了，后来胶东渡海的部队也不是只在庄河一个地方上岸，到了这会儿谁也不敢肯定赵大秀他们真的全都平安过了海，但只要他们平安过海就一定会在别的地方上岸，然后说不定就地编到什么部队里去了，大姐这会儿就是再担心他们也没用，至少留在这里等他们不再有任何意义，不管他们到没到东北都不会在这里上岸了。

这些话老温虽然当时没有说出来，但在别的场合也对大姐说过，还不止一次。就是在这样的时刻这样的事情上千秋和温参谋长看出了大姐性情的另一面——你说你的，我每天还是要回到海滩上去等，白天等晚上还等，后来干脆就睡在海滩上，万一大秀他们的船这个时候到了呢？

温参谋长唉声叹气说："真轴哇，不是一般的轴，世上人都说男人轴，但女人一旦犯起轴来，一个团的男人加起来都比不上！"但是这一次听懂了老温没说出来的话的大姐却当着千秋和老温的面第一次显出了女人的迟疑和犹豫不决。

她对老温说："我哪里是不想走，听说胶东老家也在打大仗，我们村就在根据地边儿上，过去是日本人进山'扫荡'的必经之路，以后蒋军进攻胶东根据地，一定也会从我们赵家垴进山，一打大仗群众就跑反，我的邻居会把我的孩子交给谁？这会儿他是不是活着，我这个当娘的都不知道。"

说着她又要抹眼泪，老温最受不了这个，就不想听了，转身就要走，大姐一把拉住他，也不哭了，生起气来，高声道："你往哪儿走？我的话还没说完呢！你的意思是让我趁着这个机会回胶东，可是我能这样走吗？要不大秀他们就没有上岸，半道上船让风刮回去了，要不上了岸却和我们错过了，不在庄河，你分析得都对，还有一句话提醒了我，你说得对，大秀不是我，很可能一上岸就和我们的人稀里糊涂被编进了哪支队伍，这都是说不好的。当然真是这样，我的心也可以稍稍放下一点，至少他们平安地过海上了岸。但是他们到了东北去了哪儿我还一点信儿也没有，我就是拿着罗司令写的条子也没法回去见我们区长和他们的亲人哪！我就是要走，也得找到他们被编到哪支部队去了，或者跟着哪支队伍走了，我得得到一个实信儿，不管是死是活，等不到一个实信儿之前我哪儿也不去，只要我人在南满，我一边等一边打听总能找到他们吧！"

老温哪有心情和她长篇大论地扯这些事情，十九团撤离庄河前他自己还有一大堆麻烦事要办呢，于是就只能长话短说，他对大姐说："得得得，你要是真不走也不能留在庄河，你必须得跟我们团走。你都看见了，我们这个团，老兵都是游击队，新兵啥也不会，团长不会打仗，政委一直不到任，我这个参谋长今天既要拿出精力帮助我们团长尽快学会当团长，指挥打仗，等待政委到任，更要抓紧一切时间将游击队变成主力，教会新兵行军打仗，别上了战场一听枪响撒丫子就跑。我没有一点工夫做你这个老百姓的思想工作。哎，说到做群众工作你在这方面是行家，怎么样赵秀英同志，我们团太缺少一个你这样的人了，一时半会儿你要是回不了胶东，就跟着我们团走，你就算是继续支前，我们呢也不会亏待你，我马上把你的事当成一件大事向上级报告，让各级领导在每一支从胶东来东北新编成的队伍里查找赵大秀和你的支前队，然后照着罗司令的指示，一有机会，我们就安排你和你的人回胶东。怎么样？就这样定了！当然我更愿意动员你现在就入编，别担心，是暂时的，你的人找到了马上就解放你，这样的话你和我们全团一起行动起来也方便！"

大姐没等他把话说完立马就回答道："不！想什么呢你！我可以跟着你们走，就算是继续支前了，但我决不能正式入编你们十九团，入了编就是部队上的人，仗一打起来我还怎么走?!"老温听完她的话转身就走，再没说一句话。

千秋急急忙忙跟上温参谋长离去，一边仍然频频回望大姐，心里已经再次为她的走或留疼痛起来。那时他想除了答应温参谋长，随十九团离开庄河，她还会有别的选择吗？

正在大踏步向庄河推进的蒋军第五十二军容不得她有别的选择，十九团头天离开他们第二天就到，占领了这座辽东古城，一时间该军"庄河大捷"的消息上了国内很多大报的头条，再次在南京蒋政府中引发了狂欢。更大规模的战争像无边的乌云一样逼上每个人的心头，匆匆北撤的队伍中也不再回避他们马上就要和蒋军在东北大打恶打的各种可能性的讨论。还有一种说法也流行起来，如果真像营口和庄河这样打，装备低劣、没有经过多少训练的东北我军会不会迅速失败，或者像在胶东和日本人那样打上七八年。

像团长和温参谋长这样级别的干部当然比下面更清楚局势的严重，国共两党在东北这块黑土地上不是会不会大打恶打的问题，而是要拼死一搏，不是两败俱伤，而是一定要分出胜负，你死我活。

具体就当时南满的形势论，敌强我弱更是显而易见，开到这里来的蒋军都是中央军的王牌，我军过海后新编的队伍中，除了几支主要由胶东原主力团编成的部队，其他的基本都是新编成的队伍，一打就散，真要马上就大打，鹿死谁手还真不好说，所以平心而论，无论是老温还是新来的团长，没有谁真愿意让一个来自胶东老区的女村长——家里还有一个没断奶的孩子——留在这块马上就会成为尸山血海的新战场上。

千秋很久以后才知道，老温还有另外一个不愿说出不想让大姐留下来的原因：虽然罗司令当着他的面提到了大姐的丈夫叫刘德文，但无论此前还是这以后大姐对这个丈夫都讳莫如深，保持着某种奇怪的沉默和悲情的态度，同时关于孩子又说过另一句话，即她是这个孩子在世上的唯一亲人。战争年代，即便是罗司令也不一定知道每一名团级干部是不是还活在人间，大姐对她丈夫的态度，完全有理由先是让老温，然后就是让千秋和十九团的所有官兵认为，她可能早就成了一名烈士遗孀。

大姐作为唯一没有入编十九团的地方支前人员，仍然穿着那套肥大的胶东二分区独立团的军装，随着这个团——经过再次整编后改称为某纵队的第三十七团，仍是南满两支主力纵队战斗序列中的"最后一团"——以急行军速度一路北撤，到了安东城外的三股流，打掉了一股趁乱起兵的土匪后就地停下。

作为一名来自胶东老区的区级支前队队长和村级游击队队长（抗战时期村武委会就是村级游击队），年龄不大党龄不短，一旦明白自己暂时回不了胶东，大姐也就迅速从心理和行动的层面上主动加入到了这支队伍之中，更准确地说是加入了已经开始的东北解放战争，至于加入的队伍是十九团还是三十七团一点儿都不重要。

因为温参谋长的介绍以及在庄河时期帮助军地双方成功处理了几次纠纷,从延安来的团长对大姐在办理军地间繁杂事务方面的才能很是欣赏,又听到了她在胶东大反攻战场上的一些传说,队伍踏上北上之路之前就主动和温参谋长商量,像当初二分区独立团的吴团长一样,正式给了大姐一个任命。

团长公开宣布大姐的第一个正式职务是三十七团后勤大队的临时大队长,负责管理团的运输队,那时团里既没有司令部也没有政治处更没有后勤处,这些机关都是在东北解放战争进入决战阶段才逐渐建立起来的;大姐的第二个职务是代理群工干事,兼管本团的群众工作,负责处理军地间每日都可能出现的各种复杂事务和纠纷;大姐的第三个职务是团火线包扎所的临时所长,一旦仗打起来了马上上任。

大姐像在胶东大反攻的战场上一样临危受命,接受了这些职务,一点过渡也没有就恢复了自己支前队队长的本色,如鱼得水而又雷厉风行地开始履行这些新职务,赶在全团出发前半小时完成了团火线包扎所的组建,成员除了她之外还包括一名医生(过海的三营营部军医曾佑华)和两名护士(庄河当地卫生学校招的男兵),虽然只有四个人,打起仗来加上一个地方民工支前队就可以撑起一个火线包扎所。一个只有两辆大车四匹拉车的杂色马的团运输队（可以运送给养也可以在战场上运送弹药）在此之前也已经被置于她的直接领导之下，而她从此也便以团运输队为家，行走坐卧都和它在一起。

一支在后来的战争进程中被认为是非常重要的群众工作队也建立了起来，归大姐领导，这支队伍人员不固定，根据需要可多可少，随时可以由大姐提出要求，由团里临时派出兵员加入，任务一结束队伍就解散，各自归建。在所有这些半正式的（如运输队和火线包扎所）和非正式的队伍（群众工作队）中大姐都是最高领导，但对她最为重要并且后来让她出了大名的职务却是全团出发时谁都没有想到需要任命的"打粮队"队长。

抗战胜利后第一批进军东北的蒋军携带的是美国大米洋面，一改以前蒋军走哪儿吃哪儿的习惯，无论是新一军还是新六军包括五十二军都不再就地取粮。我军离开胶东后失去后方，只能就地获取给养，而这样做首先得罪的就是东北的百姓。

此时的东北日伪已经垮台，苏军要撤未撤，新政权没有建立，各地都处在无政府状态下，加上工厂停工，学生失学，社会动荡，土匪横行，十九团即后来的三十七团在庄河驻扎时和主力团一样趁机竖起招兵大旗，很快就成了三千多人的一个大团，北撤时队伍里仍有一千多张嘴，能不能打到粮食成了团队能不能维持下去的头等大事。

　　部队甫一出发，团长和温参谋长就想到了这件大事，将任务交给了秀英大姐，让她以临时群工干事的名义，每天带一支从各营、连抽出来的小队伍组成打粮队，沿途筹措全团的军粮。

　　大姐这个在胶东老区成长起来的基层支前模范不说地方老百姓觉悟低——东北是新区，部队刚到这里，革命处在低潮，遇到这样那样的挫折和不利局面，都是正常的。不正常的是军队和当地党组织的表现，正因为大敌当前，局势严峻，才需要部队和当地党组织扛得住考验，把工作做好，广泛深入地动员群众组织群众武装群众参与战争，创建稳固的根据地，把局势稳定下来，然后积聚力量，准备反攻，结果却表现得不尽如人意。

　　话虽这么说，三十七团一路北上时代表全团和沿途群众打交道的还是她。她本来就是来自胶东老区基层的党员干部，政策观念强，做工作又有方法，在她看来，队伍当然天天都要吃粮，但也要严格遵守群众纪律，不能因为打不到粮就乱来，败坏了共产党和山东老八路的形象。

　　事实上当时和三十七团北撤的我军每支部队几乎都遇到了"打粮难"的问题，但大姐领导的三十七团打粮队却和别的部队派出的打粮队不同，大姐的办法是队伍一到某地，片刻不停就带上随机抽调的一个排或一个连的打粮队跑步出发，动作飞快，进了镇子和屯子直闯当地的伪政府机关和伪警察所，查收粮库，封锁伪产，搜缴粮食、棉花、布匹、药品和车马。

温参谋长每次都让千秋和他在庄河新招的通信员潘得禄参加打粮队，随同大姐一起行动，老温的真正用意千秋是明白的。千秋知道他和潘得禄的任务不是打粮而是保护大姐这个打粮队的队长，不能让她在某次打粮行动中突然挨了"黑枪"。即便是大姐带的打粮队，这种事情也不是没有发生过。亲身经历过那段艰苦岁月的老战士说起这桩事情，都会像千秋晚年一样说："啊，刚过海时确实是有多少部队就有多少支打粮队，有多少支打粮队就有多少种打粮的法子。"

在整个辽东，居然是大姐带领的三十七团打粮队最早发现了那样一个秘密：由于苏军对日宣战后在我国东北境内长驱直入，很多偏僻的地方包括一些较大的城镇里，伪政府和伪军虽然垮了台，但伪警察都还在执勤，一般下层伪官吏也还守在衙门里不敢擅离职守，各种仓库只要苏军没发现也没有被当地胡子赶来哄抢，里面屯的战争物资大半都还在。

正因为很早就发现了这个秘密，大姐率领的三十七团打粮队在最初一段时间那真是要风得风，要雨得雨，但是不久后这个秘密就被所有的打粮队发现了，他们再用这个办法去打粮，就艰难了。虽然如此，直到他们退到了安东，在城外的三股流停下来，部队军粮的供应一直还是充足的。

另一项和打粮一样重要甚至更为紧迫的任务，是收缴各地伪警察伪政府人员的枪支。渡海前胶东军区为避免被渤海湾的美国军舰查到，下令登船前各部队的武器一律留下，当时给温参谋长以上级别的干部传达的说法是：一到东北我军就会受到苏军老大哥的热烈欢迎，他们会马上把在东北全境缴获的大批日军武器送给我军。

上了岸才发现，既没有欢迎的苏军也没有武器，几个主力团的武器怎么来的他们不知道，但像三十七团这种最后把别人不愿意要的人员"撮大堆"编成的团队——南满军区也就这么一个，所有的武器就全要靠自己去打了。

于是每到一地，大姐率领的打粮队往往会同时成为一支很厉害的打枪队，最大的一次收获就发生在上面已经讲到的伪满洲国安东省的首府安东。三十七团在安东城下的三股流经过一战消灭了盘踞在那里的一小股胡子，马上派出大姐的打粮队进城去寻找军粮，原因是他们刚刚得到一个消息，说在他们团之前还没有人敢闯进安东城，原因是安东城仍然在苏军手里，对所有试图进城的我军都持一种戒备和随时开火的态度。

大姐听团里的情报员介绍完了情况后说："不怕，别人进不去我们不一定就进不去，万一进去了呢？安东可是个大城。"

团长和温参谋长觉得可以试一试，另外还有一个原因就是团里前几天打来的粮食眼看就消耗尽了，打粮队再打不来粮全团就要断顿。

大姐马上带着打粮队出发，这次温参谋长特意安排千秋紧紧跟着她，低声嘱咐说："老毛子不比东北山里的老百姓，第一他们真敢开枪，第二都是在欧洲战场上打了多年仗的老兵，枪法不会不准，所以这次你去保护赵秀英队长的任务非常艰巨，但任务一定要完成！"三股流距离安东城并不远，千秋随着大姐和打粮队走了不到一顿饭工夫就到了安东城外，立即被苏军拦在城外，果然是剑拔弩张，一名鲁莽的苏军少尉还差点儿命令对打粮队马上开火。还是秀英大姐，大雪天突然摘下了自己头上的狗皮帽子，让对方看出了她是一个女人，连比画带吆喝让双方都把枪放下去，一个人上前和苏军少尉莫洛夫交涉。

千秋后来一直认为不是她的胶东话，而是她的性别与和颜悦色，连同各种让对方松弛的身体语言，让这名喝多了伏特加的苏军少尉渐渐不那么紧张了，虽然他仍然将枪口对准了一步步走过去的大姐。

大姐边走边对莫洛夫大声喊叫，说他们是山东过海的八路军，她现在只想带着一支小部队进城为全团购买给养，其他的部队会一直安静地留在城外，得不到允许决不靠近安东城。苏军少尉听不懂她的胶东话，大姐明显地开始着急，忽然就骂起莫洛夫来，说："你这个毛子怎么就听不懂人话呢，啊我这么说吧，我们是毛泽东的队伍，毛泽东懂不懂？毛泽东斯大林，达瓦里什，同志，你个王八蛋懂不懂？"苏军少尉莫洛夫终于咧开了他那有一道刀疤的嘴，醉眼迷蒙地笑起来，笨拙地说："这个我懂。毛泽东斯大林，达瓦里什。"说完了仍旧枪口对着大姐，不让打粮队进城。

大姐就又向他一边骂一边解释，终于让莫洛夫愿意放下枪，打电话报告自己的顶头上司、苏军安东指挥官扎巴罗夫上尉，得到的回复是：所有人一律不得进城，包括这支自称为山东八路的小部队。

千秋绝望了，大姐的能耐却在这种令人绝望的时刻以某种灵光一闪的方式显现出来，也可能她真是急了，一把从莫洛夫手中夺过话筒，和电话那一端的扎巴罗夫直接说起俄语来，翻来覆去就两句："达瓦里什哈拉绍，雅结巴留不留。"说了一通放下电话，直接对莫洛夫说："行了，上尉同意让我们持械进城，安东城里仍有反苏反共的敌对势力需要我们去肃清。"千秋一边听着她和苏联人沟通，一边警觉地将一支在庄河打到的"独角炮"掏出来，瞄准苏军少尉莫洛夫，随时准备在他万一表示出要向大姐动手时提前开火。

　　胶东人闯关东历史悠久，即便在本土长大的人也都能听懂几句毛子话，但他方才听了半天，仍然不觉得大姐听懂了莫洛夫说什么，也不觉得莫洛夫听懂了大姐说什么，但就在他完全绝望了的一刻让他吃惊的事情发生了：似乎是大姐不管对方说什么一直反复叫喊的那两句话，达瓦里什哈拉绍，雅结巴留不留，让莫洛夫完全没了脾气，挥手就让她和她带的我军一个排的打粮队携带全部枪械进了城。

　　大姐进了城就打听，带着千秋和她身后的队伍一路狂奔，去了伪安东省警察厅。伪警察们还在，正聚集在那里等待国军接收。大姐带众人一步闯进去，接着一声大喊："国军先遣队到！愿意缴枪的把枪交出来，不愿意的一律以汉奸论处，枪毙！"

　　众伪警察看看她手中的枪，又看看千秋和众人手中各式各样的武器，表示愿意缴枪，但一个伪警察中的老油条站出来阻止，主动上前问大姐道："你们既是国军，为什么穿得稀烂，也没有个标识，看着倒像胡子。"大姐对他横眉立目，道："你傻呀，苏军现占着安东城，穿得不像胡子我们进得来吗？现在你先给我听好了，要缴枪快点儿，不然先毙了你！"说着枪口就顶上了对方的脑门。那伪警察见状不再吭声，于是大姐一枪未放就收缴了三十几支手枪和数百支各种年代各种款式的步枪。

　　大姐为自己留下一把温参谋长那样的大镜面匣子（老温到底是老红军，有经验，渡海前他暗暗交代三营营部所有人包括他自己都悄悄把枪带上了船，这些枪现在都成了打粮队手中的武器）。千秋收获最大，他冲进伪警察局长的办公室，"打"到了两挺捷克造"花机关"、一支恩菲尔德MK I型转轮手枪，还有一支德国产毛瑟98k卡宾枪。进城时他腰里别的还是从庄河民间搞的那把"独角炮"，从伪警察厅出来时身上挎的已经是二战结束时全世界各战场上能见到的最好的枪了。两挺"花机关"的枪把上还拴着大红绸子，千秋一左一右挎在身上，拦腰扎紧一条日式皮带，走起路来脚下生风，两条红绸子飘荡。

　　晚年的千秋喜欢回忆这一段，常说要是没有这次在安东城的缴获，一定不会有后来的三十七团，全团当时只剩下千余人，枪只有两三百支，很多还都是从民间收缴的坏枪，多半都打不响，局势那么严峻再搞不到枪，人心就更不稳了。至于他自己，不是在安东城里缴获到了这几支枪，能不能活到东北解放战争胜利真不好说。

　　他们还有了另外的收获呢——战场上搞到枪还是容易的，不容易搞到的是子弹，一种型号的枪要配同型号的子弹，子弹打光了枪就和烧火棍没差别了。这次他们真是走运，不但搞到了各种枪，还搞到了安东伪警察为这些枪配发的各种子弹，整整装了两大马车。

安东打粮是三十七团历史上最值得大书特书的事件之一。赵秀英队长带领团的打粮队，一次快如闪电的行动，就缴获了可以武装半个团的枪支弹药，但这和接下来的一项缴获相比又不算什么了。

从伪警察厅出来后他们虽然打到了枪，但还是没有打到粮，大姐一眼瞅见旁边就是安东火车站，心眼儿就活动了：安东城与朝鲜一江之隔，安东火车站日伪时期是日军军用物资从本土通过朝鲜运往中国的枢纽车站，虽然苏军入城后对车站进行了多次洗劫，但保不齐还有剩下的，三十七团眼下穷得叮当响，每一颗钉子都有用处，万一还有粮食那就更好了。

大姐指挥留个人看守枪支和马车上的弹药，带着剩下的队伍一口气杀进火车站，抓到了站里的最后一名值勤的伪警察，诈他说："我们知道有一批日军军粮，就藏在车站，你知道，不说你就和日本人穿一条裤子，是汉奸，就地枪决！"伪警察很害怕，他说："谁说的？根本没有军粮！只有一个被服仓库，因为在地下没被苏军发现，别处有没有军粮我真不知道！"

大姐听得心花怒放，表面上仍然不动声色，拿枪逼着他带路，真的就在车站的地下隧道里找到了一个秘密的日军被服仓库，里面整整齐齐码放着足够两个团穿的崭新日式棉军衣裤。

渡海后第一个冬天已经来临,为躲避美国军舰部队,出发时他们接到命令脱下军装换上胶东老百姓八九月间穿的单衣,眼下团里又多是最后上岸的胶东各县的游击队员,他们和后来在庄河招来的新兵都没有军装,以至于在庄河时派人和大连的苏军接触,人家坚决不承认他们是大名鼎鼎的"山东八路",只说他们是胡子。

东北的冬天来得也太早了,十月冰封,大雪纷飞,主力部队都在穿单衣打仗,他们这支"杂牌"队伍组编成的"最后一团",无论在纵队还是军区首长眼里根本没地位,后勤供应因为要保证主力,几乎没有他们的份儿,以至于后来老温发牢骚说:"我们是后娘养的!"话虽然难听,却真实地反映了三十七团在当时以及以后很长时间的处境。

当然上级并不是完全不管,任他们自生自灭,但当时的确条件太差,一没枪二无粮三无冬衣,部队想生存下去就得自己想办法。就这么一支爹不疼娘不爱有些首长甚至认为冬天过不到头就一定会散掉的队伍,因为大姐带着打粮队在安东火车站打到满满一仓库日本军需用品,全团却早早统一穿上了日军的制式冬衣、厚厚的翻毛皮靴、支支棱棱的狗皮帽子,团长参谋长还穿上了日军将官才能穿到的呢子大衣。

全团一下子抖起来,用老温的话说就是:"你就是不管,老子的队伍也像个部队了！"兄弟部队尤其是那些主力团眼红得要死，师长亲自打电话来，要三十七团至少上交一个整团的冬衣给本师主力三十四团。

至于军粮，安东城那么大，大姐带着打粮队全城到处搜，到底还是找到了一个日伪军的军粮囤聚点，拉回的大米洋面够全团吃一个月。安东城中的扎巴罗夫上尉一直让人盯着城外这支自称是"山东八路"的队伍，三十七团变戏法一样一天之内全团变得焕然一新让他改变了观感，团长再次派温参谋长带人去正式交涉时，他终于愿意承认这支队伍是"山东八路"，达瓦里什哈拉绍，毛泽东斯大林，雅结巴留不留。

老温步步为营，试探地提出，他们要代表中国人民收复被日军占领了数十年的安东，这件事关系到中国人民的尊严。扎巴罗夫请示上司，回头还是对老温说"达瓦里什哈拉绍，毛泽东斯大林"，连说带比画，最后老温明白了，他是在说，为了中苏两党两军两国的友谊，他率领的苏军愿意按照中苏两国政府的协议，撤到鸭绿江对岸的朝鲜一侧去，由三十七团代表中国政府和军队正式接收安东防务。

团长和老温扬眉吐气，在苏军撤出安东的当天，团长决定要像模像样地搞一次三十七团光复安东的大军入城式，全团官兵穿着全副日军制式冬衣，扛着新打来的枪，雄赳赳气昂昂开进安东城。全城老百姓不分老幼都跑出来看，一时间"山东过海的老八路"在整个辽东声名大噪，风头很足。当年县大队区小队的队员个个都生出了"我们也是主力"的万丈豪情，进城时胸脯一律高挺，个个都像是正规军了。

过去叫他们唱个歌可难了，这会儿一说唱歌，马上嗓音嘹亮，歌子唱了一支又一支：

山东的老八路呀，

那个真是好。

八项注意件件能做到，

都说是纪律好。

吃的是煎饼呀，

铺的是干草。

穿的衣服更是谈不到，

冷热都是这一套。

为的是求解放呀，

为的是把仇报。

汉奸土匪消灭掉，

把鬼子赶跑了。

现在受点罪呀，

将来幸福到。

先苦后甜我们慢慢熬，

同志们努力了！

入城式结束，团长坚决要求在市中心小广场升起红旗，全团继续列队，他要为三十七团不战而胜收复安东城发表讲话。他站在用两张方桌临时搭起的高台上，手提着个洋铁筒的喇叭，对全团官兵和围观的群众大声开始了演说："同志们！安东城的父老乡亲们，大家好！今天是一个大家无论如何都要记住的日子，也是一个大家无论如何都会记住的日子！因为这不是一般的日子，它是个特殊的日子，是个将来一定要被长久地怀念、纪念的日子，是个在安东城的历史上永垂不朽的日子……大家知道这是个什么日子吗？"

偌大的广场上，无论三十七团官兵，还是层层叠叠围观的百姓，没有一个人回答，因为谁也不知道他在讲什么。

这会儿老温只想早点让部队解散，在城里住下来。进驻安东城是一回事，守住它是另一回事儿，国民党第五十二军倒是没有打过来，但是朝代更替，苏军走了，山东八路进来了，大姐想到的事情估计周围的胡子也会想到，他们夜里趁着三十七团初来乍到下山进城来"摸一把"是大概率的事，这些事情团长又不懂，还得他安排，这会儿他真的不想再听团长讲什么我军解放安东城的伟大意义了！

"哎，我说，你是不是能快点儿……部队都累了！"

二营营长刘德全——二营就是以他的蓬莱县大队为基础组建起来的——游击队出身，哪里站得住，也在队伍前头直拿眼瞅老温，低声说："哎，让他快一点儿……站不住了！"

但无论是温参谋长还是刘德全，都没有影响到团长讲演的好兴致。

"同志们，讲完了本团代表中国军队、中国人民收复安东城的伟大意义，我下面再讲一讲我们这支收复安东城的部队！以后这支部队也是要写进你们当地的地方志的！不管是你们还是你们的子孙后代，都要在你们的县志、市志上浓墨重彩地写上一笔：是胶东过海的南满军区某纵某师第三十七团收复了安东城！"

这时又有一个人受不了了，这就是从营部下到五连当了副排长的夏国民，他故意大声地提醒团长说："团长，错了！错了！"

团长不愿他的讲演被打断，低头看队伍中的夏国民，问：
"哪里错了？"

"安东城不是我们三十七团收复的！"

"你这个同志，你叫什么名字？你不要乱说……安东城怎
么不是我们团收复的？"

夏国民可不是个平常人物，他要是下决心和谁怼起来，你
多半就得被怼死。

"团长，真不是我们团收复的，"他的声音忽然变了，像是
不想让周围的人尤其是围观的百姓听到，可是他们还是都听到
了，"要说收复安东，先是苏军老大哥，然后是另外一个人……
没有我们三十七团什么事儿！"

团长不想自己的情绪被破坏，但还是被破坏了，也压低了
声音，严厉地问："另外一个人……什么另外一个人？"

"赵秀英队长，就是……就是我们团运输队那个编外的女
同志，来自胶东昆嵛山根据地二区赵家峪村的村长，还兼着村
武委会主任……是她带着我们团的打粮队，先是骗过了苏军老
大哥，进城给我们大家打到了枪，还给每个人打到了冬衣，苏
军老大哥才认了我们，还把安东城让给了我们，所以我说……"

团长已经听明白了，皱着眉头打断了他的话："好了，你不
要说了，我都知道了！"

老温、刘德全和队伍里的许多老游击队员都明白发生了什么事，但今天夏国民故意装出一副傻不拉唧的样子公开戏弄团长，他们并不讨厌，反倒有点快意……谁让团长非要在全团和安东老百姓面前出这个风头，好像安东城真是他带着全团打下来的。夏国民让他当众出丑也不是没有原因的。

但团长还是又一次让他们吃惊了，他从那个高台上低着头对付完了夏国民，不但没有结束讲演，反倒像是被夏国民提了醒一样，换一个话题又讲起来："啊，同志们，乡亲们，刚才我们这个同志叫夏国民，他讲了什么你们大家在远处一定没有听清楚，但他讲的人、讲的事情同样非常重要！安东城确实不是我们团真刀真枪从日本鬼子手里打下来的，它最先确实是被苏军老大哥拿下来的，但是那个不算是真正的解放，苏军是我们的盟军，但盟军也不是我们中国军队，安东城作为中国的地方，只要还没有被中国军队比方说我们团拿到手，它就仍然没有回到中国人民的怀抱中。所以我还是要说，你们也还是要记住，今天是个伟大的值得所有人永远铭记的日子，因为它是我们中国军队从外军手中收复安东的日子！"

温参谋长后来说，就是他听到了团长最后这几句话，对他和他的这场讲演的印象反而变好了。团长直到离开三十七团仍然没有学会打仗，但他作为团参谋长不得不说，他这段话还是说对了：苏军占领安东不能算是中国人民收复安东，中国人民收复安东的日子就是他们三十七团进驻安东的这一天，团长一点也没说错！

"在这个日子里，我一定要提起一个人，这个人对于我们团代表中国军队和中国人民收复安东城，都起到了重大的作用。可以这么说，没有她创造性的工作，她在胶东老根据地长期坚持抗战锻炼出来的斗争艺术，中国军队也一定会收复安东城，但收复安东城的会不会还是我们团，或者安东城被收复会不会是今天这一天，就不好说了！我说的就是刚才夏国民同志讲的我们团的临时运输队队长、后勤大队的临时大队长、火线包扎所临时所长、代理群工干事、原胶东根据地昆嵛山二区赵家坞村的村长兼武委会主任赵秀英同志！没有她，我们团的打粮队就进不了安东城，她不带着打粮队进入安东城我们团就不会一次性缴获到这么多枪支弹药，但我认为最重要的还是她机智勇敢地帮我们打到了一仓库冬衣，同志们我认为这最后一件事的意义最大，大得不得了！有多不得了我现在不说，因为还不好说，但我相信不久以后大家就知道了！总之我认为这是本人到东北后带领本团打得极为漂亮的第一仗，比在战场上直接干败了老蒋的五十二军意义还要大！"

全团官兵哗哗地鼓掌。团长愣了愣神，他不明白为什么大家在他从延安讲到莫斯科，又从全国战场讲到全世界反法西斯战争的胜利时不鼓掌，却在这个节骨眼上鼓起掌来，还一直不停。后来老温对他做解释："那天下着大雪，小风像刀子一样，你让大家站在雪地里冻着，不是赵秀英队长帮大家打到了棉衣，鸡巴都要被冻掉了！你讲到了她，大家还不鼓掌？至于为什么鼓个不停，是他们一停下来你还得往下讲！"

团长替自己收场的办法是打断了大家的鼓掌："啊，好了好了，请让我把话说完！为了我们身上有了冬衣，更为了我们一枪没放解放了安东城，我们团要为赵秀英同志记大功一次，不然就对不起这位老区来的支前英雄！大家说对不对？"

全团官兵又哗哗地鼓起掌来，团长大声道："赵秀英同志在哪里？我已经决定了，三十七团不但要为你记大功一次，今天我还要在这个特殊的场合，代表本团同志和我本人，代表被解放的安东城，正式向你致以布尔什维克的敬礼！"

大姐就在台下左侧一点的地方站着，仰着脸看着团长在那么高的台子上，半步右转，面向她啪的一个立正，举手敬礼。他的动作有点猛，那台子摇晃起来。大姐看到了，一声惊叫后就喊："快！保护团长，台子要倒了！"

众人就赶过去扶住那两张方桌搭起的台子，台子晃了两下，好歹没有倒。入城式和团长的讲演到此不结束也结束了。

温参谋长趁机宣布全团解散，按照原先号好的房子，分驻日伪时期的各旧政府机关。大姐也带着运输队包扎所进驻伪安东省省政府大院后面的小跨院，直接把伪省长的后花园变成了三十七团养马的临时马厩。

晚上千秋从前院来看他们，发现大家正在议论团长上午的讲演，一个个笑得前仰后合。

见他来了，大姐止住笑，问他道："千秋，你怎么来了？"

"团长和参谋长派我来看看你们住得怎么样。"千秋很随意地说。其实没有这个命令，他就是想抽空来看看大姐住得怎么样。"哎哟，大姐，你们这地方不错呀！"

"住得是不错，我还一辈子没住过这么好的地方。"大姐盯着他的眼睛说，像是要从这双眼睛深处看到秘密一样，一边又笑起来，"哎对了，回去告诉你们团长，别整那些虚头巴脑的东西，上午我要他给我敬个礼干啥呀，你们团要是能尽早帮我打听到大秀他们的下落，再给我弄一条船，让我们回胶东，那才是真奖励我呢！你来了正好，快告诉我，你们团长，还有老温，为我的事儿他们到底向上级打过电话没有？"

"大姐，打了，在庄河就打过了，温参谋长打的时候我就在他旁边。"千秋诚实地回答。

"那这些天呢？离开庄河这都半个月了，他们又打了吗？"

"没有。"千秋迟疑了一下，但还是说出来了。

"我就知道……你们团长就罢了，他不是胶东来的，可是你们温参谋长……他就是对我安着坏心眼儿呢，不想让我回胶东，就想把我一个老百姓留在你们团，给你们打粮，打枪，打棉被，就不想想……"

大姐说不下去了，刚刚还在和她的人哈哈大笑，就这一会儿工夫，泪珠子就啪啪地落下来砸在雪地上。

"大姐……你别这样！我马上回去告诉温参谋长，告诉团长，让他们再帮你打电话！"千秋的心又疼了，为了大姐，也为了他想到的大姐在胶东的孩子。

大姐破涕为笑，过来一把拉住他，嘴唇贴上了他的耳朵，悄悄地说："千秋，你可是我兄弟啊！你在团部就是我的卧底，大姐能不能打听到大秀他们的消息，能不能早点把他们带回胶东，就要靠你了！你回去吧，以后天天替大姐提醒老温，提醒你们团长，我为三十七团做的事情都是我一个胶东来的老党员、老支前干部应当做的，我不要他们给我敬礼、给我记功，我啥都不要，我就要他们天天替我给上级打电话！"

"知道了大姐，我会的！"千秋说。

千秋走了，大姐站着看着他走，好像还有什么要紧的话没说出来一样，其实都说出来了，没说出来的一定是大姐不能对他说出来的，他也不想让大姐对自己说出来……再说了，就是大姐都说出来了，他又真能帮她吗？大姐现在需要的最大的帮助就是让参谋长和团长打电话，帮她把赵大秀和她的支前队找到，然后想办法送他们回胶东去！

回去后他就把大姐给他讲的话和他自己想到的话全都告诉了团长和温参谋长，两个人相互看了看，不是老温，而是性子有点急的团长，先给上级的一个什么人打了电话，说："这个赵秀英是个好同志，我们团真舍不得让她走！现在她还没走我就开始担心了……担心什么？我担心她一走我们团连饭也吃不上，这个团说不定真能散了……不过就是这样，我们也不能拦着不让她走……对，快帮她打听打听，赵大秀，还有她的支前队，到底渡海没有，要是渡海到了东北，现在又被编到哪儿去了……别的我不想说，就记住是她给我们这些人打到了冬衣，不然我们过不了这个冬天，你们上级领导就该帮我们团一回，一定要帮她找到她的人，让她能快点回胶东去！"

他还要说下去，话筒却被温参谋长一把夺过去了。老温说："首长，你认不认识刘德文？对，她就是刘德文的媳妇，据说刘德文已经牺牲了，她给他生了孩子，现在扔在胶东家里……为了刘德文，为了这个孩子，你们行行好，快点把这件事做完行不行！"

他不等对方回答就啪一声摔了电话。老温就是这样的脾气，以为自己是老红军，给徐向前总指挥当过警卫员，把谁都不放在眼里，对谁说话都不客气，但是这一回，千秋还是认为他话筒摔了就摔了，为了大姐，老温到底还是冲上级发了脾气，他认为发得对，发得正确！

天黑的时候，他再次到了运输队，见了大姐，把事情说给她听。大姐高兴了，又不分青红皂白地抱住他胡乱亲了一通，说："还是我兄弟好，真把大姐的事当成自己的事儿，大姐该怎么感谢你呢……要不是打仗，我帮你做双鞋好了。啊不对，你还没有媳妇呢，这要是在我们村，我分分钟帮你说个媳妇！"

千秋拼命从她怀里挣脱，掉头就走。曾军医走过来，看大姐说："这小子怎么了？你说什么了，把他说恼了！"

"我哪知道哇，"大姐也有没心没肺的时候，"这会儿我才知道他还有点小脾气呢！算了，别理他，明天看他还来不来见我！"

果然第二天千秋就把昨晚上的事忘了，到后面运输队来看大姐，捎带着传达一个消息：他们可能要从安东城里撤出去了！

"怎么回事儿？这才住一天，谁呀，就要把我们轰出去！"大姐和她的人全围上来问。

"不知道，是团长接的电话，然后就告诉我来通知你们。"

千秋说。

"不会是师长吧，要不就是三十四团，以为自己是主力，眼红我们住进了安东城，随便找个借口把我们撵出去，他们住进城里来。"

"都别胡乱议论，"大姐开始履行起她的职责来了，说，"咱们也是正规部队了，一切行动听指挥，既然要我们准备，那大家就分头去准备吧。"

这时千秋还没有走，他想起了一件事，一直想问大姐，说："大姐，有件事。"

"说。"

"不好意思。"千秋笑着说。

"那就不说，走。"大姐说。

千秋大声笑起来，他也有把大姐逗得认了真的时候。"你上当了，没啥要紧的话，就是……那天你带着我们到了安东城外，那个毛子莫洛夫不让我们的队伍进城，你对他说老毛子的话，翻来覆去就那几句，别的我都懂，就一句不懂，你告诉我呗。"

"你哪句不懂呀？"大姐又用那双仿佛很深邃的目光瞅着他，认真地问道。

"就是那句'雅结巴留不留'，啥意思？"

大姐的眉眼一下展开了，她笑起来，两腮浮出两片浅浅的红晕，嘴角还现出了一点讥讽，说："你问这句话呀……我还是不告诉你吧，你还小呢。"

千秋生气了，因为他心里真把她当成亲人，可是大姐不一样，有时候他觉得她不像自己待她那样，也把他当成全团最亲的人……千秋讪讪地走回团部，看到了团长。团长是懂俄语的，他问团长"雅结巴留不留"啥意思。团长吃了一惊似的，问他："你小小年纪，爱上什么人了？"

千秋忽然明白了什么，不好意思了，不再问下去，团长也没有再说，接下去打他的电话。第二天再见到大姐，千秋生气地说："都是你……让我丢人了。"

"怎么了？"大姐想起了昨天的事，先笑起来，问，"有人告诉你那句话的意思了？"

"没有。"千秋说，他想恨她，但又觉得恨不起来。

"这会儿还想知道吗？"大姐又要大声笑起来。

"不要。"千秋又生气了，一边说一边走。

大姐从后面望着他的背影大笑。

千秋被她笑得不自在，赌气转身走回来了，瞪着她说："你笑个啥……究竟那句话啥意思，我问你你又不说，问团长……"

"你问了团长了？他没告诉你？"

千秋点头，差一点就要哭了。

"那算了。"大姐不笑了，说，"我还是不能告诉你。"

直到三年东北解放战争快打完的时候，千秋才知道这句俄语的意思，同时也就想到了，尽管自己早早就对大姐生出了那样一种不同于一般同志间的感情，但在大姐的眼睛里，这时的他仍然是个没有长大的男孩子。

…………

后来，连给大姐记功的事也不了了之了：原因不是大姐不要，她要的只是团长和温参谋长三天两头给上级打电话，替她寻找赵大秀和她的人，事实上即便是这样，团长也要帮她办立功的手续，真正的障碍出在办的过程中，上级机关发现她的编制并不在三十七团，部队无法给她记功，不过最后商量出一个办法：等她回胶东时由团里给她在胶东地方上的领导正式出一封公函，为她请大功一次。再以后南满战局迅速发展并恶化，几乎一天一个蒋军逼近的消息，赵大秀和大姐的人却如同泥牛入海，一直没有消息，这件事就没人再提起来了。

东北的冬天来了，天寒地冻，许多部队都还穿着单衣，大姐带着打粮队为全团打下一仓库棉衣（后来传说成的样子）的意义如何"大得不得了"，这时才真正显现出来。连温参谋长都酸溜溜地说："看不出来，我们团长打仗不懂行，但是很有预见性，喝过洋墨水的人到底不一样。"

三十七团只在安东城里住了两天，那个奉命撤出的消息就被证实了。南满军区的首长对不放一枪就从苏军手里接管了这座城非常高兴，但也很快就做出了一个决定，正式成立辽东军区，同时将军区机关移驻安东。这件事还标志着胶东我军渡海后，第一个东靠朝鲜西控辽东的可靠后方根据地正式建立起来，安东城就是新根据地的首府。

军区机关来了，三十七团就在安东城里住不下来了，全团奉命移驻城南不远的大东沟，向庄河方向执行战斗警戒，保卫根据地的南缘。移防时老温又发起了牢骚，说："这是怎么的了，一直不搭理我们，让我们自生自灭，这是看我们活下来了，还不发一枪拿下了辽东最大的城市，连带着全团在首长眼里也好像变得能打仗了，给了我们这么重要的任务。"

牢骚归牢骚，大东沟那时还是一座小小的海港，住的地方是地窨子，冬天一到，大地就冻裂出了一道道的口子，而且每天大雪纷飞，河冻海封，小风刮到脸上像刀刃割肉一般，开始还知道疼，很快就木了，这是人已经被冻伤感觉不到疼。有时海风浩大，小小的大东沟处在风眼里，石头都能硬生生地给你冻裂。

全团官兵把能穿的全都穿上，大姐也把发给她的一套日军制式冬衣全部扎裹到身上，当然是男式的，外面仍然套着那身胶东二分区独立团的旧军装，因为里面多了棉衣，外面再扎上一条更宽更硬的日式军用皮带，旧军装不再长过膝盖，却还是显得肥大；头上也戴了一顶狗皮帽子，又用一条不知从哪里弄来的红围脖包住鼻子和嘴，只裸露出两只周边被冻得乌青的大眼睛，看上去倒越发精神了。大姐自己不喜欢这样一身装束，老是问千秋："我穿成这样是不是特别难看，你看我是不是像个棉花包哇……是就是，不准骗大姐！"

"不是，你真的比以前更精神了……主要是威武！"每次千秋都会这样很认真地替她排解，当然有时也会开一个小小的玩笑，"再说了大姐，这天寒地冻的，你还要打扮得那么俊俏干啥？又不是要出门坐花轿！"

"你这个没良心的……还笑话我！"大姐就笑着要打他，但他说她仍旧好看，她还是很开心的。

这时发生了一件事，却让大姐伤心地哭了一场。

因为三十七团不战而胜拿下了安东城，军区首长十分开心，又或者是因为人家拿下了安东城，军区却把他们赶了出去，觉得总要给点补偿，于是有一天特地开会，决定给三十七团奖励两匹马，一匹白马，一匹花马。

团里没有副团长，政委仍没到位，这两匹马就成了团长和温参谋长的坐骑。两位团首长将马和两名新来的马夫交给千秋，让他一起送到运输队去，两匹马和拉大车的四匹马一同饲养，马夫平时就算是运输队的人，归大姐领导。大姐头一眼看到那匹白马，不知为什么都魔怔了，差点当时就哭起来，不过很快又止住，没事人儿一样接受了马夫和马。

当晚马夫就看到她一个人偷偷地去喂那匹白马，一副又哭又笑的样子，给吓住了。其中一个后来就悄悄地问千秋："这个赵队长不会是神经有毛病吧？"千秋生气地训斥他："不要胡说，你知道什么，这个人要是有毛病，世上就不再会有神经正常的人了！"但这以后两个马夫还是发现，大姐虽然对所有的马都很爱护，对白马却尤其好，没人看见的时候常常偷着细草精料地喂它，一天夜里他们还看到她像抱着亲人一样抱着白马的脖子不撒手，一张脸全部深深地埋在马的鬃毛里。

很快他们不再注意大姐这种无论怎么说都显得有点怪异的行为了，这样的年月，天天打仗、死人，谁的行为里都可能有些别人理解不了的地方。这位因为暂时回不了胶东滞留在团里，又为全团打赢了头一仗，让全体官兵穿上了棉衣的女支前队队长偷偷喜欢一匹白马，算不上什么了不得的怪癖。

但这匹白马很快就被征走了。师里一位首长看中了它，要它做自己的坐骑。千秋和两名马夫都对大姐有点担心，可她很是大方，首长亲自来拉马时，她强笑着，故意做出一副爽快的样子，说："拉走吧！这么好的马，就配你这样的首长骑。不然埋没了它！你骑上它多威风啊！可是……你们要好好待它！"

　　首长骑上白马，和自己的警卫员一溜烟地消失在雪原上。当时也没发生什么，但是过了半天，两个马夫跑来了，说他们的赵队长不见了。千秋急忙去找，终于在驻地村子后面一条冰封雪埋的河汊子边上找到了大姐。

　　雪下得很大，大姐成了一个雪人。大姐正在那里抹眼泪呢。看到千秋找来了，她回头不容分说抱住他，号啕大哭。

　　千秋像一棵风雪中的幼树一样笔直地站着，垂着手一动也不敢动，心却疼得厉害：大姐，大姐呀，不就是一匹白马嘛，又不是你的亲人，团长都不心痛，你这么伤心……你这又是为啥呀……

9

　　战争随着1946年的来临越打越激烈。最早进入东北的敌五十二军和我军南满主力一战再战，我军一路败退，到了这一年的年初，敌"五大主力"中的新一军和新六军携带着全套美式装备，在五十二军之后又相继踏上东北大地，对南满我军大举进击。

已经退出营口、庄河一线的我军不得不再次向北退入辽阳、本溪山区，三十七团也奉命从大东沟向西移动至辽阳、本溪交界的摩天岭组织防御。摩天岭是一道天然屏障，隔断了辽阳、本溪通往辽东之路，敌人一旦从这里突破，向东直到安东我军都无险可守，整个辽东根据地就完了。

仗打到这个份儿上，军区首长急了，一道道死命令下给纵队和师首长，要求三十七团战至最后一个人也要守住摩天岭，保住以安东为首府的辽东根据地，不能让国民党三大主力三下五除二就把我军赶过了鸭绿江。

命令下达到三十七团已经逐级加重分量，变成了另外一句话：丢了摩天岭团长参谋长提头来见。一时间两位团首长压力巨大，为将进展神速的敌五十二军阻挡在摩天岭下，两人亲自走上阵地部署战斗。团长是逐连逐排逐班地去做政治动员，号召大家发扬精神，严防死守，牺牲就牺牲，与阵地共存亡！

千秋背着一挺"花机关"（另一挺给了潘得禄）和一支德国毛瑟98k卡宾枪，跟着温参谋长走遍阵地上的每一段战壕，具体地去部署战斗。等到团长做完动员，老温从头逐连逐排逐班地交代部队，怎么挖战壕，怎么设置战位，敌人上来了怎么组织火力，万一阵地被敌人突破了怎么组织反击，两侧的部队怎么支援，等等，全是战斗中用得到的"干货"，交代完了还不放心，再回头细之又细地叮嘱，并且虎着一张脸，严令部队将他的每一条指示都当成命令执行，不然军法处置。

大战在即，大姐也只能把她自己的事情放下来，将注意力全部转向马上就要到来的摩天岭之战。团长并没有忘记这位集各种编外队长头衔于一身的前胶东支前队队长，他专门把大姐叫了去，像对一名编内人员布置作战任务一样对她谈话，大声地提要求，以命令的口吻责成她带她领导的几支队伍像在胶东支前一样配合三十七团，在摩天岭打一个漂亮的阻击战。三十七团则要发扬不战而收复安东城的光荣传统，用这一战在东北我军各部队中扬名，成为首长眼中真正的主力。

大姐对团长这样一番长篇大论慷慨激昂的讲话当场没做出任何反应，却在团长离开后对军医曾佑华笑道："你们这团长没打过仗吧，他以为打胜仗跟吹口气一样呢！"

笑话归笑话，大姐当即便像在胶东我军每次打大仗之前那样，全身心地投入到支前准备，扮演起了自己习惯的角色。她先是带团包扎所三个人（曾佑华和他的两个男护士）以及在大东沟收容的几名原胶东失散的支前民工，组成了一支新的支前队，并对新队员进行了训练，做好了战斗一打响就上去配合全团行动的一切准备工作，接着带着这支队伍走进摩天岭下的屯子，动员老乡们将门板木料贡献出来，送到摩天岭上帮助三十七团构筑工事。

这时曾军医和他的全体队员又发现她不但是一位支前活动家还是一位优秀的宣传鼓动家，每到一个屯子都会马上把村民们集合起来，向他们介绍新来的"山东八路"，我党我军的宗旨，到东北来是要做什么，等等，然后她开始给他们讲形势，为了阻止蒋军进犯我军的根据地，乡亲们理所当然要组织起支前队，主要的是担架队和运输队，战斗一打响，听她指挥，上阵地为我们的子弟兵前送弹药，后送伤员。要是有新织好的白布也拿出来，用沸水煮了做绷带，包扎伤口，还要腾出一些房子来，做抬下来的伤员们的临时前线医院。女人们可以组织起来进行速成护理训练，准备在临时医院中帮助军医护理伤员。当然还有一批人烙大饼，做干粮，不能让战士们饿着肚子打仗。

唯一的遗憾是她做的这些战前群众动员的工作效果很不理想，开始时她的宣传鼓动还有人听一听，几天后风头大变，等她再带着人走进某个屯子，就会发现老百姓要不早跑了个精光了，没跑掉的都是老弱，要不就根本不再让他们进屯子，她要说什么根本没人理她的话茬，更不相信她口中的"山东老八路"真能干过正在打过来的国民党正规军。不理她都算是好的，粗蛮无礼的居然还拿出了打猎的大扛枪，逼着她带着自己的人离开，不然就开火。

五十二军正向摩天岭逼来，远远近近已经能听到隆隆的炮声。一向做事沉稳、成功率极高的大姐某一天要进一个屯子没有进去，还挨了黑枪，回到团部黑着脸不说话。那天只有温参谋长一个人在团指挥所值班，看她的样子，想开句玩笑活跃一下气氛，没想到却惹恼了大姐——过去从没有过这样的情形，无论谁想惹恼她都不容易，老温对此也感到突然。

大姐抬头就问："你们部队是怎么干的，我早就对你们部队的工作提出过意见和建议，要加强根据地党的建设，要快点发展党员，军民之间要迅速地建立起血肉相连的关系。你们是怎么搞的，完全成了生手一样，一到东北只想待在安东这样的大城市，住洋房吃面包，把我军的'三队'任务都忘了？你们现在除了大体还像个战斗队，既不是生产队也不是群众工作队。你们团来到摩天岭都半个月，这里好像还没解放，没有地方党组织，没有群众支援，你们这是什么八路军！什么群众工作都不做，你们怎么能指望老百姓支援你们，你们团长还声称要凭这一仗让你们团扬名立万，我看别打了，打不赢的！你这个参谋长也有份儿，只知道天天上阵地，共产党的拿手本事就是群众工作，你们不动员不武装群众，你失职！我劝你赶紧报告上级，换部队来守摩天岭，你们团守不住的！"

老温心里本来就打鼓，被她这么劈头盖脸毫不客气十分凶狠地怼了一顿，脸色马上大变了，咆哮道："你给我住口！你怎么就知道我们团不行？没去做群众工作是因为来不及！团长加上我就两个人，没有政委，没有政治机关，我们忙阵地上的事还忙不过来呢！……还有，我说赵村长，赵队长，你还以为这里是胶东老区啊，这是新区，让日伪统治了十几年，地方上根本没有党组织，更没有我党掌握的基层政权！你以为那是我们团来了三天两天就能建立起来的吗？五十二军这么凶，眼看着就打过来，跟他们干连我们的主力都打得那么差，你现在就是去山下的屯子里动员群众，人家会相信你的话吗！你还说得头头是道呢，什么动员群众支援战争，你不是去做了吗？效果怎么样？……我看你也是个死脑筋、教条主义、光说不练的女人！"

老温一辈子大男子主义，和所有女人包括自己老婆关系都搞不好。大姐听得脸都紫了，本来已经坐下，又一下跳起，正在火头上的她不管三七二十一地和老温大干起来："嘿！说什么呢你！我怎么就死脑筋、教条主义、光说不练！还我们主力都不行，你是老红军，军区首长把摩天岭这么重要的地方交给你们团守，是把我军在南满的生死存亡交给了你们，枪还没响，你这个参谋长都没有信心，这仗还怎么打？我们这些老百姓怎么会对你们有信心？——你还回去当营长吧，当团一级的领导你不够格！"

东北解放战争打了三年，大姐也就在三十七团滞留了三年，只要有人戗了她的火，她就总是这句话：我们老百姓！你们三十七团！好像她从来就不认为自己是三十七团的一员似的。但也有另一种可能：大姐可能真的从来都没有把自己看成是三十七团的人，她直到离开那一天仍然认为自己只是暂时被困到三十七团了，只要听到上级帮她找到赵大秀他们的消息，她会立即离开，一天也不会多留。

还有，从这天和老温吵了架，算是开了她和老温干仗的先河。千秋终于发现大姐可不是只会像平常和大家打交道时那样和颜悦色，满面春风，你要是真惹了她，哪怕你是老温，她多凶猛的话也都喊得出来。就像这第一次，她说温参谋长的本事只配当个营长。都到了这里了她还不解气似的，要走了又回头喊道："你给我听着，我今天要彻底跟你们团说清楚！我赵秀英可不是你三十七团的人，我留下可以帮你们，也可以不帮！以后少对我耍态度！还是那句话，我一个胶东老区的支前队队长没有接到命令还要到东北来支前！还有，少说女人的坏话！没有我们女人支前打仗种粮食做军鞋，你们打个屁的仗，早叫鬼子老蒋给你消灭了！"

千秋当天还在想：大姐这是怎么的了。老温当然不对，但他说话一向就这态度，过去他对她也是这样，不习惯也该习惯了，过后才想到大姐的这一场爆发也许是她心情不好，都到了这个时候了赵大秀他们还是一点消息也没有，她一直滞留在三十七团，用她自己开玩笑的话说"像个长工似的给三十七团干活"，没说出来的话大家也猜得出来：她那留在胶东老家的孩子怎么办！后来千秋又觉得大姐这天和老温恶吵一顿也可能是故意的，大规模的战争就要来临，她很可能从这天起就意识到自己短时间内回不了胶东，她已经看到了这个前景又不愿意接受它，但战争说来就来了，不愿意接受她也要接受，尤其是要接受继续在三十七团滞留下来的事实，她心里也有火，也有气，又无处撒，所以会借题发挥，先逮住脾气最火暴的老温扎个筏子，以后万一她不得不继续在这个团长期滞留，全团敢大声使唤她的人就不会有了。

虽然长期待下来她绝对不情愿，但真要待下去了，她就要和三十七团的人尤其是两位团首长立规矩，不然以后不好相处。啊，事后谁都觉得，大姐那天明显地有点得理不让人，强势得有点过，老温讲话再粗鲁，他在对待女人的问题上再不会说话，她都不至于非当众让他下不来台不可，所以不只是千秋，就连夏国民和曾军医这些人，事后也都看出来，她的这一场发作是她为可能长期留下来故意表演出来给三十七团所有人看的。

但这一天大姐也表明了她的态度：没有问题，只要她留下来，她永远都是三十七团编队的支前队队长、运输队队长、打粮队队长和群工干事，她会像在胶东支前一样一直帮助三十七团打仗，但同时她仍然只是个老百姓，是她自己，没有人可以随便指挥她甚至叱骂她！

三十七团的摩天岭之战打得很惨。团长就不说了，温参谋长在川陕苏区跟着徐向前总指挥打过大仗，长征和西路军时期也见过大场面，又在胶东打了八年，算是个打仗的行家，但是这个团会打这种与强大敌人正面硬扛的阵地防御战的人真不多，从刘德全这样的营一级干部算起，到下面的连排班长和士兵中的战斗骨干，原本都是胶东大大小小游击队的队长和队员，抗战时期，他们的主要任务是配合主力打些外围的麻雀战、袭扰战，在鬼子炮楼前埋埋地雷，对据点间的交通线搞搞破坏，见了鬼子远远打上几枪就跑，干这一套他们熟得很，但现在是要和全副美式装备、自称蒋军"第六大主力"的五十二军进行正规的山地攻防战斗，以前会的那些套路一下子全不灵了。

敌五十二军进入东北最早，在营口为蒋委员长立了头功，一战成名，然后是连战皆捷，士气正盛，眼下又急欲扩大战果，从此真的成为蒋介石的"第六大主力"，于是用了一个加强团三千多人配一个重炮营猛攻摩天岭，军长赵公武亲自坐镇前沿指挥所，先是命令所有大炮遮天蔽日地对摩天岭上我军山头阵地一阵猛轰，接着组织军官敢死队，一队跟着一队，哇哇叫着向上冲锋，全部自动武器一起开火。

山头战壕里的老少游击队员们既没见过这么猛的炮火轰击，更没见过这么多自动武器一起打响的威力，胆小的渡海前刚入伍，炮声一响什么都忘了，丢下阵地撒丫子便跑，没跑的见了，也吓得跟着跑。打游击战时他们一直这样，打得赢就打，打不赢就跑，今天逃走是为了明天接着跟日本人干，那时叫作灵活机动的战略战术，不搞死打硬拼，听见对方枪声大起拔腿就跑都成了习惯，不算违犯军纪，至于团长战前的政治动员、温参谋长具体的战斗部署早忘记了。

老温在主峰后面一个挖空的小山包里的团指挥所坐着，听到炮弹打得那么猛，心里已经不踏实了，再听到炮火延伸后山那边一色自动武器开火，就完全坐不住了。知道部队这回真的遇上了强敌，吼了一嗓子："我上去看看！"不等团长同意，就急急带上千秋和潘得禄，离开团指挥所，冲向主峰阵地，到了以后发现他亲自布置在这里的一个营全跑了，两翼阵地上另外两个营跟着跑，整整一条长长的摩天岭主阵地上，只剩下由他带到东北的胶东二分区独立团三营营部扩编的五连还在坚守，让摸不清虚实的敌军官敢死队没敢一鼓作气冲上来。

温参谋长当时就被气疯了，一见此情就知道这摩天岭的仗没法再打下去，他做的第一件事就是派潘得禄麻溜跑回去，通知团长带着团指挥所和全团的勤杂人员紧急后撤，自己带着千秋留下来，果断命令五连撤出阵地，向后方转移。

这时他们俩本可以和五连一起撤走，走了几步他又担心起来，他不敢相信被他命令跑回去报告的潘得禄真能把自己的意思传达清楚，延安来的团长一身书生气，革命意志倒是坚定，真做了和阵地共存亡的准备，万一此人囿于上级死守摩天岭的命令不知变通，坚持不带团指挥所撤走，就有可能当了五十二军的俘虏。想到这里他又决定不和五连一起撤了，喊了千秋一嗓子，两人就和五连分开，沿着主峰后的另一条小路向山下的团指挥所跑过去。

像在胶东战场上一样，大姐早早就带着她的支前队——加上军医护士担架员总共不足十人——上了战场。枪声还没响，她和她的人就伏身到了摩天岭后面半山腰一条沟里，躲避敌人的炮火，听到主峰阵地前枪声大作，知道炮火袭击已经过去，短兵相接的战斗开始，马上带着她的人顺着小路跑向主峰，就在主峰后面半山坡上和参谋长、千秋撞到了一处。

温参谋长一腔邪火找不到目标发泄，一眼看到他们，当即炸雷般发作，怒声斥问："谁叫你们来的？赶快给我下去！要找死也换个地方！马上走，再不跑就来不及了！阵地已经丢了！"大姐一上战场又变成了千秋在平度东城门见过的那个人，既无畏又较真，站住不走，吃惊地问老温："仗还没打呢，阵地怎么就丢了？摩天岭不能丢，丢了敌人长驱直入，安东不保，安东丢了辽东根据地首府就丢了！你们什么部队呀把仗打成了这样！"老温眼珠子都红了，说："给我的就是这样的部队你叫我怎么样！我命令你们快撤！"

大姐毫不示弱，她听到这样的消息显然也气坏了，说："我虽不是部队的人，但什么样的部队我都见过！部队是人带出来的！这种时刻你身为团首长，应当马上带部队打回去，摩天岭阵地坚决不能丢！丢不得了！"

老温哪里还有心情跟她——在他眼里女人就是女人，何况还是个坚决不入编的地方支前人员——费话，既觉得跟她什么都说不着又觉得一句半句也说不清楚，他的心里满满都是恼怒和羞愧，瞪着血红的眼珠子又和大姐怼上了，先是毫不讲理地冲她一通大吼，后又对她身后的支前队员破口大骂，说："摩天岭已经丢了，你们马上撤！不听命令枪毙你们！"

大姐的犟脾气也上来了，站在那里不走，她既不明白也不相信，还有共产党的部队枪声一响一个团能从阵地上跑个精光，不但不像山东来的八路，甚至也不像她信仰中的任何一支我军部队！由此这一刻她对温参谋长首先生出的是极端的怀疑和不信任，吼叫道："你这个团参谋长怎么履行你的职责！全团都跑了你不管，自己也要跑！这是背叛！是畏敌怯战，是临阵脱逃！我现在还不会认定你就是这样一个人，你现在应当做的是用一切办法把部队找回来，向摩天岭打反击，把阵地夺回来！"

老温脑子一热忘了上次吵架她给他吃过的苦头，手中的大镜面匣子一举，枪口直接顶上了大姐的脑门！这时的老温又羞又气，浑身像风中树叶一般哆嗦，说："你说我什么？现在是我在命令你，不是你命令我！不执行命令我先崩了你！至于那些一听炮响就跑的人，我下去立即执行军纪，全部枪毙！"大姐这时才像是猛地醒过来一样，真的相信摩天岭这一仗就是这样了，她最后投向老温的一瞥中充满了失望、愤怒、轻蔑和不屑。

千秋觉得这些失望、愤怒、轻蔑、不屑加在一起，她那两只大而深的眼窝都盛不下了。她不再理会老温和老温的枪，仿佛他和手中的枪都不存在似的，回头招呼自己的人往山下跑，马上又站住，对老温回头。千秋心中电光石火般一闪，预感到了不好。

果然，大姐又急赤白脸地冲老温吼起来："你刚才说啥？你要枪毙谁？从阵地上跑掉的都是你的兵，人家在胶东跟鬼子打了八年，没有一个不是好样的！怎么到了东北成了你的部下就不行了！摩天岭丢了你不组织部队反击，只想着枪毙人，我看最该枪毙的是你！我保留战后向你的上级报告这件事的权利！"

千秋当时就想大姐真是不知道老温是什么人啊，当初胶东战场上的温营长可是打鬼子的拼命三郎，今天三十七团在摩天岭上打成这样，他和团长当然脱不了干系。千秋甚至觉得从山头上带着自己奔下来时，老温就准备好了要提头去见师长和纵队首长了……

但是大姐当面说他不组织部队反击是怕死怯战、临阵脱逃，还说要告他，老温就彻底扛不住了，一对三角眼立马变小，血红的眼珠子却像是突然瞪大了，平常张口骂人的话都不会重样的他居然不会说话了，只剩下嘴唇在哆嗦，一张黑脸先是变红接着变紫最后变成了吓人的惨白，扣在扳机上的手指头一抖一抖眼看就要对大姐搂火，过了半分钟嘴里才终于发出了一连串模糊的叫喊："我我我……我崩了你！"说时迟那时快，千秋一个箭步冲上去，用胸膛挡住老温的枪口，将大姐护到了身后……他冲着老温大喊起来："参谋长不能这样！要枪毙她先枪毙我！大姐的话没错！"

那时部下和首长的关系就是这样，有话可以直接吼出来，说完就完了，没有人会记你的仇，哪怕你在他心里只是个入伍一年多的新兵蛋子。但这一刻老温的理智已经不在，从他当红军起，打过多少恶仗，从没让人说过一个不字，现在他还是他，却变得让千秋不敢认了，他自己也仿佛不认人了，一下又将枪口直接越过千秋的肩头顶上了大姐的太阳穴，歇斯底里地喊："什么没错！敢说我临阵脱逃，我……不管你是谁，有一个敢这么说我枪毙一个！然后我提头去见师长！我要他告诉我，我温书瑞这些年什么仗没打过，什么场面没见过，我畏敌怯战？我临阵脱逃？我……你不是要向上头告我状吗，我今天先毙了你再——"

老温疯了，如果不是一发子弹不早不晚就在这时从主峰上飞过来，他真的就把那一枪打响了。这一枪让他的话还没说完就浑身一抖，倒了下去。子弹打在他脖子右后侧，鲜血喷出来溅了千秋一头一脸。

大家回头才发现敌人的一支军官敢死队已经登上了主峰，正居高临下朝后面半山坡上的他们看过来，手中的自动武器一起开火。骤起的枪响在山间引起了巨大的回响，再回头所有的人已经瞬间被这第一波子弹打趴在脚下的一条沟里，不敢抬头。温参谋长的负伤让千秋浑身的血像是被点着了。他是老温的警卫班长，对首长的生命负全责，只呀地叫了一声就不顾一切扑过去，要用身子替老温挡住蝗群般飞过来的第二波子弹。

老温那一刻还清醒，勃然大怒，一脚将他踢翻，喊："快回指挥所看团长带人撤了没有，不能让敌人端了团部！"即便到了这个时候，他担心的仍然是团长和团指挥所，三十七团已经守不住摩天岭了，但要是团长和团指挥所再让敌人端了，这个损失和耻辱就更大了，绝对是他无法接受的！

千秋哪里会丢下他，哭了，喊："我不走，死就死在一块儿！"参谋长心里一急又将枪口颤巍巍地指向了他，却已经喊不出刚才那样的大声了，只哼哼着说："不走，我……我先枪毙你！"千秋心一硬也和他杠上了，说："你枪毙我也不走！"摩天岭上的敌军官敢死队看到他们人不多，大声喊着"抓活的"，一窝蜂冲下来。

参谋长握枪的手这时反而不抖了，红着三角眼对千秋说出了另一句话："不走我真开枪！救团长和团指挥所要紧……执行命令！"军医曾佑华脸早就白了，居然忘了给参谋长包扎，只会回头不错眼珠地盯着越来越近的敌人，喊："快跑吧！敌人下来了！"大姐一把抓住他，斩钉截铁道："你怎么了？谁都不能走！现在参谋长负伤了，所有人都听我指挥！快帮参谋长包扎！"

大姐就在这样一个时刻，用一句话止住了所有人撒腿就跑的冲动。曾军医完全清醒了，冒着弹雨爬过来帮老温包扎，但是手老是在抖，包扎进行得很不顺利。大姐又看着千秋，果断道："你还愣着干啥？参谋长交给我们，快去执行命令！"

"可是……大姐……"

"快走！你真想让敌人端了你们团指挥所吗？"大姐虎着脸冲千秋吼起来，一边回头从曾佑华手里夺过急救包，麻利地为参谋长完成了包扎，让曾佑华瞪着大眼珠子都看呆了。那两名男护士一直趴着，这时也敢抬起头来了。望着越来越近的敌人，两个人的腿抖得站不起来，哭着说："秀英队长，我们跑不动了！怎么办？"

让人最想不到的事发生了。温参谋长枪口一转顶上了自己脑门，说："你们走不走？不走我就自杀！你们走了……我一个人对付他们！这是我……给你们的最后一个命令！我死也不当俘虏！千秋，去救团长和团指挥所要紧！"

敌人正加快速度冲下来，老温的手指在扳机上用力。就是这一刹那千秋想到无论是他还是别人想带走老温都办不到了！他现在唯一能指望的就是大姐了，他叫起来："大姐——"

"同志们，最后时刻到了，把手枪步枪手榴弹全拿出来，我们保护温参谋长边打边撤！"大姐说，"只要有一个人不能平安撤退，我们谁也不走！考验大家的时候到了！"

没有人再说一句什么，大姐的话即便没能稳定住所有人的心，至少也稳定了千秋和曾军医的心，打仗就是这样，一旦上了战场，你会发现其实早在心里准备好了。除了那两名男护士，所有的人立马都把手中的枪举起来了，千秋听到了一片打开枪机子弹上膛的响声。大姐趁着老温一时精神恍惚，夺过老温的枪，一只手一把枪卧倒，守在老温身前，一边示意千秋背上老温顺着雨裂沟往下撤，一边瞄准正从主峰上下来的敌人，再一回首朝身后的山坡上扫了一眼。

千秋一生都认为这是神奇的一眼，是令所有在场的人终生难忘的一眼：就在他们身后不远的小路上，躺着一门日本九二式步兵炮的炮筒子，没有底座，旁边是一只日本步兵背囊，背囊的口敞开，一发装好了引信的炮弹从里面滑出来。

大姐顿时激动得声音都打了战，看一眼千秋，喊："会打炮吗？"

千秋摇头："不会！"

"我会！你快背上参谋长跑！曾军医和小张小李过来扶住炮，我来打一炮！"

　　千秋有些事情是明白的，有些又不大明白，譬如大姐刚才的话：让他扛起参谋长跑他是明白的，但是大姐为什么要让曾军医和两名男护士扶住那个日式九二式步兵炮的炮筒子让她打一炮，他却不大明白。这种千钧一发的时刻，所有人要活下去都需要出现奇迹，但他又觉得大姐的话一定是有道理的，他在相信自己这次必死无疑后心里因为大姐的这句话蓦然又闪出一线生的亮光，什么也没想就将昏过去的老温背到身上，冒着弹雨往山下跑去！

　　主峰上的敌人马上发现了他们，一边开火一边叫喊，同时加快了速度冲下来。参谋长因为千秋的跑动又醒了过来，挣扎着不走，坚决要留下来，对千秋破口大骂，但他这时毕竟流了很多血，没有力气了，很快又昏了过去，不再能干扰千秋连滚带滑地扛着他奔下大山坡。

　　大姐没有听见温参谋长的叫骂——千秋和温参谋长一离开，她的注意力就不在他身上了——曾军医和两个男护士突然恢复了勇气，三步并作两步地跑过去，就地竖起了那门日本九二式步兵炮的炮筒子。大姐马上跟过去，迅速调整好角度和距离，喊一声"把稳了"，回手取过那发已经上好引信的炮弹放进去。

　　炮弹咣一声就出了膛，响动不大，然后咝咝啸叫着，飞上了瓦蓝的天空，声音却越来越大，一转瞬间就在摩天岭主峰下那支敌军敢死队屁股后边炸出了一朵土灰色的烟火。这一炮炸得那么响，在群山之间久久形成了连绵不绝的回声，让正往山下冲击的敌人怔住了，为首的喊了一声："八路打炮，卧倒！他们有大炮！"所有敌人马上全部卧倒在地。千秋背上的温参谋长这时又醒了，瞬间就看懂了，对千秋叫："快跑！"

千秋个头大又年轻，背上参谋长不顾一切地奔跑下去。过了好大一阵子大姐才带着她的人跟上来，肩上扛着那门日本九二式步兵炮的炮筒子。老温到了这时候仍旧改不了他的狗脾气，又有了力气睁圆眼睛大骂刚刚用这门炮救了他和大家性命的大姐："真是改不了的游击队习气！没炮弹一个炮筒子有鸟用！还不快扔了！"

大姐对他翻了一个白眼，接着和他吵："游击队习气怎么了？你们在胶东打的哪一仗没有游击队支援？你们二分区独立团不是头等主力，在二等里头也不是最能打的！抗战大多数时间里你们也就是和我们一样打游击！……你们是主力，缴获武器机会多，我们地方上得一门炮容易吗？它这会儿是个炮筒子，哪天捡到炮弹，就成了一门炮！"

老温的担心真不是多余，到了山下他们果然发现，团长虽然带着人从团指挥所撤下来了，但仍在犹豫，盘算着是不是不应该撤。老温带着伤和团长大吵了一通，声明所有责任由他一个人负，团部和后勤人员这才急急和他们一起向后方紧急撤退。然后五十二军的先头部队就跟过来了。团长这时不和老温吵了，过后还专门向他做了检讨。几十年后老温说："我们三十七团首任团长虽不会打仗，但是人好，知错能改，还是个好同志啊。"

10

艰苦的岁月开始了，三十七团从摩天岭退下来时，团长、负了重伤的老温，连同千秋，都想过这仗不好打了，但还是没想到会像后来那么惨。

三十七团开上摩天岭时，上级首长曾告诉他们，在他们身后还有第二道、第三道防线，他们也相信即便摩天岭失守，在他们后面设防的部队会比他们强一些，也许能够挡住势如破竹的五十二军，但是他们谁都没有想到，他们身后直到安东根本再没有第二条防线，后来听说原本是有的，但因为敌强我弱，军区首长改变想法，不能硬拼，于是就让第二道、第三道防线上的部队撤离。

这一撤，就让三十七团一路狂奔，居然直接退到了鸭绿江边。躺在大姐运输队一辆马车上的温参谋长说："要是我们一定会被敌人消灭，就让他们在江这边把我们全干掉算了，反正是丢人，还是丢在中国吧！"

因为他的这一句话，部队上下宁愿全军覆没，也不过鸭绿江，这个过程中，全团渐渐只剩下了不到八百人。大姐身边的人数也发生了变化——从庄河招的两名男护士跑了一个，团包扎所只剩下她和军医曾佑华连同那个没跑的男护士。原来的四个马夫只剩下一个老钱。老钱会修马掌，还是半个兽医，尽管又懒又脏，大姐还是天天和颜悦色地哄他，有了点吃的先尽着他。

大家一般管团运输队叫大车队，最早是五匹马，拉车的四匹马加上打下安东后军区奖励的那匹花马。这匹花马一直由团长骑，部队退到鸭绿江边后不到一个月的工夫，团长突然被调走了，老温的伤口一直不好，全团被敌人撵进了荒山野岭。方圆百里连个能打粮的屯子也没有。

花马跟着就死了。花马伤了蹄子走不成路，全团断粮一天后，老温亲自下令开枪打死了花马，给全团做晚餐。另外大车队的马车也坏了一辆，只剩下了一辆大车，四匹拉车的马。

　　但后来又有五匹马了……部队沿鸭绿江边向北撤退，有一天走在最前面的一连非常神奇也非常意外地从林子里捡到一匹马，不知是前面哪个部队丢下的，马很老，又瘸又病，驮不了人也拉不了车。大姐的大车队赶着仅有的一辆大车过来，躺在车上的老温看了看这匹老马，说："算了吧，别人不要我们也不要。"但是大姐一眼看到这匹老马，就像是灵魂出了窍……她一看到它就走不动了，站在那里一直出神地看呀看，因为她发现那是一匹白马。大姐转眼就一溜烟地跑了过去，抓住缰绳，将老白马拉了回来，拴在大车后面跟着走，惹得伤口老不好脾气也越发坏起来的老温生起气来，大姐也不理他。

　　最初一段时间几乎全团每个人都笑话大姐收留下了这匹看上去快要死的白马，但令人难以置信的是，经过大姐一段时间的精心饲养——人都没吃的，哪有什么好东西喂它，不过是大姐和老钱把草铡得更细一点，阴天下雨的时候把老白马拉进自己住的生了火的木刻楞里，给它刷毛，有条件时还给它洗一洗，有吃的了大姐自己吃一口给它吃一口，这匹又老又丑眼看没几天活头的白马居然停止了自己的死亡进程，挣扎着活了过来。大姐脸上那个满意啊……

骑上白马能追上风的是什么样的人儿呀，

那是白云下的小伙子吧。

在白云下用最嫩的青草喂养白马的，

是望着小伙子的美丽的姑娘吧。

老温先是讨厌大姐捡回了这匹老马，现在更讨厌大姐像对待一个有病的人一样饲养和垂青这匹捡来的马。摩天岭之战的失败不但让三十七团失去了自己的首任团长，也让老温进入到了自己战争生涯的晚期，千秋觉得到了这个时候加上部队处境艰难，老温的心态也有了一点说不出来的扭曲。老温看到大姐拉着那匹老马去饮水，大声地说："它一定是天下所有马的祖宗，得有一百岁了吧，它什么都不能做了，却被她当个马祖宗一样供着，行军时天天拴在运输队大车后面跟着，驻下来也天天被她拉着在林子里走来走去，我只要一看到它，就觉得咱这支队伍没有希望了！"那时的老温一天天躺在大车上，伤口老是流血，满心都是怒气，好几次睁开眼看到那匹马病恹恹地在自己的大车后面走动，都想把枪掏出来，要一枪崩了它，为的是能不再看到它。

一到这种时候大姐总会立马现身，从她的座位上跳下来，护住白马，对老温怒目而视。老温虽然很凶，但是他已经和大姐有过多次交锋，每次也都没有占过上风，到了这时候自己也成了一匹病恹恹的老马，每次一看到大姐比他还要凶狠就算了，把枪收回去，灭掉白马的心思也只有暂时放一放，装成睡着了一样闭上眼睛，但无论是大姐还是白马，当然也包括千秋，知道他瞅着大姐不在，一枪干掉白马的心思并没有消失，于是这以后千秋和几乎全团的人都看到了，行军时就不说了，一旦驻扎下来，大姐走到哪里，不用缰绳，白马自己就跟着大姐去到那里。

后来就连一向粗枝大叶的刘德全也发现了这件奇事，说："这还真奇了怪了，马也就算了，它是通人性的，不明白的是这位赵队长，像对待一位世上最亲的亲人一样对待一匹白马，这究竟是为了啥呢？仗没打好许多人都变得不正常了，难道她也和我们一样不正常了吗……"

说起来令人难以置信，那一阵子三十七团没有上级，没有后方，没有供给，更没有战场缴获，跟个没娘的孩子一样，靠一个编外的支前队队长赵秀英大姐，天天带着打粮队漫山遍野去打粮，但是鸭绿江边多的是原始森林，是大草甸子，少的是人烟，所以尽管有一个特别能干的大姐，全团仍然饥一顿饱一顿，有一次连续三天断了粮，老温下令全团不走了，以连为单位自己上山解决吃的。

队伍都离开了驻地，老温看着那匹白马，又对它动了杀心，他知道大姐连打瞌睡都对他睁着一只眼，就悄悄地把二营营长刘德全喊过来，嘀咕了一通，刘德全点头离去，原来是老温和刘德全设了一计，临时给大姐下了一个套，要她带打粮队去一个刚发现的屯子里打粮，等大姐一走就动手。真要下手时老白马却不见了，事后千秋才知道，大姐带着打粮队出发之前，就悄悄地把白马放到野营地外面的树林子里去了，白马也知道没有大姐的话留在营地里很危险，它一直乖乖地藏在林子里，不让刘德全派出去的人找到它，直到大姐带着打粮队归来，它才自己一路小跑，回到了大姐的身边，又摇头又甩尾，还绕着大姐转圈子，像是在跳一种舞蹈……这时候的老白马，是多么高兴啊，它的舞蹈让大姐的眼里又涌出了泪花。

这些日子里，老温和大姐的另一个冲突点是那门日式九二式步兵炮的炮筒子，大姐在最困难的日子里也没舍得扔掉它，一直将它藏在最后一辆大车车厢的一侧，用一领破席盖着，从摩天岭拉到鸭绿江，部队沿江一路北撤，一直退到红石碰子，她也把这个炮筒子拉到了那里。老温一路上一千次地命令千秋："马没草料，走不动，还拉着这个废物。晚上你去把它给我偷偷搬走，扔掉！它天天硌我的腰，我心里烦！"

夜间宿营后千秋真去了运输队，大姐已在大车边上等着他了，说："参谋长叫你来的吧？想偷我的炮筒子？我警告你千秋，你真敢把我的宝贝偷走扔了，我就不是你大姐，你也不是我兄弟！"

千秋就往回走。在大姐和老温之间，他觉得自己既是老温的人，更是大姐的人。

大姐看着他的背影，又喊："站住——回来！"

千秋又站住，走回来，看着她的脸。

"我兄弟就这么笨吗？你就不会骗骗他，说你已经得手了，炮筒子扔掉了？"

"大姐，你这是教我撒谎。"千秋说，"我不会。再说明天他一上大车，还是会发现的。"

"你这个傻瓜。我看你将来都娶不上媳妇。明天发现就让他发现，骗他一天是一天。算了，你就这么告诉他，要赵秀英的命有一条，想扔掉我的宝贝，只要我活着，他办不到！"

"大姐，为什么呀？"千秋不懂，问她，"不就是个炮筒子吗？"

"你说得轻巧。你是我兄弟我才告诉你啊。我早晚要回胶东，走的时候要把这个炮筒子带回去。"

"把它……带回胶东？"千秋吃了一大惊。

"对呀，没听说胶东也打得厉害吗？我们村是敌人进山的必经之路。村里只有一门土炮，我用一门土炮打了八年鬼子，做梦都想有一门这样的铁家伙。"

这个时候，要论三十七团谁的日子最难过，除了老温，可能就是大姐了吧。渡海后经过长时间的吵架、碰撞、磨合，大姐先是和被调走的团长，然后是老看她不顺眼总找她碴儿的温参谋长，到底熟悉了。

部队一直向北撤，离大海和胶东越来越远，但大姐的事情他们一天都没有忘。但是团长突然就走了，团首长中只剩下老温一个，又伤成那样，心情不好，其中就有对大姐真实遭遇和处境越来越深的不安和愧疚，一旦变成话讲出来却又十分难听。可是到了这种时候，大姐居然还在想拼命保住她从摩天岭上扛下来的炮筒子，盘算着将来把它带回胶东去！

老温还有自己的烦心事。全团向北狼狈撤到红石碴子前半个月，他就知道了，考虑到他的伤一时半会儿也好不了，上级决定让他离开三十七团，住进辽东根据地的最后一个后方医院临江医院去长期养伤。

老温知道战争年代，仗打得多，干部用得快，一旦离开部队，再想回来就难了，他不想走又不能不服从命令，离开前的几天像是对大姐有多大仇多大恨一样，一见到她，就用讥讽挖苦的语气说："赵队长你怎么还在我们团呢？你真够傻的，跟着三十七团干什么，你又不是这个团的人，快走吧！"

　　有时他躺到大车里行军一整天不对她说一句话，她跟他说话问他喝水不喝是不是下车休息一会儿他理都不理，有时候又从早上到晚上像个话痨一样对她说个没完："你这个人可真是'一根筋'。过去都说我这个人'一根筋'，我可比不上你呀！你确实比我厉害！……参加红四方面军后第一次见到徐向前总指挥，我问过他一个问题。我说：'首长，我们干革命是为了救全中国的穷人，但革命是不是一定会胜利呢？'徐总指挥当时对我说：'你这个小同志能想到这个问题不简单。我这么回答你吧，我们天天打仗，血流成河，牺牲了无数好同志，当然是为了革命有一天能成功。但我真的不敢对你打包票说革命一定就能成功。在大会上我不会这么说，革命一定成功是我们的信仰，但哪一天成功，中间会不会有曲折？我告诉你一定会有曲折，世上没有一条路是直的，每一个曲折都代表着一次失败，大曲折大失败，小曲折小失败，关键是这不会影响我们对信仰的坚持，多少曲折我们都会走下去，前仆后继，至少我们这些人不要想自个儿真能看见革命胜利，没这个决心就不要革命。'首长的话直到今天我都记着呢……所以我今天也要对你赵队长、赵村长说，如果你这个人真是一心只想'一根筋'地看到革命成功，要享受胜利成果，才来参加今天我军在东北的战争，你就可以早点回胶东了，别跟着我们苦熬了……"

有时他说累了，会闭上眼休息一会儿，睁开眼来了精神，会想起另外一出，又开始说起来："赵秀英同志，我在庄河时犯了一个错误，很大的错误！那时候我真该帮你找条船，再派上一个人，千秋这小子就行，让他偷偷地送你回胶东。你又不是我们三十七团的人，到现在都不是，让你编进来你又不干。你和你的人来东北，本来就是许司令的一个失误，所以我就是那个时候让你跑了，也不能算是犯纪律，只能说是主动纠正许司令的失误。"

说到这里他忽然停了下来，又想起了什么，道："不对，其实轮不着我让你回胶东，让你回胶东的是罗司令，我怎么把这一档子事全都给忘了……罗司令，现在东北民主联军的罗政委，他那时已经亲自批准了让你走，这件事我亲眼所见，罗司令还把送你走的任务交给了我，我人不行了，老了，爱忘事，你这么年轻怎么就不主动给我提个醒呢？你看看这会儿我们这个惨劲儿，你一个女人还在这里逞什么强，装什么英雄好汉？你强打精神苦撑，以为我就会夸你两句？想都不要想！哈哈，我想起来了，你一定是觉得革命到底很光荣，你想和我们三十七团全体官兵同归于尽，和我老温同归于尽！哈哈！可我这会儿要说几句你不喜欢听的，我也不是吓唬你，我坚信革命一定会胜利的，但革命也有可能在东北战场上出现大的曲折。我党我军在东北站不住脚，干不过老蒋，可那又怎么样？干不过就干不过，失败就失败，也不是没失败过，可那又怎么样呢？接着再来就是了！可是你呢？你干吗非要留下来呀，我们这些男人死了就死了，革命自有后来人，因为什么呢，因为天下的穷苦人太多了，想翻身求解放的太多了，可是你一个女人，留在这儿，多一个不多少一个不少……走吧，快走！"

有一天行军的时间很长，中间和一股敌人遭遇，打了一小仗，继续撤走，他本来躺在大车上睡着了，忽然像是被一个什么梦惊醒了似的，突然睁开那浮肿的三角眼，恶毒地嘲笑起跟着大车一步步往前走的大姐来。他说：

"我想起你为什么不走了！我真傻，我怎么忘了！你还在等快艇来接你，对不对？哈哈！对了那该死的快艇呢？罗司令，东北民主联军的罗政委都说有快艇，结果这帮小子居然连罗政委的指示也不执行，直到今天也不把快艇开到东北接你回去！一定要处分这帮小子，太不拿土地爷当神仙了！

"不过既然是这样，我劝你还是不要再等了。没有快艇了，自己跑吧，也不要再想真能找见赵大秀和你的支前队，这件事我早就想啊想啊想明白了，他们的船要不根本就没有到得了东北，在海上漂着漂着就让顶头风刮回了胶东，要不就是船到了东北，却在别的什么鸟不拉屎的鬼地方靠的岸，前不着村后不着店，一转眼又自个儿做主回胶东去了。为什么呢？因为他们也像你一样，知道自己不是部队的人，就是些民工，县大队区小队都不是，一旦在某个地方上了岸，也许一个人也没遇上，也许是遇上了人，却是个懂政策又敢替他们做主的部队领导，听他们大致说清楚了自己的身份，一句话就把他们打发回胶东了：东北的战争没你们的事儿，怎么来的怎么回去！这样他们连船都不用换就都开回去了。

"赵秀英同志这就是我这些天躺在大车上想到的真相。我好心好意地劝你真的不用再等下去了，事情的真相已经被我猜到了，你再留在我们团等一千年也找不到他们，听不到他们的消息，所以你真就别像个傻瓜似的在东北战场上等了。你不等就不是傻瓜，你等就是，因为只有傻瓜才会像你这么等！

"你怎么不说话？我说了这么多话，都是为你好，你却一直不理不睬，你把我当成什么人了？你说呀？快说！"

他又吼起来了，但是一天天听着老温这些很过分甚至带着恶意和幸灾乐祸的话，大姐的反应是什么呢？没有反应。大姐自从老温开始这样一天天地跟她说这些恶劣的话，就不再说话了，就那么一天天跟着大车走，有仗打了就带着支前队冲上去救护伤员，或者一到宿营地就带着打粮队去打粮……老温的话她每一天每一句都像是清清楚楚地听进去了，又像是一句也没有听进去，至少是左耳进右耳出，根本没有往心里去。

要是有人大声问一声："赵大姐，赵队长，你怎么能一天到晚就这样让他一直胡咧咧下去呢？你真的受得了吗？"大姐一般会抬头看他一眼，但还是不说什么，实在被逼急了，不能不说的时候，她就会站住，对那人说："那你说……我该怎么办呢？他一定要说，我能用把马草把他的嘴堵上，还是你有更好的办法？"或者，"你真以为他是在说我吗？我怎么觉得他一天到晚地说个不停，是在借我的坟头哭他自己的凄惶呢……老温就要走了，舍不得离开三十七团，我随便他一天天胡说，就当同情他吧！"

听了她这样讲，就没有人再说什么了。

有一天半夜老温突然醒了，大声嚷嚷着，非要千秋赶紧把大姐找过来不可，他有一件很要紧的大事要说。千秋说："这什么时候啊，有话明天再说吧。"老温冲他发起脾气来："你小子怎么了？全团都知道我要走，莫不是连你我也指挥不动了？可我还没走呢！我就是要走，想收拾你也容易得很！我真是有要紧的事，快去把她找来！"

千秋没办法，从团部驻扎的地方找到运输队，喊醒大姐："你就当真的同情一下他，他这个点儿醒了，非要见你，说有要紧的事。"

大姐什么也没说就起来了，跟着他走，说："千秋，老温是你的上级，他就算不是我的上级也算是我的战友吧，有句话你记住，我们和他在一起待不了几天了，不管今天还是以后，也不管是白天还是夜里，只要老温找我，你就马上帮他去找，我不生气的！记好了吗?"

"记好了，大姐。"千秋说，心里却替大姐有了委屈。

老温见到了大姐，长长吐出一口气，说：

"赵秀英同志，我差点忘了大事。你要走还需要一个走的手续，一张能证明你们昆嵛山二区支前队在你的率领下完成了全部支前任务的公函。团长原来说得好听，由他来写，但他一声都没吭就走了，这件大事也给忘掉了。新团长还没到，我也要走了，走前我要以三十七团参谋长的身份代表本团正式给你写一个东西，证明你支前都支到了东北战场上，你和我们团一起经历了从渡海到今天被敌人打得落花流水的所有艰苦岁月，你的表现无愧于胶东老区来的支前英雄的称号。有了这个东西你回去就可以对你们的区长和支前队员的家属有个交代。赵秀英同志我还要在这个东西上特别写明，你不是自个儿偷跑回去的，你回胶东是罗司令——罗政委特批的。至于赵大秀他们在哪里，你不知道，我们也不知道，他们要不在胶东，要不在东北，部队渡海搞得这么乱，你和他们一开始就失散了，这个我也要写上；你到了东北以后一直都在找他们，一直找，一直找，还动员了我们这些人帮你找。没找到。你为了找他们连自己吃奶的孩子也不管，丢在胶东，死活一声不问，但实在找不到他们你又能怎么办呢？那些支前队员的亲属应当理解你。

"你拿到我写的这个东西马上走，我都在地图上给你看好了路线，你还要化装扮成难民，我让千秋夏国民两个人帮你弄条船，你就顺着鸭绿江直下，到大东沟，那里现在已经是蒋匪军的地盘了，你一定要坚持说自己是当初来闯关东的难民，现在家里死了老人，要回去奔丧，你要是男人他们一定抓你的壮丁，硬塞给你一杆枪让你去当他们的兵，可你是个女人，他们又能拿你怎么样，然后你想办法爬上一条过海的船，赶上顺风，一天一夜你就能回到胶东。一上了岸赵大秀他们的下落就清楚了，他们要是回去了，当然皆大欢喜，没回去他们的下落你也不用再担心了，那就是说，他们一定在东北自己人的队伍里！今天夜里我想得更清楚了，除了在自己人的队伍里他们还能去哪里？

"你手里拿着我写给你们区长的公函，再有了这个实信儿，也能对他们的家人讲清楚他们的下落了，当然每个人具体的下落你没有，但是总的下落你有了，你甚至都可以说你是为了查找他们的下落才一个人又从东北九死一生渡海回到胶东来了，这么说一点也不是对他们撒谎，因为回到胶东你才能查实他们确实没有回去，确实仍然留在东北自己的队伍里。

"啊，对了，还有一件事，我们团还说过，要给你请一个大功。不是你带着打粮队杀进安东城，全团去年冬天就穿不上棉衣。穿不上棉衣你知道事情会有多严重？"

说到这时他的话又不像嘲讽了，语气变得沉痛起来，"走吧，赵秀英同志，我正式求你了，东北的仗会打得更大，你以为现在我们已经很苦了，但是我有一种感觉，真正艰苦的时刻还没到呢，那时候仗会打得更残酷，更血腥，人会死得更多，为了中国的不同未来国共两党会在这块黑土地上把老本都押上去，不分出胜负谁都不会罢手！你就是为了孩子也不能牺牲在这里！我们这一代人，我们男人可以牺牲，但是你们女人，连同孩子们，却应当活下去，亲眼看到革命成功。秀英村长我还要再说一遍，从现在到革命胜利，一定还要牺牲很多人，道路一定还要有许多曲折，我们在东北非常有可能再失败一次，但不管还会死多少人，有没有曲折，再失败多少次，都不会有人在乎你一个孩子还在吃奶的女人是不是非要牺牲在这里！"

说着说着他又怒了，大吼起来："我不明白你为什么不走！真的不明白！马上就要打大仗了，我觉得你不走简直就是在怀疑我们这些男人，你不相信我们这些人能扛到最后，扛过所有的曲折和失败，一直扛到胜利！你留下来每一天都是对我们的羞辱……快走，明天等我写好了公函就走！不要待我走了，没有人管你的事情了再走！别以为我走了还有千秋，他也会死的！没有人不会死，我们都死了你一个人留在三十七团还有谁认识你，你怎么办！"

秀英大姐当天夜里听完了他的唠叨，突然流下了泪，这在过去是没有过的，以前她任老温胡说，什么话也没说，但眼角眉梢常常带着一种讥讽和嘲笑的味道，仿佛在说："你就胡说吧，以为我会理你呢？我要理你才就真的上当了呢。"可是这天晚上不一样，她听完老温的话，流着泪就走了。

第二天一大早又有了敌情，部队紧急上路，老温仍然躺在大车里，她自己又坐回在右车辕上，开始时仍然不和老温说话，老温也不再和她说话，仿佛他昨天半夜里把所有的话都对她说完了，又仿佛昨天夜里他们之间的那场谈话从来就没发生过。

直到黄昏，部队停下来大休息，烧水煮点玉米粒塞肚子，才有人率先开了口，但这次先开口讲话的变成了大姐。她先是为老温端来了半搪瓷缸煮烂的玉米粒，交给千秋一口口喂到老温嘴里，等老温吃完了，闭眼躺在大车厢里养神，她才笑了笑，对老温说：

"温参谋长，我还是叫你温书瑞同志吧……我一直对你都有个怀疑，你知道吗？我有时候会认为你这个老红军是假的。我们从摩天岭撤退到这里，你这一路上哪里是在劝我，你是因为自己的部队仗打得烂，情绪低落，对革命前途悲观失望，才动不动拿我扎筏子，说了那么多难听的话。

"就连你昨天晚上说要给我写个公函，这件事我也不承你的情，你就是写，那也是我应得的，不是我欠你们三十七团的，是你们三十七团欠我的……总之以后你那些话不用再说了，我找到大秀他们之前留不留在东北，找到以后会不会回胶东，这些都轮不到你管，因为你是三十七团的领导，不是我的领导，何况你马上就要离开了，你要是走了，我有时候说不定还会想你，因为以后你就是再嫌弃我这个老百姓，再不想让我跟着你们团一边支前一边找我的人的下落，你也嫌弃不着了。

"有些话你要不走我是不会说的，你要走了我才觉得应当对你说出来。我赵秀英就是留在你们团吃一份军粮，可我也没闲着呀，我天天给你们团当牛做马，认真说起来不是我天天吃你的粮，是你天天都在吃我带人打的粮！我不是到了东北就没地方去了，其实要不是在庄河时罗司令说有一趟快艇会来接我们回去，我就跟他和林大姐走了，哎呀我真是后悔，要是当时跟他们走了，这会儿我请罗司令帮我在全东北找一找大秀他们，只怕是已经找到了呢……可在庄河的时候我能跟他们走吗？不能，我只能留下等那条快艇，等大秀和我的人，我没有做错，只不过我没有等到快艇和大秀他们罢了。

"你甭以为我说完了，你这些天对我说了那么多恶毒的话，难听的话，又是嘲笑又是打击，也总得给我一个机会，让我也对你说上几句不那么好听的……温书瑞参谋长为什么我刚才说我怀疑你这个老红军是假的？那是有原因的。我现在就说说这些原因。

"温书瑞同志你难道觉得今天我军在东北战场上的日子比长征还苦？它比抗战开始那一阵子还没希望？像千秋这些小孩子都还没说啥呢，你们到了东北只打了一仗，安东城外三股流打土匪不算，进安东城一枪没放也不能算，统共就打了一个摩天岭阻击战，结果枪一响还跑了……后来你们团就一直撤退，撤退，有时候跟敌人遭遇一下，也是一打就跑，就凭这些，你要真是个老红军，经历了长征的老革命，你会天天说什么曲折呀，失败呀，不一定能看到革命胜利呀……你就不觉得害臊吗？"

老温一直闭着眼睛听她长篇大套地说了这一通，才睁开三角眼，说："你还真别跟我抬杠。除了长征途中三过草地那一段，西路军那一段，抗战初期那一阵子，其他时间我还真不觉得比这会儿艰苦……哎我说你这个赵秀英同志，今天是你主动对我发起挑衅，是你招惹我不是我招惹你，等下我要是说出了什么难听的话你就怪不得别人了。我这个老红军战士怎么就是假的了？我说革命有曲折，说不定在东北我们要失败，怎么着了？我坦白告诉过你，连徐向前总指挥都说过他并不指望自己真能看到革命取得最后胜利，就甭说是我了！我算个什么东西！你在根据地也是上过妇女识字班的，一个彻底的革命者，什么叫作革命意志坚定？那就是明知看不到革命的胜利，仍然要坚持下去，坚持到底，随时准备牺牲……我说这些话我又害臊什么？我一点儿都不害臊！我劝你也不要因为我说出了这些真话害臊！"

千秋后来想，老温其实没说错什么，摩天岭之战后三十七团被敌人顺着鸭绿江一直撵到长白山腹地的红石砬子，真的是到了弹尽粮绝几乎看不到还有什么希望的境地。进入了长白山的深山老林，他们不再能见到稍大一点的城市和村镇，连一般有百十户人家的屯子都很少，有一次他们见到的一个最小的屯子，只有一户人家。

没有城镇和大一点的屯子，也没有了刚过海那段时间可以随便在这类城镇和屯子的伪政府伪警察机关里打到粮食和别的军需品的机会，大姐这么能干的人带领的打粮队也不灵了，常常空手而归，后来再出发时都没人愿意一起去了，大家一是不相信真能在这种深山老林子里打到粮食，二是实在饿得走不动路了。好在身边还有一条鸭绿江，好几次实在没办法，老温就派人过江去讨吃的。打粮打到国外，经常被苏军发现了赶回来，但说不定也会遇上一个当年抗联杨靖宇将军的朝鲜族部下，慷慨地拿出最后一点粮食支援他们。

山东老八路曾经让日本人吃尽苦头，名闻天下，现在蒋介石的部队居然有能耐把他们撵得如此狼狈，朝鲜同志十分不解，他们个个汉语说得溜溜的，就不停地问："哎，同志哥，怎么搞的？难道老蒋的队伍比日本鬼子还难对付？"

吃着人家的粮食，听着这样的问话，尽管对方一点讥笑你的意思也没有，你也真想找个地缝钻进去啊。想一想也真是的，朝鲜同志有疑惑也是合理的，老蒋的五十二军真的就比日本鬼子还难打？如果不是，为什么我们就能让他们从营口、庄河一直撵到了这种上百里都没有人烟的老林子里来了呢？

红石碴子到了，大约有别的部队替他们断了后，三十七团有了喘息之机，暂时就地驻扎下来，有了难得的休息和补充的时间。到了这里老温还是一天到晚对大姐说走吧走吧走吧，大姐也还是用那几句简单的话回答他："我怎么走哇，你以为我不想走？我是走不了。只要找不到大秀他们，少一个人没有下落我都不会走。革命曲不曲折我不管，但这些人是我带到东北来的呀，我要走就一定得带上他们，一个也不能少……"

部队驻扎下来后两个人还认真地讨论了老温说过的另一种情况：赵大秀他们渡海后在别的地方一上岸，就被强制编进了某一支仓促编成的队伍。

这种事情在胶东部队大规模渡海之初发生不但是可能的，而且在一些部队也真实地发生过。但这样的事情真的发生了就会产生另一个更让大姐不安的问题：赵大秀和她的人从胶东上船时的身份还都是支前民工，只要没有被编入某支队伍成了其中的一员，当时被送到东北就是一个失误，一旦真当了兵情况就不一样了，他们的身份就发生了变化，他们也就不再有充足的理由和机会回胶东了。真发生了这样的事，无论大姐再等多久，即便是有一天真找到了她的人，也没用了，没有任何人还有权力批准他们脱离部队回胶东去。

话说到这里所有人都无语了，心里都感觉到了沉重。但是大姐想了想后仍旧说："那对我来说还不是一样？如果他们真的一过海就都被编进了队伍，我也要一个一个把他们找到，当面把他们的情况问个清楚，将来我就是回去了也好给他们每个人家里带一个准信儿回去。不，我一定要一个一个地亲眼见到他们，最好能让他们每个人自己给家里的亲人写一封信，把渡海以来的事情全说清楚。我再把这些信都带回去，我觉得只有这样才算给了他们每个人的父母妻子一个交代。"

说到这里她仍然不满意似的，又道："就是我把工作做到了这里，只要没把人全都带回去，也还是不圆满……我这个二区的支前队队长到底还是没有把区长交给我的人全部都带回去，交给他们的亲人！"

三十七团在红石砬子驻下来后第三天，师里来了通知，温参谋长被送往临江后方医院的日子到了。老温很难过的样子，问千秋愿不愿意跟他一起走，按照当时的规定他即便去后方养伤也还可以从部队带走一个警卫员。千秋却不是很情愿，他斗争了大半天才对自己的老首长说："参谋长，摩天岭的仗没打好，从军区、纵队到师，每一级的首长都很生气。三十七团这些天又一直被敌人追着屁股打，一路败退到这里，敌人嘲笑我们，兄弟部队瞧不起我们。前些天我还听人说军区首长想把我们团解散，兵员分别补到别的部队上去……为了这个我不想走，三十七团要翻身，我想等到我们团打了翻身仗以后再去找你，行不行啊？"

老温心中虽然伤感，但还是为千秋能说出这些话来感到很振奋，点了头让千秋留下，带着潘得禄去了临江。

要走了他对大姐的事还是放心不下。见大姐也来送他，他让千秋和别人都走开，只看着她一个人，说："赵秀英同志，罗司令交代我把你送回胶东，现在任务我完不成了。我把你托付给了新来的姜大伟团长。总之别嫌我唠叨，一有机会还是回胶东吧，东北的仗打成什么样和你都不相关，再说我仍然相信我们会赢，因为老蒋都把我们逼到墙角了，不赢也得赢，只能赢……还有一句话我一定要说却一直不好意思……别以为只有你一个人惦记你那孩子，我们大伙儿一直都像你惦记赵大秀他们一样惦记着这个孩子呢……你可别哭啊，我可不是为了惹你哭才说起这件事的。"

余下的话他没有说出来，但大姐已经感觉到那是些什么话了。1946年我军在整个东北打得都不好，处境艰难。用老温的话说就是前途堪忧。"这不是革命意志坚定不坚定的问题。"他要走还是又把这件事说出来了，"即使革命意志坚定，失败还是失败，连红军也失败过，不然哪里会有两万五千里的长征哪。"

"走吧，我的事你就甭管了。"秀英大姐对他露出一个笑脸，"什么男人哪，像老娘儿们似的，车轱辘话一大堆……对了，问你爱人好。她是东海三区十里马家的村长兼武委会主任，我们在军区开英模会时见过。"

老温瞪圆了三角眼，吃惊道："你们认识？为什么不早点告诉我！"

大姐笑着看他。尽管日子过得艰难，她笑起来依然好看："我干吗要告诉你。我又不是你三十七团的兵！"

大车开始走动，众人赶上来对老温进行最后的送别，一起胡乱招手，千秋的眼泪也下来了。老温从车上回过头来寻找大姐，还想再说些什么似的。他在别的事情上没有过什么先见之明，但在大姐的事情上，他却早早地就猜到了：不管他在撤向红石碴子的路上有意无意地对她说过多少恶劣的话，要惹她生气，逼她离开，这个"一根筋"的女人找不到赵大秀和她的人都是不会走的，他非常担心她会因为这个一直滞留在东北战场上，回不了胶东。

大姐像是看出他要说什么了，没有再给他机会，自己先笑着开了口，催促道："走吧走吧，你这个老温，和你在东北打了好几个月仗，你对我说了那么多难听的话，只有一句说到了我心坎上！徐总指挥说得对，革命胜利是我们的信仰，但我们每个人都要准备看不到革命胜利。对了，还有你这个大男子主义，可真是要改，不然你媳妇早晚会跟你离婚。谁受得了你呀，你说是不是？"

老温就这样走了，东北三年解放战争最艰苦的时期他一直都在临江后方医院里养伤。伤养好后我军已转入反攻，因为年龄偏大，又长期脱离作战部队，不管是三十七团还是别的单位都没他的位置，最后只能到北满根据地当一名分区司令，他在那里一干就是数十年，直到80年代初期离休。

啊，还有一件事要记在这里。也不能说这一时期上级一直没有给三十七团配过政委。就在这个团从摩天岭上一路败退到鸭绿江边，被敌人追着打，团长被调走，老温负伤后天天躺在大车里的日子里，军区还是给三十七团配过一名政委。可是几十年后，就连当年亲历了那段艰苦岁月的老战士们集体回忆起来，能记起这位政委的人也不多，因为后者来到团里履行职务的第二天夜里，就在一场和五十二军追击部队不期而遇的遭遇战中，踩中了一枚不知何时什么人埋下的地雷——也许是五十二军埋下的，但更大的可能是当年进山"讨伐"抗联的日本鬼子埋下的——当即阵亡。又是深夜，敌追兵大集，老温躺在大车厢里紧急命令部队将他的遗体匆匆掩埋后马上转移。至于这位牺牲的三十七团首任政委姓什么，叫什么名字，当时大家肯定是知道的，但是后来日子一长就没人记得了。

11

姜大伟团长是老温走后第二天到任的。千秋没有跟老温走，还提出了下连的要求。姜团长听说了，把千秋叫了去，眼睛盯着他，说："听说你不想留在团部，要下连去……怎么，不欢迎我这个新团长？"

千秋有一点紧张，立正，举手敬礼，道："报告团长，不是的。当兵后我一直跟着温参谋长，在基层的日子少，想下到连里打仗！"

"我同意，但眼下不行。你熟悉情况，我不熟悉。等你带我熟悉了部队，就让你走。"姜团长说。

千秋就此又跟了姜团长一段时间，天天背着他的两支枪柄上带大红绸子的枪，带着新来的团长去看部队。

姜大伟团长和温参谋长一样在胶东坚持了八年游击战，对我军头等主力二等主力、县大队区小队各种部队打仗的不同路数心知肚明，到东北后又在师里当了大半年作战科科长，主持调查过三十七团摩天岭之战打得糟糕的原因。到任后他不再像前任团长那样，一直说要按苏军军事法典打造这个团，只是一个连一个连地去看部队，他问得最多的是各连都有些什么武器。

“什么武器呀，不就是些杂牌枪。过海时不让带家伙，到了东北踅摸的，老套筒、汉阳造、三八大盖……子弹最多五十粒，最少三粒火。敌五十二军全是自动枪，搂火就是一梭子，一扫一大片，比胶东鬼子厉害多了，我们哪儿扛得住！”三个营的营、连长都这么向他抱怨。

姜团长坐下来，卷个大炮筒子抽，看着士气低落的部下，心平气和，接着问：“哎，比起你们在胶东呢，怎么样？”

众人听了，不觉笑起来：“别跟胶东比呀。胶东我们是游击队，不是主力，有好武器也轮不着。现在咱也算是正规军了，武器比那时候还是好多了。”

姜团长一口一口把烟抽完，丢下烟屁股，站起来，想了想说：“我看也没好多少，不过是枪多了些，子弹多了些，但跟老蒋美式装备的五十二军比，战斗力也还就是一打就跑的游击队水平。”

众人都不说话，只是看着他，不清楚团长这话是夸他们还是埋汰他们。

然后姜团长就带着千秋走了。

"啥意思呀团长？"过了几天，终于就有那胆大的，涎着脸笑着问他，"埋汰我们也不要拐弯儿呀。你直接骂我们就成。"

姜团长仍旧气静心平，但表情里多了一点严肃，说："我来三十七团这几天，一个连一个连地看，弄清了一件事。摩天岭的仗你们打得不赖。"

这下连千秋也臊红了脸，脱口道："还不赖呢，那是跑得快，不然全军覆没。"

姜团长也不生气，看他一眼，道："说得对。就我们团这个武器，加上县大队区小队的技战术，本当全军覆没，但没有。这就是我的意思。打得不赖。"

刘德全摩天岭一战后一直皱着眉头，逮谁骂谁，这时却忍不住笑了，说："团长想给我们打气，我明白。可败了就是败了。五十二军太厉害，我们真弄不过他们。"

"老刘，你这话我不能同意。"姜团长说，"胶东的日本鬼子厉不厉害？最后还不是被我们打得乌龟一样缩着脑袋，在炮楼里不敢出来，出来就挨地雷。"

众人都笑。那是美好的岁月。刘德全也笑，说："那是胶东。我们枪少，但我们有雷。地雷把炮楼四周围一封锁，交通线上再给他虚虚实实埋上几颗，小鬼子动弹不了，据点外面就成了我们的天下。另外我们背后还有根据地。眼下什么情况呀，一没有根据地，二也没有地雷，再说就是有雷也不好用。五十二军不但有大炮机枪，还有汽车，我们跑都跑不过它。战场移动太快，想埋雷也找不到地方。"

这番话像是提醒了姜团长，但他仍然说："你说得有道理，但我们在胶东时摆的地雷阵也真炸得日本鬼子出不了窝。"

刘德全又看不懂他在想什么了，笑着试探："团长不会还想带着我们，用胶东对付鬼子的办法对付五十二军吧？那恐怕不灵。"

姜团长这时才抬起头，对在场的人说："我有个好消息。上头说了，我们团装备差，战斗力不行，上不得台面，以后就是给主力当当配角，别人打仗我们去配合，最多去战场外围打打阻击。既然是打阻击，就有时间设置阵地。"

开始大家还不敢相信，过不久发现竟是真的。三十七团本来就是南满两个主力纵队编完后由余下人员"撮大堆"编起来的"最后一团"，摩天岭一仗又被五十二军打得屁滚尿流，哪个首长布置战斗任务时，都不再敢把它放到主要方向做攻击部队使用，就连摆在战场外围做做样子，有敌人就打打阻击，也要掂量一下，实在无兵可用时才会考虑，并且一般都会把它部署在次要方向或者次次要方向，总之是能不用就不用。

在整个辽东军区的战斗序列中处于这样的位置，尽管战事激烈，三十七团打仗的机会却少得可怜。不打仗也有不好的地方，就是仍然要粮没粮，要枪没枪，要人还没人。譬如一直说要再来一个新政委，结果一直都没见到人。好在姜团长对一切都不在意，叫打防御就防御，不叫打就不打。千秋一天到晚跟着他，见他净低着头琢磨事儿，一点也不为打不上仗着急，觉得在这一点上他和前任团长尤其是离开队伍去养伤的温参谋长真是大不一样。

不过也有一条好处，来了这么一位并不着急打仗的团长，被摩天岭之战打得寒了心的三十七团官兵中一直没有安定下来的情绪不知不觉就安定下来了，渐渐地又觉得老是闲着也不是个事儿，应当主动请战的声音悄然高涨起来。

当然其中很大的一部分原因是没仗打就没有供应，没有饭吃，更没有战场缴获，光靠一个编外的支前队队长赵秀英大姐天天带着打粮队出去打粮，往往辛苦跑一天一个屯子也见不着，颗粒无收。全团居然有一次连续三天断粮，不得不再次按照老温在时的做法，让各连自己上山去打野猪，挖野菜，采野果子，解决饿肚皮的问题。老这样谁也受不了，胶东老区的游击队员们先不干了，围着刘德全发牢骚，说："九死一生过了海，据说成了主力部队，打着打着又成了游击队，连饭都吃不上了!"

有人把这些牢骚报告给姜团长,他听了也无话。第二天还是没口粮。

"这不行吧,"后来有更多原蓬莱县大队的老兵找刘德全,说,"你得去找团长讲讲,咱们好歹是个部队,上战场一枪让敌人打死了也就罢了,一直这样下去,因为打不上仗饿死,让人笑话。"

刘德全这时已经看出点儿什么来了,悄悄地对他们说:"你们着什么急?依我看,我们这位新来的团长肚里憋着货呢。想打仗?我觉得快了。"

刘德全到底是营长,不是连长,更不是大头兵,他的脑瓜大部分时间不是很灵光,但有时候也会突然灵光一下。

摩天岭之战后,南满我军在辽东战场的最大战事是安东保卫战。自从当年5月,四平保卫战失利,我军在东北战场上就被杜聿明指挥的蒋军主力分隔成南满和北满两部分。南满我军只有两个纵队,失去了北满主力的协同作战后与杜聿明单打独斗,又首当其冲,压力空前巨大,安东城岌岌可危。三十七团参加了这场保卫军区和首府的战斗,却被放在安东城东北四十公里外的最次要方向担任战场警戒。全团在挖好的战壕里蹲了一个月,从头到尾都没有开过一枪。

团部驻扎在阵地后面一个叫靠山屯的小屯子里，部队没仗打，却因为参加战斗有了暂时的正常供给，不用再去打粮，大姐的打粮队暂时解散，她带着曾军医和那个没跑的男护士在阵地上开设了火线包扎所，天天待在里面，准备枪一响就冲到阵地里去。

刚到任的姜团长自己却往往不待在团指挥所里，而是到处转悠，在靠山屯和周围屯子里寻找日伪时期散落在民间的武器。虽然他没有把心里的想法讲出来过，但千秋和刘德全一干人都猜出了他多半是在找地雷。

他们这么想的理由外人听起来有点匪夷所思。

譬如要打仗了，全团开大会，姜团长做动员讲话前，看着带二营坐在前排的刘德全，问："老刘，胶东时候的歌还会唱吗？"

"啥歌呀团长，"刘德全一头雾水地回答，"我们是县大队，没人才，会唱的歌不多。"

"《大盖枪》会不会？"

"这个会。"刘德全说。

"唱一唱我听听。"姜团长说。

好久不唱歌，刘德全兴致来了，指挥当初他带到东北来的半个蓬莱县大队唱起来：

大盖枪，真吃香，

单打鬼子的左肩膀，

打得他，叫了娘，

不让他，扛机枪，

啊咳哟哎哟咳哟哟，

不让他，扛机枪。

大盖枪，真吃香，

打在鬼子的脑袋上。

打得他，流脑浆，

叫他去，见阎王，

啊咳哟哎哟咳哟哟，

叫他去，见阎王。

他们唱得并不好，但造成的气氛很欢乐，姜团长带头鼓掌，说："还会不会别的,《手榴弹呀小甜瓜》会不会?"

刘德全兴致更高了，带着当年的游击队员们又唱起来：

手榴弹呀么小甜瓜，

拉出弦来么就开花。

身上背它七八个呀，

见了敌人我扔给他呀，

嗨！

敌人吃瓜我不要钱呀，

只要他脑袋开红花。

哎咳咳！

敌人头上开红花。

还没唱完，姜团长就再次高举双手，鼓掌，说："还有一个，你们一定会唱。《地雷埋得巧》会不会？"

"这个谁不会呀！"刘德全说，"来，我们唱《地雷埋得巧》！"

这一下，不只是原蓬莱县大队的游击队员，所有从胶东各县来的人全都跟着唱：

地雷到处埋，

地雷埋得巧。

鬼子来"扫荡"，

轰！

有的飞上天，

有的地下倒。

吓得鬼子兵，

大路不敢进，

小路不敢跑，

地雷到处埋，

哎！

地雷埋得巧！

唱完了歌团长讲话，三十七团这回要配合主力作战，如何如何，一定要打好，等等，反正就是那些他作为团长必须讲的话，很快就讲完了，部队解散带回。但是这天晚上大家唱了那些打鬼子的歌，心情都很好，情绪高涨，回到宿营地各单位自己又唱，唱到了下半夜，团长亲自来查铺查哨，要求熄灯，才算结束。

再后来就上了阵地。整天蹲在战壕里，又不打仗，大家就回忆当年打游击的日子，唱打鬼子的歌。光一个《地雷埋得巧》，就有多个版本。

一种版本是这样的：

埋地雷那个埋地雷，

地雷埋在小路上。

埋好那地雷做伪装。

鬼子排队来"扫荡"哎，

炸死鬼子一大趟。

埋地雷那个埋地雷，

地雷埋在那桥头上。

掀起那石板做伪装，

鬼子过桥一声响，

炸得鬼子喝泥汤。

埋地雷那个埋地雷，

地雷埋在据点旁，

埋好那地雷做伪装，

鬼子"扫荡"刚出门，

顶头炸死了小队长。

另一个版本是这样的：

地雷唉开了花，

天空飞起了大洋马。

鬼子的脑袋搬了家，

受伤的鬼子唉满地爬，

活像个大王八。

再叫你来抢粮，

再叫你来烧杀，

这回送你回老家。

地雷唉开了花，

鬼子的汽车它分了家，

受伤的鬼子唉满地爬，

鬼子和汉奸害了怕。

谁敢来抢粮，

谁敢来烧杀，

埋好了地雷等着他。

又有人唱出了别的版本：

说咱庄，道咱庄，

咱庄出了个小老张。

埋地雷，是好手，

办法多来性子强。

他见鬼子快进庄，

把那地雷紧埋上。

拉着线，躲一旁。

鬼子兵，进了庄，

轰！

霹雳一声响，

连人带马成肉酱，

成肉酱。

"其实在东北这里也不是不能打地雷战，"整天听大伙唱这些歌，有一天刘德全自己对这些老游击队员说，"就怕敌人不来，他真要来，在阵地前埋上几颗雷，真能挡一阵，让我们有时间撒丫子跑。"

众人就大笑。千秋当时因为一件什么事也到了场，听了刘德全的话，心里老大不高兴。但这些人都是老资格，人家打鬼子时你还在家要饭呢，不高兴也不说出来。

"哎，千秋，你来干什么？"刘德全看到了他问，"对了，你整天屁颠屁颠地跟着团长跑，跟我们讲讲，他不是真想在这里跟五十二军打地雷战吧？"

"我没听姜团长说过。"千秋心里赌着气说。他都看出来了，不信团长看不出来：包括刘德全在内，大家对姜团长老是提起当年在胶东打地雷战的往事其实不以为然。

姜团长听到了反映，一点也不在意的样子，倒是有一天，突然问起千秋另一件事来："哎，听说咱们团有一门炮，在哪里？"

千秋冷不丁被他这么一问，马上想起了大姐，想起了她为了保住那个一直藏在大车厢里的炮筒子和老温进行过的斗争，半晌才回答："啊，就是个炮筒子，日本九二式步兵炮的，没有底座，没有瞄准器，没有炮弹。"

当时团长也没再说什么，就忙别的去了，不想到了第二天，他连千秋也没带，就一个人从阵地上转转悠悠地回到了屯子里，走进了团运输队的院子里。

这时还不是所有人都认得他。形势好一点后大姐的队伍再次有所扩大，一辆大车又变成了两辆，老钱之外又多了一名马夫，后者姓孙，是随着姜团长和他的大红马一起来的，现在要打仗，大红马的事交给老钱，自己天天跟着大姐上阵地，成了她从团运输队带上火线包扎所的一名担架员。

老钱一个人被大姐留在屯子里看家兼喂马，不到阵地上去。这天他正坐在临时马厩前修补马套，因为从不参加会议，他还没见过新来的团长，又不喜欢搭理人，看见姜团长进来了也只是斜着眼瞄了一下，继续低头缝他的马套去了。

姜团长一个人先走进马厩看了一阵子马（既看到了他的坐骑大红马，也看到了那匹被大姐从死亡线上救活过来的老白马），然后走出来，转悠到两辆大车中间，从一辆车的车厢里找到了那个九二式步兵炮的炮筒子，兴致勃勃地看起来。老钱见他不把自己当外人，又到处找东西，不高兴了，问："哎，你谁呀？"

姜团长眼睛只在那个炮筒子上，简单回了两个字："团长。"

老钱哎哟了一声，把手里的马套一扔就跑出去了，到阵地上报告大姐。大姐开始还不相信，团长这个时候还有心情视察她的大车队？但老钱的话不可能有假，于是她就跟曾军医交代了一声，急急跟着老钱跑回到了屯子里。

千秋也正在找团长，毕竟他现在还是团长的警卫班长，听说后也跟着大姐跑回到屯子里去。他一点也没想到会在这里听到了一个令他极为震撼的秘密。

姜团长认识大姐。早在胶东他们就见过面。而且，因为他们俩这天在团运输队的见面，千秋知道了更多关于大姐、她的新婚丈夫以及她和一匹白马的故事。

大姐跑进团运输队的大门时姜团长仍在看那个九二式步兵

炮的炮筒子。大姐喊了一声："团长！"他才回过头来。老钱没有跟过来，团长来了，他把他的直接领导赵秀英大姐喊回来就够了，随大姐进了院子他就溜到马厩里去了，这样他就可以不用再和团长说什么话了。

千秋是跟在大姐后面跑进来的，两人隔着一段距离，所以当他跑进那个可以让大车进出的大栅栏门时，大姐和姜团长已经面对面地站着了，和他之间隔着一辆大车。由于姜团长和大姐的谈话从一开始就显出了某种私密的性质，内容又极为重要，谈话的两个人都表现得全神贯注，于是他们就没有及时地注意到他们身后那辆大车另一边的千秋。也正因为这个，千秋有机会听清楚他们从头到尾的全部谈话。

团长见了大姐首先做了自我批评，说他还在师里工作时就听说了三十七团有一位因为穿了一身胶东二分区独立团军装，被送上了运兵船来到东北的地方支前的女同志，并且因为各种原因一直滞留到今天，没想到见了面才知道是秀英村长。他刚到团里，情况不熟，事情忙乱，好些天了也没顾上找时间正式来大车队看看她。接着他根本不让大姐说话，又补充了一番话："秀英同志，我和你爱人刘德文同志很熟。民国二十六年我们一起参加天福山起义，后来又在胶东军区机关一起工作。他不是胶东人，老家是沂蒙山的。刘德文同志前年1月去了鲁西南。后来的消息你都听说了吗?"

虽然团长和大姐都没有注意到千秋的存在，但这时就停在离团长和大姐几步远地方的千秋却第一次注意到了，在战场上面对死亡毫无惧色的大姐也有扛不住的时候。姜团长几句像是无心之语的话刚说完，她的脸色就大变了，身子跟着就是一颤，被一颗飞来的子弹猛地击中了一样。

即便在这样的时刻大姐仍然显出了强大的自制力。那一瞬间——如同被子弹击中了一样——很快过去了。大姐努力让自己恢复平静，勇敢地看着团长，说:"团长您记错了。刘德文不是我丈夫。我嫁给了别人。"

姜团长眼里浮现出迷惑的神情。在以后的日子里，千秋会越来越熟悉他这种乍看上去有一点迷惑不解的奇怪表情。每当他眼里显出这种表情时他就知道姜团长又要掩饰什么了。不过这天在大姐的大车队院子里他还不知道这个。姜团长像是没听清大姐的话一样，盯着她非常坚定的目光认真地看了一会儿，才很勉强地笑了一下，和解似的说:"啊，那我记错了。"

他立马就说起另一件事:"秀英同志，还有件事，到咱们团来报到前我去见师长，他告诉我，前年1月的一天，下着大雪，老十团的刘抗敌副团长去你们赵家垴，和一个叫赵大秀的女同志成亲。正赶上鬼子对昆嵛山根据地展开新一轮'扫荡'，赵大秀等了一夜也没有等到刘抗敌同志，没想到他们去年渡海后在东北战场上遇上了。你说巧不巧！"

大姐听完姜团长的话脸色变得煞白，仿佛所有的血一下子全从这张脸上离开了。千秋从没有见过这么吓人的脸色，他听见大姐她失声道："团长等等……你说啥？你再说一遍！大秀在啥地方？你真看到她和我们二区支前队的人了？你还说她和刘抗敌副团长——"

团长看似无意，但千秋后来觉得他一定是有意的，不管大姐什么表情，这一刻他都要坚持把话说下去："秀英同志，你听我说完……我是说，刘德文同志是我的老大哥，当年在军区他教给了我不少打仗的本事，算是我的革命引路人之一……可你刚才说你没有和他结婚……这样好吧，我们以后还像过去一样称呼，我还是喊你秀英同志，秀英村长，不，现在是秀英队长。还有，你的事情不但我记着，连罗司令，不，罗政委都记得呢。温书瑞同志离开时专门打电话交代，让我一定放在心上。总之你放心，一有机会我就要让你回胶东。万一东北的仗打完后我还活着，将来见了德文大哥，我对他也有个交代。"

千秋一直都站在他进了大门就停下的地方，盯着大半个身子侧向着他站立的大姐。大姐的脸色刚才那一刻变得太厉害，她就像突然害了重病一样，站着都有点摇晃了。他还看出大姐一时间还想对团长说点什么，可她竟然说不出话来了。而且，刚才在她身上出现过的不易被发觉的一种像发疟疾一样的寒战出现了。

"可是……团长……大秀他们……到底是怎么回事儿?"迟疑了好一阵子，大姐还是挣扎着说出了这些话，不像是从口中说出来的，倒像是从一口深井——生命的深井里发出来的。也不是一般的声音，甚至都不是询问，仅仅是沙哑的叫喊。

姜团长从头到尾都低着头，除了开始时抬头看了一眼她，以后说话时就再也没有看她一眼了。但他像是早就下定了决心，一定要一口气把所有事情都讲出来，接着又告诉大姐："像当初温参谋长猜到的一样，赵大秀和昆嵛山二区支前队的民工在胶东上船后，那条船也是先到了营口，却比他们早到了一天，南满军区的先遣队也不让他们靠岸，但他们那条船被风刮到海边时撞到了一块礁石上，船板散了，一船人没法儿再回到海上去。

"当时情势很急，敌五十二军从葫芦岛上岸，正向营口前进，我们要保卫营口，没有部队，据说和他们一起上岸的是老十团的两个营，编成一个团人数不够，这时但凡是上了岸的人，不管来自何方，是不是民工，马上就一股脑地全部被编进了这个团，拉上去保卫营口……秀英队长，从那天起，你们昆崑山二区的民工就全部都参了军。有老十团的两个营做底子，这个新编成的团从登陆之初就成了南满纵队最能打的一个团。"

这一次他半天都没有再听到大姐说话。到了这会儿她仍然没有完全反应过来呢。

姜团长还是不抬头，用更快的语速说："天下事就这么巧。赵大秀当初在你们村等了一夜，没等到刘抗敌同志，在营口上岸的当天却见到了她的未婚夫。这个老刘也真是的，见了大秀还不愿意认，非说他和别人结过婚了，女方不是大秀。可胶东军区组织部的人都在那儿呢，过了海居然还能找出文件给他看，证明组织上当初给他选定的结婚对象就是赵大秀。加上大秀同志坚持，组织上又做工作，刘抗敌同志只好认账……不过他一直都在说，他确实和昆崑山根据地边儿上赵家垴的一位女村干部结了婚，当时以为她就是赵大秀。不过这件事没有妨碍他和赵大秀同志重新举行战地婚礼，因为刘抗敌同志说，那位和他结婚的女村干部已经不在了。"

"啥……他真是这么说的？"大姐呻吟般地说出了这句话，那声音仍然不像是大姐本人在说话，说这话的完全可能是另外一个创巨痛深的女子。

"好像刘抗敌同志是这么说的……他和赵家垴的那位女村干部成亲的第二天拂晓，鬼子突然开始了年关'大扫荡'，发现时已经到了村口，这位和他成亲的女村干部急忙掩护他骑上他那匹叫作什么'飘雪二郎'的白马，越过院墙逃出了村子。他刚刚带着他的半个警卫班逃上后山，就听到山下村子里一声炮响，回头再看，就发现昨晚上做了他和那位女村干部洞房的石头屋子被鬼子的炮火击中了，烧成一团熊熊大火……刘抗敌同志非常伤心地说，为了掩护自己逃走，这位女村干部根本来不及离开那所屋子，当时就牺牲了！"

千秋注意到这时大姐的嘴唇又不自觉地颤抖起来，像是又说不出话来了，而她的脸色不再像刚才那样一片煞白，这张脸变黑了，仿佛短短时间被什么人涂了薄薄一层明亮的黑色……等她终于能把下面的话讲出来时，她的嗓子完全嘶哑了："他说谁牺牲了……不对！大秀呢，她是怎么说的？"

最后几个字她像是从牙缝里挤出来的，更像是从她突然想到的那已经成了过去的一切，从她那沉沉睡去的记忆中电光石火般崩裂出来的！

连千秋都听出来了，她说出最后那几个字时要多艰难有多艰难，要多吃力有多吃力，要多吃惊有多吃惊！

"赵大秀同志好像不知道这件事，她能说什么？"团长若有所思地望着远方，仍然不看大姐，并且迅速转移了话题，"哎对了，大车上这个炮筒子哪儿来的？"

222

千秋以后用了一生的时间，试图贴近此刻大姐胸膛里那一颗狂风暴雨骤然大起般的心……但是姜团长没有把话点透，那一刻她还是把自己的情感控制住了，用沙哑的声音回答说："啊……它是我从摩天岭上捡回来的。就是个炮筒子。团长怎么知道的？"

姜团长似乎一下就把刚才说的事情全忘记了，似乎他的目光和生命中全部的注意力一下又都转移到炮筒子上去了。他伸出两手，用力一抱将它搬出来，放到地上，眼睛盯着它，兜着圈子看个没完没了，高兴得像个孩子一样……一抬头他看到了另一辆大车那边的千秋，仿佛早就知道千秋站在那儿一样，道："你！把它给我扛回去！遇上机会我就让人到战场上去捡炮弹。哪怕只捡到一发炮弹，我们团也有了一门炮！"

说完他转身要走，好像所有的事情他都办完了，连道别的话也不需要对大姐说一句。但是千秋已经感觉到了，所有的事情对大姐来说都还是刚刚开始，真正的雷鸣电闪刚刚在她生命的地平线上出现……她只犹疑了片刻就急急冲姜团长的后背喊了一声："团长别走！"

姜大伟团长这时回过头来了，他看着她，目光坚定、平静，而在这双眼睛的深处，千秋又一次发现了那一点迷惑不解的神情——他已经是第二次看到这种表情了。

"怎么了秀英同志……你还有什么事？"

大姐的话已经结结巴巴说不囫囵了。她说："团……长，我……你……我、我有句话还想问问你！他、他、他们纵队在哪儿？他那个团……在哪里？什么番号？我、我、我想去找他们！"

姜团长仍然在用那种坚定、平静和似乎藏着一点迷惑不解的目光看着她，仿佛他什么也不明白，想了一下才反问道："你说什么？你要去找谁？"

"大秀。还有……刘抗敌副团长。"这时大姐能把话说得利索一点了。

姜团长接下来的回答语速更快，关键是他的话说得异常清晰、肯定，不是拒绝，听起来也像是极残忍地拒绝："刘抗敌同志现在是第二十一团的团长……现在他们师在安东正面主要防御方向设置阵地……二十一团是他们师的主力团，任务非常重……一个月前安东能不能守住大家都在看我们三十七团，但我们团没有守住摩天岭……现在能不能守住安东就看他们了……啊，还有，我们胶东老区出来的女同志都很能干，大秀和刘抗敌团长补办了婚礼的当天也和你们二区支前队的民工同志们参了军，她进步很快，现在她不但是二十一团刘抗敌团长的妻子，还是二十一团的群工干事兼群众工作队队长。"

　　大姐没有去其实相距不远的第二十一团阵地上寻找赵大秀和她自己的支前队。更让千秋后来百思不得其解的是她居然也没去二十一团见那个新婚之夜后她一直都在朝思暮想的亲人。大姐从没有对任何人包括千秋说过她渡海后一直留在三十七团不走也有寻找这个亲人的想法，这是她羞于说出来的，甚至是羞于承认的。1944年1月这个男人跨上那匹高大健壮的白马，白马中的精灵"飘雪二郎"，从她和他的洞房，他们刚刚拥有的"家"离开，一跃跨过那堵石头垒的矮院墙，直到这年10月她生下儿子，她一直都在打听这个她已经认为是她在世上最亲的亲人的消息。

　　没有。没有他的消息，那时还是老十团副团长的刘抗敌和他的部队那天以后像是突然在胶东大地上消失了一样。新婚之夜后那个拂晓她和大秀带着村里群众转移到了山里，和军区组织部的某位大姐有过一次谈话，当时她就大致明白了在她的婚姻大事上发生了一桩错误，大秀也许真的是组织上为刘抗敌副团长选定的新娘，而组织上为她选的新郎是另一位名叫刘德文的副团长，但即便如此她仍然不觉得那是什么了不起的大事，毕竟大秀和那个已经属于她的新郎刘抗敌没有结婚的事实，和刘抗敌结婚的人是她，只要她能找到她的亲人，她新婚的也是一生的丈夫，那个骑上白马逃出鬼子的弹雨的抗日英雄，然后两人一起当面去对组织上说个清楚，错误就不再是错误，她和那个骑着白马来了又去了的男人连同他们的孩子仍旧是革命的一家。

至于大秀和刘德文，她没有和刘德文同志结婚，大秀也没有和刘德文成为夫妻，大家见个面或者通过组织说说清楚，事情也就过去了。刘德文副团长可以选择别的女同志结婚，大秀也可以让组织上帮助或者自己做主寻找新的结婚对象，她甚至都想过也可以通过自己的丈夫刘抗敌帮助大秀在他们老十团里物色一名好对象，也像她一样有一个美满的革命之家……

但她今天却在东北战场上，在安东和整个辽东根据地处在巨大危险的时刻，听到了她日思夜念的亲人、她的丈夫刘抗敌和大秀重逢并且成了亲的消息！她后来很快什么都想明白了：姜团长那天并不是像他故意表现的一样，似乎无意之间讲出了发生在她、大秀、刘抗敌和刘德文之间的故事。和姜团长在一起的日子越久，经历的艰苦战斗岁月越多，她越能看到这个人比她已经认为的那个男人还要聪明百倍。

姜大伟团长对发生在他们四人间的事一清二楚，他到了团里没有马上来到运输队看她，非常可能是他还没有想好，他既不想很深地伤害她，又一定要把他知道的事情对她讲出来。这样做既出于战友之情，也许还受某个上级的郑重托付，因为事情已经无可挽回地发生了，除了用一次轻描淡写的谈话对她讲出来，让她明白自己目前的真实处境，他又能怎么样呢？

大姐病倒了。即便是在摩天岭之战后最艰苦的日子里，荒山野岭，原始森林，前有拦截，后有追兵，一天狂奔一百多里，被敌人追得几天几夜停不下来，没东西吃，大姐都没有倒下，一路上还用她那招牌式的乐观主义精神影响大家，大声鼓舞每一个走不动的人，帮助团首长做了许多巩固队伍的工作，但这一次她却病倒了，高烧，谵妄，一天到晚说些胡话。

团卫生队就在这一时期作为正式单位奉命成立，曾佑华作为团里唯一的军医被任命为队长。本来这个职务应当由大姐担任，但她不是三十七团的人，仍然只是个因故滞留在东北的老百姓，只能继续担任各种入不了正式编制的运输队、担架队、打粮队的队长。

不过团卫生队成立的当天，老曾在会上说了一段很动情的话，他说："三十七团卫生队的队长永远是大姐，只要上了战场我和全队同志仍然愿意服从大姐的领导和指挥。"同时他这个新上任的卫生队队长也在用尽能想到的一切办法帮大姐治疗，因为没有药品，无奈之中最后他连当地老乡都不大敢用的土炕烟熏的办法都用上了。曾队长后来对大姐说："你要是再不好我就只剩下一个办法了，我也不怕受处分，我要给你请道士驱鬼。"

反正天天也没有仗打，千秋每天晚上都要从阵地上赶回来看望一下大姐。有时候他因为别的事来得晚一点，团长还会提醒他。千秋每次来了，都坐在大姐的地铺边儿上，瞅着没人的时候哭着问她："大姐呀，你到底是怎么了呀，团长那天讲的事跟你有什么相干呀。那不是别人的事吗？二十一团刘抗敌团长前年1月去你们赵家垴和赵大秀成亲，走错了门进了村里另一个女村干部的洞房，可这个女干部第二天天不亮就为了掩护他牺牲了。赵大秀当晚没等到刘抗敌团长，现在他们在东北遇上了，正式完婚，除了这些团长没讲别的呀，莫非……我的大姐，你就是那个……"

大姐病了半个多月，被曾队长用烟熏了几回，终于不发烧了，躺在炕上流泪，翻过身去不看千秋，一句话也不跟他说。

千秋干脆把心里话一股脑都说出来了："大姐，我猜对了是不是？刘抗敌团长错了，你没死。他那天晚上娶的是你。"

大姐还是面朝着墙，不理他，但她不哭了，有一天终于把身子转过来了，抹干净脸上的泪珠子，赶他走，说："你一个小毛孩子懂啥。快回阵地上去，我要睡了。"

千秋不走。大姐就喊："走哇！我都活成这样了，还想看着我哭吗?！我是不是哭得很好看?"

千秋站起来了，一步一回头地离开，开了门又不走，站住，回头道："大姐，真要是将来革命成功，建立了新中国，人人能过上好日子。刘抗敌团长不认你和孩子，我就……我跟你结婚。"

"滚。"大姐说，本来还噙着两颗眼泪，却又被他说笑了。

大姐渐渐好了起来，先是能在地铺上坐一会儿了，再后来就离开地铺站起来，让人扶着走上几步。原来都不吃东西了，这会儿也能慢慢地吃上几口粥了，再后来她就挣扎着做些能做得动的事。但是千秋知道，就因为这一场大病，在以后的战争期间，她的身子再也没有复原。大姐再也不是那个青春焕发，永远活力四射，在平度城下像个勇敢的精灵一样冲进枪林弹雨中，救治伤员的大姐了。

她为什么会病上这一场，且病得这么重，要不是曾队长除了请道士驱鬼没干出来什么办法都使上了才没有让她死掉，全团有过一些议论，但很快就被姜团长悄悄制止了。此后姜团长一辈子都没有再对人提起过这档子事，千秋和大姐自己当然也不会说，但团里还是有不少人知道了个大概。马夫老钱老孙，曾队长，大车队里大姐手下的几个人，那是瞒不住的。再后来，千秋发现全团几乎人人都知道了。不过，每个人都把这件事压在心底，从没有谁公开说出来过。

预示着暴风雨来临的低沉的雷声远远地在生命的地平线上

响起来，但暴风雨并没有真的来临……好像有什么事发生了，又像什么事也没有发生过……不会这样的，千秋那时就觉得，事情没有完，这样的事情，哪能那么容易说完就完呢。

可是……这一次他的心真的为大姐刀割般地疼痛起来……刘抗敌团长和赵大秀的事情已经那样了，像俗话说的，木已成舟，大姐就是不想让事情这样结束，她又能怎么样呢……

12

1946年是我军在东北战场上几乎连战连败的一年。四平保卫战失败后主力撤过了松花江，以胶东渡海部队为基础编成的辽东军区两个纵队被赋予的战略任务是"牵牛鼻子"，不惜全部牺牲也要留在南满，将气焰正盛的蒋军牵制住，为主力在松花江那一侧迅速建立巩固北满根据地赢得时间。在蒋军八个师十万余人的强势攻击下，辽东军区及留下的两个纵队迅速陷入绝境，军区机关被迫相继放弃安东、凤城，率领部队向长白山腹地且战且退。

其间三十七团所在纵队当年10月虽然抓住机会于宽甸的新开岭对紧追不舍的敌人进行了一次教科书式的歼灭战，全歼号称"千里驹"的蒋军第二十五师八千余人，开创了东北我军一次作战歼敌一整个师的先例，但在接下来的冬天里，辽东我军仍被杜聿明挤压到了濛江、抚松、长白、临江四县的狭小地带（最困难的时候完整的根据地只剩下了临江一县），不得不进行长达一百零八天的"四保临江"战役。

三十七团随纵队主力继续东撤，其间虽然作为师的预备队参加了新开岭战役，却直到战斗接近尾声时才被准予加入战场，参与最后一击，主要任务就是打扫战场，转移伤员，处理俘虏，然后马上向东北方向的临江根据地转移。

部队一有行动大姐的病马上就"好"了，大病过后瘦得像个影子似的她重新精神起来，重新穿上那套胶东二分区独立团的旧军装——它显得更肥大了，扎上从安东城打来的日本皮带，挎上同样从安东城里打到的大镜面匣子，又风尘仆仆地带着她的两辆大车加两个马夫的编外的团运输队跟着全团行动，而且又像初入东北后那样开始当她的编外群工干事和打粮队队长。

发生在她身上的这些变化都被千秋看在眼里，他一边打心底为大姐重新恢复成了他从胶东就开始熟悉的样子悄悄松一口气，一边仍然不敢相信她真的忘掉了那件差点害死她的事，忘记刘抗敌团长和他的新婚妻子。千秋一直觉得，大姐不会放弃有机会就和他们两人见上一面的念头的，他甚至觉得时光越久，大姐默默思考这件事的日子越长，这样一个非如此不可的念头在大姐心中就越是强烈。

当然他认为大姐一定要见见那两个人的心情是可以理解的，也是绝对正常的，那时的千秋一直试着大胆揣测大姐的内心，觉得凭她的为人，她在战场上的性情，无论如何都不会让这件事就这样结束。因为她还不是为她自己，大姐确实和刘抗敌团长结了婚并且为他生了一个儿子，而且她也没在新婚之夜过后的那个拂晓，为了掩护自己的丈夫而牺牲。她的丈夫刘抗敌团长逃上她家后山上听到的一声炮响不是鬼子放的，是她和大秀用村里那门土炮轰击村口的鬼子兵发出的巨响，刘抗敌团长那个时候听到炮响回头朝村里望一眼，看到他和大姐的洞房被烧成一团火，以为是日本人朝那座石头屋子开了炮并导致了大姐牺牲在那一团大火中也是可以理解的，但这个认知对大姐来说却是一个极为残忍的错误。

像大姐一样，千秋在这样一个误会中真正感觉不可理解的是赵大秀，那个拂晓是大姐亲自带着她打了那一炮，而鬼子用喷火器点燃大姐的洞房时，她们俩已经带村里百姓向后山上转移，后来她又和大姐一起到了昆嵛山中的军区所在地，明知道大姐没有牺牲，为什么在她发现刘抗敌团长认为大姐已经牺牲的时候不立即出面纠正这个错误？不过这件事无论他还是大姐，已经不愿往深处想了。大姐早在辗转病榻时就反复思量过了，大秀这么做一定有她的不舍，她只能这么做，才能实现和刘抗敌团长结婚的目的，现在她的目的达到了。

千秋也试着将自己的角色变换成大姐，尽力让自己站到赵大秀的立场上想这件事情，马上就会发觉如果从大秀那一边说，她也可能认为自己这么做有自己的道理：刘抗敌团长本来就是上级为她挑的丈夫，那个雪夜她也在自己家的洞房里等了一晚上，本以为永远也等不到他了，没想到天遂人愿，让她和他在东北见到了。

大秀也许根本不知道，刘抗敌团长当天夜晚与之结婚的女村干部，就是对她亲如姐妹的大姐，如果知道她也许就——当然这种情况想一想都是很难发生的，但万一发生了呢？那天晚上过后大姐已经意识到在她的新婚之夜发生了一个错误，这个错误还和大秀有关，她也可能真的一直没有对那个只有十九岁、等了自己的新郎一夜到天亮却什么人也没等到的女孩子，把她和刘抗敌团长那天夜里因为一点疏忽发生的事情全说出来……不，大姐一生都没说过她后悔发生了这个错误，也许她根本就不认为她将自己嫁给了那位"白马营长"是一个疏忽，哪怕那真是一个疏忽……不，即便大姐在那个拂晓过后没有对她讲出已经发生过的事情，到了东北见了刘抗敌团长她也一定会明白的，她早在那个拂晓见到和她一样穿着大红的嫁衣的大姐时说不定就明白了，在这样的事情上没有一个女人是傻子，可是……万一呢？

到了这个时候千秋就不愿意想下去了，但是还有一件事，他觉得大姐仍然是必须去做的，就是她和刘抗敌团长成亲后生下来的孩子，那是她的孩子，也是刘抗敌团长的孩子，可是现在她的男人又同大秀做了夫妻，那已经和刘抗敌团长有了婚姻之实的她和这个孩子该怎么办呢？

千秋已经想不出办法来了，他又长大了一岁，但也还只有十八岁，一个这么大的男孩子能够想到的只是这件事哪怕找不到解决的办法，大姐也总要对另外那两个人讲出来吧，刘抗敌团长应当知道，而且有权知道，赵大秀也应当知道，虽然这个孩子和她无关，但她现在已经因为明知道大姐和自己现在的丈夫有过婚姻仍然要嫁给他被牵扯进来了。

在这件事情上大姐自己当然有错，居然连问也不问清楚就和一个闯进洞房里来的男子结了婚，这件事情上大姐是有疏忽和错误，但这个疏忽和错误也同样可以算到刘抗敌团长头上，那个夜晚他同样没有搞清楚大姐是谁就和她成了亲……

不，更要紧的好像还不是这个。对大姐来说最要紧的是事情成了这样子，如果大秀不愿退出，千秋还真想不出她和她的孩子将来怎么办。他当然比任何人都更心疼大姐，在整个事件中毫无保留地站在大姐一边，但即便是这样也能想得到，此时无论任何人再让赵大秀退出她和刘抗敌的婚姻都是不现实的。渡海以来时间不长，刘抗敌团长已在我军最艰难的时刻带他的二十一团打出了赫赫威名，无论是我军还是敌人几乎个个都知道他，千秋不能想象大秀这样一个来自胶东山区没有多少文化的女子，会因为大姐和她的孩子，放弃自己失而复得且声名渐著的丈夫。

每当想到这里，千秋的脑袋就会"卡壳"，想不下去，那时就会直接越过这些无法翻越的思维大山，去想后面的事情：有一天大姐终于还是遇上了机会，见到了刘抗敌团长和赵大秀。她会对他们说些什么？这样一场在千秋想象中一定会发生的相见又能改变什么？即使想到了这里，千秋仍然是悲观的，即使有了一场这样的相见，最大的可能仍然是什么都不会改变。

事情绕来绕去又绕回来了，这时他就又想到了自己：这时的他还能为大姐做些什么呢？至少在这场无论早晚一定会有的相见发生之前，他什么也为大姐做不了。能做的只有一件事，为她心如刀割，因为那场相见还没发生他就已经清楚地看到了结果，并且不管是他还是别人——连姜团长这么聪明的首长也包括在内——都想不出一个可以解开死结，让所有人皆大欢喜的办法。

虽然如此，他却仍然在替大姐盼着那个和刘抗敌夫妇相见的机会。

他没想到的是这个机会已经来了，既快又突然。

直到新开岭战役打响前一天，除了团长和新来的参谋长，三十七团官兵中没有任何人知道大战在即，更没有人知道他们团也要参战。三十七团和一个不属于同一纵队的团在向临江方向撤退的途中设营到了长白山中的同一座较大的屯子。千秋提前得到了确凿的消息，马上火急火燎地跑到团运输队，把事情告诉了大姐："大……大姐，刚刚才知道，第二十一团今晚上也要进驻这个屯子！"

大姐正在往房东家的院子里赶大车，一下没反应过来，但是陡然间她全懂了，回头严厉地看着千秋，声音低沉而颤抖："你……是真的？"

"千真万确……千秋拿脑袋担保！"

他甚至连今晚上刘抗敌团长和二十一团群工队队长赵大秀住在屯子里哪户人家，是住上房还是厢房都打听得一清二楚，一边说一边注意地望着大姐的脸色——她的脸现在如同暴雨将至时的天空，乌云飞快聚集起来……大姐像是被人突然打了一拳似的，刚才还浅浅笑着的脸上一下就现出了那么苦痛的表情，仿佛全世界的伤口都加在了她一个人身上，现在这些伤口又全部迸裂了……

大姐用一种千秋从没见过，说不上是刚强还是可怜的目光望着他，嘴唇不停地哆嗦着，似乎要严词拒绝什么，又终于变得急迫和慌乱了，结果什么都没有说出来，只是用力将大车赶进房东家的院子，手脚忙乱地给马卸套，一个接一个地出错，忽然她把手头正在做的一切全丢下了，背对着千秋站了好一阵子，当初在她身上看到过的那种发疟疾般的颤抖又出现了。

千秋一言不发地站在那里，远远地望着被他带来的消息折磨着的大姐，她身上那套在她病了一场后显得格外肥大的旧军装，旧军装内瘦成了一把骨头，像是整个人都变得矮小了下去，千秋觉得自己的心正在呐喊。

——大姐，这样的机会不是你每天都能碰上的！你在别处那么勇敢，今天不会……

团部就设营在隔壁人家。团长从篱笆那边喊："千秋，千秋！"千秋答应一声跑出去，帮团长拴好了马，从马上卸下包袱，扛进房子里打好铺，又马上跑回到大姐这边来，发现大姐进了屋子，也正在打开包袱，为自己打地铺。千秋刮风一样跑进来，愣在那里，又惊讶又愤怒地望着她那明显在躲避所有人目光的消瘦的背影，发现他一进来她身上那套肥大的旧军装的下摆又在发疟疾般颤动。他胸膛里起了大火，又心疼又失望地冲她叫喊："大姐，你在干啥!"

她正在打铺的手停下了，但没有转过身来看他。千秋转身就要冲出去，他以为自己会冲向他记得一清二楚的那个屯里人家，他要代替大姐去见那两个不知怎的就在他心里被贴上了不仁不义标签的男人和女人，他可以当着一个我军最能打的主力团长和他的新婚妻子的面代表大姐说出那些事情尤其是刘抗敌团长可能至今还不知道的真相吗？他在心里边想着这件事边觉得自己已经这样做了，他转身从大姐住的屋子里冲出，大步冲出院子，到了院门外，但是他的双脚并没有动，现在他一睁开眼发现自己仍然站在大姐的身后，看着她发自生命最隐秘处的激烈战栗，甚至认为这种可怕的战栗再持续一分钟就能把大姐彻底毁灭掉……

她的迟疑，她的突然显示出的胆怯，表现出了她心中的犹豫，千秋不知道那是什么，来自何方，由什么原因所产生……但也正是因为大姐从颤抖的后背向他显现和折射出来的这一切内心的活动，尤其是这一切第一次向他显现出的大姐如此的弱小，让千秋心中的火焰一点点变小。

千秋以为自己正在冷静下来其实却更加生气，但也能够想到那所有令他不甘心的事情仍然只是大姐的私事，是她和刘抗敌夫妇三个人之间的问题，他一个三十七团团部的警卫班长去跟另外两个当事人中的任何一个说得着这些事吗？即便他真的冲着刘抗敌团长赵大秀群工队队长把那些事情全说出来了，他们会理他吗？

千秋蓦然觉得现在他自己也能够理解大姐表现出的软弱、犹豫了，其实原来也不是没有机会，但现在机会到了眼前他才想到她竟是这么无助。啊，他不能再待在大姐的屋子里了，现在他觉得再待上一分钟自己马上就会哭出来，这一刻他也同时明白了大姐身上那种刮风般的巨大战栗来自何方，它们来自她身上所有没有痊愈的伤口。

千秋什么都明白了，他已经清楚地意识到大姐已经做出了不去见那两个人的决定，而现在正在她身上肆虐的所有的苦痛也都来自这样一个决定。但是这么一个清醒的意识反而重新激怒了他，让他真的要离开了又回头，再次吼了一嗓子："大姐！你是怎么了？你从来都不是这样没胆量的人！你和他们的事总要解决的！要不……我替你去走一趟！你害怕见他们，可我不怕！"

他想了想又对她吼出另一句话："事情就是不能挽回，也得让他们知道！"

"他们知道。"大姐突然开口对他说，同时回过头来。

这是这个晚上她第一次开口跟他说这件事，也是她听到刘抗敌团长和赵大秀结婚的消息后第一次和他说这件事。靠着大姐的这一次回头，他今天晚上第二次看到了她的脸色。大姐又像当初身患重病差点要死掉时一样满脸通红，仿佛全身的血都涌到了脸上，两只大病后变得枯深的大眼窝里满满都是晶莹的泪水，但所有这些她自己似乎是不知道的，她的目光仍然能够从泪水中透射出来，显示出这时充满她内心的情感并不像千秋猜测的那样只有犹豫和胆怯。这时充盈她心魂的情感甚至也不是他以为的无助，而是另一种他不熟悉却能够认出来的别样的刚强。大姐并没有被听到千秋报来的消息后内心中骤然暴风雨般升起的狂怒和忌妒彻底弄昏头脑。

大姐嘴唇一直在抖着，看样子还想说出别的话却再也没有说出，但千秋已经听到了：即便刘抗敌团长那天拂晓大雪纷飞中跨上一匹白马逃出赵家垴后以为她牺牲了，即便到了东北他和赵大秀相遇成婚前，女方出于某种她和千秋能够想象的原因，没有告诉他大姐仍然活着，但大姐活着并且也到了东北的消息不是只有赵大秀一个人知道，很多和她们俩一同在栾家口上船的人都知道，而现在的结果仍然是大秀和刘团长成了夫妻。

除非赵大秀执意对现在的丈夫隐瞒了关于大姐的所有消息，刘抗敌团长因为身在另一个纵队，一直在别的战场作战，也非常有可能听不到这些和大姐相关的消息。不，大姐想到的还不只是这个，大姐还想到了无论大秀怎么隐瞒，一个从胶东来的名叫赵秀英的支前队队长为了找她的支前队并想把他们带回胶东的事情还是许多人都听到过的，甚至她就是那个被刘抗敌团长认为已经牺牲却仍然活着的女村长的事也会被传到后者耳中。

一句话，无论她今晚去不去见意外地也进驻到了这个屯子的刘抗敌夫妇，她见了刘抗敌团长要说的事情对方应当早就知道。大姐到了这里不知不觉开始想象那个男人见了她会说些什么。知道了也就知道了，那个男人一定会这样说，事情就是错了也已经无法挽回，现在最大的事是战争，是挡住蒋军八个师十万余人对辽东我军的步步紧逼和"围剿"，是我党我军在东北的胜败存亡。更大的可能是大姐要说的事情根本人不了刘抗敌这样一位每天都在准备打大仗、打最后一仗的主力团团长的耳，大战在即他不会听不完大姐的话就冲她大吼一声滚开吗?!

…………

无论是这天还是以后的日子里大姐从没有主动对他说起过

大秀。但他们在一起的时光那么长久，即使偶尔由于千秋不小心说到这个人，引出大姐一句半句的回答，赵大秀在千秋心中也有了一个可以称得上栩栩如生的形象。

那么久的时光叠加在一起，他都不记得大姐曾经对他说过赵大秀的一句坏话……千秋这一夜躺在自己的草铺上翻来覆去地睡不着，反反复复地想大姐是多么善良的一个女人啊，哪怕遇到了这样的事情，自己和孩子有可能因此被毁掉一生，她也还是会习惯性地首先站在别人的立场上想事情，在全部的不幸里更多地责备自己，并在这种自责中找出理由来宽宥别人。

大姐听他说到大秀时不止一次说过大秀可怜，父母牺牲后成了孤女，当初在村里她一直像待亲妹妹一样待她，后者的脾气性情也只有她最清楚，无论是人还是东西不是她的大秀绝不要，但只要她知道是她的别人谁也甭想抢走。

以前她躺在病榻上无论怎么想都想不通大秀为什么会对她这么绝情，现在却从这里找到了可以宽宥的理由。就性情而论，大秀即便真像她猜到的那样从一开始就有意对刘抗敌团长隐瞒了她知道的一切，也不是难以想象的，大秀可以执拗地认为从一开头就是大姐自己错了，而刘抗敌团长就是她的人，渡海到东北两个人意外相见后她和他做出任何事情都不算错误。

那个夜晚千秋躺在草铺上默默望着暗黑的屋顶，思绪像狂风中的云团一样迅速飞驰而来又飞驰而去：如果赵大秀真的是这样一个人，那她就也做好了随时和大姐以及她现在的丈夫刘抗敌三人见面的准备。

千秋甚至都能想到和大姐见面后她一准会说出的她自己的那一番道理而且振振有词，如果真的这样大姐即使去见了刘团长和她又能怎样呢？大秀可以把所有的事情对大姐和她现在的丈夫从头到尾摊开来谈，站在她那一边她难道会说是她夺走了大姐的丈夫吗？倒是大姐在那个晚上让她难以置信地夺走了她的丈夫，让她失去了自己一直在等待的洞房之夜，至于大姐事后为她的丈夫生下了孩子那也是大姐那天夜里犯下的错误的后果和延续，大姐难道还能在她到了东北因缘巧合地和自己的丈夫刘抗敌团长花好月圆终成眷属后，以自己当年的一个错误要挟他们夫妇，拆散她和刘团长已经得到组织批准和认可的婚姻吗？大秀要是愿意让出属于自己的东西——何况那不是东西，是自己寄托终身的丈夫——一开始就不会对刘团长瞒下她知道的一切，大秀那样做说明她早就明白在她和大姐以及她现在的丈夫之间发生了什么事，早就下定决心决不会让步，哪怕大姐是她的亲姐姐她也不会对大姐让出自己的丈夫。

回到隔壁的住处，千秋随着一串乱梦蒙眬睡去，此前他为大姐想出了不下一千个当晚不去见刘抗敌团长和赵大秀的理由，仍然挡不住最后的一个念想：万一不是这样呢？万一事情还有转机，赵大秀根本不知道大姐和他相信她知道的那些事情呢？

还有，万一大秀听了大姐的话，尤其是因为大姐已经为刘抗敌团长生下了一个儿子（之前她虽然知道大姐生了儿子却不知道是她现在丈夫的儿子），做出一个虽然痛苦但很仁义的决定，愿意向组织上提出申请，放弃和刘抗敌团长的婚姻，将他还给大姐和他们的儿子呢？

虽然一想都知道不可能，但是世间有那么多不可能的事情每天都在发生，谁又敢说这件事情一点发生的可能都没有呢？

真正让他意想不到的事情是大姐在他离开后，突然改了主意，她已经和衣在草铺上睡下了，又忽然爬起来，不顾一切地跑去了屯子另一头，那里有一所房子，就是二十一团设营人员为他们的团长定下的住处。

千秋后来猜测大姐突然改了主意一定有她的不舍，但也非常可能是因为她想到了另外一个她不能不去的理由：眼下不只是大秀，她从庄河上岸后一直都在打听在寻找的她的那支民工队全都成了二十一团的兵，她为了找到并将他们带回胶东才在三十七团滞留到今天。她可以不为自己，但为了这些她当初带上战场的支前队员，她也要去见一见刘抗敌团长和赵大秀！

但她既没有在那所房子里见到刘抗敌团长和赵大秀，也没有在别处见到随她过海、如今已经参军加入了二十一团的民工。新开岭战役的作战命令早已秘密下达，鉴于东北各地当时敌伪间谍的活跃程度，以及一般群众对我党我军的不信任，作为主力团的二十一团的行踪一直受到敌情报人员的密切监视，二十一团不像三十七团，要什么没什么，什么好事都轮不到，这时的二十一团连电台都配上了，可以和纵队首长的电台直接连通，于是蒋军也就可以在派遣间谍之外，使用无线电监听，随时查明这个团的动向和所在位置，而一旦他们查明了二十一团的动向和位置，也就大致查明了二十一团所在师甚至纵队主力的动向和大致位置，以及南满地区我另一个纵队的大体动向和位置，从而驱动大兵紧追猛赶，三面合围（另一面是中朝国境界），将南满我军一举消灭在濛江、抚松、长白、临江四县的狭小区域内。

为打好新开岭战役，我军利用了敌人对二十一团的监视，故意让一帮团部机关人员携带电台向远离新开岭的长白山深处大步撤退，并每天一次向师和纵队两级首长发出电报，说该团已于某日某时进至蘑菇屯宿营，这也是千秋如此容易就打听到了刘抗敌团长夫妇在这个叫蘑菇屯的屯子里的住处的原因。三十七团也在这次情报欺骗中扮演了角色：如果说二十一团全团进驻蘑菇屯是假，和它一起行动的三十七团全团进驻蘑菇屯就是真。

　　就在这种真真假假真中有假假中有真的把戏把敌人的无线电监听小组以及提前埋伏在蘑菇屯的情报人员搞糊涂的情况下，刘抗敌团长率领二十一团主力早已奉命埋伏到了新开岭，他的新婚妻子赵大秀也被丈夫赋予了重要的任务，带着她的群众工作队早早赶往了战役所在山区，秘密动员群众支前。大姐在那个贴上了刘团长夫妇名条的房东家只见到了他的一名冒充副团长的马夫，得到的回答是团长下部队还没回，群工队队长赵大秀则和她的队员住在另外一个地方，具体在哪里他也并不清楚。

　　更真实的过程是大姐一走进那所房子就看出了问题，匆匆赶回来对姜团长说："二十一团不在这里，到底发生了什么事，要打仗了吗？"她以为姜团长知道那个她已经感觉到的秘密，实际上姜团长并不知道，他也打算等手里的事情忙完了马上去见一见刘抗敌团长，他们毕竟也是胶东战场上的战友。

　　这时师长的命令到了，三十七团作为师的预备队，要在纵队主力进入新开岭之后继续待在蘑菇屯，但要做好随时开往战场的准备。姜团长看完师部的通信参谋亲自飞马送来的作战命令后抬头严厉地看了一眼大姐，没有片刻犹豫就命令她马上回去准备行动。

大姐也像是被他这句话给惊醒了，思绪从一个遥远的地方回到了现实中，手提着那盏她从安东城里打来的美国产的马灯转身跑出屋子，跑回团运输队的院子。千秋也马上被团长喊起来了，向住在同一个屯子里的各营传达命令。等他回到与团部一篱笆墙之隔的团运输队的院子前，大姐早把自己的人都喊起来，正围着两辆大车和五匹马紧张地忙活。千秋不觉走近了她，大姐看到了他却不理他，绕着大车前前后后地走，检查马具，给车轴膏油。

千秋刚刚听到大姐今夜去找过刘团长和赵大秀的消息，他是那么惦记着结果，就什么也没想，走近了她，跟着大姐走，大姐到哪里他就跟到哪里，一边用眼睛不停地望着她。大姐蓦然回头，生气地训斥了他。她说："你不赶快回去，跟着我干啥？部队就要行动了！什么事比打仗还要紧！大红马我喂饱了，快给团长牵过去！"

千秋没有得到那个答案，但他得到了另外一个答案：因为一场战斗就要打响，大姐又不再关心她自己和刘抗敌团长赵大秀之间的事情了。

他拉着大红马匆匆回到团长身边，回头越过木头柈子篱笆墙朝运输队那边望过去，大姐带着她的人已经把大车准备好了，马也都套好了，正一连声地冲着睡在一个大草棚里的卫生队队长曾佑华吆喝，接着就见曾队长带着他的两个人（又多了一名男护士）匆匆出了棚子，自动在她身边排成一队站好，好像大姐仍然是他的队长，而他这个团长正式任命的团卫生队队长只是大姐的副手，一听说要打仗他还是像过去一样大姐命令他做什么他就马上去做什么。

借助大姐手里的美国马灯不断摇晃出的灯光和她一直保持的敏捷动作，千秋再一次被大姐身上那种猛然苏醒的东西感动了。战争的气息再一次改变了她，刚刚从一场大病中死里逃生的她又像是当初平度城下战场上那个一心只为战争忙碌着的支前队队长了。战争的气息甚至让她的心情也重新变得清纯和昂扬起来。

天快亮了，三十七团才再次接到命令，开始以急行军速度向战场进发。全团真正进入上级给定的待机位置已是下午1时。

战斗早在清晨打响，二十一团与率先进入我军口袋阵的敌二十五师接火，主峰阵地经历了反复争夺，进入东北后号称"千里驹"的敌五十二军二十五师从我军手中两次夺占营口，连战连捷，士气正盛，我军率先参加战斗的几个团打得极为艰苦，只得将所有的预备队迅速投入战场。

三十七团刚到达就接到了马上加入战斗的命令，这让全团官兵既兴奋不安又有些受宠若惊。姜团长这时终于显出了他的冷静与老练，先传下命令来要大家不要慌张。"我们的武器不如对手，但我们有自己的优势就是近战，一对一拼刺刀谁怕谁呀。主要是上了战场不要害怕敌人的机关枪和大炮，听到炮弹要落地就趴下，敌人的武器好，火力猛，我们火力差，就慢慢跟他们耗，不能着急。总之仗是要打，但要打得聪明，要像在胶东打鬼子一样，可以不胜，但吃亏的事不干。"团长敢这么讲话当然很得大家的欢心，各营营长当年打鬼子时都是胶东各县大队的大队长或者副大队长，要说用打鬼子的办法打蒋介石的部队谁不会呀，都说："团长心放肚里好了，这回不是在摩天岭，大伙儿一定给你露一小脸，让师长和纵队首长看看，三十七团也不是纸糊的，我们能打仗！"

团长回头就看到了隐蔽在林子深处的大姐和她的大车队，喊一声："秀英队长上来！"大姐跑上去说："团长有什么任务？"团长说："我先给你透个底，今天伤亡肯定少不了，二十五师到了东北就没打过败仗，又立功心切，孤军冒进，被我军打了埋伏，眼看就要全军覆没，杜聿明为了救二十五师一定会派主力星夜赶来增援，我军就是胜了也得马上跑，没时间打扫战场，你这两辆大车要发挥作用，一是拉伤员，二是拉炮弹。"

大姐没听明白，说："什么炮弹？"

姜团长一怔，说："你怎么忘了？"

大姐想起来了，笑着说："没想到你还惦记着我从摩天岭上扛下来的炮筒子呢！行，只要你的人能把炮弹捡回来，我全给你拉走！"

这是大姐大病一场死而复生后第一次自然地露出笑容，而且一缕阳光这时正透过树叶子照在大姐病后瘦得厉害的脸上，让千秋觉得这张饱经病痛折磨的脸，今天上了战场又重新变得明亮年轻漂亮了。

千秋的心登时就跟着快乐起来，大姐还是那个大姐，她就是为了打仗支前而生的，今天一说上战场她的病就全好了，又是那个渡海后冲进安东城里打枪打棉衣时意气风发、浑身上下都是精气神儿的大姐了……他这么看着大姐时大姐已经一回头跑了回去，大声招呼她的人抓紧时间把马喂饱，车轴上再次膏油，清理车厢，除了那个炮筒子别的零碎全扔了，腾出地准备拉伤员和炮弹。她一转眼又向着团长跑了回来，自告奋勇报告说自己要和部队一起到战场上去搜缴武器弹药，尤其是炮弹。团长只盯了她一眼，就同意了。

新开岭战役结束已是下午3时，前来增援的蒋军大部队距离战场只剩下二十公里。三十七团加入到了最后阶段的战斗之中，但仍然没有打到多少仗。敌二十五师官兵一开始就四面被围，多次突围不成，这时战斗意志已经垮了，活下来的先是在一小段山谷里乱跑，最后干脆团聚到一处，等待我军冲过去他们好缴枪投降。

姜团长见状大为高兴，急令全团分成三路一拥而上，收拢俘虏，主要是缴获武器。大姐也带着她的人直接把大车赶上了战场，紧紧跟着冲上去的部队，让战士们随时把缴获到的武器就近放到大车上，自己和两名马夫同时也在四处寻找敌人丢弃的武器弹药尤其是炮弹。

战斗一打响千秋就记起了自己的职责，他一直都跟着团长，为他遮前蔽后，防备哪里突然飞来一颗子弹，捎带着也抓俘虏。俘虏们这会儿表现得很听话，叫缴枪就缴枪，叫蹲下就蹲下，叫到大路上集合就有那连长排长直接命令自己的一个连一个排高举双手走到大道上去集合。

敌二十五师八千人在新开岭被围歼的消息惊动了一向在南满横冲直撞的敌五十二军，为了解救这只所谓的"千里驹"，敌人派出了大批增援部队快速向新开岭赶来。战场上枪声停息就能听到敌援军的炮声越来越近。姜团长下令全团结束战斗，回到大路上集合并和大姐的大车队会合。

大姐旧军装上的一个新枪洞还冒着烟，人却高兴成一朵乍开的花，因为她的两辆大车上不但装满了枪弹，她自己还捡到了三发炮弹，最后又在一个山洼里俘虏了敌二十五师炮兵营的连长。

另外一个意外收获是她和曾队长带两个马夫在一条沟岔子里发现了敌人藏在那里的两大车美国洋面，足有一千公斤，还有拉洋面的两辆新胶皮轱辘大车，比大姐自己赶上战场的大车可新多了。姜团长这时接到了新的命令：因为敌人的援兵来得太快，参加新开岭围歼战的各主力部队比如二十一团已分道撤出，三十七团被留到了最后，负责打扫完战场后再转移。他看完了命令摇头说："还是看不起我们啊，打仗时信不过我们，擦屁股断后这种事就交给我们！"

话虽然这么说，但命令还是要执行。这时再朝整个战场上看，忽然就发觉没有撤走的只剩下了三十七团。姜团长果断命令在大路上集结完毕的全团开始撤出，自己也上了大红马走到队伍前面去，大姐的两辆大车加两辆洋面大车也跟在队伍中间走动起来，这时她和众人一回头才发现路边担架上停放着不少兄弟部队的伤员，连同集合到大道上等待发落的上千名俘虏。大姐就叫起来了，说："团长！姜团长！我们不能就这么走！还有这么多伤员呢！还有俘虏！"

姜团长驻了马，回头听了听二十公里外敌军的炮响，皱起眉头。一个不知哪支部队留下的火线包扎所的麻脸所长这时慌里慌张跑来向他报告，话也说不清楚，但大家还是明白，他是在说他的部队已经撤走，这些伤员和俘虏怎么办！姜团长很生气地问："过去是怎么办的？"麻脸所长说："过去都是让这些俘虏抬着伤员跟随主力撤退，今天情况特殊，敌人的援兵眼看就到，主力先撤了，你再看看那些俘虏，他们听见自己人来得这么近，都不愿意抬伤员跟我们走，搞不好还要暴动！"

这一刻千秋就站在姜团长的马后，他注意到团长这时已经准备好拒绝麻脸所长了，突然回头发现了大姐。后者一直都在焦急地望着他，似乎也要说出些什么话来。

姜团长没让大姐先把话说出来，自己先开口说："秀英同志！你都看见了，情况紧急，敌人说到就到，我必须赶紧带全团撤退，慢一步就可能走不脱。但这些伤员和俘虏也不能不带走，你有办法吗？有办法快告诉我！"

千秋心中咯噔一声响，眼睛望着大姐，同时注意到团长也正在用急切和期望的目光望着大姐。不，部队里急着撤离的所有人都在望着大姐，兄弟部队那个麻脸的所长看大家都望着大姐，也跟着把最后的哀求的目光投向了大姐。

千秋心里闷雷一般轰隆隆地回响着团长刚才说出的话，他不大敢相信团长真会把这么大的事——几百名伤员的生死和这么一大批俘虏——交给大姐这么个不在编制内的弱女子！

　　以后的岁月里千秋每到紧急时刻都会想到新开岭战后的这个下午，大路上是自己的队伍，路边是几百名伤员和更多的俘虏，所有人都在团长说完那番话后用别样的眼光望着大姐，大姐也就在这样一片含意各不相同的目光的注视中马上明白了团长对她说了什么话，上战场时就重新恢复了平度城下的精气神儿的大姐当即就回了团长一句，她说："团长，我知道了！留给我一个连，其余部队你带走，我争取不丢下一个伤员和俘虏！"

　　千秋先是不敢相信团长会把这些伤员和俘虏真的交给大姐，现在更不敢相信大姐会真的把这个任务接受下来……但是团长回头就把目光投向了五连，他命令五连——还是温营长带到东北的原胶东二分区独立团三营营部改编的那个五连——留下，其余部队以急行军速度撤离战场。

　　千秋以一种极为震惊的心情看着全团开始跑步离开，团长纵马要走想起了什么，回头看千秋一眼，道："你不是一直想下连队打仗吗？我同意了，从今天起你不用再跟着我。五连二排长牺牲了，你接任五连二排排长。记住了，俘虏可以一个不要，伤员能抢运多少是多少，但是赵秀英队长和她的大车队，只要你们还有人活着，就一定要给我带回来！"

　　千秋已经没时间多想团长的话，一发炮弹恰在这时落到了新开岭大山沟的入口处炸开，这是增援的敌人更近了的标志。

团长和全团跑步远去，千秋和五连仍然留在原地，这一刻他完全明白团长将他留下来的真正用意，他现在最重要的任务就是保护大姐。保住了大姐和她的现在有了四辆大车的运输队，就保住了全团刚在战场上缴获的满满两大车枪支弹药和两大车洋面，保住了大姐从摩天岭扛回来的炮筒子和刚刚捡到的三发炮弹！

这时发生了另外一件事情：随着发现我军最后一个团也即三十七团撤离了战场，更由于他们发现了刚刚落进大山沟沟口的敌援兵的那一发炮弹，俘虏中一些军官模样的人开始喧哗起来，他们也像千秋一样听到了正在抵近的敌援军大批汽车和坦克碾轧大地发出的沉闷和巨大的声响。

千秋这时急回头瞅了大姐一眼，注意到她这时又不是自己熟悉的那个平度城下的支前队队长了，她成了一支军队的领袖，一名真正的游击队队长，面对着越来越多的俘虏的喧哗声和伤员的惊慌的叫喊，大姐冷静地对五连连长许保田发出了第一个命令："老许，许连长，把机枪架起来！"

五连仅有的一挺机枪立即被架了起来，枪口对准路边喧哗声越来越响亮的上千名俘虏，同时全连官兵手中的步枪也都齐刷刷指向了他们。

大姐这时才转身过去，面对着大片的俘虏站立，声音并不高，但她的话一出口，千秋相信所有的俘虏和伤员都听到了。更多的炮弹越来越近地落下来炸开，大姐在隆隆不绝的炮弹爆炸声中开始对俘虏讲话。她说："各位国军被俘的弟兄们，你们听好了！我不是山东八路，我是胶东解放区一名支前的村长，所以从现在起，我做的事情和山东来东北的八路军没有关系！他们有纪律不能枪毙俘虏，我一个老百姓、一个村长，没有这样的纪律！现在部队首长把这些伤员交给我，能不能把他们运走全是我一个人的责任！你们要是和我一样想活命，就两个人抬起一副担架，玩命地顺着大路往东北跑，跟上前面八路的队伍！谁要是不干，或者半道上把伤员给我扔了，没有人救得了你们！谁还在说话？你是在问我会怎么办？我会要你们一命抵一命！现在我开始数到三！谁还没有抬起担架离开，我就让身边的八路弟兄开火！"

大姐不但这么说，还马上对身边五连的大个子瘸腿机枪手何金祥做了一个手势。她刚开始说到"一"，老何就一搂扳机开了火，一梭子子弹从俘虏头顶掠过，打得他们身后的山石林草碎屑飞溅。刚才还袖手等着看我军笑话的几名俘虏军官先就慌了，没等大姐数到"二"，地上的伤员就全被他们和其余的俘虏兵抬起来了，玩儿命地朝着我军撤走的大道上狂奔过去。大姐一个眼色丢给千秋，千秋马上明白，对身后的队伍大吼了一声，道："都听着！我现在是二排排长，二排跟我来！"

二排全体战士马上持枪跟到了千秋身后，随着这帮抬伤员的俘虏奔跑，每个人的手指头都驻留在扳机上，边跑边警惕地监视着俘虏们的行动。五连连长许保田随即带着全连在大路两旁紧紧跟随。

大姐一直等到最后一名伤员被抬走，才和她的人赶起四辆大车跟上去，她自己手持她的大镜面匣子坐在最前面一辆大车上，枪口向着抬伤员的俘虏大队，执行最后方警戒。背后敌人援军的炮火打得越近、越猛，大姐的大车队前面的这队人马跑得就越快，而且全程没有一副担架一个俘虏掉队。他们很快撤出了新开岭，一路急行军跑到半夜，才在我军新的集结地停下来，不但一个伤员都没被丢下，抬担架的俘虏也一个都没有逃跑。

大姐将所有伤员向军区后方医院交接完毕，回头带着大车队和全部缴获、俘虏归建，见到姜团长，她就提出了一个谁都想不到的要求："团长，今天帮我们转运伤员的俘虏全都应当受到优待，愿意留的留下，不愿留下的全部放人。他们对得起我们，我们也要对得起他们！对了，咱们有洋面，放他们走时最好给人家吃顿饱饭！"

把一千多俘虏全部放走，团长很是心疼。但三十七团只有八百人，一下子根本"吃"不下这么多俘虏。还有一件难办的事就是吃饭的问题解决不了。姜大伟团长是老八路，有的是办法，大姐的话讲完了他不置可否，想了想径直向那帮俘虏走去，大喊："都给我听好了！不想走的，想跟着八路为穷人打天下的留下，不愿留的快走！小心过一会儿我后悔，想走都走不了！"

俘虏一哄而散。这批人不但帮我军转运了新开岭战役的全部伤员，临了还为三十七团节省了几百斤粮食。大姐对团长的做法很不满意，猜到了真正让团长心疼的是那两车洋面，过了好一阵子，才在一次闲谈时说出了她对姜团长的三字评价："真抠门！"

新开岭战役是继安东城打粮之后三十七团的又一场"大捷"。大姐用四辆大车中的两辆拉回来的武器再次改善了全团装备，这个团第一次有了一挺重机枪和六挺轻机枪，还有了一部分美制卡宾枪，十万多发子弹。全团打摩天岭时还做不到人手一枪，新开岭战役后这个问题解决了。事后姜团长有一次很感慨地对大姐说："秀英同志，幸好许司令把你送上船过了海！三十七团两次装备大改善都得感谢你！……真不是说笑，没有你我们团可该怎么办呢！"

大姐哼了一声，她和姜团长在一起战斗的日子也不短了，知道这个人比温参谋长难对付多了，她才不会轻信他的恭维话呢，想了想才笑着回答："想使唤我就说话，别这么哄我。没有我你们三十七团照样要粮有粮，要枪有枪！"

三十七团在"安东大捷"后第二次受到了军区通令嘉奖，原因就是新开岭战役收尾时没有丢掉一个伤员和俘虏。但是上次奖励了两匹马，这次一匹马也没有奖励。但是姜团长还是再次表扬了大姐，他说："秀英同志，你就是了不起嘛！我们三十七团两次受表扬都是因为你，这是事实！你不要冲我哼哼，好像我又要骗你似的。为了这一次全团受嘉奖，我们还是想给你再记上一大功，眼下还是记不了。这样吧，等有了机会你可以回胶东了，一定提醒我，我要好好地给你们区长写封公函，把我们全团官兵为你请两次大功的事情全写上，理由也要写得清清楚楚，明明白白，让他不想给你立大功都不行！"

"那你写呀，现在就写，写了我就走！"大姐说。

姜团长没写，大姐也没有走……后来千秋想大姐新开岭战役胜利后为什么还没走呢？以前她没走是因为一直没有得到赵大秀和她的支前队员们的消息，现在不一样了，她过海后一直在寻找的这批人的下落她已经知道了，另外还有一个情况，后来才被称为"四保临江"的战役就要开打，十万蒋军就要围上来，这时候如果她提出离开三十七团，千秋相信不会再有一个人拦住不让她走……他唯一能想到的原因，是新开岭战役后他们团重新转移到鸭绿江边时，这条江就封冻了，不通航了。不过这真是大姐没有选择这时离开东北的真正原因吗？

还有姜团长，也没有抓住这一转瞬即逝的时机安排大姐离开……鸭绿江不能通航了仍然是一个原因，但这真是他没有安排大姐离开东北的全部原因吗？

归根结底是大姐自己没有提出来要走……千秋后来不止一次地这么想过，只要她说出一句话，他相信团长都会着手为她认真做出安排的，即使鸭绿江封冻了也会安排。大姐到了这个时候仍然不愿意离开三十七团，离开东北战场，她究竟还在想什么，还在盼望着什么呢？

…………

上千俘虏中唯一被团长强迫留下的是大姐在战场上亲手抓到的敌炮兵连连长。团长事先就对大姐说这个人就是抬了担架也不能走。现在有炮，但没有特别会打炮的人，他得留下来，做我们三十七团第一炮兵连的连长。

大姐用耸眉头显示出了她的吃惊，过后又笑话姜团长说："第一炮兵连……你正经连一门炮还没有呢，只有一个炮筒子……怎么，将来还真想有个第二炮兵连？"

"你这个同志，看事情要用发展的眼光……等着瞧，将来我还要搞一个炮兵营呢!"姜团长信心十足地说,"对了,这小子的工作你得替我去做,告诉他,只要留下来,好好干,有一天我让他当三十七团首任炮兵营营长!"

大姐话没听完就转身走了,把姜团长晾在那里。让她干别的行,让她替他管俘虏,她听都不要听。

三十七团第一炮兵连连长任鹏举,四川人,国民党汤山中央陆军炮兵学校毕业。团长不让他走,逼着他留下给共产党当炮兵连连长,他坚决不干,嚷嚷着要上吊。姜团长听了,笑了笑对临时派去看管老任的千秋说:"这小子要上吊还嚷嚷,不是真的。你去对他说,他上吊吧,我批准了!"

老任没有上吊,但闹得还是很凶,非常不省心。团长想了一夜,天亮后还是让人拿枪顶着老任的腰眼,把他送到了大车队。大姐吃了一惊,生气说:"团长,不带这么使唤人的!我是不是要再告诉你一遍,我不是三十七团的人,现在却替你们团管着这么多事。这个人你真的不能交给我,我哪有工夫管他呀,再说也管不了!"

姜团长说:"人是你从战场上抓到的,现在成了我的麻烦。过去在胶东,我们部队上抓到了鬼子兵,也是只能交地方上去管。你又不是没管过。好了,总之人交给你了,第一不能让他跑了,第二不能让他自杀,第三还要做好他的教育转化工作,让他参加革命。"

说完他转身就走，根本不给大姐留下继续说的时间。

老任从此住进了大姐的运输队，开始闹出新花样，不吃不喝，绝食。姜团长听说了也当不知道。头两天大姐还一天三顿把洋面馍馍送到老任面前，第三天就只有玉米面窝窝头了，老任不吃，二话不说端走，一句也不听劝。三天后老任扛不住，开始吃东西，一边吃一边用一种不屑一顾的眼神看着大姐，鼻孔里哼哼着说："你们那个团长让我留下来当炮兵连连长，炮呢？"

姜团长让大姐带着老任到了院子里，看藏在车厢里的日本九二式步兵炮炮筒子，还让他看了大姐从战场上捡回来的三发炮弹。老任脸上一点表情都没有，也不看闻讯赶过来的姜团长，说："就算它是一门炮，我也给你当不了炮兵连连长。三发炮弹里只有一发是九二炮的，剩下两发不是。你想要我当一个炮筒子加一发炮弹的炮兵连连长？再说，我的兵呢？"

姜团长对他用嘲讽的口气说话一点也不在意，说："眼下我们三十七团第一炮兵连的装备是寒碜点儿，但你放心，大炮会有的，炮弹也会有的。"

"哼哼。"老任继续用这样的声音回答他。

姜团长仍然不生气，说："我跟你说实话吧。你愿不愿意留下都得留下。既是这样，就留下跟共产党好好干，我保证比你跟老蒋干有出息。"

"哼哼！"老任又发出了同样的声音，并且加了重音。

"别哼哼，好好干，有一天我一定让你当上三十七团的炮兵营营长。不，说小了，等共产党打下天下，说不定你能当上炮兵团团长呢！"

姜团长说错了，老任后来不但当上了共产党的炮兵团团长，还在姜团长做司令的军区当过一任炮兵司令。但这是后话了。1946年10月，东北我军被杜聿明指挥的蒋军打得到处跑，打死老任他都不信将来会有那一天，还是坚持要求走。

姜团长不想再逼他了，说："走也成，等我再整来几门炮，你教会我的人打炮，我一定让你走！不但让你走，我还要给你弄一份盘缠，让你能平安离开东北回到四川老家。我是山东老八路，说到做到。"

老任就这样留在了三十七团。当然了，也试着偷跑过几回。每次都被格外警觉的大姐和大车队的几个人及时发现给弄了回来——因为有了四辆大车，大姐的队伍又扩大了，有了六名车夫兼马夫加上一个队长就是大姐自己。

有一次老任又跑了，就老钱在，让他去找，找到了他不管三七二十一先把老任骂了一顿。第二天老任又跑了，大姐不在，老钱说："咱们谁也别去找，让熊瞎子把他舔了算了！"结果不到天黑老任自个儿回来了。部队再次退进了长白山的深山老林，老任跑进了林子乱撞了一阵就站住脚不敢往前走了，原因是他清楚地听到不远处响起了一声低沉的虎啸。

那年月在长白山老林子里偶然碰到一只东北虎还是常有的事。这一声虎啸把老任的腿都吓软了，转身往回跑时都迈不动脚了。老任回到宿营地脸朝下趴在草铺上哇哇地大哭，这时大姐带着曾队长他们去找他，直到半夜才回来，老钱又要骂老任，老任哭着对大姐发誓再也不跑了，说他自个儿的胆一定被吓破了，因此才会从胃里吐出一摊胆汁儿。

大姐等他哭完也吐完了，当着人又用了激将法："不就是想跑吗？行啊，有本事跑哇！再想跑时告诉我，我给你弄张地图！好让你知道最近一个屯子离这儿都有八十里，还没有路。对了，我还要告诉你林子里可不只有老虎，还有熊瞎子呢，别以为它们都冬眠了，你们国民党天天炮打得轰隆隆响，把树洞子里冬眠的熊瞎子全打醒了，都跑出来了。不是我吓唬你，你要是还想跑我根本不拦你，熊瞎子和饿急了的老虎正愁着没有食儿呢！你有胆儿就接着跑！"

老任真的给吓坏了，三天都下不了地铺。这个人一辈子爱吹牛，离休后有人采访他，他非说当年在东北林子里打死过老虎……大姐看不惯他那副德行，本来不想训他了，看了一眼又忍不住，张嘴又训起来："瞧瞧你，有个男人样儿没有？一头老虎就把你吓瘫了！你什么人家出身？"

"穷人。"老任说，"我爹是裁缝，我娘天天给人家浆洗旧衣裳。我长到十六岁，给他们抓了壮丁。在队伍上苦熬，赶上抗战，需要人才，好不容易上了炮校，当了连长，没想到又让你们给俘虏了。我命苦！"

"穷人你还不跟着共产党？你跑回去是不是还想让老蒋再抓你一回丁，回头接着打穷人的队伍？我问你，天下是穷人多还是地主豪绅坏人多？"

老任睁开大眼珠子看着她，很老实地说："当然是穷人多。"

"这就是共产党一定能赢的道理。只要我们穷人不再心甘情愿任地主老财欺负，团结起来翻身求解放，到以后你说谁能赢？"

老任不哭了，看样子开始思考。不过置身当时的辽东战场，他仍然不相信这些山东过海的八路能打过全副美式装备的杜聿明军队。

姜团长还是担心老任会跑，怕他真要再跑让熊瞎子给舔了，当然也是为了留住他，大张旗鼓地给他配了一个通信员，人归大姐管，平日里负责照料老任的吃喝拉撒睡，还有一个任务是一天到晚不走神儿地盯着老任，不能让他再跑了。

老任不再想跑了，思想慢慢有了进步，人待在团运输队，天天跟一个炮筒子和三发炮弹在一起，上个茅房还有人盯着，受不了。他和老钱的关系又总是处不好，又不愿意整天让大姐管着，觉得一个男人被一个不在编制内的女支前队队长管着有失尊严。有一天因为一件不大的事，又惹了老钱，老钱非要打他不成，老任心里委屈，气呼呼地去见团长，表示抗议。他说："团长，你姓姜是不是？我问你一句话！你真想让我当你的炮兵连连长？"

"我是姓姜。"姜团长有点吃惊，回答，"当然是想留你做我的炮兵连连长。怎么了？"

"那你怎么让一个女人做我的上司？原来她说自己不是个正经八路，我还以为是假的，没想到是真的。你不能让一个村长管我一个连长！还有那个老钱，他不就是个马夫吗？也动不动就要骂我，你们这是什么队伍呀，有没有个上下高低尊卑有序？我一个炮兵连连长，居然让一个村长和一个马夫欺负！"

姜团长听明白了，笑了笑，警告他："你可甭小看她这个村长。日子久了就知道她有多厉害，留在我们团有多重要了……至于老钱，你不要理他，他是老兵，连我都不大惹他……至于你和赵秀英队长谁领导谁，我看这样，你和她虽然都编在团运输队，但她是编外，你是编内，以后谁也不领导谁，你们算是平级，不打仗的时候她负责保障你的日常生活，行军打仗的时候你可以坐她的大车。打起仗来，你是她的上级！"

老任很满意这样的安排，在大姐的团运输队留了下来。过了些日子，老任看到的事情多了，对大姐的态度发生转变，从不屑一顾变成佩服得五体投地，和老钱的关系也变好了。有一次对老钱说："团长说得对，你们赵队长虽然编外，但这个胶东根据地来的女村长对三十七团太重要了，最关键的是她什么工作都能干，还会干，就没有她干不好的！尤其是在打粮食的事情上，我听说你们团一年到头多一半的口粮都是她带着人用各种别人想不到的办法打回来的！"

"怎么，你才知道呀！这么跟你说吧，要是没有她带着队伍去打粮，三十七团从团长到你这个第一炮兵连连长基本都得饿着！"老钱很不客气地说。

但是他很快发现老任的心思已经转到别处去了。

"哎呀我说，她到底有没有男人？要是没有，我怎么样？"有一天老任找到团长，神经兮兮地问。

团长笑着看了他一会儿，不笑了，表情沉下来，说："想什么呢你，人家可是老党员，抗日干部，长得又漂亮，你照照镜子，配得上吗？"

老任犯了花痴，吭吭哧哧地说："再老的党员干部也是女人，我在她身上下功夫，我争取进步，好好地当炮兵连连长，不见得就没有一点儿戏！"

姜团长下面的回答很干脆："个人感情上的事组织不管，但你要追求赵秀英同志，我可以给你出出主意：第一你要转变信仰，追求进步；第二你还得在革命队伍中努力奋斗，不怕牺牲，成为一个让她打心眼里敬重的人，通俗地说就是得让她看得起你。"

只过了一天老任就垂头丧气地来了，见到团长就说："团长你这样可不对呀，我是真心的，可你骗我。赵秀英队长说她结过婚，还有孩子，她爱人是你们主力团的一名团长。"

"曾经是。"姜大伟团长纠正他说，想了想又补充了几句，"老任，有件事我一直藏在心里，不愿讲给秀英同志听。当初组织上为她挑选的丈夫的确是我军一名主力团的副团长，名叫刘德文，老刘是我抗战时期出生入死的战友。可是很不幸，据我所知，他抗战胜利前夕在鲁西南牺牲了。"

老任瞪大了眼珠子看姜团长，表示他完全不能理解这样的事情。

"怎么，她不知道？"

团长不再愿意和他谈这件事。

"是。不过……怎么说呢？她心里也从来没有真把刘德文同志当成自己的丈夫。"

老任的眼珠子瞪得更大了："这我……团长……就更不明白了。"

"不明白算了，这件事到此为止，不要再问我，问我也不会说更多。总之你好好表现，积极投身中国人民的解放事业，一心对她好，说不定有机会。"

老任就没有再问下去。虽然有些事情不明白，但团长的话他大致上听懂了：大姐的婚姻背景有点复杂。不过尽管复杂，但都是过去时了，目前的她仍然是他可以追求的。

老任变得厉害了，为了让大姐改变态度努力表现起来，随时主动靠近大姐，大姐要他做什么他就做什么，也不管谁领导谁了。行军时不再老躺在大车上，和大家一起走路，一到宿营地就和大姐一起抢着去做群众工作，帮房东挑水劈柈子的事也会干了。部队更多的时候是在深山老林里野营，老任夜里主动起来站哨、喂马，让包括老钱在内的几位新老马夫和他自己的通信员李柱子吃惊不小。

因为这一时期千秋当了五连二排排长，又因为大姐喜欢带着五连二排出去打粮，千秋几乎每天都要带着自己的排随大姐出动，也就有了很多机会在每天行军后和大姐的运输队一起露营。老任天天那么殷勤地接近大姐，一点一滴被千秋看在眼里，他的心有点乱。

这一天，部队又被迫退到了鸭绿江边野营。千秋忍不住，拦住到江边打水的大姐，吭哧了半天才问："大姐，老任他……你不会……"

让他吃惊的事发生了。大姐这时猛抬头看他，只这一下眼圈就红了。

千秋知道自己错想了她，后悔了，说："大姐，对不起，我——"

"你真是个傻子，把大姐看成什么人了……大姐当初嫁人虽是组织安排的，但也不是撮到篮里就是菜，我也挑着呢。大姐就是没人要了……革命不革命是他的事，但是嫁给他，我……还不如嫁给你这个没长大的傻小子呢！你看他那双金鱼眼，我……"

大姐大笑了好一阵子，眼泪一直噙在眼窝里，然后就提水饮马去了。千秋一个人留在江滩上，有点猜不出大姐不经意说出的话对他是好呢，还是一句话就把他和老任一起埋汰了。他一个人伤心地站了好久，没情没绪地回到营地里睡下了。

半夜江风把他吹醒了，他就想自己要多傻有多傻哟。大姐就是知道她不再可能和刘抗敌团长破镜重圆，也不一定会嫁给他。但大姐更不会嫁给老任，他知道她打心眼里瞧不上这个国民党俘虏兵。

在那些睡不着的夜晚，一个人睁着眼睛，透过树林子望着满天星斗的时候，大姐会不会想到组织上安排给她的那个叫刘德文的丈夫呢？也许会吧？不，一定会的……千秋有时候也会想到这里。

但刘德文副团长已经牺牲了呀。原来只有团长知道，现在他也知道了，只有大姐还不知道。

我的苦命的大姐呀……

13

老任仍在努力表现。而且，他在三十七团战史上大放光彩的日子就要到了。

杜聿明指挥的十万蒋军主力占领安东后，我军被迫继续向军区最后一小块根据地——临江根据地——收缩。这一年的12月，除了留下两个师守备后方，杜聿明集中了蒋军第五十二军的第一九五师和第二师，第七十一军的第九十一师等部共六个师，对我临江根据地发动了最后一击。

为避免全军被歼和辽东根据地全部丧失的危险，南满我军展开了东北解放战争史上著名的"四保临江"战役。

原来以为摩天岭战败后被蒋军撵着打一直在鸭绿江边狼狈后撤的日子就是最艰苦的日子，他们想错了，真正艰苦的日子还没开始呢。

最先开始的是"一保临江"战役。战斗打响后蒋军的第五十二军、第七十一军等部六个师主要是由西向东攻击，企图首先突破通（通化）辑（辑安，现集安）一线我军防御，而后围歼我军主力于长白山区的一个狭小地域。我军为打败敌人的"围剿"，兵走险招，化被动为主动，用一个纵队轻装插入敌后，转战于现已成了敌人后方的本溪、抚顺、桓仁一线，攻城略地，迫使杜聿明将攻击部队一部回援；我军另一纵队趁机展开正面反击，大量歼敌，粉碎蒋军进攻，战况一开始就异常惨烈。

两军开打时再次退到鸭绿江边的三十七团并没有接到明确作战任务，更没有被部署在最重要的作战方向，像以前一样，一旦要打大仗了，这个团仿佛又被从军区到纵队到师的首长忘了，甚至全团立即离开临时驻地马上向临江根据地后撤的命令，也是姜团长接到各主力部队纷纷转移的消息后打电话询问师长才接到的。但在战役全面打响后的第二个晚上，军区一位首长仔细审察地图，发现主战场南翼，紧靠鸭绿江边，有一段叫作二道河子的山区，我军居然没有设防。

那里岭高林密谷深，右边是鸭绿江和中朝边境线，左边是原始森林，眼下又值严冬时节，二道河子山区冰山百丈，雪海无涯。就一般情况论，美式装备加上汽车运输的蒋军选择从这里突破向我军发起攻击极难想象，一是二道河子不通大道，只有一条老百姓赶着大车勉强过得去的土路，敌机械化部队无法通行；二是这里距临江城虽然不远，但是地形复杂，前后皆是重峦叠嶂，一片林海雪原，敌人即便从这里突破，也无法投入大兵力作战。但是这位首长久经战阵，相信兵者诡道也，万一敌人出其不意派一支奇兵从这里长驱直入，我军没有部队在这里警戒，让敌人钻了空子，反而有可能让敌人过了二道河子，抄近路沿鸭绿江边的小路直下临江。

现在临江是辽东根据地的临时首府，我军所有的后方机关、医院和有限的战争物资都在那里，万一临江失守，就等于让敌人抄了后路，端了大本营，这仗就没法打了。但是在总兵力构成上敌众我寡，放一支能打的部队在二道河子，也有可能根本无仗可打，又觉得可惜，首长忽然之间就在新开岭战役后再一次想到了三十七团——打仗是不行，但是去二道河子的冰峰雪岭间为全军执行警戒，看好战场南翼的这扇大门，有了情况先抵挡一阵，为主力赶来争取时间，总是可以做到的。

于是三十七团在多日没人理睬之后，突然接到了命令：全团火速离开纵队和师的编成，单独开赴二道河子构筑工事，对战场南翼执行警戒。

三十七团的老兵们——那些胶东来的老游击队员们——朝地图上瞅一眼就全明白了：还是打不上仗。姜团长也在皱着眉头看地图，好一阵子后对大家说："也不一定。"

全团抱着不管怎样总算有了任务，就当是一次新的锻炼部队的机会的想法开到了二道河子。姜团长先带着各营连长勘察地形，发现要堵的口子并不大，左边是冰山雪林，右边是深沟，过去还是冰山雪林。一条连大车路都算不上的路就是那个口子，而且从下往上地势还挺陡，别说汽车，就连坦克爬上来都费劲。

他马上让部队构筑简易工事，先把口子堵住再说。然后姜团长又在地图上狠下了一番功夫，破天荒地将全团在这个不大的口子上设置了一个有七个梯次的战场，通俗地说就是给全团设置了一个有七道堑壕作为战场纵深的防御阵地。军区机关最后撤出安东时三十七团恰好也退到了安东城外，他又让大姐带上千秋所在的五连，赶上四辆大车回到城里搜寻了一夜，本来还是要去打粮，没想到弄到了一批地雷。

一大车地雷拉回来时也没见姜团长多高兴，却让三个营的营长——全是胶东来的县大队大队长或副大队长——想了起来：姜团长刚到三十七团的日子里，曾经多次跟他们讨论过用胶东打鬼子的办法对付蒋军。

"哪里弄的地雷……团长不会真让我们在这里对蒋军布下地雷阵吧？"他们看到地雷都笑起来，相互问一句。

很快姜团长就把他们都找了去，命令他们带自己的部队将这些地雷分别埋到七道主防御阵地前的雪地里去。三位营长你看看我，我看看你，又笑起来，心里仍不以为然。

姜团长不理他们，对负责坚守第一道防御阵地的二营营长刘德全说："老刘，你在你们的阵地前埋完了，带人往前走，走远一点儿，埋几颗雷在口子两边的林子里。那里原来有一条小路——就埋在小路上。"

刘德全一眼一眼地看他，不相信地说："团长，这玩意儿到东北还灵吗？冰天雪地的，要是不灵，就咱们这装备，真来了敌人，先像在摩天岭那样猛打一阵子炮，然后一哄而上，你这地雷早给他的炮轰没了……还有，我还是不能打包票大家一听炮响不会掉头就跑。"

姜团长声色不动，也不看他，也不批评他，道："成了主力这么久了，再跑就不好意思了吧？别人跑不跑我不管，你营长要是带头跑，我就枪毙你。"

刘德全一直被团长戏谑地称为"革命队伍里的老油条"，不怕吓唬，笑道："你枪毙了我也没用，大家都跑，我一个人留下来，阵地也守不住。"

"我从下往上设置了七道阵地，就是为了让你和我们全团的人能跑上六次，第七次就不能再跑了，那是最后一道阵地，谁再跑我真就枪毙他。"姜团长的回答非常认真、干脆。

刘德全这下不能不认真了，说："你要真枪毙人，我就真得好好地想主意，怎么样才能让大家不跑。"

不但是他，其他两个营长也都开始动起了脑筋。他们把原本已经在自己的阵地前埋下的地雷又挖出来几颗，四面八方地埋出去——对于地雷怎么埋效果最好，他们比任何人都有经验。反正是打防御，只要能拖住敌人，不让对方三下五除二就突破了阵地，为主力开过来增援甚至取代他们团堵住这个口子赢得时间，全团就算完成了任务。所以地雷不用多，却要埋得远，埋得分散，不能让敌人一顿炮火全炸飞了。就像当初在胶东围困鬼子炮楼一样，要埋得东一颗西一颗，不但敌人摸不着规律，自个儿有时候埋着埋着都把地方搞忘了。

这样的好处是：我知道有雷我不去那儿，你不知道，去了就一脚踩上了。只要炸了一颗雷，进攻的敌人就会停下来一阵子，以为这里就是雷区，要换条路走。没想到那边其实没有雷了，这边却有雷，你过来了，再炸上一颗，你又得停下来。

"这么一颗一颗地炸，他们就只有把坦克开上来了。"刘德全向各连连长解释为什么要这样埋雷，"但是你们看这二道河子，到处冰天雪地，到处是冰溜子、冰达坂，坦克开不上来，汽车更不行，真有敌人不怕倒霉找到咱们这里来，至少能让他们不那么轻松就突破我们团从山下到山顶的全部七道阵地——顺便说一句，当初在摩天岭上要是埋了雷，我们团说不定也败不了那么惨！"

大家都同意他的看法。

等各营、连把地雷全部埋完，姜团长去检查，才知道这些雷居然被他们埋得"百花齐放"，当然从山下第一道阵地到山顶上最后一道阵地，自己人的安全通道在哪里，大家还是清楚的。

听完汇报他召集全团官兵集体讲了一次话，他说："同志们，不是我非要在这里埋雷，是我们除了埋雷，真想不出什么办法能扛住敌人的进攻。但是雷让你们埋成这样，就不是我的事了。大家都要小心点儿，别自己踩上了，那你们这些人尤其是胶东来的老游击队就让外人笑话了。还有，我知道枪一响大家仍然有可能丢下阵地，但不能乱跑，因为我在阵地两侧的沟里林子里也都埋了雷。"

没有人说话，连"革命队伍里的老油条"刘德全也瞪大了眼睛。

团长说完了，要喊"解散"了，又觉得意犹未尽，补充道："老少爷们儿，不是我不仁不义，是我们眼下真打不过他们，只能用胶东的土办法对付这帮家伙。记好了上回你们在摩天岭没露脸，这回要是真有那倒霉催的，命不好撞到了咱们这里，首先你们大伙儿包括我在内，咱谁都别跑，一是雷埋得太乱，容易误炸了自己；二是咱都是正规八路了，该好好打一仗，让三十七团露露脸了。"

他说完了就走，连解散的命令也没下。新提起来的团参谋长杜京才——渡海前原胶东某县的一位区级的武委会主任——想了想不对呀，赶上去问他："哎！团长，你刚才说你自己也在阵地两边的沟里林子里埋了雷，这是只给大伙儿说了'死门'，没说'生门'，你总不会连一条生路也没给大家留下吧？留下了还是要当着大伙的面儿说清楚，省得万一不得已放弃阵地时自己人都找不到路！"

团长一直走回到后山林子里他自个儿的地窨子前才站住，

回头瞅了他一会儿，才开口说："'生门'当然有，但到底在哪里，我不说，你也甭问，该说的时候我会说的。"

说完他就低头钻进了地窖子。杜参谋长跟着他走进去，磨磨蹭蹭地还是想逼他说出来。姜团长就不高兴了，说："老杜！你读过毛主席的《论持久战》吗？"

老杜像受了污辱一样，脖颈一挺，大声道："当然读过！在胶东打了八年鬼子，谁没读过《论持久战》？团长，你对我有意见当面说，我一定改正，别用这样的问题埋汰我！"

"好像《论持久战》里面有一句话，'兵陷之死地然后生——'"姜团长说。

但是杜参谋长也读过中学，立马打断了他的话，说："错了！这句话是《孙子兵法》上的。"

姜团长说："不管谁的，只要有道理，就得照办。啊对了，我又想出了个主意，你去一号阵地见刘德全，让他轮番派出小股部队前出，远一点儿，就藏在两边树林子边的雪地里，看见敌人过来，就打冷枪，像咱们在胶东打麻雀战、袭扰战一样，打了枪就撤，不是真为了打死人，主要是骚扰他们，从心理上给他们压力。总之我们的任务就是打防御，不让敌人从这里过去，要把所有的办法都用到堵住敌人上去，堵不住也要迟滞他们的攻击速度，让他们走一步停一停。当然了，第一最好真有敌人想走这条道儿，第二一旦来了我们真能把他们堵死在这里！"

杜参谋长将姜团长的指示传达给回到第一道阵地上的刘德全，后者笑着道："参谋长，我明白了，团长这是要我在一线阵地上给老蒋的人打麻雀战加地雷战，仗要是这么打，我都会！"

真要打仗了，大姐和她的团运输队又忙活起来，往阵地上搬运地雷，帮曾军医的团卫生队开设火线包扎所，现在已经有了六个马夫，加上她组成了一个有三副担架的战壕担架队。一直留在大车队天天跟着她争表现的光杆炮兵连长老任没有人理，连临时派给他的通信员李柱子也回到自己连队去了，老任生了气，跑到山头的团指挥所里找团长，问："团长，我对你有意见！"

姜团长从地图上抬起头，茫然地看着他，说："老任！怎么了？我可正忙着呢！"

"你不信任我！到这会儿了还不把我看成是咱们团的人！"

姜团长完全站直了身子，认真地看他，说："到底怎么了老任？我怎么不把你看成咱们团的人了？"

老任更生气了，他一生气眼珠子就瞪得更大更圆，要鼓出来似的。他说："为什么没人通知我参加战斗？要是没我的事，我就留在山后面咱们驻过的那个什么屯儿里睡大觉！"

　　姜团长明白了，笑了笑，过来拍他的肩膀，大声说："老任，对不住了，我把我们团还有个炮兵连的事给忘了！你提醒了我！咱们团除了有步枪机枪有地雷，还有一门炮呢，这太好了！——任连长听命令！"

　　老任到底上过蒋介石的正规炮兵学校，啪的一个立正，举手行礼，大声道："卑职在！"

　　姜团长说："我们团虽然只有一门连底座也没有的九二式步兵炮和一发炮弹，但是，三十七团第一炮兵连仍要参加战斗！任连长，仗到了节骨眼儿上，你要听我的命令，把那一发炮弹打出去！我让你朝哪儿打你就朝哪儿打，要打得稳、准、狠！"

　　"是！"老任大声回答。

　　"好了好了，别老是立正了……哎对了老任，正事儿谈完了，咱们谈一点你个人的私事，你是不是一直都在追求赵秀英队长？"

　　"这个……报告团长，是！可是……效果不大明显！"老任说。

　　"老任呀，我点拨你一下吧……这次战斗是对你的最大考验，也是你的最大机会！美女都爱英雄！咱们三十七团第一炮兵连眼下还穷得很，能用的炮弹就一发，这一发炮弹你打得准，你老任改变立场投身革命就是真的，打不准你就是假的！

万一误了我的大事，不但你追求赵秀英队长不会成功，我还要枪毙你!"

老任和团长很熟悉了，并不把团长的威胁当一回事，但他十分在意自己加入八路后在第一仗中的表现，再说那时他仍旧贼心不死，也觉得大姐对他不冷不热是想看他的表现，他已经知道大姐在胶东的历史和她到东北后在战场上的表现了。老任以前最会睡觉，不行军一天平均睡十小时，现在完全不睡觉了，把那个炮筒子从大车上搬下来，反复擦拭、除锈，天天故意在大姐眼皮底下晃，练习简易徒手射击，还把本事教会了现在负责赶一号胶皮大车的老钱。

什么人跟什么事投缘真是说不定，参军后一直被人认为又老又懒的老钱居然喜欢打炮，甚至不惜自降身份做了老任的徒弟。东北解放战争打到下一年，他还真就成了三十七团第一炮兵连的排长。

老任还有一件最喜欢做的事，一看见大姐从阵地上回到团运输队住的林子里，就跑去擦拭仅有的一发九二炮炮弹，将引信卸下来再装上，装上了又卸下来。

老钱在一旁看得心惊胆战，说："你、你、你甭老玩它好不好，你把它玩炸了，他们就都找不着咱俩了!"

大姐走过去，又走回来，一眼都不看老任。老任没了表演的兴致，重新把引信在炮弹上卸下来放好，跑去见团长，情绪有一点激动，说："我想起来了，赵秀英队长说过，就是因为她在摩天岭打了那一炮，才把前任温参谋长救了。咱们不能埋没人才，我们第一炮兵连就我和老钱两个，老钱还不是个正式的，我缺少战斗骨干，正式请求团长把赵秀英队长配属给我，当我的二炮手，开炮时我们俩一个扶炮筒子做简易瞄准，一个装炮弹。只要你答应了，我老任上了战场保证百分百完成你交给我连的任务！"

姜团长乜斜着眼看他，半晌才斩钉截铁地回答："不行。你想都甭想。赵队长是老百姓，不是我们三十七团的兵。你不是把老钱练出来了吗？还有李柱子，你那个通信员，我把他再给你调回来，老钱呢不打仗是马夫，打仗时就是你炮兵连的二炮手，归你管。总共一门炮，一发炮弹，三十七团第一炮兵连有你们三个人足够了！"

老任很憋屈，一时又觉得自己完全出于公心，才提出了把大姐调进第一炮兵连的请求，结果被团长误解了。但也没办法，一脸沮丧地回去睡觉。

大姐知道了这事，找到老任的地窨子里，照着他的地铺踢了一脚，说："起来！要打仗了你躺铺板，你又不想革命了？不革命就是反革命！"

老任一骨碌坐起来。大姐换了一种声调，说："听好了，反正我不是三十七团的人，姜团长他领导不了我。战斗中真要我帮忙，你招呼一声我就上去！"

老任受宠若惊，就要起身，但仍然要装装样子，问："你一个老百姓行吗？摩天岭上真把炮弹打出去过？不过……你有这个态度很好，我欢迎你加入第一炮兵连！"

大姐没有马上离开，扬扬眉毛，鄙夷地看着老任，恢复了训斥的语气，说："老百姓怎么啦？没吃过猪肉还没见过猪跑？不会还不会跟你学？毛主席早就说过，要从战争中学习战争。我就是再不行，还不能帮你扶扶炮筒子，递个炮弹啥的。万一出了别的情况，譬如说你们三个老爷们儿枪一响全都尿了裤子，炮弹打不出去，这时候谁来？我！"

老任的气焰就是这样一次次被大姐镇下去的。东北解放战争进行了三年多，他在三十七团的日子越久，在大姐面前就越不敢嚣张，再后来说话做事甚至都要先瞅一眼大姐的心情，眼神里透着服气。但在二道河子战斗打响前，他这个正规蒋军炮校毕业的炮兵专家腰杆子还是要硬撑下去的："好嘛赵村长，你有这个态度本连长欢迎。没有人会尿裤子。敌人真朝我们进攻，那是不知道我老任在三十七团！我这个炮兵连长可是科班出身，当初在南京比武时是拿过奖的，发奖的人是我们的委员长!"

他一不小心把老蒋也搬出来了,心里一哆嗦,怕大姐收拾他。但是大姐没有计较,转身走出去了。

老任用很小的劲儿在自己脸上扇了一巴掌,恨自己怎么见了她就丢了魂似的,一说话就秃噜嘴呢!

整个"一保临江"战役期间都没有敌人向二道河子进攻。敌我两军的主战场在临江根据地的西线。1947年1月5日,北满我军为配合南满我军作战,集中三个主力纵队和三个独立师向松花江以南出击,史称"一下江南"战役,先后歼灭国民党军新一军两个团和保安团一部,迫使杜聿明由南满抽调两个师北援。加上战场气温又骤然降到了零下四十摄氏度,两军的作战行动都受到了暴风雪和极端严寒天气的妨碍。北满我军撤回江北时,南满我军"一保临江"的战役也随之胜利结束。

消息传到二道河子,大家既高兴,情绪又都有些松懈,因为他们守的方向一个敌人还没看到呢。

"看样子杜聿明看不上咱们这个口子。我倒是愿意就这么待下去,直到整个保卫临江根据地的战役结束。"刘德全蹲在第一道战壕里对来视察的姜团长说,"只是可惜了这些日本地雷,我们在胶东打鬼子时想得到一颗都不容易。"

"我劝你别这么想,"姜团长对刘德全说,也把这话说给自己身后的杜参谋长以及一营三营的营长听，"既然军区首长发现了这里有个口子，让我们团像钉子一样钉在这里，一动也不能动。等杜聿明觉得在别处攻击无法奏效时，说不定就会突然想到可以冒险从这里试试。"

姜团长在三十七团的团史上名声很大，被称为是一位有着全局眼光的团长。1947年1月30日，不甘失败的敌人又集中了暂编第二十一师、第一九五师、第二师等共四个师的重兵，再次向我临江根据地发起了全面进攻，我军"二保临江"战役打响。

姜团长猜对了，杜聿明真的因为"一保临江"时蒋军在别处进展不利，在地图上重新发现了位于战场南翼的二道河子。

一个大雪弥漫的清晨，被刘德全远远放出去的一名警戒哨慌里慌张跑回来，哆嗦着冻僵的嘴唇，说："报……报告营长，来、来、来了！"

刘德全变了脸色，大声训斥他："来了啥，话都说不利索吗？"

"老蒋的兵！天哪，不知道有多少，黑压压的一片！"

"到底有多少？"

"一个团，不，一定有一个师，不会是五十二军全开过来了吧？"

"胡说！快给我滚回连里去！"刘德全冲着哨兵吼了一嗓子，

回头跑上山顶的团指挥所。但他已经不用报告了，姜团长和阵地上的三十七团官兵全都听到了大队敌军从安东方向沿鸭绿江边那条细窄的大车路轰隆隆开过来的汽车声、坦克履带声和步兵的脚步声了。

想到蒋军有可能从二道河子发起进攻是一回事，真发现蒋军这么干了是另外一回事。姜团长到底吃了一惊，心想杜聿明的水平也不高啊，我刚刚想到他有可能会来他就真的来了。大战在即，姜团长迅速让自己冷静下来，明白一旦敌我在二道河子发生战斗，规模就不会太小——敌人只有在正面进攻不利时才会选择从这里冒险。

之所以称他们是冒险，原因刚才都说过了：二道河子地区地形复杂，森林密布，口子又小，不方便大兵团展开作战，但也有好处：敌人一旦从这里突破，三十七团后方没有二线防御部队，距离临江只有一天一夜的路程。敌人可以沿鸭绿江右岸右转，长驱直下临江城，万一得逞，不但临江不保，敌人还可以从后方回转枪口，对我战斗在临江根据地西线的主力纵队实施合围。

后来的战斗过程证明姜团长的判断完全正确。他一边紧急命令全团进入战斗准备，一边派出通信员直接去临江向军区首长报告，因为他们从进入二道河子阵地开始已脱离师的建制，直接归军区控制。接着他让杜参谋长留在指挥所，自己和刘德全一起回到第一道阵地，趴在堑壕里，从棉衣里面掏出望远镜，向阵地前方观察。

"团长——"刘德全想跟他说点什么，在他耳边叫道。

"别跟我说你想带着你的人跑啊，"姜团长没有停止他的观察，先开口打断了他的话，"敌人还远着呢。马上发信号，让你埋伏在前面林子里的人开始打！"

刘德全发出了信号，远远埋伏在前面林中雪地里的二营散兵开始朝敌人的行军大队放冷枪，正在轰隆隆前进的敌前卫营停下来了。

"好，发信号，把人撤回来！"姜团长仍然没有放下自己的望远镜，对刘德全说。

前面林子雪地里的二营撤了回来。敌人停了一阵子，开始用一个连的规模，对我军阵地发起第一次试探性进攻。

刚往前走了几步，一颗地雷就炸了。试探性进攻的敌人一股脑儿地趴到了雪地上。

"团长快瞧，他们熊了！这一招说不定管用！"

刘德全高兴起来，喊。他一高兴脸上的几粒大麻子就打战，但是趴在他身旁的人也都听出来了，他在说出这些话的同时更多表现出的却是无比的紧张和说不出口的恐惧。

姜团长回头一眼就瞅见了和他还有刘德全一起待在第一道战壕里的千秋——在千秋长达六十年的漫长军事生涯中，他一直有那样一种异常清醒的直觉，认为摩天岭之战前从没和他一同战斗过的姜团长从认识他的那一刻就对他有一种特别的信任，一到危险关头总会把最重要的任务交给他去完成。

下到五连后他这个排长干得不错，不长时间已让二排成了全营兵力最整齐的一个排——那个年代这是一个了不起的成绩。他注意到了团长此刻投向他的严厉目光，千秋主动开了口："团长！"

"把赵秀英队长请到这里来！"团长说。

"请到这里？"

"对！马上！"团长差不多是在吼了。

千秋顺着通向山顶的交通壕跑上去。不大一会儿，大姐就从她待命的火线包扎所随他赶到了第一道战壕里。

"团长，你找我？"

"秀英同志，往下看一眼！三十七团终于赶上了大仗！敌人选择二道河子做突破口，一旦得逞向右沿鸭绿江右岸就能直接进攻临江城。我已经派了个通信员去临江向军区首长报告，这会儿又觉得他一个小孩子去了说不清楚！辽东军区首长你比我认识得都多！"

"团长你是想让我——"

"我想让千秋带一个班保护你去临江，把这里的敌情向首长们报告，请上级尽快做出决断！"

大姐那么聪慧和机敏，不但一下就明白了团长的话，而且她连团长不好当着身边部队说出来的话也听明白了。但她仍然要肯定一下，她看了千秋一眼，回头对姜团长道："团长还有没有别的指示？我的任务就只是向首长报告这里的敌情？"

"不。请你报告军区首长，三十七团虽然武器落后，兵员不整，但仍会死守阵地，打到最后一个人！但就是这样，我们最多也只能坚持一天。请军区首长立即派主力赶来增援！只有堵住了这个口子，才能阻止敌人迅速进犯临江！"

大姐一句话都没有再说，转身带着千秋和二排四班，跑步离开了第一道战壕，越过山顶赶回到后山的临时营地。大姐让两名马夫老孙老李立即套好了她在新开岭战场上缴获的那两辆胶皮大车，她和千秋及四班全体带上仅有的一点干粮上车，马上出发。

因为从二道河子通往临江的道儿他们都不熟，两辆大车跑了一个白天，天黑透后才赶到临江城，在城东一座位于江边的木刻楞房子里见到了留守的一位军区首长。

大姐带千秋和五连四班走后，姜团长就掐着手指头算他们什么时候能够回来。他算到的时间是第二天黄昏或者晚上，因为即使一切顺利，一点事儿也不出，大姐和千秋来回在路上也需要两个白天。零下三十摄氏度的严寒，路又不熟，道也不好，没有人敢在夜里跑车。但是第二天拂晓，他就在二道河子山头阵地上远远地看到了大姐和千秋带着人满身冰雪地赶了回来，不过这时千秋和四班的战士们是跟在两辆胶皮大车前后左右一路跑回来的。大姐从前面一辆大车车辕上跳下车就急急忙忙赶到山顶上的团指挥部向姜团长报告："团长，我们回来了！"

"我已经看到了！怎么这么快，我还以为……见到了哪位首长？情况怎么样？"

"军区首长都在前线，临江只有一名管后方医院的首长留守。他让我转达军区一号首长的命令给您：眼下各个方向都吃紧，没有一支主力能抽出来赶到二道河子接替三十七团，堵住出现在战场南翼的这路敌军。军区这位首长让我传达一号首长的命令给您：考验三十七团全体共产党员和革命战士的时刻到了，要人没有，但阵地还得给我牢牢守住！即使打到最后一个人也不能后退半步！另外也不要再派人请求增援，三十七团要准备与阵地共存亡！还有，这是最后的命令！"

千秋跟在大姐身后跑到了团指挥所，这时也和大姐一起注意到在场所有人的目光都齐刷刷地转向了团长。姜团长通过团指挥所的瞭望孔，沉默地望着山下的敌人，长时间一言不发。

大姐看着他，又想起来了，补充道："虽然没有主力增援，但我介绍情况后，那位留守临江的首长对我们团的情况还是有了更多了解。他说，虽然没有主力去增援你们，临江后方也没有日本九二炮炮弹，但这里有日本人逃跑前留下的地雷。团长，临江是'伪满洲国'皇帝溥仪逃出伪国都新京（现长春）后试图藏匿和逃往日本的地方，我军在城外发现了一座日本军火库，里面全是地雷。这回我们直接从那里拉回来两大车日本地雷。"

姜团长就在这一刻猛回头看了一眼大姐。千秋一辈子都忘不了这一眼，他觉得就因为大姐说出了最后那些话，姜团长看大姐和后来看大家的目光即刻就改变了——无助、失望和焦躁一扫而空，现在他的目光里只有英雄在最后时刻突然显现出来的无可怀疑的战斗到底的强大意志和自信。

"很好！杜参谋长，立即向各营营长传达军区首长命令，要求传达到全团每一名干部和战士。赵秀英同志，还是由你负责，把你们今天拉回来的地雷迅速分发下去。同志们，敌人昨天发现了我们阵地前埋有地雷，没有继续前进，刚刚过去的这一夜也没敢行动，大约是怕踩了雷。但是天一大亮大规模的进攻就会开始!"

姜团长说着,再次把目光转向杜参谋长,"还要告诉全团,这场硬仗早晚都得打,不然全团就得不到成长!告诉我们的每一名同志,不要怀疑自己的战斗力!我们今天有一挺重机枪、六挺轻机枪,还有一门炮,武器和战斗素养起码比在胶东好多了!这下又多了两大车日本地雷,秀英队长把它们分发下去后各营连一定要用好。既然上级要我们长期坚守,准备打到最后一个人,那就不用着急了。敌人的大炮很厉害,大家要先学会藏,抓紧时间把防炮洞挖得更深,好躲避敌人的炮火。现在团里只有我们两个领导,我们分一下工,老杜你从现在起坐镇团指挥所掌控全局,我到第一道阵地和刘德全同志会合,共同指挥战斗!"

四百多枚又大又笨的日本地雷从两辆胶皮大车上卸下来,由大姐带着千秋和她自己的人迅速分发给了三个营,守在第一道战壕里的二营得到的最多。老任听说大姐从临江回来了,急急忙忙带着老钱和李柱子赶来,对她没有在临江日本军火库里找到九二炮的炮弹十分失望。

团长一直站在两辆胶皮大车前,看着地雷被分发下去,回头又对大姐说:"秀英同志,你和千秋不能休息,马上再回临江,把四辆大车全赶上,那个日本仓库里有多少地雷。全给我拉回来！只要有地雷，我就不怕！"

　　大姐只答应了一声，千秋和五连四班，以及团大车队的所有人员立马行动起来，不到十分钟四辆大车就已经重新上了路。大姐坐在第一辆大车上，亲自赶车，这一回道儿熟了，四辆大车一路狂奔，天亮前就赶到了临江。天擦黑时三大车地雷、一大车子弹和日本手榴弹再次被拉回到了三十七团二道河子营地。

　　战斗在大姐带千秋他们走后已经打响。敌方指挥官以己度人，根本不相信我军战线扯得这么开，还会在战场南翼这么个犄角旮旯部署重兵。用望远镜从山下朝山上望，又见只有一条勉强可以通大车的路由下向上伸入雪山林海之间，越来越窄，路面上是两尺深的冻雪，冻雪下面是冰溜子，这么个不大的"口子"的两边不是悬冰百丈的深沟大壑，就是壁立千尺同样悬着大冰溜子的雪山林海。离开这仅有的一条路去走别的路，一是没有路，二是雪太深，最浅的地方没膝，深的地方能直接把人埋进去。

　　但是沿这条路攻击也有很大问题，它太狭窄，连以上规模的攻击队形都无法展开。头天下午姜团长带着刘德全的二营对敌人搞的战术性的袭扰有效地迟滞了这路敌人，前卫营远远地挨了冷枪，前卫连的第一次试探性进攻又因为踩响了地雷，死伤了好几个，不得不停下来。但是我军这样的战术动作也给了敌人错觉，错误地认为他们在这里遇上了一支小规模的地方武装，后者所以被部署在这里无非是因为我军兵力不敷使用，但又要对这样一个不大可能出现敌情的方向执行警戒，于是就派来了一支本地的游击队。一旦发现了大批蒋军到来，打上几枪报警，再埋几颗地雷抵挡一阵，完了说不定就跑了。哪怕仗已经打起来了，姜团长和三十七团所有官兵也不会想到这支被杜聿明当作奇兵派到这里来的蒋军名头有多大，装备有多好，战斗力又有多强。而这支蒋军"主力中的主力"——蒋军"五大主力"之首的新一军的一个加强团，他们吃的是美国洋面，装备的是全套美式武器，军官们许多上过外国的著名军校，学的是美式和德式的作战课程，遇上了他们认为的共产党游击队级别的对手，即便是前面已经死了人，他们也是不会在意的。

比起这些对手他们更在意的是天寒地冻，部队尤其是军官们需要酒足饭饱后才能回到战场上，按照他们熟悉的所谓现代战争的教程组织攻击，火力全开，与挡住他们去路的共产党游击队正面较量。

所有这些因素加在一起，让这路敌人直到当天下午3时才完成了作战准备，发起了第一次进攻。敌人的轻敌和错误判断又为他们带来了另一个错误，居然觉得没必要浪费好不容易拉上战场的炮弹先对我军阵地实施一次例行的相当规模的炮火袭击——一种猜测是炮弹万一把这条路打得坑坑洼洼，他们的汽车和坦克就不好走了——就直接派出了一个连开始向二道河子山路发起集团攻击。

但即使这种连级规模的集团冲锋，刘德全也发现他在胶东最擅长的战术全部不灵，那些被他远远放出去打冷枪的散兵遇上了敌人的自动火力，一分钟也扛不住，没接到命令便全跑了回来，但是当天一大早警戒哨发现敌情后，姜团长灵机一动让他派人在阵地前加倍密集埋设的地雷阵却给吃饱喝足嗷嗷叫着攻上来的敌人造成了意想不到的重大杀伤。

这路敌人早上见过他们埋的雷，东一颗西一颗，数量稀少，虽给他们造成了伤亡，但好像也起不了大用，这让他们对二营阵地前的地雷阵麻痹起来，以为也仅是如此，地下有雷也不会多。没想一个冲锋打下来，就集体陷入了密集埋设的雷区，轰隆隆一阵大响，冲在前头的倒下一片，活下来的掉头就跑。过了一会儿硝烟散去，只见刘德全的阵地前已经躺下了十几个，死的一声不吭，仍然活着断了胳膊腿的敌人的惨叫声在林海雪山间连绵不绝地回响。刘德全看看姜团长，说："团长，我们是不是可以见好就收，走了吧？"

姜团长一直在用望远镜望着退下去的敌人，说："你胡说什么？什么见好就收？稳住！"

刘德全说："我是说，敌人的第一次进攻已经让我们打退了，因为我们阵地前埋了雷。这会儿敌人把雷都给我蹚了，没有雷了。他们再攻上来，我可是守不住，不如退到第二道阵地去，让他们往上攻，还会蹚响我们的雷！"

姜团长没有放下他手中的望远镜，说："你快看，来的是什么人？"

刘德全也举起了自己的望远镜，朝山下望过去，发现来的人打着一面小白旗，后面不多的人扛着担架，胳膊上还戴着红十字袖箍。

"团长，是敌人的救护队！我把我的冷枪队调上来，打他们的冷枪！"

姜团长阻止了他，说："不！让他们上来把伤兵弄走，反正这些人也打不了仗了。"

但是敌人的救护队到了山下就不敢继续前进了。刘德全阵地前那些受伤的敌人的叫喊声越来越绝望，直到消失。

夜幕降临时，敌人的救护队终于爬着上来了，但什么人也没有带走又退了回去，因为受伤的人都已死亡——敌人第一天的进攻就以这样的方式草草结束。

士气受到重挫的敌人调整了部署和战术，现在他们明白对面山上的对手不像是一支一打就跑的游击队，但是又不像与他们在四平交过手的共军主力，譬如黄克诚千里迢迢从苏北带到东北的新四军三师七旅。虽然心中仍然瞧不上这个对手，他们还是不敢大意，直到第二天上午才将一切都准备停当。

这次他们汲取了昨天的教训，派出了一个加强营共三个攻击集团，准备前仆后继地对我军阵地展开攻击。攻击前敌团长命令全体炮兵对我军阵地上上下下展开大规模轰击，整整打光了一个基数的炮弹，目的既是为步兵扫清冲击道路上的我军官兵，更是为了清除攻击道路上的地雷。

躲在被冻得钢铁一样坚硬的防炮洞里的姜团长刚听到第一发炮弹落地，就猛回头对刘德全大喊了一声："错了！"

刘德全有点蒙，以为团长在批评他仗打错了，用很大的声音反问，试图压过炮弹爆炸的轰鸣声："团长，哪儿错了——"

"这不是五十二军，这是新一军，要不就是新六军，在东北战场上只有这两股敌军才有这么大口径的重炮！——通知部队快撤！"

刘德全以为自己听错了，大叫："撤？——撤到哪里去？"

"撤出阵地！能撤到哪里就撤到哪里！一个人也别留在阵地上！"

姜团长边喊边钻出了防炮洞，向后山方向奔去。

　　姜团长打完平津战役直接被调进军委作战部做了战术科科长，不是没有原因的。他自己不是炮兵，但他爱学习，脑瓜又灵光，居然从敌人的第一发炮弹落地的爆炸声中，直接听出三十七团在二道河子遇上的不是这个团的老冤家五十二军，而是比五十二军更厉害的新一军或新六军。当然战后他才从俘虏口中查明，这次与三十七团对垒的是杜聿明为打破辽东战局临时从新一军抽调并派出的一个整整三千八百人的加强团，外加一个配备有十二门155毫米口径榴弹炮的师属重炮营，加上团属炮兵营的十二门105毫米的榴弹炮，敌人的这个团仅重炮就有二十四门，而当时东北我军一个主力纵队全部加起来都没有二十四门重炮。

　　三十七团全团官兵赶在敌人的二十四门重炮开始试射时及时地撤出了山上山下全部七道阵地，如果这个时候敌人攻上来，除了几颗没被后来敌人的炮火清除的零星地雷外将不会受到一点拦阻。全团刚刚撤出，二道河子阵地几乎立即被铺天盖地的敌军炮火全覆盖，从最前沿的雷区直到山顶上最后一道堑壕全部被炮火所吞没。

　　姜团长和刘德全带着二营就近顺着早先姜团长留下的"生门"进入阵地右侧一个到处挂着大冰溜子的山洞。听着外面连绵不绝地动山摇的炮弹爆炸声，刘德全的眼珠子都快瞪出来了，冲着姜团长的耳朵大声嘶喊："团长！他妈的可比我们在摩天岭上挨的炮还要凶！要不是你让我们撤得快，这仗就不用打了！"

姜团长一边捂着耳朵，一边也用嘶哑的声音冲他喊："老刘，我认为三十七团还是有进步！这回遇上这么凶的炮火，也没见谁丢下阵地撤丫子就跑！"

"敌人的炮火一停，你马上带人下去，接着埋雷！"姜团长一边听着山洞外的炮声，一边大声说。

"还要埋雷呀！"刘德全有点怵，大声道。

"对，敌人有炮弹，我们只有地雷！打完炮他们的步兵不会那么快冲上来的，这帮老爷兵昨天吃过亏……要是你动作够快，你还是能在他们冲到你阵地前先给他们埋上一批雷！"

"明白了！"刘德全高兴起来，大声回答。跟着这么聪明的团长打仗，那叫一个打得明白，死了都值。

敌人的炮弹开始变得稀疏，向后方延伸。姜团长从藏身的山洞里钻出来，命令部队迅速回到阵地上去——哪里还有阵地呀，原有的战壕已经不在了，只有一个一个弹坑，有弹坑也不错，另外还要感谢敌人的重炮，他们的狂轰滥炸帮了三十七团的忙，把山上山下一米多深的冰雪层和下面的冻土层全部炸翻，这让我军官兵把弹坑和弹坑连接起来重新构筑起新的战壕变得不再艰难。极低的温度也在帮助他们，将他们重新恢复的阵地迅速冻上。

刘德全带着二营顺利地回到了第一道阵地上，他一边命令四连和六连恢复阵地，一边显出了老游击队员的本色，低声吼一嗓子"跟我走"，就身先士卒抱着两枚地雷滚出了被炸得没形的战壕，带着五连全体借助弹坑掩护，爬到阵地前重新布雷。现在布雷容易多了，炸翻的冰雪和冻土层也帮了他们的忙。敌人的重炮还在向我后方进行延伸射击，第一道阵地前面弹坑里的烟火还没有熄灭，被汽油弹打着了的敌尸还在燃烧，老刘带着五连官兵在阵地前布设了更大一片雷区，然后一挥手，带着五连爬回了被修复的冰雪堑壕之内。

姜团长一直在战壕里看着他。刘德全一骨碌翻进战壕，爬起来时想努力对姜团长笑一下，却因为紧张没有成功，不由得感慨道："团长，在胶东打了八年鬼子我都没紧张过，在摩天岭上被打得屁滚尿流我也没像今天这么紧张！跟国民党新一军或新六军干，还真是有点紧张！"

姜团长哼了一声，想冲他笑一下也没有成功，天气实在太冷了，说："你最好先别紧张，刚刚躲过去的是大炮，等会儿还有坦克呢！"

"团长甭吓唬我！真是坦克上来了我说不定还会撒丫子

就跑！"

"我可不是吓唬你，东北战场上新一军和新六军都配属了坦克营。我们无论遇上了谁，怕都会遇上敌人的坦克！"

"我的天哪！"刘德全叫道。

"叫老天也没用，其实我也紧张。"

"不，你看着不像，"刘德全说，终于笑出来了，"你要是紧张，我们还是得跑——一哄而散！"

"要是能一口气跑回胶东我也想跑！可这里是东北，你我都跑不了，只能跟他们死磕！一开始他们还是会看不起我们，不会马上使用坦克，再说地形也不方便坦克进攻！所以——"

"所以这会儿还不用担心他们的坦克！"

"一支部队和一个人一样，老不打硬仗，自个儿都瞧不起自个儿，不知道自己有几斤几两！告诉你老刘，这一仗三十七团要么大胜，要么大败，不是声名大振就是迎风臭十里！上级已经说了，要我们打到最后一个人，不准后退一步。我对你只有一个要求，我陪着你，我不跑，你也不能跑！"

刘德全生气了："团长你说什么呢！刚才我是跟你开个玩笑！摩天岭那是没经验！你都把话说到这里了，老子今天还就不跑了！谁都不会死两回！对了，你是团长，你要是信任我就回你的指挥所，我们二营扛不住了，你再把一营派上来！一营打光了三营上，三个营都打光了，你自己带着团指挥所的人上！"

姜团长不听他讲大话，一双眼睛正透过望远镜和阵地前的硝烟向山下眺望，半晌才冷冷吐出一个字："撤！"

"撤？"

"快下命令！撤到第二道阵地去！"

二营撤到了第二道阵地。刘德全想问团长为什么。"我们还没打呢！"他说。

姜团长不解释，他不但让二营全体退回到第二道阵地，还让阵地上的官兵再次就近转入方才藏身的山洞，只留下他和刘德全以及一营营长刘三春继续用望远镜观察山下敌人的动静。

敌人忽然加大了集团进攻的规模，早上准备的还是一个连一个攻击集团，现在突然改成了一个营结成一个攻击集团，随着炮火准备完全结束，三个营一个接一个哇哇叫着冲了上来，不但冲在最前面的一个攻击集团手中所有的自动武器同时开火，打得山上山下我军每一道阵地前腾起了冲天的尘雾，后面的攻击集团还向着两侧的山林和山崖开火，将那些地方也打得烟雾弥漫。

再后来，敌人的步兵随着火炮——一个十二门制的81毫米迫击炮连和一个吉普车牵引的八门制的37毫米反坦克炮连，也在攻击集团后面占领阵地，将一发发炮弹吊到我军第一道阵地上。爆炸的烟尘在刘德全的二营阵地前升腾，形成了一道高高的烟火之墙。这些炮弹里还有燃烧弹，居然将战壕里的冰雪打得燃烧起来。

"乖乖！团长你真神了！要不是及时撤走，我们营就让敌人全给烧烤了！"刘德全心有余悸地喊道。

敌人集中精力对付第一道阵地，姜团长下令一营营长刘三春，要他冒着弹雨带人在第二道阵地前的雪地里加埋地雷。

"敌人不会在向第二道阵地进攻前再打一轮炮吧，那样地雷就白埋了。"刘三春这样问他。

姜团长异常冷静地望着山下，道："敌人正在犯错误，他们到了这会儿还是看不起我们，要毕其功于一役。刚才他们的重炮已经把今天能打的炮弹全打光了，重新补充炮弹前不可能再对我们实施刚才那样的炮击，剩下这些小炮杀伤力不大，炮弹也快打光了，快下去埋雷！敌人占领第一道阵地后，一定会马上向第二道阵地发起攻击！"

刘三春带领两个连出堑壕在第二道阵地前迅速了一大批雷——很快又撤了回来。姜团长想了想，又把一营、二营的机枪手全调了过来，只留下全团仅有的一挺重机枪和两挺轻机枪在主阵地上，面对第一道、第二道阵地下方的开阔地段做好射击战斗准备，其余四挺轻机枪分成两队，各由一名排长率领，迂回到下方山林里埋伏，准备对攻上第一道阵地向第二道阵地攻击的敌人从两翼进行兜屁股打击。

敌人的第一个加强营级攻击集团在我军第一道阵地前再次遭遇雷区。一阵轰响后被炸得七荤八素，又躺倒了一片，但整个攻击集团并没有停止前进，他们不理会脚下死伤枕藉的伙伴，更猛烈地向前面开火，壮着胆子攻入了我军第一道阵地。在那里他们没有发现一个人。

亲自督战的敌营长既迷惑又兴奋，通过电台向山下的敌团长报告说他的营已经攻下我军阵地，战壕里的共军全都跑了。敌团长大喜，当即命令他率领部下一鼓作气，冲上山顶，拿下整个二道河子。这个名叫潘人杰的团长刚刚通过军部传过来的敌情通报，知道了守在二道河子的不是一支游击队，却是南满共军中最不能打的三十七团，曾经在摩天岭让五十二军打得稀里哗啦，心里对自己的部下一顿臭骂，心想这些人真是笨蛋，堂堂国军"五大主力"之首的主力团居然被共军这样一支从没打过一次胜仗的部队挡在这里无法突破。

敌营长丢下电台受话器，马上命令全营继续向上攻击，他自己也来了脾气，持枪冲在全体官兵前头。等他发现自己再次莽撞地进入我军雷区已经晚了，地雷响起，他一声后退没有喊出声，就被脚下一枚装药充足的日本地雷炸得飞了起来。后面的敌人仍在向前拥，前面的敌人却要退下去，双方拥挤成一团，互相踩踏，没有人管自己的营长，结果就踏响了刘三春带人加埋在这里的几乎所有地雷，一阵连环爆炸后仍留在雷区的敌人非死即伤，活下来的敌人都是没有踏进雷区的，掉头没命地向山下逃窜，一路鬼哭狼嚎，把后面的攻击集团也冲得七零八落。敌团长专门为这次攻击派出的督战队开了枪也无法制止，敌人想突破三十七团二道河子阵地的图谋再次失败。

第二道阵地前大批地雷的爆炸效果也震惊了姜团长、刘德全和刘三春，连他们也没有想到，大姐从临江拉来的这批日本地雷比他们从安东打到的日本地雷威力大这么多。第二道阵地前留下了大片敌尸，足有四五十具之多，缺胳膊断腿爬下去的比死掉的还要多。

姜团长事后专门研究了这批临江拉回来的日本地雷和他们从安东弄回来的地雷之间的不同，得出了结论：这批从临江拉回来的地雷是战争结束前紧急制造的，日本人造这样一批地雷的目的是要等美军在日本本土登陆后实施"一亿玉碎"计划，全体日本国民和美军同归于尽，于是个头做得又大又蠢，还不好响，但装药多，威力大，不响时用锤子砸它都不响，一旦响了，一颗雷顶过去的十颗雷，一倒一大片。

　　敌团长潘人杰当时一直站在山下一座小山包上，看着半山腰中我军地雷接二连三地爆炸，全团三个营组成的三个攻击集团，竟然一股脑儿地全败退下来。潘团长一时间被这样的惨败气得七窍生烟，再次下令炮兵向山上猛轰，却迟迟没有听到炮弹打出去。打电话去查，两个重炮营的营长都向他报告说没有炮弹，已经向后方弹药所请求急送炮弹。后方弹药所的位置在安东城，潘人杰除了骂娘只有等待。他再次下令团属的两个迫击炮连向山上轰击，把炮弹全部打光！但是两个连长也向他报告：炮弹也已经打光！

　　我军第二道阵地上，在胶东主力部队老十三团待过的一营营长刘三春望着姜团长，激动地说："团长，是时候让我们埋伏到下面两侧林子里的机枪开火了！"

　　姜团长一直沉默，最后也没有下达那道让两翼埋伏的机枪开火的命令。天黑下来了，他发出了另一道命令："通知他们撤回！注意隐蔽，不能让敌人发现！"

　　一天之内两次冒险攻击我军阵地，都被地雷炸得人仰马翻，这路敌人包括他们的团长潘人杰都被吓住了。

　　黄昏时潘团长喝了一点酒，反而觉得自己"清醒"起来，大骂军部的情报人员，说什么他遇上的是共军最不能打的部队，结果证明情报完全错误，让他和他的部队吃了大亏。现在他认为自己遇上的是一支非常能打而且非常会打仗的部队，一定是南满共军主力中的主力，绝对不能再有半点轻敌之心。又因为道路冰封雪埋，他要的炮弹不能很快送达前线，潘人杰团长直接向军长报告，在炮火能够有效清理掉二道河子我军的地雷阵以及所有的防御火力之前，他的团不能再贸然发起攻击，于是不但敌人这一天的进攻结束，第二天、第三天也都没有再发起战事。

战斗结束后姜团长再次命令刘德全带着二营趁夜色回到第一道阵地，重新构筑工事，并在阵地前再次布设雷阵。他自己也再次随二营回到了第一道阵地。也就是这个时候大姐带着千秋和五连四班第二次从临江赶回到了二道河子营地。

大姐和千秋找到姜团长，向他汇报第二次去临江的收获，并带回了一个消息：军区终于查清出现在三十七团二道河子阵地前的敌人是杜聿明派出的"奇兵"，位居蒋军"五大主力"之首的新一军的某团。姜团长听了点头，命令四班归建，别人离开，只留下千秋和大姐两个在自己的防炮洞里。他站了一会儿，对大姐说："秀英同志，你的任务已经全部完成了！有句话我不能不代表三十七团说出来。当然只是建议，但我希望你能接受。"

大姐那么聪明的人，一听话音就明白了。连续奔波了两天两夜站都站不稳的她脸色陡然一变，不客气地问道："团长啥意思呀，想这个时候赶我离开三十七团？"

姜团长决心已定，不看她，大着嗓门说："情况你都了解！我们这次面对的是国民党新一军，今天是好不容易撑过去了，但是明天后天，战斗说不定会更激烈。军区首长可以放心，这回三十七团不会再跑了，我们团会打到最后一个人，但你不是我们团的人，我们没有必要继续把你留在团里！千秋听命令，赵秀英同志是我们部队干部的家属，最近我才知道有这么个规定，凡是部队干部家属一律转移到临江后方。你马上套两匹马，连夜把秀英同志送到临江。再说一遍这是命令！"

大姐脸上还保留着刚才那个生气的神情，泪珠子就噼里啪啦滚下来。她大声喊道："姜大伟团长，你刚才说我是什么人？"

姜团长还是不看她，只看洞外渐渐浓重的夜色，说："你是我的战友刘德文同志的妻子，对，一点不错，你就是我们部队干部的家属！"

"姜团长，从我参加革命，就没有人瞧不起我，可是你瞧不起我！"大姐哭喊。

"赵秀英同志，你要理解我们！我们正在打仗，你留在这里只会成为我们的负担！"

大姐哭着喊："姜大伟同志，你总不能不让我也说一句话！

我跟你一样，也在胶东打过八年鬼子！"

姜团长仍然不愿意看她，声音却缓和了下来，低声道："秀英同志……好吧，都这种时候了，有些话我可以说出来了。在军区一起工作的时候，我和刘德文同志、刘德文大哥，有过一次交心的深谈——"

大姐马上表示了抗议："甭跟我谈刘德文同志，他不是我丈夫！"

姜团长才不管她说什么呢，这次他一定要把藏在心里的话全说出来。

"刘德文大哥当时对我说，如果他在战争中牺牲了，个人不会有任何遗憾。但他担心他的老娘，一个人在沂蒙山里，他是独子。我们俩有个约定，如果他牺牲了，我活到了革命胜利，要向组织报告，帮他照顾他的老娘，给老人家养老送终。"

大姐抬起一双泪眼，脸上是一种震惊的神情："你说什么……刘德文同志牺牲了？"

"秀英同志，我一直没告诉你，是因为……因为你并没有嫁给老刘。但是，我觉得明天可能是我和三十七团全团官兵的最后一战，所以——"

"所以，你是不是想把刘德文同志的老娘托付给我，让我现在就连夜离开战场……"

"不全是!"姜团长差不多要吼起来了,"我也是为了你的孩子! 你走了,留在这里的就全是男人了。牺牲没有什么,但为什么要你一个女人和我们全团一起牺牲? 你连我们团的人都不是! 孩子怎么办? 还有,明天我死了,刘德文同志的老娘怎么办?"

千秋后来想,大姐真是聪明啊,她一开始就明白了团长说出和没说出来的所有事情,并且做出了自己最后的决定。大姐让自己平静了一些,说:"姜大伟同志,我谢谢你。你今天要是不告诉我刘德文同志牺牲了,和他有关的任何事情我都不会去想。因为……你早就知道和我结婚的不是他。这件事眼下也不能算是秘密了,千秋知道,咱们团里恐怕不少人都知道……知道了我也不怕,总之我太笨了,我都不知道我有那么笨,就因为组织上为我安排了一个让我心仪的结婚对象,因为对方是一位我敬重的老红军,老十团的副团长,骑一匹白马,会打仗,是抗日英雄,就连他是不是那个人我问都没问就和他入了洞房……现在他却和他自己应当娶的女子结了婚,不可能再要我了,我也不可能为了把他夺回来和那个女子撕破脸大闹一场……总之你告诉我的关于刘德文同志的事我记下了,他要是能活到革命胜利,他老娘的事当然跟我没关系,但现在他牺牲了,虽然我没和他结婚,但至少在名义上,在我和他的档案里，我们是一对要结婚的对象。革命还没有成功呢，我们能不能打回到山东去还不知道，以后的事我眼下啥都不能答应你，我这会儿能告诉你的话只有一句：我不能离开三十七团。"

"赵秀英同志，你没有听明白我的话！"姜团长又大叫起来。

大姐这时表现出了一种千秋也没有见过的强硬态度。她说："我听明白了！但我不是刘德文同志的家属！我从渡海到东北第一天就和三十七团在一起，你们和我只有两个不同，你们是男的我是女的，你们在编我不在编。但是，我和你一样都是党员，是从胶东老区渡海来到东北的支前队队长。我要是能走，今天和你一起守在阵地上的每个人都能走。你可以用纪律约束这些同志战死在这里，但你说服不了他们的心，你连我的心都说服不了。所以我不走。就是一定要走，我也要等你们打完这一仗——要不把敌人挡在这里，要不我们一起死！"

团长什么话也没有再说就挥了挥手，让大姐和千秋一起走了。刚才的命令也一并撤销。但是这件事不知为什么还是风一样传遍了全团。大家——除了大姐就全是男人了——也有说大姐应当走的，更多的人不说话，心却被大姐的决定深深感动着，包括老任。

这位三十七团的首任炮兵连连长、蒋军中央炮兵学校培养出来的炮兵专家，一个人坐在团大车队的地窖子里，想了好久，终于抬起头来，对身边的老钱说："现在有点明白共产党为什么有力量跟老蒋争天下了——因为共产党里有赵秀英这样的女人！"

"你这个俘虏兵，你啥也不懂，胡说个啥！"老钱说。这一夜大姐的事情让他也很难受，何况老任话又说不到点子上。

这一夜所有从胶东渡海的人都睡得不好，每个人都想到了海那边自己的家和妻儿。

过了半夜子时，大姐又让人传话给团长，说她一直为全团保存着从新开岭战场上拉回来的部分美国洋面，那是以备万一部队再揭不开锅藏的。团长明白她的意思，命令大姐把洋面全部拿出来烙大饼，分给全团官兵吃掉。还有之前打粮打到的一部分玉米粒，连夜弄碎了熬成稠糊糊的大碴子粥，分给大家喝。

总之大姐这个编外的后勤临时大队长，在团长的默许下，把她存下的所有粮食全部拿出来做成了饭，天亮前让全团饱吃了一顿。之后进入阵地，严阵以待，准备和敌人进行最后一战。

但是第二天没有发生战斗。第三天也没有。因为敌团长潘人杰认为他的团还没有做好充分的战斗准备。

三十七团二道河子阻击战的最后一场战斗打得异常惨烈。无论是山下的新一军，还是山上的我军，即使是对战斗结果做出了最坏估计的姜团长，都没有预想到后来战场上发生的所有事情。

一言以蔽之，这场战斗让攻守双方的官兵彻底打红了眼，一整天打下来，山下负责攻击的敌一个战斗力最强悍的加强主力团完全丧失战斗力，而仍然守在山头最后一道阵地中的三十七团也只剩下了四百余人，仅有的一挺重机枪和两挺轻机枪全部打坏。在最后关头，最后一批日本地雷被绑上手榴弹当作滚雷使用。后来地雷和子弹也打光了，就把手榴弹绑在一起，当成地雷布设在最后一道战壕前，甚至布设在自己身边，随时准备拉响了和冲上来的敌人同归于尽。

大姐和她的只有三副担架的战场救护队在这天的战斗中一直活跃在最前沿的阵地上，她自己身背救护包，即便是敌人炮火最猛烈的时候也没有离开过战壕。从早上到双方都再也打不动的黄昏，大姐和她的救护队一共从战壕里抢送进曾军医的火线包扎所的伤员共将近四百人，抬下来的烈士近百人。

战后几十年间，千秋和三十七团的老同志时常会在一些很陌生的地方突然听到大姐的故事，这些故事内容不同，但都和三十七团二道河子战斗有关。仔细询问后才知道，讲故事的人居然是此团活下来的官兵的儿女亲人。他们的父亲、哥哥、儿子、丈夫将大姐在战场上拼死救出自己的故事讲给他们听，他们再讲给别人，于是大姐的形象在这些儿女、母亲、妻子的口口相传中变得越发高大感人，更主要的是他们在这些故事里都表达出了那样一种情感：他们一家会世世代代感谢大姐，没有大姐在二道河子战斗中出生入死救出他们的亲人，就没有后来他们的这个家和他们这些后人。大姐不但是一名了不起的战士和英雄，更是他们全家的恩人。

敌人和三十七团相比伤亡更大，步兵攻防作战伤亡的一般比例是四比一，也就是说，三十七团以伤亡五百多人的代价让进攻的敌人付出了四倍的损失。敌人的最重大损失发生在战斗即将结束的时刻。

夕阳西下，敌团长潘人杰看到最后一次攻势被击退，流下了眼泪，走出指挥所，又站到那个小小的山包上朝战火不熄的山头上瞭望，准备开枪自杀，却被第一炮兵连首任连长任鹏举及时发现，一直没有机会参加战斗的老任用那门大姐从摩天岭扛下来的日本九二式步兵炮的炮筒子放出的唯一一发炮弹，直接炸死了潘人杰团长。随着潘团长的阵亡，敌人彻底停止了进攻，全团随即奉命撤回安东补充休整。

三十七团付出了重大伤亡打赢了团史上除塔山阻击战外最为艰苦卓绝的战斗，但真正一战成名的却是最后出场的炮兵连长老任。在后来所有的传说中，似乎全团在二道河子战斗的胜利全因为他在最后时刻单手操作，一炮准确击毙了敌团长潘人杰，而老任也由此一战扬眉吐气。即使到了今天，在后人编纂的各种有关东北解放战争历史的书籍中，他仍然是全团最著名的战斗英雄和传奇人物，没有之一。

14

"您又跑题了。又有好长一阵子没说到白马了。"

"这一阵子没有白马。

"我没有说实话，白马是有的。那匹被我捡回来的老白马，它一直都在三十七团的战斗序列中，一直都养在我的身边。

"我能不说白马吗？

"不想说这匹白马，是因为二道河子阻击战过后，东北解放战争中最苦的冬天才真正来临。我一直想保住这匹白马，可还是没保住。

"我的白马呀。刘德文同志牺牲了，刘抗敌团长成了别人的丈夫，除了和我同甘共苦一起经历了这个苦难冬天的白马，谁还是我的亲人呢……"

15

三十七团二道河子阻击战打得这么好，连军区首长都不敢相信，摩天岭之败给他们的印象太深，现在听说他们居然扛住了新一军的一个加强团，第一个感觉就是赢得"侥幸"。但不管如何，后来的事情证明这个团在首长们心目中的地位已大为提升，觉得他们打进攻不行，打打防御还是扛得住的。既是这样，"二保临江"战役结束不久，杜聿明开始对我根据地发起第三次进攻时，即便有了部队可以换掉他们，也还是别换了，继续让他们守在那里对敌人也是一种威慑。

在对手那一方，也开始相信这支和他们的王牌军死扛了一仗的共军确是胶东的老八路，骨头硬，而且会打仗，加上道路狭窄，严冬继续，冰天雪地，气温继续下降，零下三十摄氏度降到零下四十摄氏度，大部队展不开，小部队不顶用，干脆死了从这里冒险的心，所以直到"四保临江"战役结束，因二道河子一战成名的三十七团再没有打上仗，却仍被军区首长钉子一样钉在南线，继续执行战场警戒并承担了随时阻止敌人进攻的任务。

二道河子战斗就这样留在历史上了，但它没能出现在今天出版的任何一部关于东北解放战争的史书上，即便是在后来编纂的三十七团团史上也不存在它的位置……但是对于千秋和所有经历了那场战斗的三十七团老战士来说，它却是他们生命中最艰苦最难忘的战斗之一，不是唯一的原因是他们后来还经历了规模更大、时间更久、更血腥、名气也更大的塔山阻击战。

虽然没有再打上仗，但是这个冬天不堪回首的大事还有许多，每一件大事都能让千秋和许多老兵想起大姐。

第一件大事是"二保临江"战役胜利后出现的寒冷，就像一首歌里唱的一样："自从有过这个冬天，在他一生记忆中，就再没有过比它更冷的冬天了。"辽东地区零下四十摄氏度的冬天常有，但几乎每天都冷到这个度数却不常有。二道河子乃至于整个茫茫无际的长白山区，不但天天狂风暴雪，更有一场接一场的寒流袭来，一锅滚烫的开水出了地窖子转瞬间就冻成了冰坨子，一碗热饭从行军锅里打出来吃着吃着就吃出了咀嚼冰块的响声。

最极端和惨痛的事件接连发生：某天清晨七连一排长带着二道河子战后全排仅剩的十三个人到前沿警戒阵地换岗，居然发现夜里守在这里的本连二排二十一名官兵全部冻成冰雕。团长闻讯后匆忙赶过去，抱住这些二道河子阻击战没有牺牲却牺牲在这样一个清晨的战友，放声大哭。这让所有的人都想起二道河子战斗最后一天打完后，看着死去的战友，姜团长虽然也红了眼圈，但像这样失声痛哭的事情却从没有过。三天之后，团参谋长杜京才和七连一排长带十几人担任警戒，也全部被冻死在阵地上。之后，姜大伟团长任命刘德全代理团参谋长。

第二件大事仍然是口粮问题。虽然二道河子一战给三十七团长了脸，但在整个辽东军区，他们这时仍算不上头等主力团，连二等也算不上。这个冬天各个战役都打得腥风血雨，头等主力都不能保证每天吃到粮食，他们这么一个离开纵队和师的被孤零零地放在战场南翼又没有仗打的三等小团，供给问题就更没人管了，当然最主要的问题是军区首长手里也没有粮，事实上整个"四保临江"战役期间，无论头等主力、二等主力还是三十七团这样的三等小团，每支部队都要一边战斗一边不同程度地自行打粮填饱肚子。

为了和军区后勤机关建立起直接供给关系（"四保临江"战役一打响他们团就归属军区直接指挥），姜团长亲自往临江跑了两趟，发现不灵后又把大姐派去跑了几回，除了又拉回一车地雷和子弹外，一粒粮食也没有得到。二道河子一带地广人稀，部队移驻到这里之初，大姐带着千秋的五连二排出去打粮，头个把月还有收获，再后来战火大起，能跑的老百姓全跑了，跑不了的自己没有太多存粮，有存粮的人家也早被各部队一轮轮"打"光了，以后打粮队几乎天天空着肚子出去，一无所获归来。

全团又连续两天没有开伙。黄昏时千秋带着自己的人跟随大姐又一次两手空空地回来，大姐不愿去见团长，让千秋去报告。姜团长正在他的地窨子里转来转去，听了报告，终于用十分冷静却无比果决的态度对千秋说："你去告诉赵秀英同志，我要杀马！必须给全团官兵补充热量，不然夜里一个寒流袭来，大家都得冻死！就说是我说的，用几匹马救全团官兵的命，我没什么舍不得的！"

千秋第一个想到的是姜团长的大红马……不，他真正第一个想到的是大姐在撤退路上捡回来又一天天养活了的大白马。千秋站着不动，姜团长一下子就烦躁起来，让他的通信员代替千秋去找大姐。过了一会儿，不等通信员回来，他自己就率先走进了运输队拴马的大地窨子，一枪撂倒了自己的大红马！

接着他谁也不看一眼，就把剩下的事情交给了代理团参谋长的刘德全。刘德全是听到声响急急赶过来的。姜团长也不看刘德全，直接对他下命令道："别的我不管，但天黑前你一定要让全团每个人吃到马肉，喝到滚烫的肉汤，有辣椒更好，多放点儿，能抗寒流！这件事要是没做好，我连你一起枪毙！"

姜团长走了，刘德全搔搔后脑勺，他没弄明白姜团长为什么发那么大脾气，说"连你一起枪毙"中的"一起"是指谁，难道是指把那匹要死了又养活的老白马看成自己命一般的赵秀英队长？

千秋离开团长后满世界跑着去找大姐，以为大姐知道了这件事会拼死阻止，但意外的是她在他之前就回到了团运输队，没有阻拦对大白马和另外两匹马的屠杀。大姐只是流了泪，对刘德全提出了一个要求："老刘，这些马不是畜生，它们和我们一起受苦，是我们的战友。可现在团长下了令，要让全团活下来，必须牺牲它们。我没理由拦他，也拦不住。可是你让我再喂它们一把干草吧。因为缺少粮草，平日里不打仗它们连干草都没有吃饱过。"

刘德全参谋长什么话也没说就随她去了。大姐走去喂马，一匹一匹亲自喂它们吃干草，不让别人插手，最后她停在那匹"自己的"老白马跟前，抬头对地窖子外头的刘参谋长说："老刘，你先走远一点，我有几句话想对它说。"

千秋一直觉得，在整个东北解放战争的艰苦岁月里，刘德全参谋长对大姐都心存一种说不清是神秘还是敬畏的感情。首先老刘佩服大姐革命意志比全团许多男人还要坚定，其次佩服她再大的苦也吃得下，当然更佩服的就是她的能干。

三十七团在东北战场上能坚持到这会儿，他和全团同志心里都清楚，基本上靠的就是大姐和她带的打粮队，是她和她的打粮队养活了全团。最后还有一点，刘德全敬畏大姐是因为她做的许多事他都看不懂。刘参谋长文化程度不高，新中国成立后一直当到副师长，进过速成中学，但直到离休，仍对所有超越具象的精神层面的事物不得要领。

千秋从刘参谋长口中听说了这件事以后人都要疯了。他要闯进那个只有大姐一个人的地窖子里去，被刘德全让人死死抱住。他进不去，不由得失声痛哭。刘德全忽然生气了，对千秋说："你哭啥？要杀的大白马是她的，又不是你的……快走，不能帮忙也不要在这里添乱！就她一个女人就够我受的了！"

千秋被刘参谋长身边的人拉走了，他一直在哭，一直在哭，仿佛全团活下来的人中间只有他一个人知道大姐和这匹老白马的感情，但他的痛苦更多地来自他知道这匹白马背后隐藏的故事，明白今晚杀掉老白马对大姐意味着什么，又是多么残酷。

"大姐，不要杀它——"

即使被人拉出了团运输队的营地，他还是喊出了这一声，马上就被气急败坏地赶出来的刘德全捂住了嘴。刘德全另一只手握着枪，指着他的脸，小声严厉地警告道："你大姐正跟她的老白马告别呢。女人嘛不管在别的事情上多能干，到了这种事情都一样……你要是再这么吆喝一声，让她变了卦，我就先毙了你！"

原来老刘也知道了大姐和那匹曾出现在她生命中的白马的故事……"四保临江"战役结束后上级的命令就下来了，刘德全正式升任三十七团参谋长。老刘一辈子都不是很会说正经话，开口不是骂人就是调侃，但这一刻的语气中却不再有习惯性的轻蔑和嘲讽，充满了赤裸裸的威胁。

这天晚上他真是害怕千秋再一嗓子喊出去，大姐反悔了，拼命护住她的大白马不让他开枪，那他还真的没办法动粗，可那样团长交给他的任务他可就完不成了。

千秋在刘参谋长糙粝得如同锉刀一般的大手中哭了。老刘虽然马上就是团首长了，但用刚才那样的话说他心中女神一般的大姐，仍让千秋怒不可遏。

但千秋下面的话也没有很凶狠地对刘德全说出来，因为此时满山满谷的风雪意外地小下去，他和老刘同时听到了大姐在地窖子里对老白马的唠叨，其中的几句让千秋记了一生："刘德文牺牲了……刘抗敌团长也不再管我们了……这是到了最后关头……今天牺牲的是你……下一个就是我了吧……这个时候别问我孩子怎么办……他要是能挣扎着自个儿活下去，就活着，要是不能……"

千秋最后也没有重新进团运输队营地，更没有走进那个大地窨子。他怕自己会哇的一声大哭起来。他挣脱了刘德全的手，转身就跑，一边自己捂着自己的嘴。他在积雪一米多深的林子里一直跑，一直跑，然后被绊倒在雪窝子里……

这个本地有气象记录以来最寒冷的冬夜——寒流袭击时气温最低值到了零下四十七摄氏度——全团有三个人没有吃一块马肉，喝一口肉汤。大姐没有，千秋没有，还有一个人是姜团长自己。尽管如此，当夜还是有八名战士被冻死在阵地上。

这天夜里姜团长得到的唯一好消息是，他分别向四周围深山区派出去的人回来报告，在距二道河子不远的一个深山窝里发现了一个因为在地图上没有被标出所以还没有被任何部队打过粮的屯子。

第二天早上姜团长没有让全团的任何一支打粮队——为了打到粮食这一段时间姜团长派出了更多支的打粮队——出发，先做了一件事，他再次让人把大姐请到自己的地窨子里，和她单独相对，又进行了一次极为严肃和神秘的谈话，内容还是动员她立即离开三十七团到临江，为此他还提前为大姐写好了介绍信，包括回胶东后给她所在的昆嵛山二区党委的正式信函，里面详细记载了大姐被误送上渡船来到东北和自己的人失散后的突出贡献，代表全团所有牺牲的和依然活着的共产党员和官兵为大姐请四次大功：一次是打安东城，一次是在摩天岭上救温参谋长，其他两次是新开岭战役结束后保护所有伤员和俘虏撤出，以及不久前在二道河子阻击战中的英勇表现，尤其是她和她的打粮队对于全团能够生存并战斗到今天的意义。

这封正式信函还特别对她带到胶东战场的昆嵛山二区支前队到东北后的下落做了说明，姜团长将这封厚厚的信和他另外写的各种介绍信一起郑重地交给大姐，还给了她一张标好的地图，告诉她自己同时向临江的军区值班首长写了一封信，以全团名义请求首长为大姐回胶东做好特殊安排。

姜团长这时仍然认为，无论如何，只要军区首长想办法，大姐在这样的季节走鸭绿江离开辽东回到胶东仍然是办得到的。他在信上还动情而且大胆地对军区首长说了一番话：我们全团誓死战斗在二道河子，全团每一个人都相信将赵秀英同志送回胶东是我们共产党人可以做到的事情。

大姐过了许久才对千秋简述了团长和她的这次谈话，她说姜团长的基本意思是担心全团目前既不能离开阵地，又没有粮草，可能撑不过这个冬天。他估计全团剩下的不到四百人有一半人会饿死，或者像七连二排和一排一样冻死。但更可能的是还会再打一仗，谁敢说哪天杜聿明不会脑子一热，又朝二道河子方向派来一支战斗力更强悍的队伍呢？哪怕这件事只有百分之七十的概率——他不敢想到更小的概率，毕竟出奇兵从二道河子突破，直接杀向临江，仍然是蒋军可以选择的迅速战胜我军，结束临江之战的一条捷径，而且这一招已被杜聿明用过一次，你怎么就知道他不会审时度势，明知我军弹尽粮绝再也没有力量像上次那样打一场顽强的阻击战时再来一次呢？

姜团长明确地告诉大姐，如果再发生一场上次那种规模的战斗，我们一定守不住二道河子，但也不会放弃阵地逃跑，剩下的唯一结果就是全团打光，三十七团光荣的团队和番号不复存在。

姜团长对大姐大声说：“秀英同志，你我都是老党员了！你知道我眼下整天在想什么吗？加入到革命队伍里来的人也是人！除了那些受过党的多年教育、立志为理想牺牲的同志，更多的人加入我们的队伍是觉得共产党能赢，共产党得了天下他们这些穷人能翻身解放。但眼下他们不但不觉得我们能赢，守在这冰山雪海里饭都吃不上，要不冻死要不饿死，他们撑不下去我们应当理解！我听千秋讲你当年在胶东家里接待过徐向前首长，他对你讲革命道路是曲折的，革命最终能够胜利永远是我们的信仰，但我们这一代人也不要想着真能看到胜利。徐向前首长讲得太好了，现在就是革命道路发生曲折的时候，我们团只是这个大的曲折中的最小部分，我们这些人受党教育多年，又经过抗战的考验，明白这种曲折不可避免，但你想让所有刚刚跟上共产党队伍的人明白，甘愿在这种曲折中牺牲，那就难了。包括我们从胶东过海的同志，谁没有家，谁没有父母妻子，只要家里还有一个热炕头可以想，难免没有回去的想法。难道说得不对吗？"

最后姜团长又说："至于你，秀英同志，没有上面讲的那些问题，因为这些对你都不是事儿。你的问题是留在胶东的孩子，你回去了孩子就有了娘，我的战友刘德文同志的老娘就有了儿媳妇。我跟你出个主意，不要对刘德文同志的老娘说那孩子不是德文同志的，是不是德文同志的孩子真的很重要吗？德文同志牺牲了，你回去了，老人家有了儿媳妇和孙子，一定能活下去。至于你在这里负担的工作，你作为一名过海的胶东地方党员和支前干部的责任，已经基本完成了，没有完成的我们替你去完成。你就放心走吧，除非敌人加上冬天和缺粮一起消灭了所有胶东过海的老八路，老蒋在东北且赢不了呢。再这么一直打下去，我们扛不住是真的，但是只要三十七团还有人能度过这个冬天活下去，离开二道河子这个鬼地方，最不济我们还可以退到长白山深处去，像杨靖宇将军当年那样坚持战斗到最后一个人。我们还和他们打游击，他们消灭掉我们一个，我们让他们拿十个来做代价。我军在辽东、在整个东北都有可能打不赢，甚至全军覆没，但我们已经在这个战场上用所有力量拖住了敌人，消耗了敌人，减轻了全国其他战场的压力，这样即便我们全都牺牲了，也为中国解放做出了贡献！这就是我对你、对牺牲的刘德文同志最后讲的话。这次你就不要固执了，走吧，我党我军在东北能不能胜利都不会因为是不是多牺牲了你一个！我今天还让千秋送你去临江——来人，把五连二排长喊过来！"

这次大姐没有拒绝离开，却流着泪拒绝了让千秋去送她。不但不让千秋去送，任何人大姐都不要，她要自己骑上团运输队的最后一匹马去临江。

大姐当时的态度为什么这样决绝，她在担心什么，千秋是后来才想明白的：渡海后的大姐对千秋、对全团每一名官兵都产生了那么深的感情，比亲人还要亲，她害怕到了临江自己真要走时回头一眼见到他们中的任何一个人就不会再走了，她的心会动摇。

团长同意了大姐的请求，什么人也不通知，也没什么好准备的，连夜就让她骑上团里最后一匹花马上了去临江的大路。

大姐走了团里的打粮队仍然要出动，但这次要由千秋自己做队长了——团长亲自赶来宣布了对他的任命——目标就是昨晚上团长得到消息的那个藏在深山窝里地图上也没有标志的电子。

千秋有点惊讶，因为他没有像每天早上一样在打粮队集合出发前看到大姐，但他也没有向团长或者别人问一句为什么。这个早上团长的脾气那么大，千秋怀疑他可能又因为大姐走不走的事和她吵架了，为了让大姐相信没有她全团也能活下去，今天早上故意不让大姐和他们一起出发。千秋也无话，马上带着五连二排出发，他们顺着后山一条坡道走向前方的林海雪原，回头发现团长仍站在营地外的路口，目送着他们远去，直到相互再也看不到对方。

直到这支打粮的小队伍完全消失在林海里，姜团长才从营地边回过头来。这一回头就听到了一串熟悉的马蹄声，从通临江的道路上传过来，接着他就看到了一身冰雪的大姐和她座下的通体大汗的花马。原来路走了一大半后大姐还是后悔了，掉转马头又赶回来了。下了马她一眼就望见了姜团长。姜团长就那么站着，脸色阴沉，仇人一样看着她，不说一句话。

大姐将花马交给急急迎上来的老钱，向姜团长走过去，不看他，先抹了一把泪，说："对不起团长，我想了一路，还是不能走。"

"为啥?"团长一声大吼,声如炸雷。

大姐还是不敢看他,脸扭到一边,硬着心肠,语无伦次地说:"别的事我都不愿想了……昨天要走时老钱告诉我了……昨天你派出去的人发现了一个没人打过粮的屯子……团长你为了全团人能活下来连自己的大红马都杀了,还有我的老白马……以前都是我带千秋他们去打粮……我一走你一定会让他自己带着人去……他还是个孩子呢……总之我不放心,我走的时候你还没有把我这个三十七团编外的打粮队队长撤职,我想给团里打到足够能吃一个月的粮食后再走……"

说完了这些话她放声大哭。过去她因为听到了那件大家都已经知道的事当着很多人大声哭过,但这次是全团到了二道河子后她第一次当着团长和所有的人放声大哭,就连团长下令杀她的老白马那天她都没有这样撕心裂肺无比伤感地放声大哭过。

"你哭什么!"团长更愤怒了,冲她大吼,"什么红马白马?没有你我们团就一定要饿死?告诉你我已经让千秋带着五连二排去打粮了!没有张屠夫我们也不吃连毛猪!全团少了你一个人就不成了?别哭了!——你给我打住!"

大姐就不哭了,抹一把脸上的泪,猛然抬起头看团长,脸涨得通红,大声道:"你真的让千秋自己带人下山打粮去了?"

"怎么,他不行吗?"团长的火气这时越发大了。自打他调到三十七团，谁也没见过他像这天这样对大姐发那么大的火，整个人都歇斯底里了，"他也是老兵，没吃过猪肉还没见过猪跑？"

大姐不再和他理论，她朝身边的老钱使了个眼色，重新将花马拉回来，麻利地骑上，朝山下狂奔而去。

姜团长在她身后喊："你给我站住！你哪儿也不能去！你给我回来，去临江！"

他把一时间能想得出的最恶毒、最伤人心的话都吼出来了。可大姐听不到了，马已经飞奔到山下去，沿着千秋他们在雪地上留下的脚印子追了过去。

已经出事了。千秋带二排下山时并不知道大姐已让团长给送走，下山前他已被告知了那个屯子的大致位置，走十多里大路钻林子进山，不远就到。既然还没人进去打过粮，他认为今天一定会有收获。

他们在离开大路极远的一片深山老林子后面最先一眼看到的并不是屯子，而是一座独立房屋，屋前屋后的房檐下挂满了没有脱粒的黄金色的苞米棒子。全排的兵一眼瞅见这些大个的棒子眼都绿了，也高兴坏了，大家好些日子没有吃到正经粮食，此刻饿急的人哪里还管三七二十一，扑上去就将这些干得能崩掉牙的生苞米棒子一穗穗扯下来，抱住就啃。

接着就是砰的一声枪响。众人急回头向身后的松树林子望去，就见一个老头儿手持一杆大枪瞄向了他们，隔着几丈远的距离每个人都能感觉到他那两只大眼里熊熊燃烧的仇恨和怒火。众人呼啦一声扔掉苞米棒子趴到雪地上，转眼消失在松林子里。千秋比大家更早地开门进了屋子，在老头儿第二枪打响前推开后窗板一头钻出去，摔在窗后的雪窝子里，那枪跟着又响了，子弹擦着他的头皮啪地打在屋后积雪的山石上。他回头对自己的人大喊一声"快上山"，就朝山上树林子里蹿过去，回头却怔住了！

老头儿已经端着枪进到屋门前，枪口指向二排最小的战士——千秋自己在庄河招来的只有十五岁的小矿工冯四娃的前胸，马上就要开火。冯四娃手中枪落到地上，直着嗓子朝后窗外山上的千秋喊了一声："排长救我——！"

千秋觉得自己救不了他了，不等冯四娃这一声喊完老头儿的枪就要响，他这时做什么反应都来不及了！

但就在这时他看到一个人风一样刮进了屋子——真的像一阵风，裹着一身雪花扑向冯四娃，一把扯过老头儿的枪口，对准了自己的胸膛！

"大姐！"

他叫起来，注意到老头儿的开枪动作被大姐的这一扯一拽暂时阻止了，但老头儿开枪的动作并没有完全停下，他那杆能打死一头豹子的大枪现在硬硬地顶住了大姐的右胸，在过于肥大的旧军装罩着的棉衣上顶出一个死坑，并且一下就把大姐顶到了墙上！

老头儿早就红了眼睛，他仍然在扣动扳机，不管对方是谁。打死这一个以后他还要打死每一个闯进他家里的人！清醒过来的冯四娃突然从大姐身后伸出一只手，从下面向上一托，将老头儿的枪身托向了房顶。

枪就在这时响了！子弹飞向天空。冯四娃冲过去，双手拼命去夺老头儿手里的大枪，但老头儿是山里人，力量比长期吃不上饭的冯四娃大得多，他一把将冯四娃甩开，再次将枪口顶上大姐的前胸——这一次是左胸。

大姐就在这时开了口："大爷住手！"

老头儿一瞬间被这声熟悉的乡音惊住了，扣在扳机上的手抖了一下，没有搂到底，血红的眼睛里仍然喷出可怕的怒火，大叫："你说啥——你们是什么人？"

"大爷是胶东人？"

老头儿看着她，枪口仍没从她胸口移开。

"是。那又怎么样？"

"我们是胶东过海来的。大爷是啥地方的？"

"掖县的——我干吗要告诉你？"

"我是昆嵛山的。"

老头儿脸色迅速变化着,顶在大姐胸口的枪不再那么用力。

"昆嵛山大了,哪儿的?"

"赵家垴的。"

"你是赵家垴的?"

"我是赵家垴的村长兼武委会主任,我叫赵秀英。"

老头儿的枪口向后退了两寸,但还是平端在手中,随时可以重新杵回到大姐的胸口上。"赵家垴的村长怎么跑到东北来了?"

大姐迅速将话题转向对方,语气亲切起来:"大爷,我们是乡亲。你也是闯关东来的?"

"三代人了,没出息,窝在这深山老林子里,靠打几张皮子种一点苞米活命。你们来了,还要全都抢走。"

"大爷误会了,我们是山东来的八路,现在是征用你的粮食,胜利了会加倍偿还给您。"

"别骗我。你们赢不了。将来东北是老蒋的天下。"

大姐不跟他讨论这个,换了一个话题:"大爷说你们家闯关东都三代人了,还没有发家?"

老头儿生气了,冲她瞪起了大眼珠子:"发什么家!天下老鸹一般黑。在胶东活不下去,到了东北还是活不下去!出了山是官府恶霸，死了张作霖换上日本人；待在山里是土匪加山霸。三代人了，在山里开了多少荒地，最后种的还是财主山霸的地，土匪动不动还来抢，穷人到哪里都活不了!"

大姐索性向后退一步，靠着墙在一个木头墩子上坐下来，说："大爷，这山里的荒地是你开的，为什么现在倒成了财主山霸的地，你还是佃户？"

老头儿几乎要大喊了，他对这个话题一点儿也不感兴趣。

"为啥还是佃户，我跟你一个胶东来的八路说得着吗？"

"说得着! 在咱们胶东老家，财主恶霸都被打倒了，实行了土改，家家户户都分了地。穷人再不会给人家当佃户，过饥寒交迫的日子了!"

老头儿半晌不说话，未了，不再看她，目光斜逸出去，泄气地说："那也是老家。我们出来三代了，想回也回不去!"

大姐将自己坐的木头墩子向老头儿挪近些，说："大爷，说是这里有个屯子，怎么就你一户人家？"

老头儿又警觉了："你们要干吗？ 抢了我这一户还不够，还要把整个屯子家家户户都抢了？"

"你们屯子里也有财主吧？"

"哪里没有财主？ 有穷人的地方就有财主!"

"你们家三代人开荒开出来的地都在这个财主手里？"

"可不都在他手里？为了跟这一家人打官司我爷爷气死了，我爹也气死了。我在屯子里住不了，才搬到山里来！怎么，你还能帮我把地要回来呀！"

"我能。"

老头儿开始认真地看着她，过了一会儿，说："你能我也不要。甭骗我，你们一走，地还是他的。"

"我们要是不走呢？或者我们走了，以后回来，那地就是你的。"

千秋从屋后绕到前面去。他看得出，老头儿被大姐的话说动心了。

大姐继续说下去："大爷，你以为我一个姑娘家，怎么也跟着共产党走？为什么不在家好好待着，非要跑到东北来打仗？"

"我哪知道。说不定有便宜。无利谁起早啊。"

"你说对了。这个便宜就是，只有共产党得天下，穷人分到的地才会永远都是自个儿的。共产党败了，就连咱们家乡，从财主恶霸家分到的地也还是要被夺走。"

千秋一直盯着老头儿看，他又觉出来了，老头儿见过些世面，不愿轻信大姐的话。

"嘻！我说你一个姑娘家，刚才说那么多，有用吗？我听说你们来到东北，到处打粮食才能活下去。可你看人家老蒋的兵，都是自带美国洋面，要多少有多少。你们打不过人家的。你就是帮我们这些穷棒子分了财主的地，我们也不敢要。都知道那是骗我们，你们真正要骗走的是我们活命的粮食。"

大姐站起来了，告诉千秋和二排所有人，把拿到的苞米棒子全部还给老头儿，要走了又回头道："再说一遍，我们赢不了，分给你的地当然不是真的，但我们要是赢了，它就是真的了——千秋，我们走！"

大家将手里没有丢下的苞米棒子还给老头儿，然后离开独立家屋，回到大路上，继续往前面走。老头儿忽然提着枪跑过来。

"怎么了大爷？"大姐已经上了马，又回头问他。

老头儿连话音都发起抖来了："那个……闺女，你说……你们真的能打赢？"

大姐看看他，又看了看身边的千秋和二排战士，又把那句当初对老任说过的话对老头儿说出来："大爷，我只问你老人家一句话，天下穷人多还是地主老财多？"

"那还用问，当然是穷人多！"

"是不是穷人都盼着从地主老财手里要回自己的地？"

"是！"

"那不结了。我就是相信这个才当了八路，又跟着队伍到了东北。"

"闺女，你在胶东，为了土改分田分地当八路，这我懂，可你来到东北又为了啥？你还想在东北分一块我们的地？"

"大爷，你替我们胶东老家的乡亲们想一想，不把老蒋在全中国的兵都消灭掉，有一天让他翻过来，我们胶东老家乡亲分到的地，是不是还会让他们拿回去？"

大姐大获全胜。老头儿全身激动得打战，说："你们八路真会给我们穷棒子撑腰？你们这会儿就敢带着你这些人到我们屯子里去分地？"

大姐看看千秋，千秋坚决地点了点头。大姐道："怎么不敢？我现在就带他们去你们屯子里土改！"

他们随老头儿进了屯子——就在独立家屋后面的山沟里。那老财和家人早就跑了，在老头儿帮忙进行了一番鼓动宣传后，他们在这个屯子进行的临时土改出乎意外地顺利。天黑前屯子里那家老财的几百垧地全分给了穷人。

大姐回头上马，对刚刚分到土地的穷棒子们大声宣布说："大家都知道眼下分地这件事还不是真的！但是，只要咱共产党打赢了这一仗，东北解放了，这件事就是真的！我们胶东来的八路说话从来算数！在打赢这一仗之前，请大家有粮出粮，有人出人！我们穷人不能总指望别人替我们打天下！"

姜团长让大姐离开部队回胶东的计划被无限期地搁置，因为他的话已经不算数了。大姐将胶东老区的土改政策和经验率先运用到二道河子这一战争仍在进行的地区，给了军区首长很大启发，因为大姐靠这个几乎是灵机一动想出来的办法，不仅有效地解决了三十七团长期没有解决的吃粮问题，还意外解决了一个更令人头疼的兵员补充问题。

这一地区赤贫的农民极多，许多人都是周立波在《暴风骤雨》中写到的赵光腚那样的人物，他们在大姐的宣传下知道共产党来了，他们的活路就来了，不但能分地，还能娶上媳妇，纷纷要求参军。他们自己解释说之所以要这样做，是因为他们也都是汉子，也都想让共产党知道自己有良心，愿意帮自己的救星打败蒋介石。大姐的话说到了他们的心坎上，要想永远拥有自己刚刚分到的土地，不能光指靠胶东来的老八路，他们自己和自己的子弟也要去流血牺牲，打下穷人的天下！

大姐被军区首长特别任命为二道河子临时区区长兼土改工作队队长，千秋带的五连二排成了跟随和保护她的武装土改工作队，在整个战场南翼所有屯子里一边听着枪声一边大动作地开展土改运动。

这个办法后来被迅速推广到了整个战区。具体做法是：不管仗打得怎么样，也不管是部队还是地方各级临时政权，到一个地方饭不吃觉不睡，先将财主的地分给穷人。部队走了，财主回来了，这些地当然还是财主的，但一旦部队和共产党的地方政权打回来，这些地又成了穷人的。

在后人编纂的东北解放战争史上，编纂者对这一创举给予了极高的评价，他们认为我军能吃着东北老百姓的粮食，打败吃着美国洋面的国民党大军，和这种在战争过程中发明的边打仗边土改的创造性工作有绝大关系。它提供给全东北的经验是：即使在形势最恶劣、最看不到希望的环境中，也可以用这种方式争取群众，支撑战争，直到战局得到扭转。

三十七团在这一阶段的强行土改运动中得到的不只是粮食，还有大批就近入伍的"赵光腚"，以及为保住刚分到的土地不惜和蒋军一战的他们的子弟。

"四保临江"战役结束，二道河子阻击战后只剩下不到四百人的他们又恢复到了上千人的规模，队伍成分也发生了变化：因为二道河子地区翻身农民新兵的不断加入，团队的战斗力反而空前地加强了。

大姐呀……

16

1947年4月，"四保临江"战役结束。辽东我军经过一百零八天的浴血奋战，终于彻底打退了国民党十万军队的进攻，粉碎了杜聿明"先南后北"占领东北全部的梦想。这一战役加上北满我军主力"三下江南"作战的胜利，使我军熬过了进军东北后最艰苦的时期，开始由战略防御转入战略反攻。

后来有一种说法，因为二道河子阻击战之后南线再没有发生过战斗，"四保临江"战役全部结束后战场形势发展迅速，军区首长竟忘掉了二道河子还放着这么一个团。三十七团原来隶属的纵队和师则因为没有军区的命令，不便于主动提出要这个团归建，所以直到战役结束后半个月，三十七团才被人想起来了，接到归建的命令。

但签署这道命令的军区首长却知道大姐和她在二道河子所在地区发明的边打仗边强行土改的工作经验，认为这个来自胶东老区的基层女干部既有办法又有魄力，明确下令将大姐继续留在当地工作，并提议由大姐担任某临时联合县的书记兼县长，在该联合县实现土改工作全覆盖。姜团长看了命令后就开玩笑称大姐为"赵县长"，说："对不起你了赵县长，不离开三十七团也不行了。你让上头看上了，但你也回不去胶东，你得做长期留在东北做地方工作的思想准备。在胶东你只是个村长，到了这里一下就当了县长，革命胜利了，你一定前途无量。恭喜你呀。"

大姐不喜欢姜团长的玩笑。看了通知她一句话也没说，但谁都看出来了，她不想留在当地，不想当县长，因为她根本不想离开三十七团。

国民党在东北还没败，但它也终于没能胜；我军还没有看出就一定能胜，但经历了最艰苦的一个冬天后至少没败。聪明如姜团长，已经能像感受到严冬过后丝丝春意袭来一样，提前感受到了我军将要反守为攻的种种战场信号。

发生在这个月的一件大事是团里第二次来了政委。摩天岭战后溃败到鸭绿江边，上级临时派来的政委又踩地雷牺牲了，在任时间短，大家连他的名字都没有记住。接下来整整一个漫长的冬天，首长们的精力全在"四保临江"战役，到处都需要干部，所以虽然三十七团一直坚守在二道河子阵地上，还打了一场漂亮的阻击战，直到战役结束还是没有政委，但是，全团就要从二道河子阵地归建时，新一任政委却到了。

这位新来的政委姓欧阳，迅速赢得了全团官兵的欢心。首先他说一口很侉的北方话，后来大家才知道，他是从南洋婆罗洲回国参加革命的大学生，一名华侨子弟，能说五国语言，粤语的底子，但说北方话不行，于是他的每一次讲话，都会给大家带来很大的快乐；其次虽然北方话讲得不够好，但是欧阳政委确实有学问，不但出口成章，写一手好字，而且能拉会唱，一个人顶一个宣传队；最后是脾气好，见人不笑不说话，没有架子。尤其有了后面这一条，欧阳政委三下五除二就和全团几乎所有人都打成了一片，搞得姜团长都有点妒忌了，哼哼唧唧地对刘德全参谋长说："瞧，来一个会说嘴的……以后三十七团打仗靠他了！"

刘德全好不容易逮住一个揶揄他的机会，岂能放过，赶忙道："这不好吧，天不怕地不怕的姜大伟团长会吃一个小白脸的醋？"

"胡说！"姜团长不认账，"我谁的醋也不吃！我——"

"吃点醋也不算啥，比方说，我就经常吃点小醋。"刘德全参谋长说，一边嘤嘤地吹着口哨。

姜团长知道即使真吃欧阳政委的醋，也不能说出来，尤其是不能让刘德全看出来。他这点小心思让刘德全知道了，全团官兵包括马夫老钱也就都知道了。

姜团长转身走掉。

三十七团另一个被新来的欧阳政委搞得神经兮兮的是第一炮兵连连长老任。老任在二道河子阻击战结束时一战成名，甚至军区一号首长都接见过他，让他给军区所有作战部队开办了一期炮兵短训班。这会儿全团只有姜团长才镇得住他。那时老任对大姐仍然没有绝望，他比别人更早也更敏感地发现了政委和大姐之间的接触，并且跑去见了团长，说："团长，这不行！这事我要管！"

姜团长认为他现在只能永远用不屑一顾的态度对付老任，才能镇得住，所以就一眼也不瞧他，爱理不理地说："你又怎么了？"

老任并不是那么容易泄气的，仍然笔直地立正站在团长面前，道："团长，我现在也是一名光荣的革命战士了，我……不能让年轻的团政委刚到团里就犯错误！"

姜团长吃惊地抬起头来，他虽然有点儿吃欧阳政委的小醋，但更反感老任这样讲话："任连长，你胡说什么！我们政委这么优秀，刚到团里，能犯什么错误？没别的事儿，走！"

老任习惯地向后转身，但马上又转回来，倔强地说："团长，我是说……不，我发现……政委最近经常和赵秀英队长接触！这很不正常！"

老任终于成功地把姜团长的全部注意力都吸引到他自己这里。姜团长勃然变色，道："你给我闭嘴！什么不正常！我们政委是单身，又这么优秀……赵秀英队长现在也是单身，她要是真和欧阳政委谈恋爱，我还认为是一件好事呢！你以为你剃头挑子一头热，时间长了她就真会跟你呀——走！"

老任脸上小时候留下的一块疤被他骂得由红变紫，结巴起来，道："我这不是关心领导同志吗……万一……再说了团长，我来得早，他来得晚，总得有个先来后到……你知道我对赵队长的感情，在这件事上你屁股得坐到我这一边，帮我，你不能帮他！"

说完他就走了。姜团长看着他的背影，知道这件事还没了。

果然没一会儿，老任又回来了，低着头，脸上的疤又红又亮，激动地说："团长我还是不能就这样走！"

"有话痛快说！"姜团长又用马鞭子抽起裤腿。

"我是想说……我都看见了……我、我、我看不只是政委一个人要犯错误……我担心的是赵秀英同志！自打到了我们团我都没看见赵秀英笑过，可这一阵子你看看她……见了政委，话还没说脸先红，心花开了似的。团长你不是说她是你的老战友刘德文烈士的未婚妻吗？这事你一定要管。我们都得管。对不对？这是对牺牲的同志负责任对不对？"

　　姜团长心里咯噔一下，每个人心里都有不让碰的地方，牺牲的刘德文同志当年对他的托付就是这样一个地方。姜团长突然就烦了，变了脸色，冲老任大声喝道："任鹏举听口令——向后转，跑步，走!"

　　和欧阳政委在一起的短暂的半年时光，是不是大姐在整个东北战争时期最快乐的日子呢？这时已经升任五连副指导员的千秋不敢这么想，但又止不住要往那个地方去想。不但老任看见了，许多人都看见了，连千秋也看见了。为什么大姐见了别人都不笑，见了欧阳政委脸上就像五月的花朵一样盛开了呢？大姐一个女同志，长期一个人待在他们这个全部由青壮年男人组成的步兵团队里，人好像也跟着男性化了，但是欧阳政委一来，大姐像是被他施了魔法似的，一下子就重新活成了女人，而且是那种鲜花初放式的很羞涩又充满着甜美渴望和热情的少女。

　　大姐这个时期几乎都不大注意和关心他了，千秋虽然死也不愿承认，但又不能不意识到，有时候尤其是到了夜晚他会像老任公开表达出来的一样，觉得有一条忌妒的虫子在啃噬自己的心。

　　大姐独自生活在他们这个全部由男人组成的步兵团里，一直保持着最良好的形象、仪态和作风，在任何时间和环境中都给人一种二十四小时衣不解带的严谨印象，但是为什么刚刚遇到这位年轻英俊多才多艺可以称得上风流倜傥的团政委就把持不住了呢？欧阳政委是延安派来的，没打过什么仗，更没有和他们一起经历过去年冬天那样的艰苦岁月，她这样一看到他就笑靥如花——不，那是心花，全都开了——不会让全团包括千秋自己在内的男人们伤心难过吗……

有那么一些日子，千秋也在远距离悄悄地观察着新来的政委。仅凭这些观察他就得出了结论，坚决认为这是一名和他们全团官兵都格格不入的团政委。

首先欧阳政委不是工农干部，而是一名知识分子干部；其次他和三十七团编成后的第一任团长一样来自延安，而不是抗战中天天和鬼子周旋的胶东，因此他一来大家就几乎一致认定又来了一个什么都不懂的团首长（战争年代不会打仗就是什么都不懂），好在他不是团长；再其次欧阳政委好像一直没有适应他的新职务，他到了三十七团以后除了必要的工作之外，一有空就坐在新驻地冰化雪消的大河边吹口琴。这时正在休息中的战士就会围过去，坐在他身边静静地听，他们中有不少连口琴都没见过。

欧阳政委会的曲子真多，有洋的也有土的，有资产阶级的也有苏联无产阶级作曲家写的，有陕北的《信天游》，也有关中乡下娶媳妇唢呐吹出来的《百鸟朝凤》。新中国成立后，千秋多少次在国内外最华丽的剧场里听过专业人士演奏口琴，一到这时就会想起欧阳政委，认为就是和这些专业的大师相比，欧阳政委的水平也一点不差，甚至可能更好。

欧阳政委喜欢坐在营地外大河边一棵半卧的柳树上吹奏口琴，他才不管是白天还是晚上，有时候一大早他就在河边吹奏起来。大姐这时也要牵着马走过去，她会装成是去河边饮马，但4月早春的河面上还浩浩荡荡地浮动着开江后残余的冰排，大大小小，顺流而下，这个时节的水很冷，马是不愿喝的。这时千秋就会想到大姐牵着马过去只为一件事：她想靠近欧阳政委，和他单独待在一起。千秋从来没有一次看到他们俩中间谁是主动走过去的，每一次都像是——也可能确实是——偶然在河边碰上，但他最终还是看到了他们俩在一起时的情景。

每当大姐牵马走到大河边，欧阳政委就会习惯性地把口琴停下，站起来，主动而又有礼貌地跟她说话。大姐的话并不多，他们之间总是欧阳政委客客气气地跟她说话，大姐才客客气气地回答欧阳政委的话，一问一答，话都很短，大姐甚至并不多朝欧阳政委看上一眼。相反倒是心无芥蒂的欧阳政委时不时会主动走近大姐，和她闲扯上几句什么，仿佛是无意地问到一些自己已经从团长和其他人口中听到的关于大姐的故事，脸上现出愈加敬重和钦佩的表情。

大姐似乎不太愿意和他说自己的往事，一到这里她的话就会变得有一搭没一搭，边说边走，仿佛她真的是来大河边饮马，饮完了就要急着赶回去。

在二人的互动中，千秋一直都觉得倒是欧阳政委比大姐更热情也更主动一些，他往往会就一个自己的提问一直对大姐追问下去，口吻当然一直是随便聊天似的，并不是一定要知道，从而让大姐为难。

到了这种时候，两个人会随着大姐牵着马眼看着就要离开而分开，大姐已经牵马走了，但走得又不那么快，不那么坚决，有时还会一次再次地停下，口中仍然在很简单地回答着他的问题，仍然不做更多的解释一样。但她这样欲走还留，反倒给了欧阳政委更多提问的欲望和机会，于是她只能再次站住，接着回答他的问题，这就使得他们的一次谈话往往会时间更长。

还有那些马，又老是不大喝冰冷的河水，欧阳政委有时候又总会跟着大姐走到大河边去，他们间的谈话就会在那里一再地被延长，那匹牵在大姐手中的马最后到底饮没饮水别人不知道，但在许多人远远的沉默的注视中，仿佛中了新来的政委的魔法一般，大姐有时候还是会像是猛然醒了过来似的抬着头说一声："政委，对不起，我走了。"然后她就急急牵着马离开大河边，走回自己的营地去。

一天黄昏，千秋又在大河边看到了吹口琴的政委和去饮马的大姐，春天的夕阳将光芒洒向大河，像深墨色绸缎一样摇荡在水面上，反射到河边两人和一匹马的身上，让千秋看到了一幅终生难以忘却的美丽剪影。

但也就在这一刻，千秋明白自己看到了一切：大姐可能真的在经历了刘抗敌团长和刘德文烈士两位结婚对象之后，在艰难的战争岁月里，在她自己的身边，发现并且爱上了一个男人，这个人就是新来的欧阳政委；但是欧阳政委并没有爱上大姐，欧阳政委心地明朗，整个人像一张没有写过字的白纸一样单纯、清白、敞亮，他和大姐的接近，他对大姐的尊重和敬佩，完全由于大姐自己的故事，他敬重和接近大姐就像他敬重和接近全团每一名经历过残酷的战争岁月仍旧矢志不移的老兵一样……

千秋一直都记得这个春天的黄昏，连同那个两人一马无论明暗对比都异常强烈和美丽的画面，那时他就觉得，无论这个黄昏还是即将成为大姐永久记忆的这个夕阳下大河边的美丽画面，对她来说都是残酷的：她在婚姻的道路上仿佛走过了千山万水才见到了欧阳政委并且爱上了他，欧阳政委却没有爱上她，而且也不会爱上她。

大姐爱上了欧阳政委曾经让千秋内心很长时间不是滋味，但是到了这一刻，他心里却没有一点点高兴，相反却仿佛夜色悄悄来临一样为大姐难过起来。

啊，他还是忘了一件事。欧阳政委到任时骑来了一匹日本蒙古混血种的白马。千秋开始时没有注意到它，但是后来见到了它，尤其是见到了大姐拉到大河边去饮水的是一匹高大健硕的白马，他的心立即就是一动。

千秋这时就想到了：这又会是一匹和当年刘抗敌副团长骑到大姐的新房里去的白马很相像的白马吗？毕竟千秋自己没有亲眼见到过"飘雪二郎"。但是欧阳政委骑着走进三十七团的马确实是匹白马。而且，到任的头一天，他就手拉着自己深爱的坐骑，当着全团百分之九十八的文盲战士，当然也当着大姐，大声吟诵了一首古人的诗。后来还是他亲自告诉大家，这是一首《白马篇》，作者是曹操的儿子曹植：

　　　　白马饰金羁，连翩西北驰。

　　　　借问谁家子，幽并游侠儿。

　　　　少小去乡邑，扬声沙漠垂。

宿昔秉良弓，楛矢何参差。

控弦破左的，右发摧月支。

仰手接飞猱，俯身散马蹄。

狡捷过猴猿，勇剽若豹螭。

边城多警急，虏骑数迁移。

羽檄从北来，厉马登高堤。

长驱蹈匈奴，左顾陵鲜卑。

弃身锋刃端，性命安可怀?

父母且不顾，何言子与妻?

名在壮士籍，不得中顾私。

捐躯赴国难，视死忽如归。

　　他怎么能够忘了这件事呢? 连同欧阳政委和白马来到三十七团的还有一个马夫，姓周，但是每次他都会发现，拉着白马到江边去饮水的是大姐自己。

　　关于白马，欧阳政委还吟诵了另一首古人的诗，据说也叫《白马篇》，作者是唐代的大诗人李白:

龙马花雪毛，金鞍五陵豪。

秋霜切玉剑，落日明珠袍。

斗鸡事万乘，轩盖一何高。

弓摧南山虎，手接太行猱。

酒后竞风采，三杯弄宝刀。

杀人如剪草，剧孟同游遨。

发愤去函谷，从军向临洮。

叱咤经百战，匈奴尽奔逃。

归来使酒气，未肯拜萧曹。

羞入原宪室，荒径隐蓬蒿。

欧阳政委吟出的诗还有很多，有一篇也叫《白马篇》，作者是南北朝时期的徐悱：

研蹄饰镂鞍，飞鞚度河干。

少年本上郡，遨游入露寒。

剑琢荆山玉，弹把隋珠丸。

闻有边烽急，飞候至长安。

然诺窃自许，捐躯谅不难。

占兵出细柳，转战向楼兰。

雄名盛李霍，壮气勇彭韩。

能令石饮羽，复使发冲冠。

要功非汗马，报效乃锋端。

日没塞云起，风悲胡地寒。

西征䬸小月，北去脑乌丸。

归报明天子，燕然石复刊。

　　欧阳政委来到三十七团后一共打了三仗。1947年4月辽东我军结束"四保临江"战役之时，即是反攻开始之日。这一年也是东北我军对蒋军展开全面反攻的第一年，第一个攻势被称为夏季攻势，三十七团终于有机会杀出长白山的深山老林，冲到山外去。他们已经憋坏了，等不及了。

　　刚刚过去的这个冬天，他们没吃没喝没人管，还要扛住严寒打大仗恶仗，罪受够了，反攻不但代表着战争形势的改变，敌退我进，胜负的天平开始向我方倾斜，对于他们来说还直接代表着可以从敌人那里缴获大批给养，而不是再到老百姓那里去打粮，武器装备也会得到重大改善。

　　辽东到了4月底5月初气温变得贼快，前两天营地边的大河里还在跑冰，两天后你身上的棉衣棉裤就穿不住了。全团还是前年初冬大姐带着千秋他们在安东城打到的那一仓库棉衣裤，靠它棉变单、单变棉地撑到这个春末，所有人身上穿的都不再是衣服而是布条条，部队不再像个部队，用姜团长的话说就是从团长到伙夫"像一群叫花子"。

已经接到的命令是让他们归建，姜团长却不想就这个样子去见师里的其他部队，他也许和欧阳政委商量过，也许根本没商量（团里没有政委他一个人说了算惯了），反正冲出长白山后他没有命令全团马上向纵队和师的集结地区转移，全团接到的命令是：出山后直扑离得最近的敌占大城市通化。

上了路，千秋才明白团长真的没跟政委商量就决定了这次作战行动，因为他听到了欧阳政委边走边问姜团长的话："团长，不对呀，我们团为什么不直接归建？这是要到哪里去？"

姜团长哼了一声，回答道："部队这个样子怎么归建？打了一冬天仗，连我这个团长都没有裤子穿，我们下山捞一票再说！"

欧阳政委马上明白发生了什么事情。来的时间不久，但他对姜团长的行事风格还是有所了解。只要还没有归建，姜团长就仍然认为可以自作主张，于是他说："哎，我是政委！我认为这么重要的行动应当向上级报告！"

姜团长说："老欧，谁也没说你不是政委。但是你可听好了，咱们俩刚搭班子，不能相互拆台。你要是敢报告，我立马就能把你从三十七团撵走！"

离开二道河子时军区意外地给三十七团配发了一部电台，

当时姜团长很不屑地说:"这是打下敌人的电台仓库了,要不然也不会想起我们!"

虽然团里有电台,还来了报务员,但是欧阳政委根本不能指挥这部电台发报,因为报务员得到的命令是没有姜团长批准,任何人包括欧阳政委在内都不得利用这部电台向上级发报。何况这时部队已经出山,走在了奔袭通化的路上。

欧阳政委二话没说,就选择了和姜团长同穿一条裤子,而且拔枪纵马冲到了先头营,和前卫连的官兵们一起行动。在很快打响的战斗中,欧阳政委身先士卒,成了通化之战中全团冲在最前头的那几个人中的一个。

全团下山前姜团长专门到过一次团运输队,和大姐进行了又一次严肃谈话。他说:"秀英队长,我今天不是以三十七团团长,而是以一个同志、以刘德文烈士战友的身份跟你谈话,我们的谈话和我们团下一步行动没有关系。"

大姐抬头看他,这一眼就像是看透了他的心,说:"团长想说什么就说吧。"

姜团长就地转一个圈子,说:"你不想留在东北,也不想离开我们团去做地方工作。"

大姐没有回答他的问题。

"你一直都想回胶东。"

大姐还是不说话。

"你是不是现在就想回胶东?"

大姐盯着他,反问:"姜团长认为我回胶东的时候到了吗?"

姜团长这一次久久地盯住她,说:"现在回胶东,我认为是个机会。现在江上已经没有冰了,蒋军正从辑安、安东、宽甸一线沿江地区收缩,虽然我们还没有反攻到通化、宽甸和安东,也没有重新拿下庄河,但我送你上船,顺鸭绿江往下走,直到大东沟出海,肯定比以前容易得多。"

"团长真正想说的不是这个吧。你想说的是,我就是想回胶东,眼下仍然不是最好的时机。"

"哎哟喂,你这个赵秀英,你这个同志,你这么聪明干什么?"团长半真半假地叫道。

"我军还没有展开反攻,整个辽东还没有收复,我就是就近上船,也不能保证平安到达大东沟。整个渤海眼下一定还被蒋军和美国军舰控制着。他们万一切断了胶东和东北的海上交通线,我到了大东沟也还是回不去。"大姐说,"你想说的不是这个吗?"

姜团长很严厉地看她,过了一会儿才说:"你这么聪明,可还是错了。其实我最想说的是,我们在东北就要胜利了。我们的苦日子还没有过完,黑夜还在继续,但天就要亮了,你赵秀英同志糊里糊涂地被许司令赶上过海的船，跟我们到了东北，你把所有不该受的苦都受了，眼看着我们就要赢得东北解放战争的胜利，然后千军万马一起杀进关内——将来的战局一定会这么发展。我们南满的部队留在这里和杜聿明死磕，主力在北满已经建立起了巩固的后方根据地。这以后我军会干什么，只要长个脑袋就能猜得出来！"

大姐不说话，只是盯着他，听他往下说。

姜团长一口气说完了他今天想对大姐说的所有的话："反攻就要开始。别看我军现在和蒋军比还是穷得叮当响，但有一件大事已经发生了，就是我们扛过来了！我们从上无片瓦遮身下无立锥之地到现在有了强大的后方根据地了。你赵秀英同志过海后一直帮我们打粮，打枪，打服装，以后我相信我们团不会再有这样的任务了。另外，还有一件事也发生了，也是大事，我们这些人，这些山东来的八路，过去只会打打麻雀战、地雷战，现在从心里头不再怕他们了，现在他们开始怕我们了。一旦我们不再怕他们，东北的老百姓也就看出谁能赢了。全东北的老百姓看出了谁能赢，离我党我军在东北取得最后胜利也就差几场大仗了。我党距离实现解放全东北的战略目标已经不远了！"

大姐苍白的脸上难得地现出了温暖的笑容，道："团长讲这么一大篇话，以为我不懂，要给我上形势教育课呀！"

"赵秀英同志，你又错了。其实你明白我为什么要说这一大段话。你不要留在东北地方工作，更不要离开三十七团。不但我军在东北快熬出头了，三十七团熬过这个冬天后也算熬出头了。我们已经让上级知道我们也能成为主力。我们的防御战打得这么好，蒋军装备最好最有战斗力的新一军都拿我们没办法，我觉得这会儿上级已经对三十七团刮目相看了。接下来我们这个已经学会打阻击的团还会继续成长，下面我们团就要和主力一起展开反攻，我们还没学会打进攻，艰苦的日子还会有，重大牺牲还会有，可是我算着，就是这样，最多也只要三年，弄不好只要两年，我军就能解放全东北，杀进关内去。秀英同志，你不要走，我们全团官兵也不想让你离开，你和我们一起，最艰苦的日子都熬过去了，就再坚持两三年，和我们一起把东北的仗全打完，一直打到关内。将来建立了新中国，你回到胶东，想起自己这一段历史，就会骄傲地对你们区长说：'我既参加了抗战，又参加了东北解放的全部战争！'这是你一生中最大的光荣，没有经历过东北解放战争全过程的人永远不会拥有这样的光荣！"

大姐流泪了。她想了想，笑着说："我想回胶东，主要是担心儿子。现在想一想，没有我这个娘他也两岁半了，要是活下来就还活着，要不在也早没有人了……我还有一个牵挂是我从昆嵛山二区带出来的支前队，现在他们都成了东北我军主力第二十一团的人，我一直都想着他们，但我也为他们做不了啥……不过团长刚才的话我还会认真想一想的……你说得对，有机会像我这样以编外支前队队长的身份经历东北解放战争全过程的人不会很多，我也真想和三十七团的同志们一起经历完你们在东北的全部战斗，你们打到哪儿我赶着大车跟到哪儿，你们在哪里打仗我就在哪里的阵地上开设火线包扎所，带担架队抢救伤员，直到你们解放了全东北，打进关内。姜团长，你们的团也是我的团，我一直不在编内，但我人是三十七团的，心也属于三十七团。我一直想对你和欧阳政委讲的就是这个，我这一生错误犯了不少，但今天你讲的这个错误我不会犯，我不走，我也不去东北地方工作，我要留在三十七团，一直跟着你们把东北的仗打完！"

"可你怎么留下呢？军区首长可是又下了通知，要你去临江报到，留在辽东做地方工作。"姜团长说。

"这有什么难的？"大姐笑道，"你把命令传达给我，我又不是你三十七团的人，当然也就不是辽东军区的人，我的关系在胶东昆嵛山二区，只有我们区长管得着我。你们团不是马上要出山吗？我赶上大车跟你们团一走，他们找不到人，事情不就不了了之了？你这么聪明的人，就没听说过一句俗话吗？'事大事小，一走就了。'"

"太好了！说实话，我不想让你走，还有一个原因，我自私！到了今天，要大反攻了，我反倒觉得我们团更少不了你这个编外的后勤队大队长了。虽说以后可能不会再让你帮我们打粮，但将来的事谁说得准呢？就这一次，你还是要跟我们一起去通化，别人我不告诉，但我告诉你，没有命令让我们打通化，是我自作主张，我们不能全团穿得像叫花子一样去归建。夜长梦多，我想明天就行动，直奔通化火车站，那里据说有敌人刚刚运来的服装和给养，弄不好还有猪肉洋面呢。这方面你是行家，有经验，胆子大，敌人正在撤退，一定乱成一团，我们突然杀过去，不打算消灭他多少人，只为截住一批服装，要是有洋面就更好，但我最想的是打了这一仗，我们团的夏装就一次性解决了。你跟着我们走，军区找不到人，要你去地方工作的事也就黄了！"

当天夜里三十七团秘密出山，连夜奔袭百余里，天亮前杀进了通化火车站。蒋军大队人马正在撤退，乱哄哄的，没想到突然冒出一支共军，还特能打，三下五除二就控制了大半个车站。

大姐和千秋的五连任务明确，在进城打粮打服装方面又经验丰富，杀进车站马上冲向一辆上了轨道就要开行的火车。枪声一响司机手忙脚乱，启动火车朝站外开去，听到后面枪声激烈，又见一大队共军追来，跳车逃跑，那火车还在自己往前开。有人就喊："赶快扳道岔，让它翻车！谁会快上去！"一名其实也没在车站上干过的胶东老兵就上前胡乱扳起了道岔，火车没翻，但因为司机跳车前拉了刹车，火车自己在站外一里路光景的铁道上停下来。

　　大姐和千秋带人追上去，打开一节车厢是空的，再打开一节还是空的，直到最后两节车厢，才发现里面满满的都是蒋军的夏季服装和洋面。就有人嚷嚷："怎么办怎么办？太远了！谁会把火车开回车站？"没有人会。

　　一支蒋军已经赶回火车站展开反攻，大姐对千秋担心道："不好！我们已经离开了火车站，就这么几个人，万一和团主力的联系被切断，马上就会陷入敌人的合围，那就坏了大事！但是又不能扔下已经发现的服装和洋面，怎么办？"

　　"大姐，到了这种时候，你最有经验，你说怎么办，我们就怎么办！"千秋说。

　　这时大姐回过头去，大喜叫道："快看！欧阳政委来了！"

　　欧阳政委带着一个连，边阻击杀过来的敌人，边赶到了他们面前。一向脾气很好的政委对大姐和千秋大光其火，道："你们怎么回事，快撤退！敌人一个团上来了！"

谁也没想到大姐这时一句话就强硬地把欧阳政委给怼回去了。她说："撤不了！"

"为什么撤不了？"欧阳政委不明白了，很凶地问。

"团长给的任务还没完成！"大姐说，态度更加强硬。

欧阳政委一眼就看到了最后两节车厢里的东西，也就马上明白了大姐和千秋他们眼看着就要被敌人包围为什么还不走。他自己也不会开火车，回头问他带过来的四连："有没有会开火车的，把火车开回车站，就有办法了！"

四连和千秋的五连一样，也没有人会开火车。

欧阳政委一下急了，果断命令道："听我命令，把后面这节车厢卸下来，推也要推回车站里去！"

让千秋目瞪口呆的是，这个只有二十七岁，平常被老兵们当成书呆子多少有点瞧不起的年轻政委居然只凭自己的一声吼，就带着大家一鼓作气，真把后面两节车厢卸下来，顺着铁轨向车站推了回去！

敌人打过来了，子弹横飞，还有一发炮弹，直接打到第一节车厢前头，这节装服装的车厢顿时燃起了大火。欧阳政委仍在大声呼喊，要大家不要放弃，一边又带领四连向打过来的敌人展开英勇的反击，掩护大姐和千秋带五连全力把这两节火车车厢推回去。第二节车厢也燃起了大火，大姐和千秋带着五连推着两节冒火的闷罐车厢往全团顽强坚守的车站东北区前进。

一道陡坡出现在他们面前，两车燃烧的车厢停下来，他们用尽力气也推不动它们了，欧阳政委本来正带着四连全力抵抗敌人攻击，一回头看到了这个情景，马上带着自己的警卫员从临时阻击阵地上跑回来，加入了推火车的队伍。谁也没想到只加上了他们两个人的力量，一直推不上坡去的火车车厢就缓缓推上去了。这时姜团长又从车站派来了一个连，将赶来的敌人挡在我军的阻击阵地之前。

欧阳政委带着大姐、千秋和四连五连一边节节抵抗，一边冒着纷飞的弹雨将两节火车车厢推到了三十七团控制的车站东北区。这时两节车厢的火更大了。姜团长看到了大声骂起人来，说："赶快救火！"大家从没有打过这样的仗，敌人都要跑了又回来打得这么凶，都有点蒙，团长一骂人才想起去拿车站上的大水管子灭火。大姐早带着千秋他们冒火进了车厢，将正在燃烧的成捆的服装和大袋洋面扔下来。

出山第一仗谁也没想到会打得这么激烈。多支赶来车站增援的蒋军一直没有放弃重新夺回被占领的车站东北区，眼看着再打下去有可能被敌人四面包围，欧阳政委大声提醒团长部队要快撤，不然会吃亏的，可这些服装和洋面怎么办？团长就愤怒地回怼他说:"我知道怎么办,赶快让部队就地换装!洋面能拉走多少就拉走多少!"

欧阳政委后来对许多人说,他太佩服姜团长了,想不到他能想出一个一边打仗一边就地换装的主意。全团各连轮流在战场上与敌人对抗,换下来的就到车厢前脱掉叫花子棉衣裤,换上蒋军的夏季服装。但这次冒险突袭通化火车站他们打到的夏装太多,又穿不走,末了欧阳政委还在转着圈儿喊:"这可怎么办呀,这也太多了带不走,多可惜呀。"

姜团长眼珠一转又有了主意,说:"你傻呀这个月份穿一套单军衣还不给冻死,每个人能穿几套穿几套,不是天天都过年。"结果全团又回头从战场上轮换下来,每人至少套上两三套服装,然后将从火中抢出来的洋面装上全部六辆大车,边打边轰隆隆地退出了战斗。

通化之战是三十七团出山后的第一次战斗,过程惊心动魄,全团官兵却打得心花怒放,他们终于脱下穿了两年的旧棉衣裤,换上了新夏装,吃到了美国洋面。只是一天过后就有不少人发现自己的新军衣有点美中不足:上面留下了大火烧到的痕迹。

这年夏天,三十七团连续参与了南满我军夏季攻势中的所有战斗。如果有人认不出这个团在战场上的什么位置,知道的人就会指向一个方向，告诉他说："那边！身上的军装被火烧过的，少皮没毛的，就是三十七团！"

通化一战让全团老兵对欧阳政委的看法彻底改变，姜团长对参谋长刘德全说："这一个不一样。"

千秋仍然悄悄留意着大姐，他觉得通化之战后大姐看欧阳政委的目光更加"不一样"了，里面不但有了更多的温情，还多了一些过去没有的、让他悄悄不安起来的东西：大姐在政委面前像是更拘谨了，更羞涩了，但同时似乎她的内心也正被另一种莫名的情绪鼓荡着，仿佛随时都有可能做出些连她自己也意想不到的事情来似的。

从胶东到东北后打了几年仗，千秋在大姐眼里最不容易看到的就是这种初恋少女般时阴时晴，时而热情奔放、时而郁郁寡欢的情绪，但是现在所有这一切情绪都在大姐身上出现了。

更让他不好理解的是，大姐不愿意接触欧阳政委了。一旦听到欧阳政委又在什么地方吹奏口琴，哪怕她正拉着白马去那边的河边或者江边饮水，也会马上拉着马掉头走向别处去。大姐越是这样时时刻刻有意避开欧阳政委，千秋越是无师自通地明白大姐对这位南洋归来的美男子，这位多才多艺作战又异常英勇总是身先士卒冲锋在前的政治委员的爱是真实的。如果说过去有时候他还在怀疑自己的猜测，现在他知道这件事是无可置疑地发生了，而且仍在进行之中。

欧阳政委简单而又明朗，对所有同志都一样热情、一样亲切，在他的眼里大姐除了是一位女性之外和别的同志没有区别。大姐的主动疏远令欧阳政委非常困惑，甚至猜测是不是自己什么时候在什么事情上做错了，于是有一天部队驻下来后他想找大姐谈谈。

没想到大姐听了他的话，当着众人的面，很生硬地回答他说："我们之间有什么好谈的？啊，不就是帮你喂喂马吗？马上会安排人给你喂好的。其他的事情，让团长跟我说，我跟团长比较熟！"

全团官兵中只有一个半人看出了其中的门道，一个是姜团长，半个是千秋。部队全部安顿下来后千秋抽空专门去团运输队看望大姐，发现她不在营地里，一个人坐在营地外的林子里，脸上的泪痕还没干，但已经不哭了。

大姐对自己被千秋找到了不太高兴，很凶地对他说："你来干啥？也想来看我的笑话？我没那么傻，一个结过婚又有了孩子的女人，谁看得上我呀！"

她又哭了，但被大姐这句话伤得更深的是千秋自己的心……直到她平静下来，他才傻乎乎地说："大姐，还有我呢……还有老任。"

为了他的这句话，大姐破涕为笑，脸上挂着泪珠子回头看他，像不认识他一样看了很久。看得千秋自己先臊了，脸上挂不住，转身要走。

大姐站起来，说："你站住。你不是在说傻话吧?"

千秋现在都不敢回头看她了。但他不后悔，他终于把一直藏在心底的话当面对她说出来了。

"大姐，我不是在说傻话。"他说。

大姐跟着他回营地里来了。但是……千秋心里感觉到了，大姐这时候心里仍然没有他呢。她并没有把他的话真正放到心里去。

三十七团在东北我军1947年的夏季攻势中相继参加了梅河口战斗等多场战役。过去他们一直被人瞧不起，刚刚在二道河子打防御有了点影响，现在改打进攻，就像刚到东北在摩天岭上打防御战时一样，不太适应。打进攻时再用埋地雷打冷枪这些招数肯定不灵，攻防作战中伤亡大的一方变成打进攻的他们。当然，上级是了解情况的，直到此时仍没把这个团当成主攻团使用，只是配置在次要方向攻击，用以分散敌人的兵力和火力，掩护主力完成攻击任务。

即便这样，姜团长还是发现部队在学习打进攻之初完全没有章法。

"还得从头学啊。"他对刘德全参谋长抱怨,"上头也是的,明知道我们刚学到点打防御的本事,还没练熟,又让我们改打进攻,这又得付出多大的代价才能学会呀。"

刘德全看着他笑,说:"反正跟着你这个团长打仗,我不怕。"

姜团长明白他的意思。刘德全参谋长相信他到了时候不管事情多难总能想出办法。

姜团长其实没有办法。和蒋军比,三十七团要炮没炮,步兵轻武器也不行,过去是我们在阵地前埋雷对付敌人,现在改成了敌人在阵地前埋雷对付我们。欧阳政委这一阵子老问他怎么办。

姜团长有点烦,粗声粗气回答:"你说怎么办?你是从延安来的,学的马列主义比我们多,主意该比我们多才对呀!我们现在只有一门炮,还没炮弹,除了手中的枪和不多的手榴弹之外,还有什么武器可用?"

他这样问欧阳政委,也在问自己。但是姜团长不是平庸之辈,很快,一种可以让我军无限制使用的新武器就被他发现了。

多年后刘德全参谋长离了休,跟风写回忆录,在书中开老战友的玩笑,说姜团长所以能在三十七团第一次打进攻时想到使用炸药包,仍然和他是一名地雷战专家有关系。

姜团长到了东北打防御时仍然在和敌人打地雷战，现在要打进攻了，不能再使用地雷，原因是地雷埋下去是死的，打进攻时人在运动中。这样他就想到了，得让地雷跑起来，于是地雷战就变成了炸药包之战。

欧阳政委参加了营盘岭之战。营盘岭位于抚顺以东八十里，苏子河与浑河的合流点，历来是兵家必争之地。我军一旦将它攻克，立马就可以兵临抚顺、本溪城下。战斗没开始，他就表现得十分活跃，经常一个人带着警卫员赶到前沿去观察地形，侦察敌人设置的明碉暗堡，在地图上圈圈点点。这件事搞得姜团长非常恼火，在欧阳政委又一次前沿侦察回来后毫不留情地说："告诉你老欧，你要是再这么干我就不干了，你来指挥！你这么冒冒失失地往火线上跑，早晚让人家打死！你要是想死得快明天就接着干！"

欧阳政委平日和同志们相处，只要不涉及原则，几乎在所有的问题上都特别好说话，但在这件事情上，他坚决不接受姜团长的批评。他说："老姜，我知道你是老同志，有经验，能打仗，但上级派我来三十七团是当政委，谁也别想把我弄成一个摆设。我有权力在战前去前沿侦察敌人的火力点，只有这样在讨论作战方案时我才有发言权！"

姜团长根本不想让欧阳政委参加讨论作战方案，那东西他早在心里琢磨透了，过去只有团长时这种事就他一个人说了算，现在来了欧阳政委，也要参加讨论，让他有点难过。

但他刚才的话虽然不好听，却是多年打仗得出的惨痛经验，是对欧阳政委好，因为他认为他的这位政委年轻，打仗少，一定不知道战前侦察是最危险的事情。敌人不是傻子，他们知道进行这种侦察的人一般都是我军的指挥员，会派狙击手专门盯着，发现有人出现，就会果断出手。

"行，你是政委，你要上去我没有权力阻止，但不要进行火力侦察，那是侦察排的事。还有，你要去的时候不要自己去，告诉我，我陪你去！"

别的地方特别好说话的欧阳政委也没有接受姜团长的后一个建议。他心里可能认为姜团长还是看不起他，上了战场还要做他的"保姆"。

营盘岭之战开战之前，欧阳政委十多次到前线侦察，包括火力侦察，多次引起对方狙击手的攻击，最后都安然无事地回来了。刘德全就对姜团长道："说不定他命大，要是我可能死十回了。碰上命大的人老天爷都照顾。"

姜团长狠狠地盯他一眼，什么话也没说。可是到了晚年，有一天聊到欧阳政委，他哭了，对去看望他的千秋说："欧阳政委这个人，我在打营盘岭时就知道他会牺牲的。可惜了，他要是能活下来该多好哇，但他那时太年轻，听不懂我说的话。他以为身先士卒就是英勇。他被自己读到的书害了。"

营盘岭之战千秋带着五连二排作为主攻排参加了战斗。姜团长搞出来的"活动的地雷"——炸药包，开始显示它在摧毁敌人坚固工事中的作用。当然一开头炸药包之战进行得小心翼翼，姜团长将任务交代给包括千秋在内的全团一线攻击分队中的指挥员，要他们一定不能着急，战斗进展得不顺利也不能蛮干。这样的命令为从没有打过进攻战的连排指挥员减轻了压力，却激活了他们的脑细胞，纷纷开动思路创新战法对付面对的敌人，结果第一仗打助攻的三十七团反而最先攻破了敌人的多道防御工事，率先打进了营盘镇，端了敌人的团部，为营盘岭之战立下了头功。

最先打进敌团部的是千秋带的五连二排，另一个人就是欧阳政委。欧阳政委是在战斗打响后什么时候加入到战斗中来的，又是什么时候从什么方向和什么人一起打到了敌团部隔壁的院子里，和千秋带的五连二排相遇，千秋都不是很清楚，他唯一清楚的是他带自己的攻击分队打进敌团部隔壁的院子里并从俘虏口中得知隔壁就是敌团部时，欧阳政委一下子就出现了，他像一名新兵一样，冒着四面八方飞来的子弹，抱着一个炸药包就冲向了院墙，并在那里点燃了它。这包炸药不但将那堵垒得很厚实的高墙炸了个大洞，为部队开辟了通路，还炸塌了院墙那边的房屋，在敌团部造成了重大伤亡，等千秋他们冲过去时，敌团部活着的人已经不多了。

战斗结束后姜团长忍不住满腔怒火，对欧阳政委破口大骂："你就不配当团政委！我要向上级报告，让你到连里当指导员！你就是个当指导员的材料！你要是再敢这样做我一定把你从三十七团赶出去，这里有我没你，有你没我！"

仗打赢了，而且打得那么漂亮，三十七团一战翻身，受到纵队和军区首长通令嘉奖，欧阳政委高兴得像个孩子，挨了骂也不生气，反而笑眯眯地对姜团长说："别生气别生气，我知道你为什么生气。你以为我这么干一定得被打死，可是没有，让你失望了，对不起！哎对了，你是不是真的，你要真能报告上去，让首长同意我下连当指导员我才高兴呢！我喜欢和战士们一起冲锋陷阵，告诉你吧，那可是真刺激！"

姜团长气未消，转身要走，嘴里仍然骂骂咧咧。欧阳政委想了一下，突然他极为难得地冲了上去，搂住姜团长的脖子就亲了一口（这让姜团长好几天都不停地擦那个被他亲过的地方），说："老姜，你放一百个心在肚里，他们打不死我！当团政委打仗只会是我一个时期的生活，我这一生长着呢，等革命成功了我就离开三十七团。我的理想是将来全中国都解放了我就去海南岛种橡胶。那时新中国首要的任务是建设，实现工业化。工业化需要大量橡胶。另外我还有个小小的爱好，说不定一高兴我会去一个文工团吹口琴，我才不会一直留在你身边让你讨厌呢。"

欧阳政委和三十七团本来还有机会参加接下来的梅河口之战，为了参加这一场新的进攻战斗全团官兵捆绑了许多炸药包，走起路来每人身上到处都是大大小小的炸药包，以至于刚在战场上被俘虏的蒋军官兵一路走过来时都在嘀咕，不知道共军有了啥新式武器。但这一仗他们还没上就被兄弟部队给打完了，那时营盘岭之战刚打完不久，全团士气正盛，众人松一口气的同时又吵吵说炸药包白捆了。

欧阳政委也有点泄气，抱怨上级既然不让三十七团上，就别让大家跑这么多冤枉路，哪怕上去打扫打扫战场也行啊。

姜团长盯着他看半天，一句话到了嘴边没说又走开了。欧阳政委想了想明白了，笑着冲他的背影喊："哎，你算定了我这一仗得死！可是人算不如天算，我又活下来了！"

欧阳政委牺牲在这一年我军冬季攻势开始时的辽阳之战，这是他到了三十七团后参加的第三次战斗也是最后一次战斗。因为在营盘岭之战中立了头功，上级破天荒地让三十七团担任主攻。但是仗还没打，部队刚刚秘密到达攻击位置，欧阳政委第一次带人到前沿阵地观察地形，就被一个机枪点射击中了头部。

消息传到团部，姜团长嗷一声大哭，拔枪要毙了跟去的警卫员和作战参谋，要不是被刘德全从背后抱住他，他的枪就响了。他用最不堪入耳的语言大骂牺牲的欧阳政委，骂得所有人都听不下去，但每个人也都从这些脏得不能再脏的语言里听出了他对欧阳政委牺牲的极度悲痛。

直到晚年离休后，说到欧阳政委的牺牲，姜团长还是会呜啊一声就哭出来，对刚当了大军区司令的千秋说："东北解放战争中牺牲那么多人，说句对不起战友的话，我觉得最不该死的就是他。他是多明朗、多好处、多没有心计的一个人哪，他死了我第一个想到的是我再也遇不上这么好的政委了！正直、阳光、忠诚，特别是忠诚。忠诚于革命，忠于祖国……他不像我们，他不是穷人为了翻身闹革命，他从南洋跑回来革命是为了改变中国，真正的理想主义者。我比不上他，我们都比不上他……还有他口琴吹得那么好，我真想他解放后去军区文工团当个团长，在舞台上吹口琴给我们听。当了省军区司令后，我专门让我的文工团招了一个吹口琴的演员，因为我想念他，想念了一辈子，可是他们走遍全国挑来的演员，没一个吹得像欧阳那么好！一个都没有，还厚颜无耻地说自己是大师！你干吗啊，我一个老头子离休了没事儿哭哭他就算了，你年轻力壮的还要带兵打仗呢，你哭个什么劲儿呀！走吧你，让我安安静静地哭一会儿。"

除了姜团长，三十七团全团另一个被欧阳政委的牺牲伤得最深的人就是大姐了。随着政委的牺牲，一件原来在全团是秘密的事情就不再秘密了，它迅速传到了每一个人耳中：欧阳政委在牺牲前，全团开赴辽阳的路上，曾和大姐有过一次非常私密的谈话。

就在这次谈话中，他令人意外和震惊地向大姐坦露了自己的心迹：

"秀英队长……我想叫你秀英妹子，可我们是革命队伍，我还是叫你秀英同志吧……来到三十七团这些天，我又不是傻子，怎么能感觉不到呢……以前我不愿把这些话说出来，是我觉得不该说，你已经遭遇到那么多的不幸……我把民国三十三年那个冬天发生在胶东的事称为不幸你不会反感吧……我不想在你的伤口上撒盐……你参加革命时肯定没想到过，你会因为走进抗日队伍遭遇到这种事情……

"秀英同志，有些话我还是不能说，虽然你的人生故事深深触动了我，让我想到了很多人在大时代背景下的命运，它们是偶然发生的，但仔细想来，却是这个浩浩荡荡的大时代潮流中的细流……我这么说话又太知识分子了……我是从延安到了东北，又到了咱们三十七团，见到了姜团长，尤其是见到了你，秀英同志，才真正明白了，在一场事关中国人民翻身解放的战争中，有多少人会以外人完全想不到的方式付出自己的一份牺牲……但我也在和三十七团共同战斗的日子里，特别是在你的故事里感觉到了一种伟大的不可战胜的力量，正是这样的力量让我懂得了，中国革命不管还会遭受多少挫折，还要牺牲多少人，最后一定会胜利……

"秀英同志，秀英妹子我这么说吧，如果我们都能活到全国解放……我还是不要说吧……总之所有的事都等到革命胜利后再说……胜利前我们只有一件事要想，为了中华民族的解放做一名牺牲者……

"这就是我要说的话，现在我说完了，你什么话也不要回答，就把这次谈话当成我们之间的一个秘密，或者说一个约定好了……就这样吧。"

大姐为欧阳政委的牺牲公开戴了孝，是那种很重的孝，胶东年轻女人死了丈夫才会戴的重孝。开始只是姜团长和刘德全参谋长几个人注意到了，但谁也不说话，只当没看见。后来全团同志都看到了，所有人都以缄默表达对她这份感情的充分尊重。

　　而且千秋以为，从这个日子起，大姐也真心不再把自己看成是一个没结过婚的人了，此前千秋和全团同志仍然不时会从她精神中感觉到的某种少女才会有的情感和动作消失了。有时候千秋会私下里想，她还非常有可能把自己看成是一个结过两次婚又两次失去丈夫的女人。

　　在余生的漫长岁月里，千秋多少次想过，也许这一次才是大姐的真爱……大姐失去的不只是一个爱人，还有欧阳政委自己说过的，一生中只会发生一次的真正的爱情。

　　　　白马饰金羁，连翩西北驰。
　　　…………
　　　　名在壮士籍，不得中顾私。
　　　　捐躯赴国难，视死忽如归。

　　因为大姐，因为大姐和欧阳政委的故事，因为欧阳政委的牺牲，千秋一生都熟记着曹植的《白马篇》。

17

欧阳政委牺牲后，很长一段时间上级都没有再给三十七团配政委，其中一个主要原因是姜团长不要。他曾在辽阳之战后伤心地对师长说："我们团编成后总共来了两任政委，两个都死了，一个在去年冬天部队撤往红石砬子的路上给地雷炸死了，一个辽阳之战还没打就被敌人的机枪点了脑门。三十七团老死政委，谁来谁死，真的别来了。"

师长劈头盖脸地训了他一顿，说："你什么情况！政委牺牲了就伤心成这样？三十七团老死政委，说明你们团政工干部素质高，打仗总冲在前头！这样的团政委给我多少我要多少！你还不要！"

话虽这么说，上头却一直没有派政委来。姜团长和刘参谋长猜测，是因为辽阳之战三十七团"打得不好"，"上头又看不上咱们了，放一个团政委在这里也是浪费"。

直到1948年秋天塔山阻击战前部队大练兵，才来了一位新政委。

辽阳之战所以"打得不好",当然不是因为团里没有政委。后来姜团长将它和大反攻开始后三十七团打的第一仗——营盘岭之战——相比较进行战后检讨,说这两仗虽然都是打进攻,但第一,营盘岭之战是在平地上进行小城镇攻坚作战,打辽阳却是在较大城市进行山地攻坚作战,第二,营盘岭之战三十七团是打助攻,辽阳之战是打主攻。他在全团排以上干部会上重复了师长战后的总结,师长的话说得很难听:"哼哼,到了这种时候,真主力假主力就分出来了!三十七团打个防御嘛还凑合,但是打攻击,尤其是在城市攻坚战斗中打主攻,你那个什么'活动的地雷',还是不行嘛!"

辽阳之战中三十七团负责在我军围城部队发起总攻前率先攻下位于全城东北角的809高地,此高地虽在城外,却是全城的制高点,敌人将其设置为居高临下控制全城的主要战斗支撑点,从下往上构筑了四道钢筋混凝土阵地,每道阵地上都构筑了纵横交错的钢筋混凝土的地堡交通壕和火力点。拿不下高地全军就无法按时发起总攻。

据说让三十七团这么着"露一小脸"并不是师长的主意,是纵队一号首长认为这个团二道河子阻击战和营盘岭之战都打得不错,不应该不给这个团机会。师长虽然不得不同意,但还是在师作战会议上当着各主力团表达了对三十七团的不信任，师长对姜团长说："咱丑话说到前头，这次打主攻的当然是你们团，可是我还另外准备一个团，一旦发现你们不能在总攻发起前拿下809高地，我就要让他们上，换下你们！"

为完成全团历史上第一次主攻任务，不被别人在战斗打到一半时换下来，全团喊出了"为牺牲的欧阳政委报仇"的口号，进行了认真的战前准备。姜团长不但带着担任主攻的二营连排干部反复到前沿勘察地形，研究攻击路线和战斗方案，还学习北满某纵队的战斗经验，以连为单位进行了"四组一队"（火力组、突击组、爆破组、支援组和预备队）的战斗编组，并进行了反复的战术演练。

最后一天姜团长安排全团只做一件事，就是捆绑更多的"活动的地雷"——炸药包，准备战斗一打响，爆破组在火力组掩护下，前仆后继地把炸药包送上去，由下而上逐段摧毁敌人的钢筋混凝土阵地，为突击组打开攻击通道。敌人的工事那么坚固，"活动的地雷"还是对付它们的唯一办法。

五连作为姜团长最信得过的连队受命担任主攻连，千秋作为副指导员受命率领二排在副连长吴海春率领打主攻的三排右翼担任助攻，分散敌人的注意力和火力。姜团长特别交代，一旦三排进攻不利，千秋即可率二排转换任务，接替三排向高地发起主攻，总之姜团长安排的战术很灵活，在实际战斗过程中哪个排打得顺利哪个排就是主攻排，一旦哪个排连续用炸药包开辟出了攻击通路，担任连预备队的一排便会从哪个排身后接替下他们向山顶发起最后攻击，当然无论是二排还是三排能够直接靠炸药包的连续突击一直打到山顶更好。

我军打辽阳时虽然有两个纵队参加，但没有成建制的炮兵支援，就连三十七团所在师的主力团也没有炮兵连。比起他们来三十七团虽然有一个炮兵连——仍是老任担任连长——但还是只有一门没有底座的日本九二式步兵炮和打下营盘岭后部队在战场上捡到的三发炮弹。战斗打响前，老任又找到了姜团长，要求他给炮兵连分配任务。

"好哇，你们有任务，"姜团长说，"战斗一打响，你就负责把那三发炮弹全打出去，要打到他们山顶上，那里有一挺重机枪，很厉害，火力覆盖面很大，要是能把它打掉，千秋他们就能顺利地通过山下的雷区，向高地发起攻击！"

老任表现得非常优秀，战斗打响后，他将全部三发炮弹一发发全吊到了809高地的山顶上，至少那一挺让姜团长最不放心的敌人的重机枪没有马上响起来。五连就趁着这一时机在山下雷区中开辟出了通道，接近山脚，向敌第一道防御工事发起了冲击。

战斗一开始很顺利，高地下部地形相对平缓，敌人设置在这里的第一道阵地和第二道阵地相继被五连三排用炸药包攻破，千秋率领的二排也同时在右翼开辟出了另一条通道，这时三排已经肃清了第一道阵地里的敌人，他们顺着一条交通壕隐蔽向上冲进了第二道阵地，和三排两面夹击，很快就解决了这一道阵地上的残余敌人。

两个排继续兵分两路往上攻就遇到了麻烦，一是到了这里山势骤然陡峭起来，许多地方成了垂直的绝壁，高地上方最后两道阵地上才是敌人兵力配属的重点，火力强大，将五连的两支进攻队伍死死限制在进攻路线上，炸药包被爆炸组的战士们冒着弹雨送上去又滚下来，"活动的地雷"送不上去，担任主攻的三排进攻受阻，伤亡重大，丧失了继续前进的能力。姜团长在山下指挥所里用望远镜看得心焦，直接让信号兵打信号命令千秋带二排变助攻为主攻，从主峰侧翼搭人梯攀悬崖，出乎敌人的意料攻入了敌人的第三道阵地，杀进了战壕。

敌人知道四面被围，死期已至，在战壕里与我军作困兽之斗，战况空前激烈，二排用了不少时间才彻底攻占这道阵地，同时也遭遇了大量伤亡，当千秋集合仍然能战斗的战士们向高地顶部最后一道阵地冲击时，一发子弹不偏不斜地击中了他的右脚后跟。打红了眼的千秋大声叫着，坚持不退出战斗，简单包扎后仍然咬牙带领二排最后的十几个人继续向上攻击，打得只剩下最后七个人，被山顶主地堡里的敌人集中火力压制在第三道阵地上方的小山坡上抬不起头来。

为支援二排，姜团长命令投入的预备队五连一排由于攻击路线错误，还没接近第三道阵地就在高地中部一个斜坡误入敌人雷区，一支靠打地雷战起家的部队居然吃了敌人地雷阵的大亏，基本失去战斗力，无法再对二排执行真正的增援。

五连这时已基本打光，姜团长已经命令二营四连加入战斗，但是一直在师前指观察这场战斗的师长等不及了，他本来就不大放心让三十七团打这样的硬仗，现在更担心的是这场攻坚战斗久拖不决会直接影响我军按时对辽阳城发起总攻，直接命令师主力团三十四团一个营接管战斗。千秋带的二排最后七个人虽然一直没有得到增援，却一直坚持在敌第三道阵地和山顶敌最后一道阵地之间，靠从敌人阵地上找到的手榴弹打退了山顶敌人的多次反扑，同时也吸引了后者的全部火力和注意力，掩护三十四团二营一个连顺利地从后山攻上山顶。

809高地被拿下之时，我军对辽阳城发起总攻的时间也到了。总攻立即开始。只经过了半天时间，无险可守的辽阳城即被我军解放。辽阳之战的关键战是对809高地的攻击，在809高地之战中付出最大牺牲的是三十七团，但拿走胜利荣誉的却是最后攻上山顶的三十四团。

最让千秋一生难忘的是，在这场战斗最艰苦的时刻，大姐带着一支救护队，又像她在平度城下那样，神奇地摸进了他和二排的最后七名战士死守的敌第三道阵地上方的小山坡。大姐找到他们时，千秋已经因为失血过多昏迷过去。

在后来的日子里，他才从战友们断断续续的闲谈中得知，是大姐在战斗结束前最危险的几分钟里，一边用身体护住他，一边抱紧他，猛地一滚才从那片小山坡上向下滚进了敌人的第三道战壕，不然他一定逃不脱随后敌人雨点般打过来的一阵子弹。

大姐带他到了敌第三道战壕后一刻都没有停，又抱着他从那里直接冒死跳下了悬崖，她让自己的身体先着地，保护了昏迷中的千秋不会被摔死，然后才将他交给悬崖下跟上来的一支当地民工担架队。这时三十四团的那个连已经在山顶上结束了战斗，大姐听到消息后转身就跑下了高地，对于脚下是不是敌人的雷场想都没想，到了山下马上赶到曾佑华的火线包扎所，命令老钱回去把团运输队的六辆大车全赶过来，她自己亲自带队，把经过火线包扎所紧急处理的千秋和五连全部伤员运往我军收复庄河后设在那里的后方医院。

这一夜大姐一路上都在喊他的名字："千秋，千秋哇，我是大姐，你快醒醒，快醒醒啊，你可不能就这样吓唬大姐……"
大车跑了一夜，大姐也就这样哑着嗓子喊了他一夜，大姐那时
是担心他一直醒不过来就完了！

千秋在大车队驶进后方医院时醒过来，发现自己仍被大姐
紧紧抱在怀里，而大姐的脸上仍然挂着泪珠。

三十七团在809高地之战打得虽然不露脸，但除了基本打
光的五连，其他连队仍在总攻发起后随师的主力从东门打进了
城。姜团长对于团炮兵连在809高地之战中虽然打掉了山顶敌
人的重机枪，却对改变整个战斗进程仍然没能发挥很大作用不
满，一进城就对老任说："快带人给我找炮弹去！下次打仗，炮
连要是还这么没用，我就解散了你这个连！"

大姐将千秋和伤员们送到庄河后马上又赶回了已被攻下
的辽阳城。从这一时期起三十七团的供应问题开始由上头解
决，她不用再带人到处打粮，但是她知道团长需要她的这些大
车。果然回来后团长给她的第一个任务就是满辽阳城跑，帮着
老任找炮弹，另一个任务就是找敌人的炸药库。虽然师长后来
嘲讽过他的"活动的地雷"的说法，但对眼下的姜团长和他的
三十七团来说，找到炸药还是比找到地雷更为重要。

千秋只在庄河后方医院待了半个月就跑了回来。他提前
挂着拐搭上了一辆便车，回到了正在辽阳、本溪一带驻训的

三十七团。

姜团长看他拄着拐回来，并不高兴，说："你这样回来怎么行军打仗？赶紧回医院，不然一有行动，我还得让人把你安置在老乡家里去养伤。部队不能带着伤员打仗！"

千秋坚决不同意回后方医院，更不答应部队一有行动就被安置到老乡家里养伤，真那样部队一走蒋军打回来，他可能连命都要丢掉。

大姐这时站了出来，找到姜团长，说："千秋是我兄弟，你们不管我管。我用大车拉着他走。"

千秋同样拒绝了大姐的好意，他知道团长刚才那么说话就是想赶他回后方医院养伤，部队一有行动不会真的就把他送到当地老乡家里去养伤，不再管他，但那时他想的是另外一件事：只有他能让团长和全团看到自己就是拄着拐也能和大家一起行军作战，才能证明团长错了，他是可以不回后方医院的。

连里都是他的生死弟兄，大家也向团长表示可以带着千秋行军打仗。团长哼了一声走了，不再坚持让大姐马上把千秋送回庄河。1948年年初几个月，千秋一直跟着五连在风雪严寒中行军打仗，坚持用拐和一只半脚行军（右脚此时只能用前脚掌走路，所以称半只脚），没几天就不行了。大姐带人来，死活把他架到大车上，一边拉着他走，一边骂他："知道你要强，但也不是这么个要强法儿！有大姐的大车在，为啥一定要自个儿走？"

千秋很凶地顶撞了她："我愿意。我不是三十七团的累赘……再有一个我这样的，你也能天天拉着他走吗？"

他不是有意要让大姐生气，是觉得这样被大姐拉着行军，会被团长小看了自己，觉得当初自己说了大话。

"再有一个，我把你们俩一起拉庄河去！"大姐说。

千秋的伤口化脓，发烧，坚持不让人看出来。部队离庄河越来越远，就是大姐真想送他回庄河也不行了，道路已经被蒋军二次遮断，现在千秋最担心的是团长发现他的伤势仍然严重，真会把他安置到当地老百姓家去。

自从明白了革命队伍里有真革命和假革命两类人，一心要做一个真革命的千秋此时已经不担心自己到了地方老百姓家养伤会死掉，他现在最担心的是像老温那样一旦离开三十七团就回不来了。渡海以来三十七团就是他的家，团里的同志从团长到大姐都是他的亲人，一想到要离开三十七团他就会浑身发抖。

"大姐，无论如何我都不能离开三十七团，除非让我死。"他发着高热，含含糊糊地说出了一直埋藏在心底的话。

这个冬季敌我双方在辽阳、本溪、营口一带反复争夺，部队行军作战频繁，常常露宿雪原，伤病中的千秋觉得它和刚刚过去的那个坚守二道河子经历的冬天一样冷彻骨髓。大姐一个冬天对他不离不弃，常用大车拉着他行军，夜里看他实在冷得发抖，就带上自己的被子爬上大车用被子把两个人围在一起，抱住他，用自己的体温让千秋觉得暖和一点。

一天夜里天气实在冷得邪乎，野外气温降到了零下四十二摄氏度，大姐将大车停在一片柏树林子里，又抱着被子上了大车，对病得迷迷糊糊的千秋说："千秋兄弟，姐也不是外人，我的事你都知道，姐是过来人，姐真没有办法让你暖和过来了，你别嫌弃姐，姐觉得今天夜里只有这一个办法了。"

大姐边说边解开了千秋的衣服，只留下了贴身的内衣，也解开自己的衣服，胸口对胸口地抱住他坐了一夜。

天黑下来时千秋自己也觉得熬不过那一夜了，天亮的时候他醒了，并且马上知道自己度过了那一道他已经清清楚楚看到的死亡之坎。

大姐也在这时醒过来，急急忙忙穿好自己的衣服，又帮他扣好衣扣，裹上一件缴获的蒋军大衣，贴着耳朵对他说："姐实在没法了才做了这件事。你能活过来真是太好了，连曾军医都说你活不回来了呢。可这件事你要一辈子烂在肚里，你知道的……要是能熬过战争，姐总归还是要嫁人的。"

千秋哭了。他又把那句话轻轻对她说了一遍："姐，你放心，真是仗打完了，革命成功，没有人要你，我就娶你。"

辽沈战役打响前那段时期，至少在千秋的记忆里，我军尤其是像三十七团这种不是主力的基层团队的战斗与生存环境依然艰苦。虽然供应上大致有了保障，但是别的战斗物资——更好的枪、步兵随伴火炮、足够的炸药甚至是急救包——总是匮乏，每战之中和战后还是需要大姐带着千秋和团里临时派出的小分队去战场上到处搜寻，以满足全团的需要。

大姐除了支前有时也直接参加作战。1948年早春，千秋的脚伤差不多痊愈了，回到了五连，团长仍然命令大姐和他带着二排四处寻找炸药。一次他们已经出发，半途上又接到命令，姜团长要他们去沈阳到营口间的一段铁路上埋炸药，颠覆蒋军的一列由沈阳向营口运送军火的列车。他们到早了，敌人的火车晚点三个小时，他们也就在没膝深的雪地里趴了三小时。风雪很大，和千秋趴在一起的大姐突然开口问他："千秋兄弟，你为啥要加入八路呢？"

千秋惊奇她会在这种时刻问他这个问题："大姐，你……怎么了？怎么问起这个来了？"

"回答我。大姐早就想问你了。"大姐说。

"这个……家里穷，吃不上饭。日本鬼子在我们村盖炮楼，打了我父亲一巴掌，差一点一刺刀捅死他。我恨日本人，有天夜里八路去我们村打炮楼，我觉得特解气，虽然他们没攻下那个炮楼。后来长大了，十六岁，就自作主张从家里偷跑出来，投了八路。"

他不想讲这些往事，但是问他话的是大姐，他不能不讲。但即使是大姐，他也不会让她轻易触碰埋藏在心底的那些伤他伤得最深的秘密。

但大姐可不是一个那么好糊弄过去的人，她想了想又说："大姐信你的话。但一定还有别的原因……"

现在千秋明白大姐要问的是什么了。他想了想才回答："我还从来没对一个人说过。我当八路，一直坚持到这会儿，就因为一件事。"

"说出来让大姐听听。"

"因为你。"千秋忽然想开一个玩笑。

"胡说。你当八路时还不认识姐呢。"

"大姐你怎么就——"关于自己，哪怕是对刚刚救了自己命的她，他也还是不想说。

"一定得说。不说不成。"大姐坚持地看着他说。

"真的一定要说……那我就说。谁让你是我大姐呢……我从家里逃出来投八路。我娘一只眼都哭瞎了，借了别人家一头驴，骑着天天进山里到处去找我，半年后才知道我们连当时驻扎的村子。我娘找到那个村子……天都黑了，又冷又饿，人都快不行了……我当时在村子外头搞生产，不在村子里，听着我娘来了扔下镢头一路紧跑着回村去见她……我的老连长叫许何，他最先听说我娘来了，先把我娘接到村里，找房东住下来，又自己扛了个笆子，去村外河滩里扒了一筐干草，背回来，给我娘住的屋子里的炕烧得热乎乎的，又用自己每个月一块钱的伙食尾子买来四个鸡蛋，给我娘炒了四盘菜，烙了饼，烧了汤，让我娘吃……我一脚进了屋子，看到连长正陪着我娘吃那四个菜的一顿饭，我就哭了……就觉得我这一辈子跟定八路了，我生是八路的人，死是八路的鬼。"

"为啥？"

"大姐，你怎么不明白呢……我娘这一辈子，都没人对她这么好过。是共产党八路军让我娘吃到了有四个菜的一顿饭。"

拂晓前他们漂亮地完成了埋炸药炸火车的任务。但是更重要的一件事也开始了。不知不觉间，千秋和大姐生命中最重要的一次对话也从这一天开始了。

这种对话不是有意的，但却是两个人都隐隐地渴望的。不只是大姐希望更多地了解千秋的心事，千秋也慢慢地意识到自己也希望更多地了解大姐的心事。或者白天，或者晚上，或是行军途中，或是到了宿营地，突然间，被中断的对话就恢复了。

"还有话你没对大姐说。"某一天千秋又带着五连二排和大姐的大车队一起行军，因为他们又要和大姐一起去执行一项任务。大姐还是担心他的右脚，让他爬上大车坐在自己身边。

"说吧，我想知道。"

"大姐呀，早知道你这么爱打听别人的事，我就啥也不对你说了。"

"说呀，不可能只因为那一顿饭。一定还因为别的。"

千秋冲她笑了一笑，想把话题岔开。大姐不依不饶，说："不行，一定得说。马上就要打大仗了，这会儿不说，以后或许就没时间听你说了。"

千秋不笑了。参加八路后他真的有一桩秘密长期埋在心里，就是对自己的第一任班长刘贤章、入党介绍人夏国民、第一任连长许何，都没说过。

"大姐，我不想说。"

"那还是有。"

直到这天任务结束，千秋才红着眼睛对她说："大姐，那件事你知道。在胶东上船后，我们老营长温书瑞对你说过。"

"老温？他对我说过啥？"

"他说我小时候要过饭。"

大姐被惊了一下，脸都红了，笑着看他，说："我想起来了，老温是说过……可瞧瞧你，我当时就说了，穷人家的孩子要过饭算个啥，这也值得你藏在心里不对我说？"

"我不想对你说，对老温也没说过。我要饭和别人要饭不一样。我……十二岁了没有裤子穿，我那么大了光着腚去要饭，我十二岁都长得很高了，我像个大男人一样，光着身子，走三十里路到山里去要饭！……"

千秋突然放声大哭。他仍然没有对大姐说出自己心底最惨痛的记忆。穷人家的孩子要饭不算个啥，但是穷到极致的人家的那种窘迫，譬如全家人真的就只有一条裤子，大姐二姐长成了大姑娘也只能天天待在家里不出门，还有……极度的赤贫带来的家庭成员以当时认为"不名誉"的方式的逃亡和离散，因为一次次发生这种"不名誉"的事造成的，他在村里人眼中看到的，对这个家庭的普遍的鄙视和时不时的羞辱……所有这一切都深深地埋藏在他的心底，任何时候都说不出来，却一直不会忘记，永生都不会忘记。

"十二岁那年春荒，家里一连好几天揭不开锅，娘突然拿出了两只碗、一个篮子，逼我带着小我一岁的弟弟千冬去要饭，话没说出口娘就先哭了……我怎么去要饭，不是怕冷，那时候山里还有雪呢……是我出门时要穿全家唯一的一条裤子，可我小弟也要穿，他是真冷，但是我爹不让，因为这是全家唯一能穿出去的裤子，万一走到山里被人剥走了，全家人就真的出不了门了……我爹骂我你一个男孩子光着腚出门怕个啥,我说我个子太高了,我小弟一出门光着腚没有人看,可是我一出门,家家户户都会趴在窗口或走出门来看我……可是我怎么办呢?我想死的心都有,可是看不得娘那一双泪眼,我心一横,咬牙接过了她递给我的要饭篮子和打狗棍,带着小弟就出了门。

"走出家门时我娘又赶出来,告诉我一条一条规矩,譬如不敢在三十里内的村子里要,那会碰上亲戚,只能远远进到山里去要……譬如饿死也不能偷,只要不是人家给的,一块别人扔在地下的干饽饽也不要捡……

"我还是带着我们家老四去了,这是头一回去要饭。我们弟兄俩因为都没穿裤子,半夜便早早起身,瞅着村里没人能看见时离开家,摸黑走四十里路到山里……已经是大早上了,我们俩就那样全身光着,蹭到人家门前讨吃的,喊爷爷叫奶奶……第一声我们弟兄俩谁都叫不出口,忍不住抱在一起放声大哭……这就引出了主人,给了我们几块剩饽饽,舍不得吃,放到篮子里带回去……你说得对,穷人家孩子出门要饭不算啥,可是我那么高的一个人光着身子,走到哪个村,哪个村的人全都走出来看我,一边说:'瞧瞧,活了一辈子,没见过这么大的孩子还光着,穷不丢人,可不该这样光着就出来。'……有一个先生,看见了我,像看见了鬼似的喊,一开始我听不清

他在说啥，后来才听清了他是在喊：'丑闻！丑闻！'

"家里七口子人，除了爹娘，还有两个姐姐一个妹妹，她们就是想去要饭也出不了门……最难熬的是头一天，我还被人家放了狗咬伤了右腿，不是因为穷人家的孩子去要饭，人家放狗咬我，是因为我这么大孩子了光着腚就进了他们村，让他们家姑娘媳妇瞧见了……要一天饭来回走七八十里，天黑前到了村外还不敢回去，怕让村里人撞见，兄弟俩饿着肚子蹲在村外一条大沟里，等到夜深人静，才出来摸黑溜墙根回家……一到家小弟就晕倒了，一家人用我们要回来的剩饽饽熬了一锅稀糊糊，狼吞虎咽地吃呀，没有人想到让我和小弟也吃一口，其实我们俩要了一天饭啥也没吃，家里人还以为我们在外头吃过了……"

千秋说到这里，号啕大哭。

大姐将他紧紧抱在怀里，直到他平静下来，才说："你也想知道大姐为什么要参加革命吗？"

千秋一下就不哭了，抬起了满满都是泪的脸。他太想知道大姐的身世和革命经历了，说："想啊。大姐您快说。"

"我走过的路太直，简单，其实没有啥好说的。"

"可是我想知道！"千秋叫起来了。

"民国二十七年，现在喜欢说公历，1938年，八路军到了胶东我们老家，开始建立根据地。第二年冬天办识字班，我和村里的姐妹们都被村长轰去上夜校识字。你知道给我们上课的是谁？"

"谁？"

"林月琴大姐，你在庄河见过，罗司令——罗政委的夫人！林大姐给我们上的第一课不是抗日打鬼子，是告诉我们这些女人，中国要进步，就要先解放妇女！"

"…………"

"你什么表情啊！我就知道我一说你就是这个表情。当时我们村里男人们也都是你这个表情，什么妇女解放，老娘儿们要造反吗？三从四德，嫁鸡随鸡嫁狗随狗，嫁个扁担抱着走，那一套老理儿不时兴了？连我娘第二天晚上都把我关屋里，不让我再去听课。可是头天夜里林大姐一番话就把我的心给说活动了，就好像你过去一直活在一口井里，她一席话就让你看见了天！林大姐头天晚上没教我们识字，她就讲她自己的革命经历……林大姐可不是我们这样的乡下柴火妞，她是大户人家的小姐，正经念过洋书，十五岁参加革命，担任鄂豫皖边区特委儿童局的局长，十七岁就当上了红四方面军妇女工兵营的营长，二十一岁参加长征，两爬雪山三过草地。长征到达陕北后跟时任军委后方政治部主任的罗司令结婚。你想罗司令那时就是多大的官呀，她做官太太就好了，可她说不。你听好了她说的是个不！罗司令是罗司令，她是她，又当八路军驻西安办事处的秘书、支部书记，又当晋西南区委训练班的班主任，还分管八路军——五师司令部直属队的干部工作，——五师直属队那么多男人，到了她面前，都得规规矩矩地听她管。一个女人能干这么大的事，比男人丝毫不差，这当间儿也还没有耽误她做一个好妻子，照顾丈夫，养育儿女。罗司令身体不好大家都知道，这些年多亏大姐照顾，他在山东扛着那么重的担子才没有倒下！

"我的心就是那一天夜里给她说活泛的……我就想我娘、我奶奶、我们祖上那些女人和林大姐这样的人，都是女人，命太不一样了，人家也是一辈子，我们也是，凭什么我们就要像我娘、我奶奶那样活着……林大姐一句话说得真在理，她说中国革命胜利的一个最重要的标志就是妇女解放。过去几千年妇女被压在社会最底层，我们吃苦，我们受罪，就是在自己家里，男人是人，女人也不是人。像刚才你讲的，男人饿急了出门要饭，女人就不能，女人会被当成牲畜一样被人买卖，做娼做奴，生不如死……林大姐说我们妇女姐妹们闹革命，和男同志不一样，我们除了替全民族求翻身解放，更要为自己求翻身求解放。我们女人革命的目标之一就是男女平等，将来建立的新中国就是男女平等的社会，男人有的权利我们都要有。过去世世代代不把女人当人，到了新社会，我们要自己当家做主！"

"后来呢？"

"尽管爹娘把我锁在屋里，我还是爬窗户跑出去，成了我们村第一批妇救会会员，一年后我就当了妇救会会长，入了党，在党的教育下我又当了村长和村武委会主任，带着我们村的民兵在根据地边缘和鬼子斗争。我学会了打枪，学会了使炮，不管是村里的土炮还是鬼子的九二式步兵炮我都会使。和刘抗敌团长成婚的那个拂晓，我就是用村里的一门土炮挡住了就要进村的鬼子，帮他骑上白马逃上了后山，给全村的老百姓撤上后山争取了时间……你瞧，我发誓忘掉那件事，可还是……"

"大姐，不管是参加革命前还是以后，你也和我一样，心里有不想对人说出来的秘密吗？"

大姐迟疑了一下，才说："当然有。"

千秋一时间又后悔自己问出了这句话，因为他感觉到了大姐的犹豫。

"大姐，要是不想说，您就别说。"

"没什么不能说的，尤其是对你，你不是我在三十七团最亲的人吗？"大姐说。

她的目光悠远，望出去的方向什么也没有。千秋却觉得她正在望着自己永远都不会忘却的一件往事，一个时刻，一幅场景。

"民国三十一年阴历八月初七，胶东鬼子对我们昆嵛山根据地展开'大扫荡'，我们村首当其冲，没有抓到我，抓到了我爹娘。因为我是村长，鬼子逼着村里男人当着我爹的面强奸我娘，不从就让别人强奸这个男人的闺女。我娘趁他们一下没注意抓紧跳了井，他们还怕她不死，朝井里扔手榴弹。我爹挣扎着扑过去救我娘，被鬼子抓住，放狼狗活活撕开了身子，把肠子拖出来。鬼子想用这样的办法吓唬村里人，不让任何人再当抗日的村长。"

"大姐，我明白了，你为什么过海后一直跟着三十七团走，除了我知道的事情，其实还因为……你自己也想留在队伍上，你心里一直都记着这些事，你想帮助我们打赢在东北的战争。"

"千秋哇，大姐有些话一直没给任何人讲过……姜团长没有，就连欧阳政委活着时我也没对他讲过……大姐一直没离开三十七团，一直跟着你们打仗，真的是想看到我们共产党不管多难都能扛下去，真的是想看到我们能打败看上去不可战胜的日本鬼子和蒋介石。大姐又不是高贵人家的小姐，大姐就是胶东山里一个普普通通的柴火妞，可是大姐真想活着看到林大姐说的那个新中国能建立起来，不但赶跑了日本鬼子，还要把世世代代欺压穷人的恶势力恶规矩全打倒。大姐盼着两个解放：一个中国要解放，推翻三座大山；一个妇女要解放，建立起男女平等的新社会。大姐就是为了这个，才铁了心地要革命到底。

"大姐还有一个秘密要告诉你，我跟着你们团渡海两年多，人没回去，可是心……时时都会回去。可我也知道我不能回去。眼下革命才真是到了节骨眼儿上，我一个女人帮不了革命很大的忙，但我总能做些我能做的事，上战场救人也行，赶大车运伤员找炮弹也行。总之我们一定得赢，不然那么多烈士，包括我爹我娘，被我这个狠心的娘扔在胶东的我的孩子，他们的牺牲就白瞎了。"

两个人长久地沉默地坐着，望着面前这一片陌生的异乡的山野。冰雪仍然覆盖着大地，但是春天的气息又一次随风来到人间。他们望着夕阳，听着远方隐隐传来的战争的声响，隆隆的炮声，大片大片山林在燃烧的味道，一动也不动。

但是千秋知道这一刻两个人心里都有大火在熊熊燃烧。他又一次想到了那件事：革命不是所有曾经参加到这支队伍里来的人支撑下来的，革命是像他和大姐这样铁了心要让共产党赢的人——他心中认定的那些真革命的人——支撑下来的。这样一批人各有自己的原因非要共产党赢不可，共产党不赢他们的斗争、牺牲、理想就失去了意义。就连他们作为一个人的生命活力也会完全丧失——过去不知道为什么活着还可以活下去，现在不行了，因为心中知道会有更好的中国，为什么还要和一个不共戴天的旧中国一同活下去？

到了这里，这场对于这一对在革命战争的过程中偶然相遇、结识并生出了骨肉之情的姐弟同样意义重大的心灵对话并没有结束，因为还有一个问题萦绕在千秋心上。

"大姐，你觉得我们共产党这回真能成事儿？"

大姐扭回头认真地看了他一眼，良久才道："千秋兄弟到这会儿还是不觉得我们共产党能成事儿……可是有的人，比方说姜团长，他眼下就觉得我们共产党这回真的会赢，老蒋一定会输。"

千秋不说话，盯着她看，一句话到了嘴边又咽了回去。

大姐一眼就看透了他的心，说："我和你一样，都到了这会儿了也还是没有姜团长那么乐观。东北蒋军的战斗力依然强大。我们的兵力虽然第一次超过了他们，但在火力上还是不如他们。要是蒋介石再往东北增兵，鹿死谁手仍然不好说。"

千秋不相信我军马上就能赢，但大姐这么说话，他心里还是不痛快。他站了起来。

"大姐，他再增多少兵我们也不怕。我们连渡海后最艰苦的两年都扛过来了，大不了再回到二道河子打阻击。姜团长说得好，革命不成功，我们就一直和老蒋死磕，只要他不把我们这些人全部消灭光，他在东北就赢不了！"

他这一时期和大姐的对话就以这种让千秋心里不痛快的方式结束了，直到塔山阻击战结束的那个夜晚两个人才又恢复了这场谈话。但是对于千秋来说，有过这样一次如沉入深水般的心灵对话和没有它完全不同。他更多地理解了大姐，也更多地理解了自己，尤其是更多地理解了他正在参与其中的中国革命。

18

"还是没有白马。"

"有的，欧阳政委来时骑的就是一匹白马。"

"欧阳政委的白马哪儿去了？"

欧阳政委牺牲后，运输队里取代老钱成了马夫中的老大的老孙向大姐建议，让白马拉大车。

大姐仅仅用那样的眼光看了他一眼，老孙就再也不说话了。

那是怎样的一眼啊。那双眼睛仿佛在说：没有了它的主人，这样一匹马中神骏，就应当像那些驽马一样去拉大车吗？

大姐照样天天亲自拉着这匹白马去营地外的小河边饮水，仍然像照顾一个人一样照顾它。但是辽阳之战结束后的一天早上，姜团长到了运输队，也没见到大姐，只跟老孙说了一句，就骑上白马，又带上自己的坐骑——一匹新的三岁口的栗色马走了。

晚上他回来了，只有栗色马，没有了白马。

又过了一天，团炮兵连多了一门山炮和二十发炮弹。

大姐回来后就听老孙说了这件事，她一句话也没问，再后来也一直没问姜团长拿欧阳政委的白马去哪里，和谁换了这门山炮和炮弹。但是炮兵连连长老任却非常高兴，因为他的炮兵连终于有了两门炮，后一门山炮八成新，又有了这么多炮弹，他几乎是个富翁了。任鹏举连长马上动静很大地提请团党委给他的炮兵连增加编制——由一门炮三个人扩编为两门炮两个班。

团长爽快地答应了。老钱早就不当马夫了，他现在铁了心跟着老任，在团炮连当炮兵班班长，但他要求由他的班接收那门用白马换回来的山炮。

刘德全升任副团长兼参谋长。关于那匹白马，他曾私下责问过团长："你拿欧阳政委的白马去换一门山炮，有没有考虑过赵秀英同志的感情？你想在她的伤口上撒盐吗？"

姜团长一眼也不睬他，走了。后来被逼急了，说："你什么情况都不了解，不要瞎发议论！第一，欧阳政委牺牲了，难道你就不想让她早点走出来？第二，你知道这匹白马是谁送给欧阳政委的？"

"谁？"

"刘抗敌副师长！"

"我的天哪，"刘德全叫起来了，"怎么会是他？"

"这件事秀英同志早晚都会知道的，所以……啊，还有一件事，只要赵秀英同志还在三十七团，这个团任何时候都不能再出现一匹白马！"

白马随欧阳政委来了，欧阳政委一走，它又走了……有一阵子，千秋觉得大姐的心都被掏空了。

有时候她一个人静静地坐在河边树下，身边没有了白马……他远远望着她，觉得那匹白马仍然站在她身边，一直都没离开。

"白马就在我心里，永远都不可能离去。"

还是说三十七团吧。由于辽阳城外809高地攻坚战没打好，这个团在军区首长心中又回到了不能打进攻，尤其是不能打主攻，但打打防御还可以的看法上。从1947年冬天到第二年春夏之交，攻势越来越强、在战争中越来越占据主动位置的我军开始向四平、本溪、辽阳、营口这些南满地区的中型城市发起强攻，仍旧占据大中城市和主要交通线的蒋军则频繁沿交通线调动兵力，和转入攻城战斗的我军展开殊死搏杀。

不但主力部队的战斗越打越残酷激烈，就连三十七团这种只能做预备队或者打打防御的团队也进入了一种战事频繁、疲于奔命的状态。今天刚刚接到命令去某城外围构筑防御阵地，阻击某地来援之敌，保障主力向某座城市发起强攻，转眼又接到一道命令，不要在这里打防御了，以强行军速度十万火急地赶到另一个地方构筑阵地，准备对付来自另一个方向的敌军增援。不过全团官兵的心情很好，都说自己的团除了打防御战和进攻战，现在又学会了打"运动战"。

有时候他们还会被首长派去替主力部队打扫来不及打扫的战场，到了以后却发现是让他们作为诱饵去迷惑敌人，让对方以为我军主力仍在某地，但其实后者已经快速运动到另外一座坚城之下，突然发起了攻击。但有时候敌人真的认了真，三十七团真的被当成了主力，那就是他们不想冒充主力硬扛也得硬扛，恶打一仗了。

所以有一阵子，整个形势看我军是步步前进，到处都是好消息，三十七团的伤亡率却有了增加。新补的兵三个月后就有可能当班长，新上任的班长可能打了一仗就当了排长。基层指挥员伤亡这么快，有的连队一仗下来已经任命了三位连长，临到部队撤下来时新换的连长和指导员还互相不认识。

刘德全副团长兼参谋长就在一次这样的战斗中发了牢骚，他本来就对老让三十七团执行这种任务非常气愤，非常抵触，认为上级不尊重三十七团。"把我们团看成是后娘养的，这是打定了主意让敌人把我们消灭了，要真是这么想干脆给我们撤了编算了！"姜团长却还是老脾气，命令是要坚决执行的，真被敌人以假当真认成了主力，该死扛还是要死扛的。但万一哪天又碰上了好事儿，主力打完撤了让他们去进城继续打扫战场，他就会反复命令全团，要在别人可能已经打扫了多遍的战场上"留点心"，尽可能地找回那些别人看着没用实则有用的武器装备。

执行这样的任务经常会和火速赶来的国民党反击部队接火，一边打一边撤，伤亡多缴获少，有时还会被打得狼狈而逃，让被我军神出鬼没打得发了疯的敌人紧追不舍，重演摩天岭溃败后的经历。

但即使是在这样被三十七团的老兵油子们常常喜欢自谑地称为"天天被打得狼狈不堪"的战斗过程中，姜团长的命令还是被坚决地执行了，每次战斗或者在别人屁股后头去打扫战场之后，大姐的大车数量经常会变化，因为打的是"运动战"，除了最早的两辆大车，就连新开岭战役中缴获的两辆美国胶皮大车也被跑掉了，这些大车不断地被跑掉又不断地有新的加入，这个时候仍然维持着六辆的规模——仍会被各种有用没用的家伙什装得满满的。

于是塔山阻击战前，老任的炮兵连已经有了五门炮。除了那门山炮，其余四门都是用各处捡来的火炮零件重新组装的，就连大姐从摩天岭上扛下来的那门日式九二式步兵炮炮筒子，也在一次被敌人"打得狼狈不堪"的战斗之后捡到了炮架和底座，靠老任一双手，重新安装成了一门完整的九二式步兵炮，炮连跟着也就扩编成了两个排五个炮兵班一个炮兵侦察班，加一个连前沿观察所。

有了炮就要有马，姜团长又批准他们成立了一个有七匹马的驭手班，三匹马拉那门山炮，其余四匹驮剩下的小炮，成了全团人数最多的一个连。用老任的话来说，他现在兵强马又壮，土地爷放屁——神气！

1948年2月，我军解放鞍山，三十七团战后又被派去打扫战场。哪里还有什么要扫的东西呀，就连野战电话机这样的小东西也早就被前面的部队搜了个干净。三十七团进城后攻城主力已经撤了，姜团长派出去的人只在大街上发现了一辆被打坏的敌坦克。姜团长自己爬上这辆坦克，回头叫来老任，让他把坦克上的重机枪卸掉。

老任说："我是炮兵，不是机枪兵，再说坦克上的机枪只有一条腿，怎么打？"姜团长说："你别管，让你卸你就卸。"老任生了气，噘着嘴把只有一条腿的重机枪卸下来，回手又放进了大姐的大车。这次连大姐也说，这么大口径的重机枪子弹去哪里找，没有子弹也不好使。姜团长就自己去坦克里找，居然找到上千发这种口径的坦克重机枪使用的子弹，一起装上大车。回头他一眼瞅到了千秋，问道："你瞎跑个啥？找到点啥没有哇？"

千秋说："团长，那边就是炸塌的敌军部，房子里有一部电话交换机，要不要？"

姜团长一开始没听懂他在说什么："电话交换机是啥玩意儿？"

"就是电话局接转电话的总机。"千秋说。

"又不是枪，那要它干吗？"刘德全副团长兼参谋长说。

姜团长想了想，说："走，带我去看看！"

千秋带他走了两条街，到了被炸塌的敌五十二军军部，看到了那台小型电话交换机。

姜团长看了一会儿，说："弄回去带走。"

出了门他抬头又看了看身边电线杆上的电线，说："有总机就一定有电话，快去给我找电话!"

千秋就又带人跑回成了废墟的敌军部房子里找电话，一下发现了好几拐子军用电话线，外加十几部没开箱的野战电话机。

姜团长高兴坏了，说："你别在五连当副指导员了，你到团里当通信参谋好了。"

八连昨天刚刚俘虏一个军官，还没审就承认他只是五十二军的通信连长，没有上过前线，也没有开过枪。姜团长就让这个俘虏军官教千秋使用野战电话交换机和全套野外通信技术。部队一路走就一路教，千秋学得很快，三天后到了下一个宿营地他就学会了。姜团长说："学会了就试试。"

由于这一次的缴获，三十七团当晚就在新驻地建成了一套由一部二十门西门子电话交换机和四部电话终端组成的通信网。团长可以在团部同时和各营营部通话。千秋也就此离开五连，成了三十七团历史上的首任通信参谋。

半年后，辽沈战役打响在即，东野总部要求各部队加强司令部建设，他又成了三十七团的首任通信股长。

而三十七团这样一个直到此时仍然没有打出名气的"最后一团"，却成了东北战场上我军第一个拥有电话总机和一套完整电话网络的团队。此外它还成了我军第一个拥有成建制炮兵连的团队。

这套电话网络连同这个成建制的炮兵连，在塔山阻击战中发挥了重大作用。

对三十七团官兵来说，塔山阻击战来得非常突然。但是一场事关东北和中国命运的大决战就要打响的消息，全团的官兵却比主力部队都知道得更早。

原因是这年9月的一天，部队在做了三个月休整和大练兵后，突然从辽东长途奔袭，进入辽西，切断北宁线，向义县、绥中一带转移，在一个小火车站上，大姐意外地看到了久违的罗司令——现东北野战军罗荣桓政委。

经过1947年和1948年春天的反攻，我军此刻已在东北控制了百分之九十七的土地和百分之八十六的人口，成了全国战场第一个总兵力超过蒋军的战略区。东北蒋军四个兵团十四个军四十四个师（旅）加地方保安团共五十五万人，被分割压缩在沈阳、长春、锦州三个互不相连的地区，战争的主动权完全转移到我军手中。

这次我军奇兵突袭北宁铁路，将关内敌人通向沈阳、长春之敌的陆上交通完全切断，敌人的补给开始全靠空运，物资供应匮乏的事情轮到了他们身上。这年9月，中共中央在西柏坡开会，做出了抓住有利时机与国民党进行战略决战的决定。东北地区在国内重工业最发达，又是全国最大的产粮区，军委决定把大决战的第一个战场选择在东北，战役的关键是首先夺取锦州，对东北蒋军造成"关门打狗"之势。时任东北野战军政委的罗荣桓和东野司令部率先到达辽西，正是出于这个原因。

让大姐感动不已的不是罗政委时隔多年仍记得她——一个胶东渡海到东北的女村长——而是罗政委一眼就从正从路东横跨铁路到路西的队伍里认出了她。当时罗政委的列车就停在车站上，他站在月台上一边踱步思考问题，一边望着三十七团全团从他眼前通过。大姐赶着大车，车上拉着伤病员和那挺"一条腿"的坦克机枪，哐哐当当地从临时垫了枕木的铁轨上驶过，也许是声音和目标都太大，正望着别处的罗政委回过头来，看到了大车上的大姐，一惊，笑起来，喊："哎，哎，这不是……秀英姑娘吗？"

大姐和千秋，连同原胶东二分区独立团三营营部的老战士——他们渡海后都在庄河为当时的罗司令做过临时警卫——顿时欢呼起来："罗司令！罗司令！罗司令！"边喊边继续朝路西走。大姐将鞭子一扔跳下车就向罗政委奔过去，她奔跑的姿态，她又兴奋又激动像是快要哭出来的表情，都太像一个女儿见到久违的父亲了……

罗政委一边笑看着她跑过来，一边就说："你怎么还在东北呀，你不是回胶东了吗?"大姐就那样一阵风地跑了过去，众人都以为下面会有一个拥抱，但是没有，大姐跑到罗政委面前突然像个真正的战士一样站住，立正敬礼，但是欢喜的泪花还是溢出来了。

大姐喊着:"罗司令、罗司令，你怎么在这儿呀!"罗政委又笑了说:"你先回答我，你不是回胶东了吗? 怎么还在……这是哪支部队?"大姐就用有一点好笑又有一点责备的语气回答道:"你怎么忘了呀，就是在庄河负责保卫你的三十七团呀。"罗政委像是想起来了又似乎完全想不起来了——他是记得两年多前从庄河上岸后是在胶东过海的某个营部住过，那时还没有三十七团——但只要听到三十七团这个番号，他就知道这是哪支部队了，说:"啊，我知道了，你们现在要去义县。"

千秋觉得大姐自从见了罗政委的那一瞬间，又变成了胶东根据地的女村长，说话也又变得傻乎乎的了。她又像哭又像笑地问了罗政委一个最傻的问题:"你真的知道我们要去哪里?"罗政委又笑了，没有回答她，接着还在问她:"你是怎么回事呀，我还以为当年你就回胶东去了呢。"大姐仍是那样一副见到亲人幸福得不行也傻到不行的表情说:"没有快艇。"罗政委听了又是一怔，快艇的事他也就忘了，说:"什么快艇?"大姐就说:"你说的呀，你说胶东过海的快艇三天后还会回庄河，结果我等了三天，没有快艇。"

罗政委像是想起来了，笑了，说："没有快艇你就回不去了？没有别的船吗？"大姐一时间哪里能跟他说得清楚，因为她的那辆大车停在铁轨上，后面的大车和部队被堵住了路，也都停下了，已经有很多人不耐烦地喊她回去把大车向前赶。

她一边回头答应一边又回头笑看着罗政委，鬼使神差地冒出了另一句话："罗司令你现在安排我回去吧，现在一定有快艇了。辽东除了营口都让我们拿下了！"罗政委也看到了她的大车挡住了后面的大车和部队，他看一眼大车又看一眼大姐，说："既然你都跟着部队打到这会儿了，就别坐快艇回去了，以后坐火车回关内！"

这时又有人喊："前面的快把车赶走！"大姐一边往大车前跑，一边回头喊："罗司令我要走了！我听懂你的话了，我们在东北就要胜利了！"

罗政委没有再说什么，就一直笑着站在那儿，看着大姐像在胶东战场上一样风风火火地跑回到大车上，拿鞭子打马，赶着大车过了铁路，边走边回头朝车站月台上看他……

千秋带着他的队伍——新成立的团通信排，一直跟在大姐的团运输队后面走，亲眼看到了大姐和罗政委的这次不期而遇。他后来回忆说，他和大姐离车站越来越远时，一回头仍然看到罗政委在向他们——确切地说是在向大姐——有力地挥动了一下拳头，表示鼓励。

于是全团从姜团长开始，接着是刘德全副团长兼参谋长，然后是所有的人，都知道了，这次让他们整个纵队突然进入辽西是要打大仗，而这一仗可能是东北的最后一仗，有可能决定东北和中国命运的最后一战。

大姐为了这次和罗政委的意外相见高兴得哭了一路，自从欧阳政委在辽阳城下牺牲后一直笼罩在她脸上的阴霾完全不见了。刘德全副团长兼参谋长还是那个爱开不知轻重玩笑的"二皮脸"，看着她全部身心都重新焕发了生机似的，调侃她道："哎，秀英队长，怎么个意思呀？见一回罗司令，就高兴成了那样！以为革命真的要胜利了？"

大姐快乐地反唇相讥："对！我就是高兴！革命就是要胜利了！"

"为啥呀？急着等仗打完了，让罗司令帮忙找个对象？"刘德全继续调侃她。

大姐高高兴兴地说："对！我就是急着打完仗让罗司令帮忙找个对象，不行啊？"

"当然行。哎，我怎么样？"老刘故意凑近了点儿，放低了声音问。

"呸，没你的事儿！一边儿去！"大姐看都不看他一眼，道。

"我也知道你看不上我。哎，给你出个主意，打完仗你让罗司令，不，最好是找林大姐，让她帮你在首长身边找个像欧阳政委那样的，识文断字，天天吹口琴给你听！"

大姐阳光灿烂的脸就在这一瞬间重新乌云密布。她放下手里正在修理的马笼头，转身面向刘德全，压抑着内心极度的伤痛，一字一字说道："老刘，我们也是老战友了！你要敢再开一次这样的玩笑，我就……咱们就谁也不认识谁了！"

刘德全一张红脸变成了一张黑脸，回到团部，又让姜团长骂了好一阵子。姜团长说："我真不知道战争完了你能干啥……谁都有不能让人碰的地方，有的伤口是能结痂的，有的永远不能……你没有这样的伤口吗？"

刘德全的脸更黑了，他当然有。他内心最惨痛最不能愈合的伤口就是刚娶过门的媳妇让日本鬼子抓住后在炮楼里被虐杀致死，找到时整个人都不完整了。他就是为这个当了八路。

那天他对团长也变了脸色，说："我不想活到胜利。东北大决战就要开始，我希望死在最后一场战斗里。我不能让我老婆一个人在那边等太久。活着我对不住她，革命不胜利我不能死，东北眼看就要胜利了，我想去陪她！"

可能是我军重兵集团在辽西的突然出现并一举切断北宁铁

路，让老蒋嗅出了不祥的气味。就在三十七团到达塔山附近，准备参与攻打义县时，传来了全师立即转向塔山组织坚强防御的命令。命令不是纵队而是东野总部直接越级下达的，可见情势之紧迫。

仗打起来抓到第一批俘虏审了后才知道，这一路从锦西、葫芦岛方向驰援锦州的敌军共有十一个师，并且得到了蒋军海上军舰重炮的支援。敌人的这路援军动作太快，调动其他更能打的部队已经不赶趟，于是比其他师慢一步南下义县、兴城的三十七团所在师，就被总部领导紧急命令直接转向塔山，占领阵地，阻击敌人北援锦州。又由于本师三个团中的一个位置偏远，师的主力团三十四团被配置在塔山正面战场，一向被视为"最后一团"的三十七团则被配置在了塔山右侧的白台山，构筑阵地，誓死堵住北上之敌。

对于全团再次被赋予打防御的任务刘德全并不高兴，看着并不很高大的白台山，他对姜团长说："东北的仗快打完了，还让我们打防御，这是要打到入关呀。这是赔本买卖。还是打进攻好，哪怕打进一座小县城，也是武器洋面要啥有啥，俘虏一抓一大帮，搞一场忆苦大会掉转枪口就可以回头打老蒋。打防御，打防御，再打下去我们怕是又没裤子穿了！"

姜团长这时虽然还不知道全部战场形势如何，但凭良好的直觉，觉得这一仗小不了。他对刘德全说："不是有没有裤子穿的问题，是要准备全体打光！即使这样，能守住阵地，我们也赢了！"

刘德全不大相信，瞪着三角眼问："团长可别吓唬我！真会全体打光？东北就要解放了，三十七团把别人没吃过的苦都吃尽了，这时候打光了，不公平！"

姜团长不跟他矫情，说："行了！你的命不好，我也一样。谁让我们到了三十七团呢。上级虽是临时紧急部署，让我们打防御还真蒙对了。我们打进攻不行，打防御得出点彩。总之做最坏的准备，把在二道河子对付新一军的办法都用上，一是阵地前沿埋地雷，能埋多少埋多少，还要记住灵活掌握埋雷时机，不能让他们一顿炮给我们全轰没了；二是重火力尽可能前置，一个班一挺轻机枪，一个排一挺重机枪，阵地构成要向辽阳809高地上的敌人学习，不但要构成正面强大火力网，还要上下左右前后形成火力交叉，消除所有地形死角；三是要把这座山挖空，构筑能扛住敌人最大口径火炮的阵地，兵力使用上要梯次配置，火力要强，人员要少，尽可能减少伤亡；最后一条，准备持久作战。"

长期给姜团长做副手，刘德全不出主意，但执行力强，只用一个夜晚，全团已把塔山西侧寂寂无名的白台山变成了一座比二道河子阵地更坚固、纵深更大、防炮能力更强，火力覆盖没有死角，保障也更为有力的战斗堡垒。

全团连夜挥汗如雨构筑工事时，姜团长又把两个人叫了过来。一个是千秋，一个是炮兵连连长任鹏举。

姜团长对千秋道："你的任务：不管仗打成什么样子，哪怕敌人的重炮削平了白台山，你这个通信股长和你手下的通信排也要保证所有电话线能够连通前沿所有阵地，保证我这个团长对一线战斗的指挥畅通！"

"是！坚决完成任务！"千秋回答。经过了多年的战争生活，现在的他已经是一位成熟的基层指挥员了。

他转身要走，姜团长又把他叫住了，说："你先等一会儿，你还有任务呢。"

千秋就站住了。姜团长转身看老任，道："任连长，你现在的任务是隐蔽——"

"隐蔽？"老任惊得大眼珠子都要掉下来了。

"对！不让你打的时候一定要藏好，要你打的时候，你和你的炮兵连要像在二道河子那样'一炮定乾坤'，帮助我们三十七团结束战斗！"

老任心里不大托底，试探地问："团……团长，老蒋要是丢了锦州，他在整个东北这盘棋不就死尿了？我们在塔山这儿防御，不让他增援锦州，就像用手掐住他的脖颈，要弄死他。你说他会不会把最后的本钱都赌上，也要冲垮我们的阵地？"

团长不紧不慢地看他一眼，反问："你说呢？"

"那你说的这个'一炮定乾坤'……那、那……会有这个情况吗？"

姜团长生气地盯他一眼，说："话是你说的，我们都把老蒋的脖颈掐住了，还会松手吗？我们打光了还有后续部队上来！让你'一炮定乾坤'，是要你把咱们那几门炮用到最吃紧的时候！三十七团这回就是都打光，也要出彩！"

老任钻进团炮兵连的藏身洞坐下来，才明白了姜团长的意思：塔山地区这是要打大仗。战斗打响后，炮兵攻防战斗一定会先在纵队、师炮兵群和敌人的炮兵群之间展开，三十七团的五门小炮就是参加战斗也没什么分量，但等到敌我双方的大炮打得差不多了，打不动了，或者三十七团要打光了，他这五门小炮突然冒出来，将所有炮弹打在敌人的冲锋集团里，分量就大不一样了！所谓"一炮定乾坤"，团长是要他和他的炮兵连最后为整个三十七团的历史"定乾坤"——为这个被打光的英雄团队写下最光辉的一章！

老任激动了，把全连集合起来做动员。他一激动就结巴："这个、这个大家都给我听好了！团长说了，这一仗咱们都、都、都得玩儿完！可就是玩儿完了，能把老蒋的脖子死死掐住，给他掐死，也是光荣的！但、但是全团都打光了我们连都还在呢，那、那、那时就是我们给三十七团露脸的时候。我们把、把所有炮弹全打进敌人的冲锋集团里去，一炮干、干掉他一大片！我、我、我……"

他说不下去了，眼泪先冒出来……有顷，他缓了口气，声嘶力竭地将最后一句话一点结巴都没有地吼了出来："三十七团第一炮兵连和三十七团共存亡！"

设在山顶西侧凹部的团指挥所里，老任接受完任务走后，姜团长回头看千秋，说："这个任务……想了想还是得交给你。为了全东北的解放，我们团已经做好在这里一仗打光的准备，但你的秀英大姐不能死。"

什么东西猛地堵上了千秋的喉咙，又被他费尽力气咽回去。千秋把一切都想起来了……他一个立正，回答："是！"

"不是要你回答是，是要你回答'保证完成任务'！"

"可是团长，秀英大姐的性格你知道，大战在即，她是不会——"

姜团长勃然变了脸色，意外地冲他大发雷霆："她啥性格！你想说啥？就是为这个我才要你保证完成任务！她是过海后不能回胶东暂时滞留在我们团里的支前人员，不是三十七团的人！再说……我们团一千多人就她一个是女人，我们全团可以打光，但她不能死，她还有孩子和刘德文烈士的老娘要照顾呢。不让她和我们一起死在这个鸟不拉屎的地方东北就解放不了吗？"

千秋憋了一肚子气离开，到山下时气已经消了，也想好了主意。他一路跑向了隐蔽在主峰后面山沟里的团运输队，钻进临时开挖的防炮洞，找到了大姐，说："赵秀英同志，你听命令！"

老孙和大车队的几个人你看我，我看你，都笑了。大姐也疑惑地看着千秋，说："这是咋的啦，你也成精了？——什么命令？"

"姜团长的命令！从现在起你归我领导！现在我命令你赶一辆大车跟我顺着铁路线往北走！"

大姐本来坐着，现在站起来了，她仍然在笑，也仍然一头雾水，好像突然想到了什么，不笑了，大声说："姜团长命令我归你领导？认真说起来你们姜团长都领导不了我。你这半大小子算哪根葱啊！"

"请你严肃点儿！我正在执行命令！"千秋冲她吼，这是他平生第一次这样故意对大姐大声说话，"不管你怎么想，从现在起，你就是归我领导了！部队纪律头一条，一切行动听指挥！"

"干吗呀你，出啥事了？"大姐完全不笑了，沉下脸看他，问道。

千秋仍然硬着心肠说："团长说了，这次我们团要打光。给我的任务是哪怕敌人把白台山炸平。白台山这么高一点点，团长说他们一顿炮就能把它炸平，所以一定会被炸平，就是那样，我也要保证从团指挥所到每一道阵地上的电话畅通！"

"往下说……那又怎么样？"

"今天夜里我打算在每一道前沿阵地分别埋设五根电话线，能埋多深就多深。它炸断我一根还有四根，四根全炸断了我还剩下一根呢。可我没有这么多电话线。根据团长命令，你现在归我指挥，我要你这就跟我沿铁路向锦州方向去割敌人的电话线！"

大姐扑哧一声乐了，道："说你成精你还真成了精，不就是让大姐赶车跟着你去割电话线吗？这么简单的事说了一大车！走！"

大姐转身就出了防炮洞，和另一名外号叫"吃不够"的马夫老迟赶上一辆新缴获的胶皮大车，跟上千秋和团通信排立即出发。

夜晚已经来临，他们沿铁路线往锦州方向走，边走边爬上电线杆剪电话线，卷成一个个大团放到大车上。凌晨1点前后居然神不知鬼不觉地剪到了锦州城外，千秋通过携带的电话机听到了一个敌指挥官正很凶地对某前沿敌人发布死守待援的命令，要求对方必须守到"蒋总统"派来的重兵到达锦州！千秋听完连这一根电话线也没有放过，三下两下就剪了收起来放到车上拉着往回走。

一队敌人发现了他们，紧追上来，"砰砰啪啪"地打了一阵子，千秋带着通信排断后，掩护大姐和老迟赶着大车在前面飞奔，好不容易才没让敌人抓了去。

就是后面这个小插曲，让千秋把来前计划好的一件事给忘掉了！

回到白台山后，他又带上全体通信兵，并指导各阵地指战员，连夜挖沟埋电话线。天亮前他们在团指挥所和各阵地间深埋了不是五根而是七根电话线。所有的电话线又由后山通信排防炮洞里那部二十门的西门子电话总机总控。千秋安排了一名新招的通信兵小苏担任总机接线员——他本来就是鞍山市电话局的一名总机——保证团长随时可以向全团所有阵地同时发布命令，又能和每一个阵地的指挥员单独通话。

天大亮时姜团长在团指挥所试了试电话线，很满意。对千秋说："知道吗，你小子差点就回不来了。你剪电话线差一点剪进了范汉杰的司令部。"

范汉杰是敌东北"剿总"的副总司令，兼锦州指挥所主任。千秋大吃一惊："不会吧？我们没进锦州城！"

"你怎么知道范汉杰的司令部就在城里？"

千秋嗷一声叫起来。他十二万分地后悔起来："什么，我在电话里听到的那个指挥官就是范汉杰？"

"不错，就是他。你剪他电话线的地方，距离他在城外的野战指挥所只有几百米！"

"早知道是这样，我们一鼓作气杀进去，说不定就把范汉杰给抓回来了！"

"范汉杰没抓住，自己差点成了俘虏，还闹出了乱子！"

"团长？我们……什么乱子？"

"总部首长那会儿也在听范汉杰发布命令。你电话线一剪，他也听不到范汉杰的命令了！"

"哎哟！我——"

"总部首长让人查，是哪个部队剪了范汉杰的电话线。纵队的电话一打过来，我就知道了是你干的。可我给你打了埋伏。"

"这么说，我不会受处分了？"千秋嘻嘻地笑了，问。

"你受什么处分，你剪了他的电话线，阻止了他向锦州守军发号施令，延误了敌人调整部署，给我军部队完成对锦州的包围赢得了时间——"

"那该奖励我。"千秋说。

"奖励个屁，首长说了，以后不能乱剪敌人的电话线，让他不能通过这条渠道了解敌人的部署。总之你功过相抵，再说我也没代你承认这事是我们团的人干的……哎，还有一个任务你完成得怎么样？"

千秋一拍脑袋，笑容落下，转身就跑。

"站住！怎么了？"

千秋站住了，头垂下来。

姜团长怒了。"没完成？"

"暂时没有。"

姜团长打雷似的吼起来："怎么没完成？你干啥吃的！"

"只顾割电话线，后来被敌人发现，打起来了，再后来只顾挖沟埋电话线，把原来计划好的事忘了！"千秋回答。

"你计划好了什么事情？"姜团长警觉起来，问。

千秋不想说但还是说了出来："本想趁着割电话线，把大姐骗到靠山屯去。"靠山屯是他们前些天临时驻扎的屯子，"可是枪一响——"

"现在呢？打算怎么办！"

千秋抬头看着姜团长，大声道："团长，天已经亮了，要打仗了我不能离开阵地。要不……团长直接下命令吧，我派个人哪怕押送她，也要把她送走！"

姜团长又哼哼起来，用轻蔑、憎恨的目光看着千秋，说："这么大一点儿事，你都办不好！你还能——"

千秋大声打断了他的话。千秋不喜欢任何人用这样瞧不起的眼光看他，姜团长也不行。

"团长，我这就去对她讲，和她摊牌，请她体谅我，听从团长的命令马上离开——"

"她要是不体谅你呢？"

"那你就枪毙我！"千秋忽然来了脾气。

姜团长看着他，一字一字狠狠地说道："枪毙用不着，但这件事完不成我就降你的职。你回五连当排长去！"

"是！我还正想回五连呢！"千秋回答，转身就走。

"站住！一句还说不得你了！你走了电话的事怎么办？七根电话线看着不少，万一全炸断了呢？保障不了畅通，影响我指挥战斗，我还是要毙了你！"

"那我回来当通信参谋，大不了不当股长！"

大姐就在这时闯了进来，她是为别的事来见团长的，却在外面听到了刚才他们俩的全部对话。

"你怎么来了？"姜团长看到她，吃了一惊，忽然就不愉快了。

大姐看了千秋，又看姜团长，故作平静地说："原来是为了我。行，这一回我领情！千秋不用去送我，我自己回靠山屯去，让老迟送我！这行了吧？"

战斗随时可能打响，姜团长尽可能耐着性子，对她说："秀英同志，还是那句话，你不是三十七团的人。你从胶东一直支前支到东北，今天又支到了塔山，我们团哪一场战斗都没少了你！但这次真不一样，这是三十七团在东北的最后一仗……为了你的孩子和刘德文烈士的老娘，我代表全团和老刘生前的战友恳求你离开！谁都没有权力让你死在这最后一场战斗里，让你的孩子没娘，让死了儿子的刘家老太太没有儿媳妇养老送终！我姜大伟要是连这个也做不到，我还是个人，是个共产党员吗？！"

千秋看得清楚，大姐的脸色呼啦一下就黑了——大姐平日就听不得有人跟她讲自己的孩子，以及刘德文副团长的老娘——大姐转身就走，不让姜团长和千秋看到她就要夺眶而出的泪花。

团长瞪了千秋一眼，喊："还不快去送送！我不能离开这里，你代表我们全团——"

千秋已经跑了出去，他站在山头上，看见大姐一路奔跑下了山，消失在团运输队隐蔽的山沟里，自己套上一辆大车，赶上就走。

千秋跑进了那条山沟，大姐的大车已经跑远了。老孙看看他，问："她是哭着走的。怎么了？"

千秋一句话也没说就回到山顶上的团指挥所，木着一张脸向姜团长报告："走了。"

团长的心思已经不在这件事上了，他命令千秋："快回到你的位置上去，敌人炮兵开始试射了！"

千秋转身走出团指挥所，跟着就往山下跑起来，因为敌人的第一发炮弹已经嘎嘎地划过蓝天响亮地飞过来，接着就落在了山头左侧的半坡上，炸起了一团红黑相间的烟火。

一个声音在他身后响起来，这是作为第二梯队的二营五连二排长、他的老班长和入党介绍人夏国民的声音："快隐蔽！"

敌人的第一次炮击已经开始，千秋几乎是从山头上滚到了山后通信排的防炮洞里。他的指挥位置就在这里。那台二十门的铁路电话交换机同时开始工作，将姜团长的命令迅速传达到每一道阵地上去。

但是他一回头又在洞口前看到了大姐。在炮弹连绵不绝落地爆炸的轰鸣声中，千秋对大姐吼道："你……怎么……没走！"

大姐以为脸上的泪痕擦干了，但是没有。此刻她出现在团通信排防炮洞的洞口，看着千秋，就像看着千秋身后一个遥远的地方，过了一会儿目光才聚焦到千秋脸上，说道："谁也没有权力不让我参加三十七团解放东北的最后一场战斗！就是罗司令，也不会这么不通情理！"

"你说啥……谁不通情理？"千秋接着大吼。

"你们三十七团的人，有一个算一个，都不通情理！"大姐像方才那样盯着他，一字字地说，没有一点软弱，但也没有提高音量。

"…………"

"你们姜团长都说了，来到东北，你们团哪一仗没有我？就剩下最后一仗，最关键的一仗，决定东北胜败的一仗，决定中国命运的一仗，不让我参加了……凭啥？"

"大姐——"

"别叫我大姐！我差一点听了你们的话，我这么蠢！我都往靠山屯走了一里多路，忽然想到我不能回那里去！"

"为……为啥？"

"靠山屯房东葛大娘的儿子和儿媳妇都来支前了！我本来就一直和你们在一起，我一直都留在你们团支前，怎么能走？"

敌人的炮击更猛烈了，一时间整座白台山都在摇晃、震颤，仿佛整个世界都要垮下来。但他们姐弟二人的争吵仍然没有终止——

"可万一你牺牲了，团长说了，要枪毙我！"

"那是他和你的事，跟我无关！"

一发炮弹落在洞口外两丈远的地方炸开，烟火呼的一声扑进来，洞中所有人都被这一股气浪冲倒在地上。大姐从洞口直接被气浪顶进来，伸手抓住千秋，两人一起倒在地上。她一边大声咳嗽着，一边对他吼叫："你……还待在这里干啥？快回到你的战斗位置上去！别老盯住我！"

"这里就是我的战斗位置！"千秋一边用力咳嗽着，一边大声回答。

他们之间不知不觉又改变了从属关系，不是千秋说的他现在开始领导她，而是像过去一样，她作为大姐又开始领导他这个小兄弟："这里不需要你，有我在这儿呢！你这东西叫电话总机，我知道。团长指挥作战全要靠它。我留在这里，和小苏一起守着它，不会出事的！只要我不出这个洞，姜团长就看不见我！"

守总机的新兵小苏被刚才炮弹落地爆炸的气浪直接从一张长凳上仰面推倒，现在他被更多的炮弹爆炸声吓得抱头钻到总机台下面，面无人色，嘴里一个劲地说胡话："我要死了……早知道就不当八路了……我让你们骗了……你们打不过老蒋！"

大姐还躺在地上，回头就一把用力将他拽出来，在充满了天地间的巨大的爆炸声中声嘶力竭地对他喊道："快！教会我接线！"

大姐那么聪明，敌人的第一轮炮火准备还没结束，小苏已经半躺在地上，哆哆嗦嗦连说带比画教会了她做一名总机接线员，然后转身就朝洞外跑。

千秋一把把他揪回来，目眦尽裂，大吼道："你……你要干啥?"

小苏歇斯底里地哭号："求求你了……快放了我……我不想当八路了……我不想死!"

"不行！你已经是八路了！对了这里已经有了接线员，你跟我上阵地检查线路!"千秋冲着他的耳朵大叫。

"我不——"

但他已经被千秋用力一拉出了防炮洞。出洞口的一刻千秋心中豁然放松：这里好歹有个洞，将大姐一个人放在这里守着总机，她就没法离开这里再跑到阵地上去了，大姐知道这部电话总机对于团长和全团的意义，只要没人来接替她，天塌下来都会一直守在这里，所以……即使从保证全团战斗打响后通信一直畅通的角度讲，把她留在这里代替小苏也是他这个通信股长最好的选择。

唯一的问题是要将小苏带出去。千秋是老兵了，知道治疗新兵战场恐惧症的最好办法就是带他上战场打一仗。

大姐却在他身后钻出了洞口，冲他的后背叫起来："千秋，你给我站住！我都给你这个半大小子弄蒙了！你把我留这儿，担架队怎么办？"

千秋一边拉着小苏躲避炮火，一边回头冲她吼："大姐，刚才你还说连靠山屯的支前队伍都来了！为了配合我们团打好这一仗，地方上为我们一个团派来一千多民工支前，没有你也有人去阵地上抢救伤员！你守在这里比那个更重要！"

但是大姐对他喊的是另外一番话："千秋，你这么大怎么还不懂事！这一仗你们三十七团要是真的打光了，大姐一个人躲在这个洞里活下来了，以后别人会怎么说我？！"

千秋只差跪下求她了，大声哀求道："大姐呀，总机要是不灵，团长电话不通，战斗打得一塌糊涂……我们团要是因为这件事打光了，那才叫个窝囊呢！"

她似乎终于意识到现在这个岗位的重要了，在隆隆的炮弹爆炸声中对千秋喊："行，你带小苏走吧，总机交给我了！不过时间不能长，我待不了多久的！"

千秋和小苏一路检查电话线到了团指挥所。姜团长一看到他就骂开了："赵秀英还在战场上！你的任务怎么完成的！"

"你怎么知道——"

"她在总机那边，一开口我就听出来了！"

"她走了又回来了！她说——"

"她说啥？"

"她说就是罗司令在这儿，也没有权力阻止她参加我们团解放东北的最后一场战斗！"

"罗司令没有，我有！这里是三十七团，我说了算！"姜团长怒不可遏，再次冲他大吼大叫，太阳穴上的青筋都暴出来了。而且，在连续不绝的炮弹爆炸声中，他红了眼睛。

千秋硬着心肠当众顶撞他道："你说了算也来不及了，我已经给她找到了最合适的战斗位置！为了保障在任何情况下电话畅通，我让她接替小苏当了总机！"

姜团长根本不接受他对大姐的这一安排："你……觉得用这个办法把她藏到了防炮洞里她就不会死吗？"

"有个防炮洞总比没有强得多！"

姜团长火气更大了，喊："小子，我告诉过你，只要战斗开始，敌人一定会把白台山炸平，你那个洞也会被炸塌，你怎么能保护住她！"

他不想再和千秋说下去了，居然转身看着刘德全，说："你去！就说是我问她，三十七团万一都打光了，她也一块儿死了，刘德文同志的老母亲怎么办，还有她和刘抗敌同志的孩子！你要她给我个说法！你告诉她，我们这些人中间总得有一个人活过战争！"

刘德全一头钻出了团指挥所，然后冒着炮火，一路狂奔到了山后，进了通信排的防炮洞，一个人大着嗓门对大姐说了一通话。

千秋奋力冲进来时，发现大姐和刘德全两个人都那么激动，他迅速挡在了大姐和刘德全中间，他不知道为什么竟然害怕奉团长之命赶过来的刘德全会对大姐动手。

他一辈子都记得这一刻：大姐这时抬头看了刘德全——不，是派刘德全来的团长——一眼（极为愤怒和仇视的一眼），抬头朝洞外一指，说出了几句连千秋都觉得冰冷刺骨的话："老刘，你回去告诉姜团长，就说下面的话是我说的！世上没有比我更傻的女人了，我不但嫁错了人，渡海时还跟错了队伍，我跟上了你们三十七团，可就是这样……就是这样我也认了！这是你们三十七团的最后一仗，也是我赵秀英的最后一仗！……别再跟我提刘德文的老娘，也别再提刘抗敌副师长，这会儿我跟他们一点关系也没有！我谁的债都不欠！你们都给我走！"

代表姜团长来的刘德全副团长兼参谋长就这样被她很凶地骂走了。姜团长多厉害的人，刘德全其实也很厉害，除了姜团长，他和谁打交道都不落下风，但就这一次几乎是当着千秋和小苏颜面扫地。刘德全转身就走了出去。大姐将红红的眼睛转过来，瞪着千秋和跟着千秋冲进来的小苏，大声道："你们也给我走！我也不想再看见你们俩！这会儿你们三十七团的人我一个也不想见！"

1948年10月10日晨，塔山阻击战正式打响。蒋军用三个师的重兵向扼守塔山、白台山的三十四团和三十七团阵地实施全线进攻。上千发炮弹半小时内狂泻到我军阵地上。我军两个团在纵队炮兵支援下，等敌人的炮击一结束，就从藏身洞里钻出来，依托残破的工事，和结成营团规模的敌重兵冲锋集团展开了奋勇拼杀。

当日敌人共向三十四团塔山主阵地进行了九次冲锋，向次要攻击方向白台山三十七团阵地进行了七次冲锋。和在塔山主阵地前进行的包括白刃战在内的惨烈战斗稍显不同的是，敌人在白台山三十七团阵地前首先遭遇了大批地雷，没接火就先折了不少。

第二次他们选择从翼侧攻击，结果又在这里进入了雷区。连续两次受到地雷阵打击，负责主攻白台山阵地的敌指挥官于恼羞成怒之下，将冲锋集团调整到我军正面主阵地前，先用师属炮群重点轰击我军一线阵地，见没有反应，立即再次发起了营一级规模的集团冲锋。

姜团长在山顶的团指挥所看得清楚，马上通过总机，命令一线阵地上的一营所有官兵从藏身洞里现身，进入战壕，投入战斗。

我军轻重机枪的密集火力，加上步枪火力，以及阵地前残余的地雷，再次给冲锋的敌人造成了大量伤亡，他们涨潮般拥上来，又在激烈的枪声和地雷的爆炸声中退下去，转眼又被赶了回来，再一次被击退，直到最后一次也即第七次攻击受挫，敌指挥官甚至不等攻上我军阵地前的敌人完全退下来，就又丧心病狂地下令，让敌人的重炮群向我军阵地再次实施大规模炮击，不惜将他的冲锋集团和我军前沿的指战员一同淹没在炮火硝烟之中。

一直没有参加战斗的炮兵连连长老任在山头左前侧的炮兵观察所看到这一幕，愤怒至极，打电话强烈要求姜团长同意让炮兵连投入战斗，他要用仅有的三十发炮弹狠狠打击敌人的炮兵。

姜团长的命令是炮兵连继续隐蔽，一边用电话呼唤纵队和师炮兵群加入反击，压制敌军炮火，同时果断命令二营从预备队位置上投入战斗，夺回一度被攻破的部分一线阵地。这是10日白台山正面的敌人的最后一次冲锋，被我军拼死打退后，太阳落山，他们再也没有力量组织起新的攻击。

10号的战斗也是对千秋和三十七团通信排的第一次大规模战争洗礼。姜团长说对了，敌人第一轮炮火就把白台山削去了一公尺。炮弹打得最凶时从团指挥所通向前沿阵地的七条电话线全被炸断，包括一根埋了两米的深线。

中午时分，敌人发起第五次冲锋，一发从海上打过来的舰炮炮弹直接在白台山东侧半山腰炸出一个三米深的大坑。通过这里的所有电话线全被炸断，姜团长打向一线阵地的电话第一次被阻断，生气地派出徒步通信兵，要仍然坚守在总机前的大姐马上把千秋给他找回来！他说如果这个时候因为电话不通导致阵地丢失，让敌人从三十七团的防御地段通过，冲向锦州，那就不是他枪毙千秋，而是整个锦州战役失败、东野全军陷入被动局面的大事了，将来整个解放战争的历史都可能改写。

千秋这时正带着团通信排冒着敌人的密集炮火在敌人舰炮炸出的大坑里寻找断掉的电话线，试图把它们一根根接上。一抬头看到大姐从炮火硝烟中连滚带爬地冲过来。千秋就大叫起来：“你……怎么到这里来了！你擅自离开战斗位置！”

大姐不理睬他的喊叫，一骨碌滚进大坑，对着他的耳朵大喊：“快想办法接通一根线！至少一根！团长和前沿阵地的电话不通！他要枪毙你呢！”

“枪毙也是我的事儿！你快回去守住总机！”千秋也在冲她

大喊。

大口径的舰炮炮弹这时正在一发发准确地击中白台山，爆炸开来，它们中的每一发都在改变着这座山头的形状。大姐和千秋一时间又被淹没在烟火之中，呛得喘不过气。但是一只手还是从烟火中伸过去抓住了千秋的手！是大姐的手，她边大声咳嗽边大声喊着："快抓住……把人都找过来……用人把线接起来……接通一条也行……"

千秋抓住了大姐的手，回头寻找身边的人，已经没有了，眼泪一下子涌出，大声回答大姐："没有人了！都死了！也没有备用的线，这坑太大，我们两个人不行！"

"我这里有一根线，你那边找一根最长的线……咱们再试试！"

"你快回去，这里不是你的岗位！"

"少啰唆！快点儿！耽误了打仗杀你的头！"

千秋在大坑里移动身子，胡乱扒出了一根断线，将它从泥土中扯出来，大姐回头抓紧另一根线头，两个人的手抓在一起。团指挥所姜团长手中的电话马上通了！

"我是团长！我是团长！我命令一线阵地内所有部队撤进防炮洞隐蔽，躲避敌人的舰炮！"团长通过这刚刚接通的用人体连通的一条线、通过那台二十门的西门子电话总机，同一时间向前沿每一块阵地发出了躲避敌人海上大口径舰炮的呼叫。

"一营明白!"

"二营明白!"

…………

还是在那个大坑里,大姐回头就在牺牲的几名通信兵中看见了初次跟千秋一同上战场的小苏。后者完全吓蒙了,头钻在泥土里,屁股撅得比脑袋还高。大姐一手抓着千秋一手抓着电线,就那么躺着,用脚使劲一蹬,把小苏蹬了起来,大声冲他喊:"快回去守住总机! 快呀!"

大口径舰炮炮弹仍在一发发飞来、落地、爆炸,但小苏清醒过来了,狼一样大叫一声奔出弹坑,向后山滑下去不见了。

这天敌人的舰炮先密后疏地打了一个多小时,再次将山头削去了一公尺,造成了我军大量伤亡。因为无法离开,千秋和大姐也就在那个大弹坑里手拉着手坚持了一个多小时。他流着泪在舰炮炮弹的爆炸声中和大姐吵了一个多小时,直到敌舰炮轰击结束。

"我……看出来了……你不是想和我们一起打仗……你是找死! 你辜负了我们全团……从团长到每一个同志……坚持让你活着回到胶东的心!"

大姐也在不知不觉中流了泪,因为无论是她还是千秋,谁也没想过真能熬过下一分钟飞来的新的一轮舰炮炮弹。随便一发舰炮炮弹落到他们置身的大弹坑里，没有任何人将来还能找到他们的身首。

在这么一个多小时里，听着每一发炮弹啸叫着飞来落下，千秋都觉得下一瞬间便是自己牺牲的时刻，对于他身边和他一起躺在大坑里的大姐也一样。参加八路后的几年里他一直跟着温营长、大姐、姜团长成长，听到过大姐和温营长在三十七团兵败摩天岭后撤退路上的讨论，也不相信自己真能活到革命胜利，因此也就从来不怕牺牲，何况团长战前就说过三十七团会在这一仗里全部打光，但他仍然不愿意让大姐和他一起死在这里。过了塔山就是葫芦岛，再往前过了山海关就是关内了！

但是，最让他在后半生中一想起来就觉得奇怪和震撼的是：大姐虽然也在这个大弹坑里躺着，一手拉着电话线一手拉着他，眼里也在流泪，但这一刻他注意到她的心境十分坦然，甚至可以说是平静。

"大姐！"

"千秋！"

"没想到我们能在这样的地方一同经历三十七团的最后一仗！"

"千秋，我也没想到！"

"大姐，要是我们俩就这样牺牲了，你真的就不后悔没有听姜团长的话，在战斗前夕回到靠山屯去?"

"千秋，这是啥时候啊，你还真的想听大姐把心里话说出来?"

"大姐，都到这会儿了，你还不能对千秋把心里话都说出来吗? 其实我都看出来了!"

"千秋哇，真没想到大姐和我兄弟还能在这里，最后说上几句心里话。你猜对了，大姐确实不想回去，大姐想和你们一起死在这里!"

千秋大声叫道:"我不明白……告诉我为啥!"

又一发炮弹在大坑边沿爆炸，将他和大姐一起深埋在泥土和硝烟里。两人不能丢开手，但还是奋力把头从土层里拱出来。千秋发现大姐的眼泪仍在汹涌奔流。

"大姐……你没事儿吧?"

"千秋呀，大姐真高兴，我还活着呢! 哈哈……大姐告诉你，为什么我想和你们一起死! 你们是共产党的人，大姐也是。你们能为解放全中国去死，我为什么不能? 难道连你也瞧不起我这个支前的民工队队长?"

千秋流着泪，大笑，叫道:"大姐……这怎么可能……我从来没有那个意思!"

大姐一直都在流泪，却也仍然在笑，说："那好，大姐不说那么高尚的话。我告诉你我为什么不能回去。我赵秀英从胶东带了一支民工队，随你们渡海到了东北，结果只有我一个人活下来回去了……你觉得我回得去吗？"

千秋以前不知道大姐还有这样一块心病，现在知道了，而且，越是觉得革命就要胜利她这块心病还越重了。

尤其是到了这个他们两个都要为革命牺牲的时刻，他不愿意大姐还在想这件事情。

"大姐，不会的！你的人里一定会有人活下来！你不会一个人回去的！"他说。

"就是那样我也不想回去！哪怕只有一个人死，我也不想回去见他们的家人！他们会问，我把孩子交给你了，你回来了，他为什么没有？……"

"胶东是老区，翻身农民是有觉悟的……他们不会这样问你！"

"可我会这样问我自己。为什么死的不是我？！"

话说到了这里千秋竟然发现自己不知道该怎么说下去了，舰炮的炮弹仍然在他们身边呼啸着飞过来，落地爆炸，他们更深地被埋在泥土和硝烟里，他们拼命把脑袋从土层中拱出来，不但为了呼吸，还为了可以拼命地咳嗽。但千秋发现自己只会流泪，别的话再也说不出来了。他不知道往下该说什么了。大姐一心要和他们战死在塔山，心里还有一条小船弯在这里！

大姐呀，你早就从徐向前副师长、从罗司令夫妇那里懂得了那么多革命道理——革命要胜利，总要有许多人牺牲，不会没有代价地获得翻身解放。千秋什么都明白，于是他也觉得下面的话他说不出来了——他并没有理由说服大姐，你刚才那些话是不对的……

没有想到的事情只有一件：敌人的舰炮打了一个多小时，他们两个人手扯着手躺在那个大弹坑里，以为随时可能会死，于是就连最后的话都说完了（两个人都觉得说完了最后的话），但是……他们没有死！

黄昏时分，一天的战斗结束，敌人的舰炮再也没有对塔山展开轰击，估计炮弹中午前全打完了。打退敌人第五次冲锋后，千秋带他的失去了一半人员的通信排再次趁着前沿战斗出现的间隙，迅速接通了最主要的十几条电话线。这些线路在下午的战斗中再也没有全部中断。大姐也没有再回到山后那个藏着总机的防炮洞里去。

在敌人第六次冲锋发起前，她就和刚进入前沿的靠山屯民工支前队一起去了前沿阵地，虽然临行时还是向千秋喊了几句话："靠山屯担架队头一次上战场，没经验，我带他们上去，可以减少伤亡!"

她喊完了,不给千秋机会阻止她,就带着那支担架队猫腰沿着山腰的交通壕冲向了前沿。千秋马上通过随身带的一部电话机将此事报告给了姜团长,捎带着报告了午前战斗中大姐躺在那个大炮弹坑里对他讲过的话,然后提出要求说:"请团长亲自下命令把她从前沿阵地上弄回来,她存了那个心,要为东北解放牺牲在我们团的最后一场战斗里……她真会被打死在那里!"

他一边说一边呜呜地哭起来。

团长怒了,在电话里骂他:"你哭啥!不要哭了!让我想想——"

团长在电话里沉默了好久,才对他说:"也许她才是对的。三十七团的整个东北解放战争她都参加了!最艰苦的时候,最看不到希望的时候她都参加了!我们真的没有权力剥夺她参加咱们团解放东北最后一场战斗——听命令!"

"团长——"

"你上去!通信排的事你不要管了!从大车队挑两个年轻力壮的马夫跟着你,再碰上敌人军舰打炮,你们立即扑上去护住她,实在危险扛也要把她扛下来!"

"是!"

"总之就是一句话，要活的，不要死的！还有，告诉那两个马夫，如果赵秀英同志牺牲了他们还活着，我亲手枪毙你们！"姜团长恶狠狠地说出了最后一句话。

11日敌人将主要进攻方向选择在塔山，白台山方向的战斗依然激烈，但明显变成了敌人配合主攻塔山进行的牵制性行动。坚守塔山的三十四团到底是老牌主力，虽然在持续了一整天的艰苦战斗中遭受巨大损失，阵地却岿然不动。白台山正面之敌见主攻方向不利，也草草地赶在太阳落山后结束了攻击行动。

两天的战斗过后，塔山阻击战打响之初担心三十七团战斗力不行，一直想把它换下去的纵队首长完全改变了对这个团的看法，决定力排众议继续让它坚守下去。

12日，塔山战场上没有响起枪声。敌我双方经过两天残酷血腥的战斗，都需要重新调整部署，以更大决心和力量投入一场最后的决定命运的终极之战。在塔山阵地方向，纵队另一个老牌主力团二十八团接下了伤亡过大的三十四团的部分阵地，白台山方向的阵地仍然全部由三十七团坚守。这是战役打响后从拂晓到深夜战场上异常平静的一天，它给了三十七团全体官兵以喘息之机，姜团长当然不会放过这个机会，及时命令部队重新加固工事，在所在的阵地前埋设地雷。

13日是战斗最激烈的一天。敌军用四个师的兵力,排出两翼突破的阵形攻击塔山和白台山。拂晓4时30分,敌炮兵即开始了向两个阵地的猛轰。

号称"赵子龙师"的敌王牌独立九十五师组成了团级规模的"敢死队",向塔山东翼我二十八团铁路桥阵地实施集团冲击。二十八团作为半道上杀进来的生力军,全团官兵沉着应战,一次次将敌军冲锋击退。白台山方向,敌进攻集团再次遭遇到了三十七团埋下的大片地雷和一线阵地上轻重机枪及步枪火力的强力阻击,攻了一天,黄昏时再次无功而退。

无论是11日还是13日的战斗,大姐带着两名马夫老孙老迟一直和不同的支前队活跃在一线阵地上抢救伤员,运送弹药和给养。

千秋11日带着两名马夫在战壕里守了大姐一天,在大姐的严正抗议下经团长同意回到了自己的战斗位置上,但他同样经历了后面几天的激烈战斗,他没有再留在山后的防炮洞里,守着那台二十门的西门子电话交换机。他把这个本该由自己这个通信股长留守的位置交给了团通信排长郑有贵,自己带着两个班的通信兵分散到山头各处,时刻准备在某一条线路被炸断后马上将它恢复,而他为自己选择的位置则尽可能地靠前,使他可以近距离地盯着活跃在战壕里的大姐,随时准备一旦有情况冲过去就能保护她。

于是他在每一个战斗打得最凶、局势最险恶的时刻，一次次注视着战壕里的大姐……大姐在纷飞的弹雨中奔跑呼喊；大姐在弹雨中坐在战壕里气定神闲无比利索地为伤员做包扎；大姐当敌人炮弹飞过来爆炸时伏在一名伤员身上……这是他在平度城下就开始熟悉的大姐，一个久经战阵并且因为此时发生的残酷战斗显得更加矫健、英勇和美丽的身影……

14日上午10时，塔山阵地后方响起震天动地的炮声，我军对锦州的总攻开始。塔山阻击战到了最关键的时刻，敌人不顾一切地冲击我军阵地，甚至把阵亡士兵的尸体堆起来作为活动工事，一步步向前推进。但是锦州方向的炮声之激烈、攻势之凶猛，过早地瓦解了敌人的斗志，在我军二十八、三十四、三十七三个团官兵的顽强阻击下，他们还是无法突破我军任何一处阵地。

双方一直战到黄昏，敌独立九十五师打到只剩下三分之一的残兵，其他部队更是伤亡惨重。夕阳西下，锦州方向枪声稀落。姜团长走出团指挥所，用望远镜向山下瞭望，回头把炮兵连连长任鹏举从炮兵观察所里喊过来，问他："发现什么情况没有？"

任连长到底是炮兵专业学校出身，立马明白了他在说什么，大声回答："报告团长，敌人的大炮没有了气势，他们的炮兵力量耗尽了！"

"再看！"

任连长随他再朝山下望去，发现敌人又一次迫近发起了攻击，攻击前却没有了例行的炮火支援。任鹏举大声吼叫："团长，塔山战斗要结束了，该轮到我们炮连上了！"

"对，估计我军已经拿下锦州，敌人就是攻破了塔山，也无法阻止东北解放了！"

"请团长批准我们上！"

"老任，看山下！那里有一股敌人，已经让我们打退了，现在又攻回来了，这叫困兽之斗。把你所有的炮弹都打到这批敌人的攻击线上去，让他们知道，老子也有炮兵！"

任连长像在二道河子战斗一样最后出场。仗打到这个时候敌我两军的大口径炮群包括敌人的步兵随伴火炮都哑掉了，三十七团炮连的四门小炮加一门山炮出了大风头。一阵炮弹刮风般落到敌人最后一个冲锋集团的攻击线上，他们还没有接近我军阵地就被淹没在一片死亡的烟火之中，伤亡的倒下，活着的掉头就跑，一片鬼哭狼嚎。因为慌不择路，他们退回去时又踏进了一片在白台山右侧大山腿前的雷区——三十七团最后一片没有被发现的雷区——再次被炸得人仰马翻。

敌人没有力量了，最后一次攻击又遭遇到这样的打击，死伤惨重，侥幸活下来的待在雷区里不敢再动弹，举白旗对山上的我军示意想做俘虏，请求我军能把他们解救出来。

三十四团、三十七团和二十八团在塔山的顽强阻击战，保证了锦州战役的胜利，为伟大的辽沈战役的胜利奠定了基础。15日晚上，千秋和大姐带着通信排越过前沿阵地，去战场上寻找被敌人丢弃在阵地前沿的各种通信器材。

无边的夜色笼罩了战场，除了偶尔传来的零星枪响，整个塔山地区全都平静下来。千秋在交相枕藉的敌尸间摸索，意外地捡到了一台美制小型矿石收音机，已经被打坏了，拍了两下又响。收音机里，我军锦州前线指挥部电台播音员正在满怀激情和喜悦地播报我军锦州大捷的新闻。

大姐和千秋不约而同地对视了一眼，热泪盈眶，紧紧拥抱。千秋说："大姐，有句话我忍不住，想说出来。"

"大姐也有一句话忍不住想说。"

"那您先说。"

"你说。"

"就是到了今天，战斗没结束那会儿，我都不敢相信我们共产党真能成事儿。"

"大姐想说的也是这句话。"

"可这会儿，我觉得……我们共产党这回真的要成事儿了。"

"大姐想说的也是这句话。"

…………

"东北解放了，大姐有啥打算?"

"跟你们进关，然后……不知道。"

"不知道?"

大姐不再说下去。这个晚上没有月亮，千秋看不清大姐脸上的表情。但是夜空渐渐变得瓦蓝，可以望见并不遥远的海上的天空中浮动起了大块赭黑色的云条。千秋心里充盈着革命即将胜利的快乐和对这一伟大胜利突然到来的感动，他放开心情享受着它们，竟没有再问下去。

塔山阻击战即便在世界战争史上也是最经典最光荣的阵地防御战战例之一。前后六昼夜的鏖战中，我军以伤亡三千余人的代价换取到了歼敌六千以上的战绩，创造了"模范的英勇顽强的阻击战"的光辉范例，彻底粉碎了蒋介石北援锦州的计划，对辽沈战役的胜利起了关键作用。

三十七团在这一战中牺牲惨重，战后全团列队，清点人数，发现只有一百多人仍然留在阵地上。但是战后上级一次就给这个团补充了俘虏兵两千余名，加上入关路上从其他部队补充进来的战斗骨干，全团兵员一度达到了团史上最鼎盛的三千八百多人。老任的炮兵连扩编为一个炮兵营，共编制两个炮兵连，老钱当了一连连长，另一个辽阳之战时抓到的炮兵俘虏老桂当了二连连长，老任顺理成章地成了三十七团首任炮兵营营长。

最重要的还不是兵员、锦旗与荣誉，是塔山阻击战后全团官兵的精气神儿彻底变了。从团长到伙夫，包括刚刚从塔山俘虏来的新兵，全都在塔山一战后认为他们的团队不再是过去那个只能打防御不能打进攻的"最后一团"，而是中国人民解放军战斗序列中最能打的团队。

19

1948年秋冬辽沈战役的胜利和全国其他战场的胜利，一举使蒋我两军攻守易势，自此蒋军开始全国性收缩，我军则挟大胜之势迅速发动战略决战。塔山阻击战结束不久，新补进来的俘虏还没有完全"消化"，三十七团便随东北我军主力秘密入关，和华北我军共同展开了对平津地区蒋军傅作义集团的分割包围。

入关的路上全军统一整编，三十七团被赋予了一个新的番号：中国人民解放军步兵第九六四团。从纵队首长手中接过团旗之日，三大战役中最后一场伟大的较量——平津战役也正式拉开了序幕。

九六四团在平津战役中取得了一连串小刀切黄油般的胜利。他们先是在军的编成内参与了康庄之战，进入战场的第一个晚上就与敌人一个要仓皇逃回北平城的整建制的军遭遇，姜团长在辽阳捡到的那挺"一条腿"的坦克机枪一直躺在大姐的大车上，甚至在塔山战场上都没有用到它，却在这个夜晚被想了起来，发挥了奇迹般的作用。

这挺只有"一条腿"的坦克机枪用它连续的长长短短的射击击溃了蜂拥而来的敌军，还用坦克机枪特有的具有巨大震慑力的声响震慑和瓦解了敌人的军心，将在最初一段时间内被敌人冲散的全团重新聚合在一起。这挺"一条腿"的坦克机枪打到天亮，全团官兵居然发现城外野地里全是蹲下来等待投降的敌军官兵，问起来他们才说出了不敢再跑的原因：黑暗中九六四团这挺坦克机枪的声音太大，他们听出了这是坦克机枪，担心是撞到了大举入关的东北我军的坦克部队，更害怕撞到这种可怕的怒吼般啸叫着的坦克机枪的枪口上，因为这种机枪的口径大，子弹打到身上就是碗口大的血窟窿。

接着是怀来追击战，九六四团将敌人半个师和一个辎重队堵在一条山沟里。千秋将军晚年在回忆中形容这场胜利时，第一句话居然是"满山满谷都是马呀"！

然后是张家口——归绥追击战，原三十四团即"塔山英雄团"著名战斗英雄鲍仁川带着一个残破不堪的连，及时堵住了某山口，创造了二十七人俘虏七千余名敌人的光辉战例。随后他们所在的军参加接防北平和盛大的北平入城式。其后几个月这支部队甚至接到了命令，成为新中国成立后首都的第一支卫戍部队。

终于又要说到白马了。欧阳政委牺牲后姜团长坚持不让白马进入九六四团，但怀来追击战缴获的马匹太多，每一名像千秋这样的营级干部都分到了两匹，一匹坐骑，一匹用作驮马。挑马时千秋看上了一匹白马和一匹花马，但他担心大姐。不过，这次大姐那里没有任何问题。大姐像是看穿了他的心事一样，主动走过去，把他挑的两匹马一同牵了回来，半路上她将白马交给千秋，说："这匹马好。你骑上我看看！"

千秋就骑上白马跑了一段路，看得大姐两眼都湿了。但大姐还是在笑，像是对他，又像只是在自言自语。大姐说："骑上这匹马……就更像一个人了。"

千秋大致上知道她说的人是谁，但他在刘抗敌团长和欧阳政委之间不能确定到底是哪一个。终归还是担心会引得大姐伤心，他就没接她的话茬。但他真的太喜欢这匹白马了，后来部队入京又出京，一直打到南海边，千秋当了副团长，1953年离开九六四团，这期间一直陪伴他的都是这匹白马。

九六四团进入北平后住在天坛地区。国共两党正在进行和平谈判，军委打算让他们这个在辽沈战役中因为不吃群众一个苹果而受到表扬的部队做新中国首都卫成部队的消息非正式地传达到了全军，官兵们已经开始做长期驻留的准备。

新任炮兵营营长老任甚至利用这段时间找了个天津来的女大学生结了婚——后来又离了，因为国共谈判破裂后这个军又要离开北平南下，重新投入解放全中国的战斗。部队除了助民劳动搞好军民关系外真正做的是两件事：一是消化和改造和平解放后移出城外的原国民党部队；二是考虑到仍有可能南下参战，兵员空前丰富的部队开始"健康瘦身"。"瘦身"对象包括两部分：一是抗战时期就参军、年龄过大且有各种身体残疾的人；二是在过去的战争中有过动摇逃跑历史的人。这两部分人按照规定一律转业或遣返回乡。

大姐不在文件列名的返乡人员之列。但在全团官兵的感觉中，她离开九六四团返回胶东故乡的日子也到了吧。

大家觉得大姐会走还有一个原因：团的领导层这一时期发生了很大变化。九六四团刚进北平姜团长就被调到新组建的军委作战局工作，就连副团长兼参谋长刘德全也被调到了另一个团当了团长。新来的团长和政委虽然知道大姐的全部故事，但对她并不熟悉。

在他们心里，如果当初大姐因为大海和战争的阻隔回不了胶东，现在整个山东都解放了，大批列入遣返名单的人都要回去，她离开九六四团回胶东不但顺理成章，而且还一定是她一直在盼望、一直求之不得的好事情。尤其是她还有一个当初为了支前被临时托付给邻居照顾的儿子，现在母子一别三年多，大姐恐怕一天都不愿意再等，想着要回家去母子团聚吧。

只有千秋觉得事情没那么简单。这时他正被派去做"消化"国民党起义部队的工作，住的地方离城很远。但是有一天，大姐一个人出城看他来了，神情中带着一点掩饰不住的落寞。千秋会也不开了就迎出去。他被她一直带到村子外面的野地里才站住了，看她，问："大姐，你怎么来了？出什么事了？"

大姐回避着他的目光，依然希望自己脸上能够保持大军进北平后一直保持的那种阳光和快乐的表情，说："没有。就是想你了，来看看你……还有，我也想那匹白马。也来看看它。"

千秋不敢再看她了，目光凝望着远方，说："是不是遣返的日子到了?"

大姐不笑了,低着头,忽然有点局促不安了。"不,只是通知了我一声,让我报一下回哪里去,返乡的介绍信开给谁。日子还没定呢。"

千秋就一下子难过起来。过海到东北后所有的苦日子都涌上了心头。他沉默了好久,还是不敢看她的脸,说:"大姐,你是不是不想走?"

大姐努力让自己恢复了脸上的笑容,还故意做出了欢声,道:"你说啥呢!我怎么会不想走?……年龄也大了,又是个女的,按新规定团一级不准留女兵……再说革命都要在全国胜利了,我还留在你们团做什么。我答应了,什么时候通知我走,我就走。"

千秋又不知道该对她说什么了。但他还是回过头来,久久地和大姐对视着。他明白大姐心里有话,其实他心里也有话。大姐就是为了这句话来的。

但他恰恰不能把这句话说出来,因为他已经听到了消息:国共和谈破裂,毛主席朱总司令已向全军发出了进军江南、解放全中国的命令。

"大姐呀,我们……我们要南下了。很快。听说像我这样临时派到这里来的人都要收拢回去。不出半月就会出发。"

他终于还是对她说出了自己觉得必须说出的话。

"啊，我知道。"大姐说，又想笑起来，让自己的心情显出放松。千秋却只感到了她内心的沉重。"啊，千秋啊，大姐今天来，还想问你一件事……你不会怪大姐吧？"

他知道她想问什么。

"大姐，我和那个小许……就是房东家的……可我们不合适……人家是燕京大学的女大学生，我是个大老粗……再说，我也真没想过这件事。"

大姐脸上一直努力保持的笑容终于完全消失了。

"千秋，是房东大娘让我来的……就是让我问问你，对他们家姑娘有没有那么点儿意思……她还说，以后就是共产党的天下，他们家姑娘也想进步，要是你能答应这门亲事……"

千秋将身子全部转向她，内心波涛汹涌，半晌才把话说出来："大姐，我向你坦白……我有不对的地方……我可能多看过人家女孩子一眼……但真没动过那个心思……为什么你明白……有句话我可能永远都不会说了……对不起大姐，革命还没有进行到底呢！……谁知道我会死在南下的哪一场战斗中呢？多少人都牺牲了，你对我说过的……'为什么不该是我'……"

为了最后一句话，千秋后悔了一辈子。晚年的他觉得，正是这一句话，彻底堵死了大姐那天准备对他说出来的所有的话。

大姐就这样回城里去了。几天后他奉命回到团里准备南下，听到的消息是大姐已经和团里几十名按政策应当被遣返的胶东老兵一同走了两天了。

大军南下的几个月里，千秋每次都能想象到大姐最后去找他想说的话。不知为什么，他老是觉得大姐一定会这么说：千秋啊，大姐要走了，你给我一句话……你真的要大姐等你吗？

一想到这里，他就要让自己的心像石头一般硬起来，一次次在拟想中回答她：不。

他这样回答她，不仅仅因为自己仍然在打仗，随时可能战死。另一种不愿意承认的念头是：大姐当年应当嫁的刘德文副团长、真正嫁的刘抗敌团长，还有她留在胶东的孩子，以及后来嫁给刘抗敌团长的另一位同村的妇救会女干部之间的故事并没有完，也不应当完。这个故事一定有也应当有一个比现在更圆满也更令人——包括大姐自己——意想不到的美好结局。

他这么想只有一个理由。这个理由很强大，他认为有了它就够了——对于回到胶东的大姐来说，她为之浴血奋战那么久的革命已经胜利了。

他完全没有想到，二十年后，他竟会在云南一次大规模军演中见到了大姐当年留在胶东的儿子。

千秋所在部队离开北平后一路都在战斗。九六四团也在以后长达一年多的南下作战中真正变得攻守兼备，成了所在部队一支能攻善守的劲旅。他们在海上进行的最后一场战斗是万山群岛之战，这已经是新中国成立后第二年夏天的事情，千秋调任军作战科参谋，与军长一同乘船参与攻击某岛，将大炮架上了渔船的船头，战斗打响后千秋一直站在大炮旁边。敌人拼死反抗，将一发炮弹吊到船头上，炮弹爆炸，他本当粉身碎骨，却因为船头大炮炮身的遮挡，只被一枚不大的弹片击中了前额。战斗结束时他脑门上顶着这枚不大的弹片被送进了军的前沿包扎所，在那里和后来的妻子一见钟情，一年后结了婚。

新婚之夜，千秋以一种异样的心情想到了大姐，虽然只有一瞬间，却明白了一件事：整个东北解放战争期间，他对大姐的那种模糊不清的爱，只是艰苦年代产生的不是同胞骨肉却胜似同胞骨肉的姐弟亲情，而现在发生在他和妻子之间的才是真正的情爱，后一种爱不需要时间，不需要一起经历艰苦的岁月，只要惊世的目光闪电般地碰撞一次就够了。

他发疯般地爱自己的新婚妻子，而在以后共同生活的漫长岁月里，妻子也用自己的忠善纯良证明她无愧于丈夫的爱。无论顺境还是逆境，健康还是疾病，贫穷还是富有——因为孩子多和千秋老家兄弟姐妹的拖累，这个家基本没有富有过——他们一直幸福地度过了两个人的全部人生。

在和大姐分离的二十年间，他仅仅在父亲去世时回了一次胶东老家，且来去匆匆，没有逗留。二十年间他和大姐没有过通信，这在他并不觉得异常。革命成功，新中国成立，大姐回到了故乡，就像当年和千秋一起在家乡、东北和全国战场上浴血奋战同生共死的许多战友退伍还乡一样，重新融入了家乡和新的时代，没有消息是正常的，没有消息就是好消息。

由于塔山一战中打得好，千秋的部队一直被部署在东南沿海，对逃到海峡那一边一座海岛上的对手执行警戒任务，二十年间都没有移防。千秋自己的工作和职务几经变化和升迁，由军作战科参谋到副团长、团长，最后调回军区做作战科科长。

20世纪60年代中后期，千秋接上级命令带一个高炮团参加在云南举行的一次秘密军事演习。那天，下了车走到宿营地，千秋就看到了一个胖乎乎有一张圆圆脸孔的小伙子，正接待前来报到的军人。

头一眼他不知怎的就觉得对方有点面熟，脸部轮廓很像一个他一时想不起来的人。小伙子为他登记，听他说出姓名，吃惊地看了他两三秒钟，然后就说出了一句让他极为震惊的话。他说："千秋叔叔，我早就知道你了。我娘认识你。"

千秋心中已经大惊，直截了当地问他："你娘是谁?"

小伙子的笑容异常灿烂："千秋叔叔，我是刘心存，我娘叫赵秀英，我就是她去东北打仗留在胶东的那个孩子。"

一瞬间一切都想起来了。虽然隔着一张桌子，千秋还是生出了一把将小伙子紧紧抱在怀中的冲动。小伙子明显感觉到了对面这位人到中年的军人内心爆炸式的激动。千秋几乎要喊出来了："你是刘心存……你娘她怎么样?"

"好着呢，千秋叔叔，我娘好着呢。"小伙子不觉就呼应了他的激动，脸上的笑容更加灿烂，接着又深深地盯了千秋一眼，仿佛出于某种原因要替别人看清面前这个人的模样一般。

这一刻很快过去了。无论是他还是千秋，第一时间的激动一旦过去，两人之间便熟稔起来。

不是一般同志间的熟稔，他们之间的熟稔中有着广大的记忆空间和情感能量。总之从这一天起，一场漫长的谈话就不可避免了。

千秋从第一天接触就感觉到了，大姐的这个刚出校门不久的儿子是个有心的年轻人，他没有马上和自己开始这一场对话，是他觉得眼下任务太急，每天的演习训练把时间都占去了。

团里按组别给每个人分配了各种火线演习课目，没有时间，似乎也觉得不应当让自己的私事干扰双方的工作。这段日子里，千秋似乎又重新回到了三年东北解放战争的战场，他天天穿梭在演习的堑壕和宿营地之间。此时正是雨季，雷鸣电闪，大雨倾盆，营地被水淹没，他们常常要在营地外交通壕的泥水里站着或者干脆在热带雨林中靠在大树上站着睡觉，直到天明。

一个夜晚，已经凌晨3点，在临时宿营地，千秋和大姐的儿子单独相对，那场彼此期盼的对话竟意外开始了。

"心存，说吧，你娘……秀英大姐回去后这些年，是怎么过来的。还有你，怎么又当了兵，和我们一起到了云南。"

即便到了这样的时刻，大姐的儿子——现在也是他的新战友了——仍然保持着一副乐观的形容。他笑了，看着千秋，说："千秋叔叔，这些年我娘一直都想着你呢。"

千秋又觉得自己的喉咙猛地被什么硬东西堵住了，有一种喘不出气的窒息感……半晌他才缓过气来，回了一句："你娘她……没有结婚？"

小伙子仍然在无声地大笑，但表情中多了一点惊讶，说："她结婚了呀……她当然结婚了，她没结婚怎么会有我。"

"我是说——"

"啊，我明白了，"小伙子又笑了，"你是问我娘回到老家，最后跟谁结的婚？"

千秋点头："对，我就是想知道这个。"

他觉得堵在喉咙口的窒息感消失了，一口气悄悄呼出去了。

小伙子脸上的笑容仍在，但不觉融进了一点庄重和严肃的神情。"我娘1949年5月回到胶东老家，先是疯一样找我，好不容易才找到。在她离开的几年里，我被人转了好几道手，但还是活下来了。我娘找到我以后大哭了一场，抱紧了我，对着我一个孩子发誓，说她再也不会让我离开她了。"他说着又笑了，"千秋叔叔，我娘这以后真的再没让我离开过她，一天也没有——直到我考进中国人民解放军外国语学院。"

但是千秋想知道的不是这个。

"我是说……她在东北打了三年多仗，回去了，工作是怎么安排的？"

小伙子仍然保持着他那种招牌式的微笑，但脸上庄重和严肃的神情仍在，而在这一切的背后，千秋还看出了他内心的沉静。这样的表情让他想到东北解放战争时期处在艰难和死亡中的大姐脸上一向会显现出的坚定与沉静的神情。

"我娘回去时，老区长已经不在了。有一个副区长，还记得她和她的支前队，但她不能再回村里当村长了……解放战争时期胶东打得也挺凶，她走后村里有了新村长。副区长就让她到区里工作，当妇女主任。可是有一天，家里来了一位老人，是我爸村里的长辈，他和我娘说了一夜话，第二天我娘就找到后来的区长，讲了一些情况，好像还吵了一场。第三天，我娘就用一个扁担两个箩筐，一头挑着我，一头挑着我们娘儿俩的全部家当，跟着那个老人去了沂蒙山。"小伙子说到这里又笑了，"千秋叔叔，虽说我生在胶东，可我后来是在沂蒙山长大的。"

"沂蒙山?!"

"怎么了，千秋叔叔?"

"啊，心存，告诉我，你刚才说到你爸，还说你妈结婚了……谁是你爸?"

"我爸当然是刘抗敌呀，现在在江南一个省军区当副司令。可我娘用箩筐挑着我去的那个沂蒙山的家，我爸叫刘德文，我娘当时知道他是一位烈士，抗战快胜利时牺牲的，但家里还有我奶奶，我爸是个独子。"

千秋大声吼叫起来："你是说……你娘没结婚!"

小伙子长久地看了他一会儿，才说："千秋叔叔，我娘什么时候结的婚，跟谁结的婚，怎么有的我，组织上原本让她嫁的人是谁，她说这些事情你比我都清楚。"

千秋的心开始痛，云南雨季的天气又潮又热，他的脑袋晕晕的，胸部一下子就闷闷地不舒服起来，就像冷不丁被人当胸猛击了一拳。他怀疑自己要中暑，这场意外开始的谈话到了这里就结束了。

从这一天起，他觉得自己什么都知道了：大姐回到胶东，找到了她和刘抗敌团长的儿子刘心存，她没和任何人说清楚这件事，却用两个箩筐挑着儿子和家当，去了姜大伟团长在东北战场上对她念叨个没完的另一个男人、那个遥远的夜晚她本该嫁的丈夫、牺牲的刘德文副团长的老家沂蒙山，给烈士活在人间的老娘做起了儿媳妇，也让面前这个已经长大的儿子成了这位奶奶的孙子和烈士之子。

千秋刚刚进入演习区域就染上了疟疾，还同时患上了痢疾，不到一个月，一百八十斤的大汉瘦得只剩下了一副九十斤重的骨架。演习结束，全团人员轮流用一副担架抬着他走出大山。刘心存年轻力壮，在任何情况下都是队伍中最活蹦乱跳的一个，在将千秋从云南边境转运回北方的长途行军中，这孩子起的作用最大。而且每天一到宿营地，仍然是他配合一名随队军医照顾千秋的食宿服药。

疟疾很顽固，药物治得了痢疾却还是治不了它。半路上又一次疟疾发作过后，千秋清醒地觉得自己要死了，轻声对一直守在自己吊床边忙来忙去的小伙子说："心存……过来。"

小伙子过来了，笑着看他——他太像她的母亲了，而且永远都在笑着看他。

"怎么了，千秋叔叔，你到底又熬过来了。要不要喝点水？"

"我不喝水……想和你说说话……告诉我，你为啥叫心存……谁给你起的名字？"

刘心存差不多要大笑起来了，但终于没有笑，说："当然是我娘。甭以为她没文化，抗战的时候在我们老家她上过识字班的。"

"你没有回答我……心存是什么意思？"

小伙子一刹那间似乎脸红了，这使他更像他的母亲——但很快又恢复了惯常的表情："当然是心里存着人了。不过千秋叔叔，我觉得不是你。"

千秋先是悚然一惊，接着打心底松了口气，但他真正关心的不是这个。

"我知道你娘——秀英大姐，心里存的人是谁……他和刘德文副团长面都没见过……我想问问……解放这么多年，她一次都没有带你去见见刘抗敌副司令？"

话一出口他就后悔了。因为大姐的关系，小伙子在他心里一直都是孩子……他今天的话这么直率，一般人是不好接受的。

小伙子却没有觉得他的话有什么不妥，又咧开嘴笑起来："千秋叔叔，你说什么呢！我妈又不是和我的生父结婚。从她挑着我进了沂蒙山，见到我奶奶，就是和我父亲刘德文结婚了……她和我都成了刘德文烈士家的人，她成了烈士活在世上的……啊，遗孀，我成了烈士的儿子，我们都是这种身份了，还怎么好去找我生父？再说她在东北战场上见过赵大秀阿姨一面后，就下了决心，一辈子不再和我生父见面。"

一场只有热带雨林才有的气势恢宏的豪雨就在这时下起来，连同连绵不绝的惊雷闪电。它们共同掩饰了千秋心里的隆隆惊雷和闪电，不是没有一点力气，他一定从吊床上跳下来了："你说什么……你娘在东北战场上见过后来嫁给刘抗敌副司令的赵大秀……我怎么不知道？"

小伙子头顶着一块军用雨布，一只手里似乎还攥着什么，站在他面前，边看着他笑边像是在琢磨什么，迟了一会儿才道："我娘告诉过我。她说她在东北所有的事情千秋叔叔都知道，只有这件事你不知道。"

"快说……这会儿你可以让我知道了吧？"

"当然……我刚才还在想，我娘当时不告诉你，是怕你替她惹出事儿来。她和大秀阿姨见面，其实就在你们守塔山的时候。千秋叔叔你还记得你和你们团一位姓姜的团长——"

"姜大伟团长……他现在已经是军长了。"

"对，我娘说的就是这个姜团长……塔山阻击战开始时姜团长认为你们团一定会打光，但不能让我娘跟你们一起死——"

"因为你娘……秀英大姐不是我们团的人！"

"所以姜团长战前就安排千秋叔叔，用一辆胶皮大车把我娘送回部队先前住过的一个屯子。"

"靠山屯。不过我没有完成姜大伟团长交代的任务，你娘——秀英大姐——先说自己走，不用我去送，后来一转眼，她又回来了！"

"几十年了千秋叔叔还记得这么清楚，你记忆力真好。就是靠山屯，我娘好像没有走，一转身她又回到了阵地上，对姜团长说，谁也没权力阻止她参加她在东北的最后一场战斗。"

"秀英大姐当时是这么说的。"

"她就是那一天之前，在你们开上塔山阵地的头天晚上，在靠山屯见到了大秀阿姨，还有她的三个孩子。"

"三个孩子？"

"千秋叔叔您别这么吃惊。东北解放战争三年多，大秀阿姨和我生父刘抗敌——整个东北解放战争期间他一直是主力团的团长，后来又当了副师长——生了两个孩子，肚里又怀了一个。"

"不错，开上塔山阵地时我们是在靠山屯住过一宿。"

"我娘说道，那天夜晚你们团到了靠山屯，还没住下，我生父刘抗敌——那时他已经是副师长了——带一个主力团，作为塔山阻击战的预备队也到了靠山屯。我娘和大秀阿姨这两个到了东北一直见不着面的人突然就面对面撞上了。既然见到了，我娘就一不做二不休，把她拉到房东家的屋子里，两个人关上门谈了一次话。"

"我大概猜得出谈话的内容。"

"千秋叔叔，她们俩那天谈了啥我也是猜出来的。我娘从没有跟我说过那天她和赵大秀阿姨都说了些啥。"

"你猜出来的，一定是你的大秀阿姨对她说了些啥……她已经为刘抗敌副师长生了两个孩子，马上要生第三个。她不愿意离开自己的丈夫，也绝对不会离开。无论什么原因都不会。是吗？"

"我后来从另外一个当年过海后一直和大秀阿姨在一起的叔叔嘴里知道了一些。大秀阿姨当时说得更可怕。"

千秋没有把猛然涌上喉头的话喊出来，他病得没有力气了，但他的心却在怒吼："她一定是……对秀英大姐说……让她离开刘抗敌副师长就是让她死。她那种自私的女人会说出这种话的，目的……就是利用大姐的善良。"

他直到被抬出深山也没有把这几句话说出口。毕竟是猜测，他不能这么恶毒。其次，刘抗敌副师长也有错，他那时肯定早就知道了一切，但仍然和赵大秀做夫妻并且一个接一个生孩子。大姐只要看到赵大秀的孩子和她再次隆起的肚子，就会明白那个让她念念不忘的抗日英雄刘抗敌——她真正与之成婚并且在自己的一生里都只会认他是自己的丈夫的人——早就不是她能再寄予任何期望的人了。

以后的日日夜夜，他在担架和宿营地的吊床上回想那个早上，大姐刚离开塔山阵地很快又回来，想到她当时和姜大伟团长大吵的一架，觉得自己直到此时才懂得她的心：不要以为大姐曾经爱过欧阳政委就会忘了刘抗敌副师长，她是因为失去了刘抗敌副师长才会在漫长的无爱和随时都可能死亡的岁月里，像身在酷寒中的人盼望阳光一样不由自主地爱上了欧阳政委。但在欧阳政委牺牲后，她真正的丈夫——一定也深爱过她的人——刘抗敌副师长，仍会回到她心里来，那是她生命中最后的一捻灯火，现在这最后的一点火苗也摇摇晃晃地熄灭了。大姐那天不是坚持要留在战场上打完自己在东北的最后一仗，大姐是想死在这最后一仗中！

"千秋叔叔，看看这个！"一个早上，小伙子跑过来，把一直攥在手中的一个小玻璃瓶子举起来给他看，脸上满是炫耀的笑容，"这是我刚在这家兵站的军医那里死缠硬磨才讨来的……这回你试试咱们的中药！"

经过随队军医允许，千秋开始吃刘心存搞来的中药。开始也不顶用，刘心存暗中撺掇他将中药和抗疟药片一起吃，军医刚开始是反对的，后来又觉得不妨一试。

　　有过那天的谈话，身边又有小伙子的支持和照顾，他坚持一天天把两种药一起吃。这是从云南军演结束之后北返行程中他生命最虚弱的时刻，连随队军医都不敢相信他能活着走完全程。可是他和所有人一样惊讶地发现，随着一天天过去，每日必至的疟疾居然在他身上没有再发作了，他的身体状况也一点点神奇般地恢复了。

20

　　行军的最后阶段，依然虚弱但病况却有了起色的千秋，终于从他和刘心存的交谈中，知道了分别后二十年间秀英大姐的全部遭遇：

　　"千秋叔叔，其实我娘刚回到胶东那一阵子，日子特不好过。她一走就是三年多，当时派她带队支前的区长牺牲在解放青岛的战斗中，其他熟悉她的地方领导也都随大军南下。新来的县区领导都没听说过她，只有一个副区长知道一点她的事情，有些事情他知道，有些事情并不清楚。

"最让我娘难过的是，三年东北解放战争过后，当年过海的支前队伍里有人活着回到胶东，但是她带的那支支前队除了她自己外，没有人活着回到家乡。她当时带去了一百二十一个人，除了一个赵大秀阿姨跟随我生父刘抗敌——塔山阻击战后又当上了师长——南下去了两广，活着回到故乡的只有她一个人，其余的男人都为东北解放牺牲了。"

"没想到会是这样……秀英大姐这么回去，那些死了儿子、丈夫、亲人的人一定放不过她……她一定受了许多委屈。"千秋感叹道。

"是啊，从她回到赵家埠那天起，就有人来找她要人，就是牺牲了，也要一个证明啊，不然他们连烈属也不是……我娘虽然是一个人回到了区里，但她确实不知道那些和大秀阿姨一道编入二十一团的民工当时是生是死。牺牲的家庭当然早晚会收到一张阵亡通知书，但那时我娘仍然相信还有活着的人，不过是随着大军继续南下了，他们的家属可能要再过好久才能得到亲人的音信……更难办的是那些牺牲在东北却因为部队人员变动太快没有留下姓名的人，他们在胶东的家人可能永远也得不到一张烈士证明书，甚至连亲人牺牲的确凿的音信都接不到。但他们也都有父母啊，有的还留下了妻子儿女，天天发疯似的哭喊着找上门，我娘怎么能跟他们说得清楚呢？但说不清楚他们又怎么会满意？她说不清楚每个人的下落和生死也让县区的领导非常不满，因为他们的日子也不好过……

"千秋叔叔，我说一句你想不到的话吧，哪怕后来我娘带着我离开了胶东老家，到了我后来的父亲刘德文的家乡——那可不是什么大地方，是沂蒙山最深处的小村子，离最近的县城也有一百多里——他们还是会时不时地找到家里来，要我娘说清楚当初把他们的亲人带到哪里去了。她又确实说不清楚。一过海就失散了？不，他们不管，人是你带出去的，是他们的亲人，他们就得找你，生要见人，死要见尸。即便真的找不回来了，他们也要政府承认他们的亲人是烈士，要给他们挂烈属牌，按国家和省里的政策给他们抚恤。

"现在当然不同了，东北都解放了二十年，只要他的亲人仍然没有音信，那一定是牺牲了，我娘会毫不犹豫地给每个人写证明，为他们争取烈属应当享受的待遇，但在刚回胶东的日子里，几乎所有人都生死不明，我娘怎么会给他们开这种证明呢？再说你就是愿意开这样的证明人家还不干呢！人家还要你说清楚亲人死在什么时间、埋在什么地方，人家哪怕拖家带口扒屋子卖房梁也要把人扒出来带回胶东，埋进自己家的坟地里。这些事情我娘怎么能满足得了他们呢？我娘做不到县区的领导更做不到，加上那些半道从东北跑回来的人，因为受到处置，或者觉得自己没有享受到革命成功的好处，又风言风语地听说过一些我娘和大秀阿姨在抗战末期嫁错人的事，开始编派一些对我娘和大秀阿姨都十分不利的谣言，连我也被编派了进去……千秋叔叔你是那个时代过来的，知道作风不好对于一个女人伤害力有多大。说实话我娘并没有忘记在东北时姜大伟团长反复对她讲过的事：我娘应当嫁的刘德文副团长是家中的独子，他牺牲后老家沂蒙山中还留着一个老娘要人照顾。我娘本来也打算将她从沂蒙山里接出来，把一切都对她讲清楚，让她和我们一起过日子，为她养老送终。我娘最初就是这样打算的。"

"这个我信……我知道秀英大姐是什么样的人。"千秋说。

"可发生了那些事情后一切都变了，我娘就是再想留在胶东，留在家乡，也不行了，不但没办法工作，甚至都没办法做一个老百姓生活下去。这时正好我档案上的父亲刘德文的娘派去胶东找他家儿媳妇的人到了。就是刘德文副团长的老舅，他不知从哪里打听到了消息，知道虽然他的外甥刘德文牺牲了，但他在胶东娶过一个媳妇，按照他们沂蒙山的规矩，儿子死了，只要有媳妇，这个媳妇就该回家去和婆婆长相厮守，为婆婆养老送终。刚开始我娘还让这位老舅住下，要从头把她和刘德文烈士的事对他讲清楚，但老人家完全不听，反复说：'我不信。我不信。我们都问到了省里，你们共产党的官文里都写着你是我们德文的媳妇，人不能没良心，你们打天下时要我们的亲人挨枪子儿，现在人死了，活着的人你们就扔下不管了？你们共产党要是这样，我就到北京去找毛主席，跪在他跟前喊冤，我要喊三天三夜。'我娘听了他这一番话就不说话了，整整一夜坐着没合眼，天亮后对老人说：'舅，是我对不起你们家德文，我这个媳妇错了，我收拾收拾跟您老人家回吧。'老舅这才满意，看了我一眼，那时我都五岁了，都记事儿了，他说：'这一定就是德文的孩子，都这么大了，他也回吧。'我娘好半天没回答他，我看出她对于回答我是不是刘德文的儿子仍然是犹豫的，但老舅马上又不干了，直眉瞪眼地问她说：'不是德文的孩子，难不成还是别人的？'我娘当时就急了，忙说：'是的，是他的。'这下老舅扯上我的手就不撒开了，说：'既是他们老刘家的孩子，你就是不走，他也得走。'我就哭起来，我娘好说歹说，老舅就是再也不松我的手。我娘没办法，最后说：'舅，我跟你回，我怎么能不回呀，可你总归要让我和区上说一声，我是党员哪，总要转移个组织关系，办个手续才能走。'但是老舅就是不放开我的手。我娘当即去见了新来的区长，这位区长一听脸就沉了下去，说：'你的事情还没了，不能走。谁知道你说的这个来逼你回沂蒙山的什么老舅，不是你使的金蝉脱壳之计！你走了每天都到你家门上要自己亲人下落的人会全找到区里来，让他们整天闹，我这个区长还怎么工作？你作为一名抗战时期就入党的党员，又确实把一支不该过海的队伍错误地带过了海，结果除了你和赵大秀外全都没音信，事情没有处理完你想一走了之，你对得起那些家属吗？你要是这么着我现在就有理由怀疑你，你能活下来别人都不能，这里面是不是有些见不得人的东西！'他还威胁我娘说：'告诉你吧，我已经就这件事写信给你讲的那个什么三十七团，现在叫九六四团了，我正在等他们的回信，严格地说起来赵秀英同志你正在接受审查，在事情有结果前我们不可能让你走。'

"我娘虽然伤心，回家后却没哭。她就一动不动地坐在那里，坐了一夜，天亮后毅然决然地对老舅说：'舅，不管它，我们这就走。'那时也没有更好的运输工具，这之前她已经收拾好了一对箩筐，本来就没有什么家当，她将当初她和我生父刘抗敌团长结婚用过的铺盖卷巴卷巴，把我们娘儿俩的几件换洗衣裳裹在里面，放在后面一只箩筐里，将五岁多的我放在前面箩筐里，挑起来看看老舅，说：'好了，走吧！'

"我们就这样离开胶东老家，一路西行，走了几天我哪里记得清，只记得到达老舅引我们去的沂蒙山里的那个家的时候是个黄昏。西边山上还有些残霞，但离天黑也不远了。那时我就看到了我娘的脸色。那年月我们胶东不富裕，但是进了沂蒙山，看到了我们以后的家，我娘才知道世上还有这样的地方，这样的村子和人家。村子离县城一百二十里，离最近的镇子也有五十里，刘德文烈士的家——以后就是我们的家了——整个房子连同院墙，一根苫房顶的草也没有，墙是石头垒起来的，屋顶上是石片，不是切割好的石瓦，就是原始的、在山里捡回来的一片片薄石头。小院里就一间石屋子，进了门就是炕，炕头就是灶，灶前坐着一位老奶奶，回头看着老舅和挑着一对箩筐进门的我娘和箩筐里的我。

"从这个黄昏我娘进了石头屋子的门——开头门也没有，后来有了门是我娘自己找人用树枝编好绑上去的——老奶奶就挪了地方，不在灶前坐着了。以后只要我娘回到这座石头小屋里，她就一直坐在炕上。灶前和家里的活儿全都移交给了我娘。村子太小了，只有十几座同样的石头屋子和小院。没有耕地，或者说只有一些星星点点的土坑点缀在石缝里。你会问吃什么呢，就在这些石头缝里种点玉米，大片几十棵，小片三两棵，当然，还能采点山货，到五十里外的镇子上卖钱换点油盐——世世代代村里人就这么活。

"我奶奶——我习惯了，应当说是刘德文烈士的母亲——我不想说不敬的话，因为老人家一直把我当成她的亲孙子，待我极好，但是待我娘极坏。现在想起来老太太当年并不算太老，也就六十出头吧，但是自从我娘进了刘家的门，她就开始使唤起儿媳妇来了，拈一根针的事都不做了。不但衣来伸手，饭来张口，白天夜里腰也酸腿也疼，只要她哼哼一声，我娘多累多困都得爬起来给她捏腰，给她捶腿。她还好吃一口新鲜的，动不动就让我娘变着法子做好吃的给她——她多半不吃，藏着给我吃。最恶劣的一次，老太太居然对我说：'孙子，长大了就娶一个你娘这样的媳妇侍候你。媳妇是什么，俗话说得好："娶来的媳妇买来的马，任你骑来任你打。"你爹不在了，她就得好好侍候我，让我舒坦。我刚当媳妇时我婆婆也这样待我，我没死在她手里是我命大，现在轮到我享享当婆婆的福了。'我把这些话说给我娘听……千秋叔叔，你能想到吗？我娘什么话也没说，她老人家只是嘱咐我，别把我对她讲过这件事告诉我奶奶。这个家里只有我们三个人，我想我娘的意思是奶奶只要对我好就够了，至于奶奶对她的折磨……千秋叔叔我娘虽然受过党的教育，但归根到底还是旧时代长大的，三从四德的旧枷锁在她身上还是影响很深。另外我猜还有一个原因：因为我们是烈属，我娘是党员，不想因为和奶奶起了争执，让村里人瞧不起。所以不管奶奶用什么办法折磨她，她都咬着牙忍受。

　　"这样就出现了一个谁也没有想到的结果：先是全村，后来是区里，都知道了我娘是一个好媳妇，为了照顾烈士寡居的母亲从富裕的胶东来到了苦寒至极的沂蒙山区，我娘很快成了名人，受到了村里、区里和县上的注意。

"千秋叔叔你绝对不能想象我娘带我刚到我们那个叫刘家窝子的村子时经历了什么。她立即就发现这里居然还没土改，一股国民党散兵变成土匪藏在深山里跟人民政府为敌，时不时就下来到各村抢劫。我娘当时就感慨地说：'革命都成功了，山东居然还有这样的地方。'土匪第一次来打劫我们刘家窝子的当夜，我娘就和村里几个男人女人临时成立了游击队，她当然是队长。千秋叔叔一定会问枪是哪里来的，别人不知道你一定知道，就是你们初到东北时去安东城里'打枪'打到的那把大镜面匣子，离开队伍时她要交公部队却让她留下了，别人参加东北解放战争打了三年多仗，不是立功就是受奖，部队首长对我娘说你因为一直不在编，我们也不能为你做什么，你就留下这把枪吧！"

"等等心存！不对！我们三十七团历任团首长都曾经对你娘——秀英大姐承诺过，等她回胶东时给她写正式的公函，为她请功，大功至少就有四次，打安东一次，新开岭战役一次，二道河子阻击战一次，'四保临江'战役结束出山第一仗打通化火车站，缴获了两火车皮军装和洋面，姜团长欧阳政委都说也要给她再请一次大功——"

"这件事部队是做了的，但是回到胶东，我娘把组织关系交了，那封请功的信她没交。"

"为什么没交？"

"我娘说，跟她一起渡海到东北的人除了大秀阿姨和她全都没有回来，应当立功的是那些牺牲的人。"

"这个……你往下说。"

"我娘用这把大镜面匣子一出手就干倒了土匪头子'张连长'。此人当年是蒋军王耀武部的一个连长，济南解放后逃进山里去的……这股土匪一直在山里为非作歹，县区两级政府因为兵力不足，也没有经验，更没有经费，拿他们没办法，却在一夜之间因为我娘带的刘家窝子游击队打死了'张连长'这个大当家的作鸟兽散。我娘这一仗不但惊动了区里和县上的领导，还惊动了我奶奶。县上刚刚接到了我们胶东老家所在县政府的公文，里面装着他们写信到过去的三十七团也就是现在的九六四团外调我娘情况，从部队收到的复函。那里面对我娘在东北三年多的战争经历做了详细介绍，什么她带着一支打粮队一次就从安东城里打到了两个团的棉衣，让刚刚踏上东北大地的三十七团没有因为冬天来临缺少棉衣就地溃散，什么二道河子战斗期间一炮打死敌团长的那门炮也是她从一个叫摩天岭的战场上捡回来的。最夸张的一段不是说她在塔山阻击战中一个人带着多支支前队活跃在三十七团前沿阵地，救了上千名伤员的命，而是说她在新开岭战斗结束后一个人带一个连，用机枪逼着两千多俘虏，将原本没有希望抬离战场的我军一千多伤员全部安全撤出，没有她所有的伤员都会牺牲，她和她带的那个连也会因为俘虏哗变和增援的敌人赶来被消灭。那封信写得太夸张，信上甚至说我娘在东北三年多几次救了三十七团，没有她和三十七团坚守二道河子，'四保临江'战役可能是另一种结局，整个东北解放战争的历史都得改写。"

"你怎么知道写得夸张？这些事情你娘……秀英大姐一直都没跟你说过？"

"没有，直到今天都没有，"小伙子说，"但后来我还是知道了。"

"往下说。"千秋忍住方才一瞬间蓦然涌上眼帘的泪珠，说。

"虽然我新家所在的区县领导看了信哈哈大笑，完全不相信一个带着民工队被糊里糊涂赶上船去了东北的小女子能在东北解放战争中发挥那样的作用，好像没有她我军在东北就不能胜利似的。但毕竟我娘在和以'张连长'为首的沂蒙山区最后一股顽匪的战斗中表现得过于出色，他们开始半信半疑地来见我娘，开始只是接转了组织关系，然后聊着聊着就聊到了她在胶东和东北都搞过土改，干脆让她出任刘家窝子的村长，领导这个村土改。这在我娘就是小菜一碟，她对我党土改政策的熟悉程度和如何具体执行这些政策等的把握能力比区长和县长都厉害，很快又被任命为区妇联主任、副区长和土改工作队分队长，负责我们二十八区南半区的土改。我娘怎么完成组织上交给她的任务呢，那时山里不但没有国道、省道，连一条像样的独轮车路都没有，她的脾气你是知道的，什么事能难住她呀！她的办法是重新挑起了那对箩筐，前头还是我，后头是我奶奶，她老人家坚持不让我娘出去工作，我娘一定要工作就得带上她。我娘不可能不出去工作，她什么时候会说我完不成组织上交给的任务呀，于是就想出了这么个主意，把我奶奶一起挑上。

"沂蒙山区深山区的土改一直持续到1951年夏天才结束。我娘用一对箩筐一头挑着我，一头挑着我奶奶，腰里挎着那支大镜面匣子，天天跋山涉水去她分管的南半区完成土改任务。很快她的任务又变成了在农村组织合作社，搞社会主义集体所有制改造。因为工作出色——别人解决不了的事情交给她一定能解决——没几年上级就打算调她去县里当妇联主任。某一年地区的一位领导在北京见到了罗荣桓政委和萧华上将，几个人不知怎么就说起了我娘。当地从地区到县到区的政府各级领导这时才知道，原来几年前那封来自部队的公函上讲的事全是真的，地委组织部专门派人到刘家窝子找我娘谈话——虽然当了区里的干部，但我奶奶坚持不住在区上，所以我娘天天工作完了还要挑着她和我回刘家窝子自己家的石头屋子里过夜。老太太那时已经有了一块心病：不让儿媳妇抛头露面做革命工作她做不到了，但她寻死觅活地逼迫我娘答应坚决不能在别人家过夜，区上也不行，这个她做到了。地委来的干部又是我父亲——后来的父亲刘德文——的战友，他直率地告诉我娘，地委打算调她去县里工作，先当县长，然后可能还要调她到地委做行署专员，毕竟一名优秀的妇女干部培养起来太难，眼下现成就有一位，又经过了漫长的战争年代的考验，他们何不试着大用一下呢？

"因为只有一间石头屋子，我奶奶也在场听完了他们的谈话，当时就大闹起来，不管我娘和地委来的人怎么劝，她老人家一个心结就是解不开了，固执地认为她这个儿媳妇只要离开这个家到了县里，就一定会像别的死了丈夫的女干部一样改嫁，那时他们老刘家就既没有儿子也没有儿媳妇和我这个大孙子了，她与其这样活下去不如现在就死。

"我娘和她斗争了三天就败下了阵来，因为她看出来了，如果她真要走，老太太一定会悬梁自尽，后者铁了心阻止她走出家门，阻止不成她一定不活了。后来我娘找到区长和县长包括地委来的人，做出了她这一生最重要的一个决定：为了死去的刘德文烈士，她愿意一辈子留在村里照顾烈士的老娘，直到她寿终正寝。我亲眼看到我娘这次说着说着就真真切切地哭了，还是放声大哭。地委来的人失望地走了，我娘也不再兼任区上的职务，重回村里当村长，后来又当村支部书记。这次失去成为脱产干部的机会，让她一生再也没机会走出小山村，跳出农门，成为一名吃国家粮拿固定工资的干部。也就是说，我娘选择了终生都做一名刘家窝子的农民。做出了这种选择后，我娘一直在村里当了十几年的支部书记和农业社社长、生产大队队长，直到前几年'文化大革命'开始，才换了别人。

"我奶奶一直活到八十一岁才安然去世，是刘家窝子村百年来活到八十岁高龄的第一人。村里老老少少都说她的福气是我娘带来的。直到老太太过世那年，她仍然像一个旧时代的婆婆一样对同样成了老人的我娘颐指气使，有时候还动手。年轻时我娘还会和她争辩两句，老了反而变了性情，有一次又挨了打，她笑着对老太太说：'娘，你要是想打我就打，我也老了，身子骨也不好，要是走在你前头，以后你就打不着我了。'没想到这番话让老太太大哭起来，抱住我娘说：'你不能走，你走了我可指靠谁呀，我一定要死在你前头，死在你前头我才是有福啊。'老太太从那天起性情也改了，不再对我娘动手了。

"直到她去世那一天我这个孙子才知道老太太多有心计、

城府有多深。她直到回光返照之时才对我娘说出了一个隐瞒了我们母子多年的秘密：我现在档案上的父亲刘德文还活着，并在我娘回到刘家窝子后，带着他渡江南下后娶的媳妇回过一次家，被她直接轰走，以后再没有回来过，一次都没有。千秋叔叔你想知道因为啥？就因为老太太问的一句话。"

"我的天哪！……心存你说啥？刘德文副团长还活着？这怎么可能！！！"

"千秋叔叔你听我把这段讲完，就全都明白了。1944年春天，我娘在昆嵛山二区赵家垴自己家里，等待组织上为她挑的丈夫来成婚的时候，她的这个叫刘德文的丈夫被山东军区罗司令临时派往鲁西南执行紧急任务，然后他就留在了当地，迎来了抗战胜利和解放战争，再后来他随自己的部队南下，一直打到东南沿海。像在战争年代许多人常做的一样，工作关系调动后，为保护老家的亲人，组织上同意他到鲁西南工作后就使用一个新名字。为了让家乡的人更彻底地忘掉自己，他还故意让自己过去胶东的战友比如姜大伟团长等人相信他牺牲了。以后的日子里，包括他自己可能都真的认为过去那个叫刘德文的人死了，现在活着的是另一个名叫文捷的人。这个新名字还成了他1955年被授予少将军衔时的正式姓名。

"就是这一年，获授开国少将军衔的文捷将军带着他的新婚妻子，一位在江南驻地城市娶的女大学生，千山万水地回到了沂蒙山，在刘家窝子见到了自己的老娘。奶奶已经提前从别的渠道知道了儿子要带新娶的媳妇回来，早早让我娘带我离开村子远远去五十里外的镇上为她抓治疗老寒腿的中药，以便他们一家三口骨肉亲人能够长时间从容地见面。我奶奶只看了儿子的新媳妇一眼就对我父亲——今天的文捷将军说：'你走吧，以后再不要回来了。'据当时陪伴的人说，文捷将军听了这话大惊失色，问自己的老娘：'为什么？儿子媳妇这次回来，就是想带您老人家到城里享福去。'老太太说：'我不去。'儿子又问：'为什么？'老太太看了新媳妇一眼说：'这一个不中用，她一定不会像那一个一样会做媳妇，侍候我。'儿子坚持要带老娘走，媳妇却转身走出了那个在她眼里连城里的狗窝都不如的家，她被这个家里的气味熏得都要吐了。媳妇一离开，儿子就敢说话了，他仍然坚持对他的老娘说：'这一个不能侍候你我再给你娶一个，我可以和这一个离婚。'我奶奶说：'儿子我跟你说实话吧，我遇上的这一个是我再也遇不上的，要不然你把门外头那一个离了，回头娶了这一个。'文捷将军听了老娘的话脸色登时变了，说：'那不可能，我就是再娶也不会娶这一个，她的事我都知道，她本来应当嫁给我，人得有多糊涂才会错嫁给刘抗敌同志，现在刘抗敌不要她，我也不可能要她。她的儿子也不是我儿子，更不是你孙子。'老娘说：'你说不是就不是了？我觉得他就是。你这个白眼狼，我白养了你一场，自己的媳妇和儿子都不要，娶那么一个狐狸精，肩不能挑手不能提，我要是跟了你去，是她孝敬我还是我孝敬她？就看她刚才进门瞅我那一眼我就明白了，我要是想活着就得留下，跟这一个在一起，跟了你们去，不出三天她就能害死我。'儿子和她大吵，但她一句话就把她儿子的嘴堵上了，她说：'儿子，你敢说门口那一个这会儿不正在想怎么样让我这个老不死的废物快点死？'在战场上指挥千军万马的文捷将军这时不说话了。他爱自己新娶的女人，不愿意离了娶我娘，更不能承认我这个不是他儿子的儿子。最后还是老太太心疼自己的儿子，对他说：'儿子，我给你出个主意，我也能一直活下去，你也不用离婚。'儿子就问她：'什么主意？'老太太就说出了一番话，她说：'你们马上走，出去就说你们找错了人家，我不是你娘，你们也从来不认识我。你们走了就再也别回来。以后就是有人问，我也会告诉他们，我的儿子叫刘德文，是个烈士，不叫文捷。'文捷将军转身就离开了他娘，带着新媳妇离开故乡，几十年间真的一次也没有回来过。当晚我娘带着我回来，听说有人来过，老太太就说了上面那些话，称来的人是她儿子生前的战友，还带来了新娶的媳妇，不过这会儿都走了。他们带来了德文我儿牺牲的消息。她说这一次我才相信我的儿子再也不会回来了。然后放声大哭。

"老太太直到死前才把这件事对我娘说出来，还颤巍巍地抓住我娘的手说：'我对不起你，是我为了自己享福耽误了你。可是这些年我也不明白，我一个老婆子怎么真的就挡得住你，你要是想再嫁抬身就能走，为什么你没想到去走那一步？'她已经没有力气哭了，但还是咧咧嘴做出了一个大放悲声的表情。我娘当时可能是被她这句话问得愣住了，是啊这些年她为什么一直没想过可以抬身再嫁一个人。她完全可以却没有那么做的原因仅仅是没有想过。奶奶去世时面容安详。她虽然生在穷乡僻壤，但后半生有一个像我娘这样的儿媳妇照顾她，她享尽了人间做婆婆的福气。我娘知道了那一切后仍然照着沂蒙山的规矩隆重地为奶奶举办了葬礼，当然我这个承重孙也替父亲——死去的刘德文烈士，活着的文捷将军——披麻戴孝，把老太太送到了坟地。我娘回到家里才开始坐在地上放声大哭。我心里想，虽然老太太把一个天大的秘密瞒了她一辈子，可这么几十年和自己的婆婆厮守在一起，这位婆婆既有作践人的一面，也有和她相濡以沫的一面。奶奶的去世让我娘一下失去生活重心似的，她直哭了半夜，这一场大哭惊天动地，全村的人都被惊动了，但可能只有我一个人知道是为了什么。"

"心存，千秋叔叔知道她为什么要大哭一场，因为……她没有辜负包括姜团长在内的所有战友的托付，真的做了一辈子刘德文烈士的媳妇，为这位当年时刻准备牺牲的抗日英雄放不下心的老娘尽了养老送终的义务！

"还有一句话，你是没想到，还是故意不对我讲出来呢？你娘——秀英大姐——就是知道了文捷将军还活着，知道了他、婆婆和自己之间一直被隐藏的秘密，又能怎么样呢？她还是会选择和自己的婆婆厮守在一起，为她养老送终，直到完成战友们的托付。难道她会跑到文捷将军任职的地方和他大闹一场？别的像她这样遭遇的女人会，但是秀英大姐，不会！"

"千秋叔叔，其实，我娘早就知道我父亲——刘德文烈士、后来的文捷将军还活着！"

21

靠着刘心存搞来的中药和抗疟药片，千秋总算好起来了，随即他又接到了上级的命令，知道他已被任命为某军一个历史悠久战功显赫的红军师的师长。随着形势的变化，这支部队马上要从南方移驻中原腹地，随时准备北上京津，承担最艰巨的保护首都的任务。

因为一切都是秘密，他甚至不能和团里每个成员包括刘心存告别就悄悄上了火车。但是上车之后，他还是在自己的行囊里发现了小伙子不知何时塞进去的一封信。

信写得很简单，说是一封信，不如说是一张便条：

千秋叔叔您好：有件事我一直不好意思说，是我娘一直不愿意让我告诉您。"文化大革命"开始后我娘就被当地造反派"打倒"了。他们查出了她的所谓"历史问题"，说她当年在胶东抗战和后来参加东北解放战争的履历是自个儿编出来的。当时就把我娘关进去了一次。我奉命来云南参加军演前，他们又因为当初九六四团写给胶东地方证明我娘东北三年革命历史的公函动乱过后找不到了，就说她的革命经历是假的，又把她关起来，到现在都好几个月了。千秋叔叔要是方便，可否请九六四团再为我娘补一份履历或者重写一份证明？我写过信的，但现在九六四团已经没有了解放战争时期的档案，恐怕除了您和眼下仍然健在的一些首长外，已没有人会知道我娘真的曾跟着这个团在东北战斗了三年多。千秋叔叔真的不好意思，您要是能帮上这个忙我和我娘都会感激不尽的。

　　此致

敬礼

　　　　　　　　　　　　　晚辈　刘心存

　　心存哪心存，你这么小小年纪怎么也……古人说有其父必有其子，你是有其母必有其子。秀英大姐无论受多大委屈都不愿意为自己的事麻烦别人，你是她的儿子，为什么也这样……应当不好意思的是我，是姜大伟团长，是刘抗敌团长和曾经名为刘德文现名文捷的那位省军区副司令员。

　　千秋就在火车上写了一封加急信寄给在某军区任司令员的姜大伟团长，等他跟上了自己任师长的部队，姜司令的电话已经打过来，隔着数千里的距离，在强大的杂音干扰下，从沂蒙山里的造反派骂到"文革"中新成立的山东省革命委员会，捎带着把九六四团连同这个团所在的军师首长都痛骂了一通，然后他告诉千秋，九六四团的证明加上他的签名已经发往秀英大姐所在的村、公社、县、市、省的每一级革命委员会。并且他打了电话给山东省军区的一位现任首长，要对方"盯住这件事"，一定要亲眼看到秀英大姐从造反派临时设立的监牢里放出来。

千秋接到这从始至终脏话不断的电话后一颗心才放下了，他知道姜团长的脾气，说到的事情一定会落实，不然他真会带着自己的兵千里迢迢打上门去，把人救出来。

千秋随着轰隆隆的军列和自己的部队一同到了中原，以后几年间，这个师一直是全军的战备值班部队，他一天也不敢怠慢地率领这支部队，进行了长期紧张的包括核条件在内的各种战争背景下的实战化训练，加上"文革"后期国内大事迭出，他也经受了一次次炼狱般的精神煎熬。

千秋无法忘记秀英大姐和救了他一命的大姐的儿子刘心存，但也终于没有实现自己一直深藏在心的一个小小愿望——找个机会去沂蒙山里看一看战争年代他的恩人和亲人秀英大姐。他一直认为1947年辽阳战役自己负伤后，若不是大姐用大车拉着他行军，他一定死在那个冬天里了。而不久前的云南之行，若不是大姐的儿子刘心存弄来中药，他也一定死在云南了。

他一直在这个红军师当了十多年师长，"文革"结束后的1979年春天他又率领这个师参加了中越边境自卫反击作战。战后千秋迅速被提拔为某大战略区的最高军事长官，司令部就驻扎在姜大伟团长离休后安置的南方某个大都市里。千秋上任后去看自己的老首长，说到当年的三十七团，说到了秀英大姐。姜团长真的老了，一说起这些旧人旧事就止不住流泪，但他自己说不是哭只是眼睛不好，迎风流泪。

千秋回去后想起了当年和他一起去云南参加军演的大姐的儿子刘心存，让人查问他的情况，听到后异常震惊。原来从云南军演回来的当年，刘心存就主动请求转业回到了家乡，其实他是有机会选择永远留在北京的。

千秋脱口就问负责查问此事的秘书："为什么？现在他怎么样？"得到的回答不是很清楚，说当时刘心存这么做好像是因为家里有拖累，又说回去后安排得并不好，在县电影院当一名不脱产的支部书记。眼下电影院不景气，观众都看录像带，他的日子好像不大好过。

千秋不等秘书讲完心里就明白了：刘心存1969年从云南回去后马上选择转业回乡，一定和当年姜团长从临时监牢里救出了秀英大姐有关。这个心重的孩子为了照顾自己的亲娘毅然放弃了自己在部队的前途，选择回到母亲身边。大姐的后半生可谓不顺，但上天给了她一个知道心疼母亲、为了母亲可以放弃一切的好儿子。

1990年夏天，千秋六十二岁，被调回山东老家担任另一战略区的最高军事首长，他认为这是自己漫长军旅生涯的最后一站。回到济南的第一天,他就请来了当年三十七团幸存的战友,夏国民,从他那里打听秀英大姐的消息。夏国民和大姐一直有联系,说她和她的儿子仍然生活在沂蒙山区的县城里,大姐还是农村户口,跟着儿子媳妇过,虽然艰难,但孩子孝顺。

千秋脱口说:"我回来了,我想去见她!明天就去!"夏国民当晚回家,就激动地将电话打进了沂蒙山区的那座县城。

第二天千秋都准备好要走了,却没有走成,一位军委首长路过济南,要停下专列和他谈话,另外大姐那边也来了电话,让昨晚打电话的夏国民捎话给千秋:"不要来。党把他放到那么要紧的地方,他该把心全放到工作上,他在那个位置多忙啊来看我一个老婆子干什么,我好好的。告诉他要是来我就躲到深山里去。我不要他来看我,我自己也不去见他。"

千秋被她最后这句"我自己也不去见他"给挡住了,心疼地想到大姐一定是生我气了,当年北平一别,多少年了啊,大姐生气是应当的。他是知道她的脾气的,她说话算数,他要是真去了,她完全有可能躲到深山里让他见不着。

很快千秋就明白军委首长为何要在路过济南时停下专列见他。几个月后他被选进军委领导班子,三年后又升任为这个班子中的主要成员。以后几年里千秋位高权大,夙夜在公,完全没有了属于自己的时间,要见一见大姐的事当然被搁置下来,却没有被忘却。离休的日子正在来临，他想等这一天到了，自己去见一见大姐的夙愿总可以实现了吧，那时大姐也就不会再有阻止他去见她的理由了。

他没有想到，这个愿望在他离休前就实现了。

1999年10月1日，是新中国成立五十周年大庆之日。除了大阅兵的准备工作，作为军委主要领导之一的他还领受了一项任务：邀请各历史时期的老功臣老英雄老模范或者他们的亲属代表来京参加国庆观礼活动。

他在山东省上报的人员名单中万分惊喜地发现了大姐的名字，激动得难以成眠。到军委工作后他每天凌晨3点才能休息，这天夜里回到家就把老伴喊起来，老伴因为他的工作也养成了凌晨3点他回到家才能睡得着的习惯，两个人就商量怎么接待这位不一样的客人。

千秋说起了大姐的性情，人没见到，大致上就猜到了到京后她会做些什么，不做什么。夫妻二人商量来商量去，最后老伴说："你不要急，我都明白了，像她这么个人，你什么也不要为她特别准备，先让她和别的老英雄老模范一起参加所有的国庆观礼活动，但事先要跟她说好一件事，请她在全部活动结束后务必多留一天，就到家里来吃顿饭，一是尽尽我们的心，二是你们五十年不见，好好地叙叙旧。"

　　千秋躺下时已经明白，自己在这件事情上没有老伴冷静，就答应了，但是直到黎明，他还是一连吃了两次安眠药都没有睡得着。他睡不着老伴也就翻来覆去地陪他睡不着，说："你到底要怎么样啊，你这个样子大姐不会喜欢的。后天就是五十周年国庆大典的大日子，天安门广场的庆祝大会，新中国成立后最大规模的阅兵，明天晚上还有国庆招待会，下午3时你还要在军委大楼会见老英模和他们的亲属代表，多少事啊，你心脏还不好，千万不能不睡觉啊，再说明天下午你们不就见着了嘛！"

　　天亮前千秋将军终于迷糊着了一小会儿，马上又被闹钟惊醒。虽然每天凌晨3点钟才能睡觉，但早上8时他仍然必须踩着点到军委大楼上班，那里每天都有许多军内外国内外发生的大事要他处理。这还是平常日子，赶上军情急务他还要随时起床赶到办公室去。

　　这天早上8点到了军委大楼，秘书送来了一个急件，一位受邀来京观礼的老英模亲属代表写了信给他，令千秋再次激动难言，原来这位受邀从南洋归国参加观礼的华侨代表是辽阳城下牺牲的欧阳政委的亲哥哥，他带着儿子儿媳孙子孙女一大家子回到祖国，不只是为了参加国庆观礼，还要代表终生都在思念最小的儿子的父母——他们已经在异国他乡故去——回到国内来寻找牺牲的弟弟的下落。

这位哥哥不知从哪里打听到的，说是千秋本人就是弟弟的老部下和战友，所以一到北京就想见他，不但想从他这里了解弟弟当年从南洋回国参加解放战争直到牺牲的全部经历，还迫切想知道弟弟墓葬的所在，一家人好代表故去的父母去为弟弟扫墓。如果说这些要求千秋都能答应并帮助解决，那么这位年近八旬的老人提出的另一项要求就让千秋又激动又为难了。

这位哥哥不知什么时间从什么渠道得到过一个消息：弟弟在牺牲前爱上过一位从胶东渡海到东北参加解放战争的女战士。如果弟弟没有牺牲，这位女士很可能就成了他们家的一位重要成员即他的弟媳，而且一到北京他还听说了，这位女士也在他们这个庞大的由健在的老英模或家属代表组成的观礼团里。

哥哥因为思念五十年前回国后便杳无音信的弟弟，同时也希望以此行告慰直到生命终结仍在苦苦思念小儿子的父母，他和他们这一大家子人都想通过接待方和这位女士见一面，如果有可能，他们想正式认下这位女士做弟弟的未亡人。父母死前因为听到过这个消息，专门留下一笔遗产，虽没有亿万之富，但数量也很可观。如果这位女士不反对以弟弟未亡人的身份接受这笔遗产，他打算将归国后要做的事做完后请她到南洋去，完成这份财产的交接，以此了结父母对自己英年早逝的小儿子绵绵无尽的思念，他自己和他的家人也想以这样的方式缅怀青春年少就早早为国捐躯的弟弟。

千秋看完这份急件，想了想就对秘书做出指示：一是马上打电话给沈阳军区的相关领导，请他们安排人商同地方有关机关，查清欧阳政委在辽阳烈士陵园中墓葬的确切位置并马上报告给他本人，同时准备接待欧阳政委家人去那里扫墓；二是转告欧阳老先生，国庆观礼后他会马上安排专人陪同他和他的家人到辽阳，寻认欧阳政委的墓葬，为烈士扫墓。至于和来自山东的老英模代表赵秀英老人见面并认亲的事，他必须先安排人与赵秀英老人本人接触，询问对方意愿后再告知。

秘书离开后他静静地坐在那里，本想思考一下这个意外事件会如何发展，秀英大姐会不会接受欧阳老先生一家人和她认亲的请求，还有那一笔遗产，但他的思绪完全失控，欧阳政委在世时的所有往事一时间全都潮水般汹涌澎湃地涌现在眼前。

时光流逝了五十多年，可战场上的一切连同欧阳政委的音容笑貌却像昨天刚刚发生的事一样，在他的心中展开。当然了，还有那个黄昏，他第一次在春天的大河边，在夕阳照耀到深墨色绸缎般摇荡的河面并反射过来的光照中看到的欧阳政委、大姐连同一匹白马的剪影。他无声地哭起来。

下午3时他在人民大会堂参加了军委主要领导和老英模及家属代表观光团的会面，在走进接见大厅的第一时间就在已经排好队等候照相的那一大片人中看到了他的秀英大姐，大姐也几乎在同一时刻看到了他。最初一瞬间的愣神儿迅速化解了几十年的分隔，让他们彼此认出了对方。

千秋用一种近乎失态的速度越过军委主要首长奔向了站在第一排左侧第二名位置上的大姐。大姐看着他不顾一切地冲她奔过来就什么都明白了似的，急切地用目光阻止他，让他理智，保持住在接见队伍中应处的位置。但因为大姐站的位置突出，他还是跟随在军委主要首长之后，和排在第一排第一名位置上的一位胶东地雷战老英雄重重握了手后马上转向了旁边的大姐，并且一把抓住了大姐的手，迅即将头低下去凑向大姐的耳边。那里有大姐飘散的白发，他连一声大姐也没叫，就匆匆说出了下面的话："晚上国庆招待会完了我去宾馆看您。还有，您弟媳妇要您在活动结束后留一天，到家里吃饭。别说不。"

前面的军委主要首长已经走了好几步，后面的首长在等待他和大姐谈话结束。不少人已经看到了他眼里红红的，满含着泪水，这时他才发现侧立在大姐身后的她的儿子，曾在云南救了他的命的刘心存，一时间思绪如同河水一样奔流激荡。

他看到这个当年有着一张圆圆的娃娃脸的小伙子鬓边也有了白发。不过他的全部身心仍在大姐身上，并且早就打定主意不给她说出那个"不"字的时间，最后他都没敢再看她一眼便松开她的手，朝前面的英模代表走去，和他们握手，然后在自己的位置上坐下，照相。

这一刻，他的生命、他的情感、他的心，全被无边无际的往事的波涛激荡着，汹涌澎湃，军委主要首长对全体被接见人员讲了什么他一句也没有听清楚。

当天晚上出席完国庆招待会后他没能马上赶到宾馆去。有几件必须赶回军委大楼处理的事缠住了他。一是在东南沿海发现了不明敌情，部队已在应对，他需要查清情况拿出报告并得到充分授权后迅速拿出处置方案责令部队实施，以保卫五十周年大庆不受外敌侵扰。另一件事涉及明天国庆大阅兵的顺利进行，他是个举轻若重的人，越是到最后时刻，所有的部下都向他拍胸脯保证万无一失，滴水不漏，他越是不放心，必须再一次检查所有的细节。

这些工作结束又是凌晨3点了，军委主要首长一个查问明天大阅兵准备情况的电话打过来，他向对方报告自己刚刚再次检查了一切，明天的大阅兵将会准时准点顺利举行。放下电话他马上想起了下午在人民大会堂和大姐的约定，看表已是三点一刻，但还是心存一念，让秘书打电话问大姐休息了没有。

接电话的是刘心存，说："千秋叔叔明天还有那么多大事，这么晚了怎么还没睡，我娘已经吃药睡下了，千万不要来。我娘说了，反正已经到了北京，今天不见明天国庆观礼完了还能见，请千秋叔叔赶紧睡一会儿，天马上就亮了。"

千秋在办公室隔壁房间一张床上眯了一会儿就醒了。他不是当天的阅兵总指挥，却是整个大阅兵活动的总负责人。这天他人在天安门城楼，心却在正在进行的阅兵行列中。

大阅兵非常成功，通过电视直播全世界都即时看到了人民军队建设的崭新成就和压倒一切敌人的精神面貌。整个庆典和观礼也非常圆满，做到了他向军委主要首长保证的万无一失滴水不漏。大阅兵结束后他仍然不能休息，参加阅兵的部队要安全退场，东南沿海的敌情仍在发展，都需要他直接参与处置。

紧张局面直到后半夜，在对方发现白费心机，完全不能得逞后主动退出才结束。千秋这时看一下表，发现又到了凌晨3点。

他没有让秘书打电话联系，直接吩咐司机送他到宾馆。果然大姐房间的灯亮着。他们母子仍在等他。

"大姐，您怎么还没睡……您是怎么猜到的，我会这个时候来？"他又惊又喜，一进屋就抓住大姐的手，同时感受着它的温热和枯瘦，像当年在东北天天在她身边时一样叫起来。

大姐的嘴唇颤抖着，说话并不流利，但还是说出来了："你昨天夜里就要来，又来不了……我知道，今晚上不管多晚，你都会来的……心存还不信。你看看，你千秋叔叔是不是来了？"

刘心存扶着自己的娘坐下去，又要去扶千秋。老太太瞪了他一眼："你干啥？你千秋叔叔年轻，正干大事的时候。千秋你坐下，不用他扶！"

千秋坐下。刚才一上车就要睡着，现在却一点睡意也没有了。

"大姐……"

"你干啥，我都没想到你能当那么大的官……不过话又说回来了，不让你这样的人当这么大的官，还能让谁来当呢？"

"大姐呀，活动明天结束，明天白天可能还不行。晚上吧，晚上请到家里去吃饭。"

"啊，你还不知道呢，你媳妇今天晚上替你来过了……她嫁到咱家这么久，我这个大姐还是头一回见她……她行，虽说不是咱胶东人，可是人好，主要是懂大理……你有眼光，比刚进北京住在天坛时那个房东家的丫头强多了。"

"大姐，你怎么——"

"你媳妇都替你说了，要请我到家里吃顿饭，她可比你会说……当了这么大官见到大姐又成了开不了口的葫芦了……你哭什么，我们三十七团能见面的人还有几个？姜团长那么要强的人去年去世了，刘德全那个老鬼走得最早，他才多大岁数就走了？抽烟太厉害了……还有炮兵营营长老任，任鹏举，你知道，他倒活得好好的，离休在青岛，找了个好地方，老伴去世后，又娶了个小的，比他整整小三十岁……心存，你老任叔这是娶的第几个媳妇了？"

头发花白，也有了老态的刘心存一直站在母亲身后，像个乖顺的孩子。这时他看了千秋一眼，笑了，只说出了半句话："娘，瞧您……"

千秋完全放松了。他有一种感觉，五十年的暌离好像没发生过，刚刚见面，他和大姐就又回到了过去，仍像一天都没有分开过一样。

"大姐还记得老任和姜团长……你不会和他们一直都有联系吧？"

"和老任一直都有联系，姜团长嘛是前几年……刘德全我不大爱搭理他。他后来调回山东省军区工作，有时也来临沂，我们见过几次，一见面他仍然开我的玩笑，说我当时爱过这个，爱过那个，还爱过你呢，就是没爱上过他，其实你知道当时他就差……"

儿子在一旁适时地提醒了母亲："娘，跑题了。"

千秋想起了欧阳政委和他的哥哥，笑容落下去，看一眼刘心存，说："心存，你能出去一会儿吗，我有话跟大姐一个人说……大姐，你不会一时半会儿都离不开他吧。"

大姐笑了，朝儿子挥一下手。刘心存马上笑着走出去，并且带上了门。

千秋认真地看着老人，虽然模样还在，但到底老了。

"大姐，这会儿又只剩下我们两个了。"

"千秋，你当了这么大官脾气也没改。你就说实话吧，是不是为了欧阳政委他们那一家人的事？"

"大姐呀，你怎么还是火眼金睛，一眼就看出来了！"他这样说话不是作态，而是真实的感叹。

"我不能见他们……千秋，有件事我一直没有对三十七团的老战友说过，所有人都在内，包括你。"

"大姐，你……不会说出更让人吃惊的秘密吧？你还真有事瞒着我？"

"你这个人……当初我就说你心眼实。心眼实好，靠得住，可是心眼太实了，有些事你就是看见了也看不懂。"

"你和欧阳政委……当年是有感情的，这我总看懂了吧？"

"这个我承认。我老了，也不怕羞臊了。"

"你当时也不怕羞臊。我大姐什么人，大队鬼子进村，神色不惧，从容不迫地架起一门土炮，一炮轰得他们一窝蜂地退回去，救了——"

他失言了，没有把话说完。这么个夜晚，他们又是战友又是姐弟，不，就像两个长久不见却时刻在想念的骨肉亲人相聚在一起。这么快乐，他不该提起刘抗敌团长。

大姐脸上一直洋溢着的笑容果然慢慢落下去，但深陷在苍老的眼窝的眸子仍然明亮，明亮而又犀利。她盯着千秋看，过了一会儿才说："先说前一档子事儿……千秋，你告诉欧阳政委的家人，我当年是爱过欧阳政委，欧阳政委在打辽阳前，行军途中，也确实对我做了那样的表白……但即便是那时，我也下定了决心。"

"大姐——"他吃惊了，脱口喊出来。

"就是欧阳政委没有牺牲，就是革命胜利后他真向我求婚，我也不会嫁给他。"

一个惊雷在他心中炸开，他要大喊了："为什么?!"

"我告诉你为什么……我配不上他……他在我心里……在我眼前……骑着白马……多才多艺……那么优秀……那么英俊……我什么人哪……不管是模样还是才学，还是别的啥……我那时就对自己说……不能嫁给他……我不能耽误他过更美好的一生……他应当娶的是比我好十倍、百倍的女子……娶配得上他的女子……那个人不是我!"

她没有哭，但是眼泪还是顺着皮肤枯皱的面颊流下来。

他心里又有声音咆哮了，就像东北早春刚刚开江的冰排，顺流而下，远远地就能听到巨大的碎裂的声响……

"可是大姐……你这份心思……欧阳政委知道吗?"

"知道。"

他再一次大惊失色:"你亲口对他说过?"

"没有。我本想等辽阳解放后，找一个合适的时间对他说，可是……没来得及。"

眼泪方才止住了，这会儿又从她脸上流下来。

他用了一种不自觉的强势的语态把下面的话说出来:"那你就还是没讲……欧阳政委牺牲前，在他心里，你仍然是他除家人外最亲的人……不，比家人还要亲，因为……欧阳政委要是地下有知，这次一定希望你能见见他的家人，更希望他的家人能够见到你。"

老人意外地沉默了，低下头去，半晌才重新抬起来说:"千秋，大姐从来不把你当外人……我的话没说完。"

"…………"

"即便是那个时候……三年东北解放战争，那时最艰难，也是大姐心底最黑暗、意志最软弱的时候……我爱上了他，后来惊喜地发现……他也爱上了我……就那个时候，我也没有忘记我是谁的媳妇……所以，我拿定了主意……不能嫁给他。"

他几乎要跳起来，小声叫："那时候你还想着刘抗敌团长？"

"我毕竟……已经成了他的人，还和他有了儿子。千秋，我不是一个……我是一个嫁过人的女子，欧阳政委那么纯洁的一个人，从没有爱过一个人，没有结过婚……我怎么能为了我自己的……就算是爱情吧，爱情和幸福……耽误他将来找一个比我更好的女孩子……我不能啊！"

"大姐呀……"

最后，她颤巍巍地站起来，果决地把剩下的话全说了出来："你安排人吧……告诉欧阳政委的哥哥和家人，你亲口对他们讲也行……你一定会单独接见他们的，对吧？你代我告诉他们两句话。头一句，欧阳政委是我至死都尊敬、怀念的老战友、老上级，但我们的关系是纯洁的革命者之间的关系，感情也是那一代革命者之间的感情，我从没打算过嫁给欧阳政委，原因我上面说过了，你一告诉他们，他们就会明白的；第二句，因为前面的原因，我也不能见他们，更不能让他们认我做他们的家人，更不会接受什么遗产……他们要是真心想念牺牲的弟弟和亲人，就请他和他的家人记住欧阳政委是为什么事业牺牲的，就是人在海外，也不要忘了自己的祖国。"

千秋跟着站起来，他知道，这是她最后的决定，而且，他们这个夜晚的相见和谈话也结束了。

第二天黎明，闹钟没响，电话铃先响。秘书紧急向他报告：山东来的老英模赵秀英老人刚刚自行离开宾馆，乘火车回老家去了。

他一句话也没说，眼泪先流了下来。

22

三年后千秋将军离休。

突然闲下来非常不适应，过去日理万机时随时会响起来的电话一天到晚都在沉默。他每天在小院里转悠，一生的记忆纷至沓来。

忽然很想一个个打电话给那些长期没有联系却也从没有忘记的战友。但是仔细想过以后，发现能马上拿起电话就打的人居然一个也没有。

五十多年的时光过去，真正留在心中永远不会忘的还是三十七团的老领导和老战友。那些当年的老首长、带领自己走进革命队伍里的人，不是已经故去，就是手边没有对方的电话号码。

夏国民调回济南任职时还同千秋见过一面，但也仅仅见过那一面，并没有留下电话。他要是活着，也是八十多的老人了，也许已经不在了。

当然也包括大姐。三年前匆匆见了一面，临走时他没有想起留下大姐和他儿子刘心存的电话号码，大姐和她的儿子也没有主动索要他的电话号码。再说他也没有自己的私人电话。

就这样过了一阵子，任何生活都会习惯的……他开始适应这种安静的没有会议和电话，没有重大事务要处理也不需要和许多人拜访的"慢生活"，并且有点喜欢上了它。

说是革命者永远年轻，但人终究是要老的，这样的晚年已经是对他戎马一生的最好回报。

他也对秘书说过，帮他查一查大姐和其他健在的老首长老战友的电话，秘书答应了，但是迟迟没有结果。他想到了一种可能：也许大姐仍然不想和他这种曾经身居高位的人通话。

心慢慢地倦怠，开始有了新爱好，譬如写字，养难养的花草，虽然没有很大的兴趣。后来，他想起一件事来，让秘书帮他查找古往今来所有诗人写白马的诗。这时才吃惊地发现，仅仅和曹植的《白马篇》同题的诗作就有一大本，比如鲍照的一首：

白马骍角弓，鸣鞭乘北风。

要途问边急，杂虏入云中。

闭壁自往夏，清野逐还冬。

侨装多阙绝，旅服少裁缝。

埋身守汉境，沉命对胡封。

薄暮塞云起，飞沙被远松。

含悲望两都，楚歌登四墉。

丈夫设计误，怀恨逐边戎。

弃别中国爱，要冀胡马功。

去来今何道，单贱生所钟。

但令塞上儿，知我独为雄。

　　他开始背这些诗，渐渐地就有了收获，并且成了乐趣。所以，那天早饭后电话铃忽然响起来时，他仍然以为是出嫁的女儿习惯性地在这个钟点打电话给妈妈，于是就朝老伴努了努嘴，说："啊，你的电话。"

　　老伴很快就在电话间里大声惊呼起来，然后一路小跑奔出，满面喜色道："找你的……你心上的人！大姐！"

"胡说!"一开始他不相信。大姐什么人,在他的印象里,虽然一生艰难,但她从没有为自己的事主动给任何老战友打过一个求助的电话。包括被造反派关起来后,也是她的儿子刘心存通过留给他的一个纸条子告诉他的。

但他还是奔了过去,回屋里拿起电话听筒,马上就听到了大姐老迈但仍然熟悉的声音:"千秋,是你吗?"

"大姐……真没想到……真的是你?!"他快乐极了,声音高得整个屋子都发出了嗡嗡的回响。

"怎么,我就不能给你打个电话了……我打这个电话让你不高兴了?"

"怎么可能……我高兴……我一退下来就让秘书找你的电话……没找到……"

"你那个秘书不会办事,找我一个老婆子的电话那么难吗?他先从军委打电话到大军区,再到省军区,再到军分区,再到我儿子这个区的武装部,再到街道,嗯,一个多月才到了我这儿。"

巨大的意外和欣喜直到这时才袭过来,让千秋拿听筒的手一直在抖。

"大姐,他不这么办怎么办嘛,我这里真没有你的电话,也没心存的电话。你把自己藏得那么严实。他要是不这么找,还真找不到你。"

显然，电话另一端的老太太也很兴奋，但仍然说："行了，说得这么好听，像真的一样……找我做啥，你那么大的官都当了，不会离了休反而碰上了事，要找大姐讨主意吧？"

千秋完全放松下来，手也不抖了。这才是当年的大姐，无论什么时候，都只会用这种居高临下的大姐式的语气和他说话。

他仍然用很大的、底气很足的嗓门回答她道："我是离休了，一个离休的老头儿还有什么事找你讨主意？我就是想你了，找到你的电话号码，啥时候想聊两句就找你聊两句……也好让你接着像当年那样动不动就教训我两句呀，你说是不是？"

老太太在电话那一端大笑起来。果然，多少年过去，老太太还是吃这一套。她喜欢在两个人的关系中把千秋放在一个被她关怀和保护的位置上。

"好了，老了老了学了本事，会在大姐面前甜言蜜语了……怎么着，一离休就像他们一样找不着北了，那个啥……寂寞了，想起老姐姐来，让我帮你解闷儿……"

"大姐，瞧瞧你，你从来没那么刻薄……我说实话，真是退下来了，有时间了，想起了一生中的老首长、老战友，你们都是我的亲人，特别是你……就是想有个你的电话号码，随时跟你聊两句……这不算是错误吧!"

说完了他哈哈大笑,老太太在电话那一端肯定地说:"不算。现在我说你记,以后甭打这个座机电话,我给你个手机号码,你想我了随时打我的手机。"

"大姐,你也会用手机?"他故意惊讶地说,让她高兴。

"怎么,你大姐我就老成这样了,连个手机也不会用?告诉你吧,还是个新手机呢,儿媳妇昨天刚给买回来的,最新款的。哎我说千秋,告诉你个事儿啊,老太太我活到这把年纪可有福了,我那儿子就不说了,为了我北京也不待,好好的部队干部不干,跑回沂蒙山里守着我过日子。娶了个媳妇吧,是个没嘴的葫芦,花言巧语一句不会说,可是自打听说我当年怎么待我的婆婆,她就天天要给我这个老婆子洗脚,像我过去侍候我婆婆那样侍候我……千秋,你一个人知道就行了,我这会儿活得就像当年的地主婆一样,做什么都有人侍候,儿媳妇孙子孙女全听儿子的号令,一天到晚一级战备一样侍候着。邻居老太太开玩笑说我成了慈禧老佛爷了,这时候再说我是个抗日根据地的村长,为了妇女解放参加革命,人谁信啊……"

这个电话打了三个多小时,一上午都过去了,两人才恋恋不舍放下电话。就在这样的闲扯中,千秋从老太太那里了解了许多过去闻所未闻的事,譬如——

1955年授衔后，文捷将军携妻还乡，他们还没到家她就在县委组织部里知道了。她一个人坐在县委招待所里想了很久，天亮后做出决定，一辈子也不说破这件事。

"为啥呀大姐？"他十分不解，几乎喊起来了。

"我当时有两个难处。头一个，我要是说破了，我婆婆怎么办？"

"啥怎么办呀？她儿子活着，还当了将军，可以将她接走，为她养老送终啊！"

"在那个女人到我们刘家窝子认她婆婆之前，我在县委招待所食堂里见到过她，我知道她是谁，她和文捷却不知道我是谁……她不可能像我一样待我婆婆，我婆婆也一定容不下她那样一个媳妇。"

"大姐呀……咱是自己人，我说句也许不该说的话……即便是那样，也是他们刘家的事，跟你啥相干呀！"

"你都是大首长了，这样说话就没原则了，跟我太相干了！我婆婆是什么人？她二十岁就守了寡，只有一个儿子，年纪轻轻投了八路，在战场上出生入死……我要是不养她，她就活该在革命胜利后因为婆媳不能相容给作践死吗？我说的作践是双方的，当时只要文捷……啊，刘德文……将他娘和他媳妇一同带走……我婆婆是个啥样的人我这一辈子可是经历得太多，罪也受够了。那个女人一眼看过去就知道偏偏不是个能任我婆婆作践的人，两个人住到一个屋檐下肯定会水火不容，结果一定是你死我活……那天夜里一个从心里突然泉水般冒出来的道理说醒了我——"

"啥道理说醒了你?"

"她就不是我婆婆，也是一个革命功臣的老娘，无论是她还是那个夺走我名义上的丈夫的女人，革命胜利后都不该有这样的结果。"

"大姐呀……"

"另外还有一个原因，让我没有说破我婆婆撒的那个大谎……千秋哇，就连你，我都得想想要不要说，因为……因为……"

"大姐，除了上面那个原因……你的高风亮节，还有什么原因?"

"你傻呀，你哪里懂得你大姐……我刚才说我想了很久，真正要想的事情是离开了我婆婆和我当时的身份，离开了沂蒙山，我能到哪里去……我觉得我没有能去的地方……我能回胶东，回赵家坶吗?虽然我带到东北的支前队员除了大秀以外都是为革命牺牲的，可我毕竟没有把他们带回来呀!因为我当时的一个过失……"

"大姐你不能这么说。在带着你们昆嵛山二区支前队去东北这件事上你没有任何责任。"他急急地打断了她的话。

"你听我说完哪……我当然可以这么想，但到底说不服我自个儿的心哪……我到底还是没把人家的儿子、男人、爹带回去，还是让他们成了失去儿子的爹娘、失去丈夫的女人、失去父亲的孩子……千秋，革命是要付出代价的，除了那些死去的人，我们活下来的也要承担一些代价，比如我……这也是我多少年来一直想一直想才想明白的一个道理。我可不是什么圣人，想不明白这个道理我早就发疯了……凭什么我一个抗战时期参加革命的村长和支前队队长，胜利后还是一个土里刨食的农民，带着一个不认我做媳妇的男人的孩子，还要养活另一个和我没任何瓜葛的男人的老娘……别的像我一样的抗战妇女干部好多都当了大官，至少成了公家人，脱产干部，离休了有大笔养老金，还有很高的医疗待遇，我……千秋，就是革命胜利后，也仍然要有人为革命承担代价……我自从想明白了这个理儿，就不想再埋怨谁了。

"你眼睛朝上看，能看到像大秀这样的女人都做了一个省的政协副主席、副部级的高官，我到死档案上也还是我们刘家窝子的村支书。可是你的眼睛朝下看呢？不说千千万万牺牲的人，就说他们留在沂蒙山、留在昆嵛山的爹娘、女人和孩子，革命胜利后他们不是和我一样还在承担这胜利的代价吗？他们不是和我一样一辈子留在山沟沟里头吗？像我这样的人千千万万，千千万万啊！"

"大姐，听你这么讲……我是尝到胜利果实的人……我是不是应当感到羞愧……"

"千秋啊，别这么说……你一直在革命队伍的最前线。你这一辈子不是在战斗，就是在指挥战斗，严格地说起来你只能算是一个幸存者……我不想责备任何人……党在新中国成立后一直在摸索，怎么样做才能让中国摆脱一穷二白的面貌，怎么样才能不再被日本鬼子美国鬼子还有地主老财卖国贼剥削凌辱，怎么样才能保住新中国的独立，让她走向繁荣富强……

"毕竟，今天仍然有千千万万当年为胜利付出了牺牲的代价并在胜利后仍在承担胜利代价的人。他们是我们共产党最大的群众基础，最忠实的拥趸……新中国成立后，尤其是改革开放这些年，我们党其实干得不赖。就说我们刘家窝子，过去'农业学大寨'时期，我天天带人上山垒梯田，修水库，累得夜里躺下就爬不起来，还是糊不住嘴，年年要吃返销粮。可是今天，别说我们临沂的大街上，就连我们村那么偏远的山沟沟里，你把肉骨头扔给狗，它都不屑啃，它要吃肉，还得是新鲜的……所以我常常对心存两口子说：也不能说我们没有享受到革命胜利的果实，还是享受到了，不过是跟全体中国人民一起享受到的。你要真是共产党，你就不能跟上面那些人比，更不能和贪官比，贪官是罪犯，是贼。《共产党宣言》上怎么说的，'无产阶级只有解放全人类才能最后解放自己'……你老想着要比中国基层群众过得更好，那不是真共产党。"

"大姐，你讲得真好……胜利后仍然要有人承担胜利的代价，这件事过去我还真没想到过……"

"应当想。现在想也不晚。"

"…………"

"怎么不说话了？"

"大姐，我在想你刚才的话。"

"这会儿别想，接着跟我聊天。对了千秋，有件事我想问问你。"

"大姐你说。"

"也不是要紧的事儿……就这几天，我才想起来了。你说将来……也不是很久的将来，就说现在吧，大家的日子都好过了……我的意思是，将来还会有人记得当年我们一起冲进安东城，打下了一仓库棉衣吗？"

千秋严肃地沉默起来，半天也没说话。

"你怎么不说话了，哑巴了？"

"大姐，你想听我说实话？"

"当然。"

"也许会有人记得我们当年过的那些艰难的日子，但多半不会记得。"

大姐也沉默了一会儿，但很快就笑起来，说："我也这么觉得，不过……我们这些老家伙，也扛得住。你说……他们怎么会记得那些事情呢？他们没赶上，让我们赶上了。"

"不过大姐，我觉得吧……小事一定会被忘掉，但是大的历史不会。比方说没有三年东北解放战争，就没有新中国。这样的历史是不会忘掉的。"

"忘掉的只是你我这样一个个在那些年月受苦的人……你是这个意思吗？"

"大姐，你觉得这很要紧吗？"

"当然要紧，毕竟是我和你，我们这些人受了那些苦……现在想想，我觉得放到这会儿，我都不一定能扛过来。"

千秋大笑起来，然后严肃地说："大姐，多少人牺牲了，我们毕竟还活到了今天，看到了新中国。至于历史怎么写我们这些人，我觉得不会太坏，毕竟我们扛住了。但是要把我们这些人的名字都写上，把你带着我们到安东打棉衣也写上，那得多少纸呀……所以，那个就算了，忘了就忘了吧。"

大姐在电话那一端哈哈大笑起来。千秋叫起来:"好啊大姐,你故意的……套我的话,我上当了!"

大姐不笑了,说:"你没上当,我还真想听听你这种身居高位的人在这件事上怎么想的。"

很快她又想到了一件事,大笑起来。

"大姐,你吓住我了……你又笑啥呀?我又不明白了。"千秋道。

"不管后人能不能记住我们,但只要你我活着,那些事都忘不掉哇。千秋呀,你还记得不?辽阳之战打过以后,你的脚后跟挨了枪,天天睡在大姐的大车上……那时节,我们俩有过一段时间很长的谈话。"

"当然记得……大姐,我怎么会忘呢,一辈子都忘不了。"

"我也没忘。有时候心里实在觉得憋屈,觉得扛不住的时候,就想那时我们俩的谈话,想当初我自己为啥要加入共产党……我是为了建设新中国,为了妇女解放加入共产党的,你呢,是因为要饭都没有一条裤子遮羞,参加革命后才知道要为天下穷人打天下……现在你看看,我们都一起在北京天安门上庆祝新中国成立五十周年了。至于妇女解放,新中国一成立就有了《婚姻法》,女性的地位越来越高……现在的生活越来越好,我的儿子儿媳妇孙子孙女过的全是我小时候想都不敢想的日子，革命胜利的成果我还是享受到了。"

千秋沉默了好一阵子，换了一个话题："大姐，有件事我一直想问，可是我……"

"干吗吞吞吐吐的，还像过去，有话就说，有屁就放。"

"是这样的……新中国成立后在沂蒙山……那么久了就没有碰上一个合适的？你的眼界是不太高了？"

"我就想到你要问这个。要问就直截了当地问，嘴里半句肚里半句……哎哟千秋，也不是没有遇上……可是……"

他大笑起来，说："你瞧，还说我嘴里半句肚里半句——"

"打住！我都老成这样子了，孙男娣女一大家子人，眼看我的大孙子也要娶媳妇了，转眼我就是能看到四代人的有福的老人家了，还怕跟你一个毛孩子说这些……遇上过一个，1958年修沂蒙山区最大的水库，工地上认识的，工程师，很有才华，他也提出来了，但当时就被我拒了！"

"为啥？"他没有想到自己会为她最后一句话大吃一惊。

"我婆婆怎么办？她连自己的亲儿子亲儿媳妇都不要了，只要和我在一起。我要是再嫁，她肯定不干。我不能辜负了老人，毕竟是她给了我这个无家可归的人一个家和一个烈士遗孀的名分。"

他忽然为她遗憾起来……虽然，接下去还是开了她一个玩笑:"不会是你看不上人家吧?……是不是长得比那些个人都丑?"

大姐哈哈大笑,笑够了才说:"千秋,你变鬼了。哪些个人?……老实说也不是没心动过,但是……你说对了,他确实……啊,这么说吧,没有白马。"

别人是听不懂这句话的,但千秋立马就听懂了。大姐在抗日战场和东北解放战争战场上爱过的刘抗敌团长和欧阳政委,都拥有过一匹漂亮的白马。他还迅速地想到了自己:从北平南下时,大姐也为他挑选了一匹在怀来阻击战中缴获的白马。

从这天起他们时不时地就会相互打一通电话……这种随意的交流在千秋晚年的生活中增添了新内容和新乐趣。他同时也感觉到了,老太太其实也喜欢煲这种不需要预约、不需要理由、随时想聊就聊的"电话粥"。

有时他们会为一件突然想起来的陈年旧事争上大半天,但争到最后,为什么要打这个电话已经忘了,也不重要了,重要的是两个老人都很愉快。

当然,在大姐不在意的时刻,他仍会小心翼翼地触碰那些她不愿说的秘密。他之所以想知道这些秘密,仍是出于对大姐后半生遭遇的同情和怜悯。虽然他知道她不喜欢这个,一旦知道他在可怜她,还会让她生气。

"大姐，这么多年，刘抗敌团长……刘副司令员和他的夫人赵大秀……尤其是赵大秀，你们毕竟是一个村的抗日姐妹，她父母牺牲后你还照顾了她长大……你们就一直没有任何联系?"

他得到的回答是沉默，但他感觉到了，对方已经警觉起来……良久，他才听到了声音:"千秋，你还想知道些啥?"

他决定不顾一切地把心里想到的全说出来:"大姐，心存知道他是谁的儿子……刘副司令员和赵大秀同志也一定知道心存和你解放后是怎么生活的……我想知道，他们难道没有一次……"

"没有。"他几乎立即就听到了回答。

他沉默……后来还是忍不住，说:"你就没有想过……你一点儿也不生气……也许他们有难处，但是这么些年你比他们过得更难。至少他们应当……"

"这你就错了，我觉得我们过得并不比他们艰难。我们过得很好。再说了，你要他们怎么来见我们娘儿俩……到了沂蒙山我就是刘德文烈士的遗孀，心存也成了刘德文的儿子，他们以什么样的身份来看我们?"

"要是真想来看望甚至照顾你们，他们是能找到合适身份的，"他恢复了自己性格中的倔强，说，"比如说……老战友。"

　　这次大姐在电话里沉默的时间比每次都长久……他都开始怀疑自己让她生气了，不愿和他继续说下去……但这时话筒里又响起了她的声音："千秋哇，我知道你心疼你大姐……还有我的儿子……可大姐这么些年也一直在想，他们不来，反倒是为大姐做了好事……刘抗敌一家和刘德文，不，文捷一家……他们两家人一起帮大姐和心存守住了秘密，让我能一直以牺牲的刘德文烈士遗孀的身份、让心存以烈士之子的身份活在我们这个小地方，做姜大伟团长在东北战场上托付给我的事，也让我和心存能够平静地过我们自己的日子。"

　　"大姐，刘德文副团长……文捷将军最后的职务是某大军区的副参谋长……1955年以后再没有回过他的家乡？"

　　"回来过两回。但每次他都事先通过当地政府或者部队安排好，想办法对我们娘儿俩封锁消息……第一次他们瞒住了我，那还是'文化大革命'初期，心存已经院校毕业，我被村里的造反派打倒，第一次被关进临时监牢，我婆婆这个人一天没人侍候就是受了罪……我到了今天也不知道是她瞒着我给自己的儿子打了电报，还是她儿子母子连心觉得家里出了事偷偷赶回来的。总之他们母子匆匆见了一面，他委托当地部队的老战友，瞒着我和心存照顾好他老娘，没有和关在牢里的我见面就又悄悄地走了。"

"这有点太……你都被关起来了，他不管你的死活也就罢了，为什么还没有把自己的老娘接走？"

大姐在电话那一端笑了一声，说："因为两件事。头一件是他的部队在'支左'中碰上了麻烦，他自己正在被审查；第二件是他这次带回来的媳妇我婆婆还是看不上……我婆婆只看了这个新媳妇一眼就对她的儿子说，这个比那一个还坏，这是个狐狸精，让她儿子赶快离婚，不然非让她缠死不可。我婆婆别的不会，但骂人可是真有本事，上次也是她一句话就把文捷前头的媳妇给骂出了家，这一次更厉害，文捷的这个续娶的小媳妇——听说是个文工团跳舞的——夺门而出，回去就和一个拉大提琴的相好私奔了。"

"第二次呢，什么时间？"

"他娘过世当天。那时我第一次从造反派的监牢里出来，没多久，他娘就过世了。当地军分区一位领导给他打了电报。'文革'还没结束，对他的政治审查也还没有结论，但他还是回来了。那个男人在他老娘坟头前跪下来磕了一个头，念叨了一番话后走了，回去又和跟着他来的媳妇离了婚。"

"这是第几个了？"

"第三个。据说离婚的原因仅仅是因为那女人到了我婆婆——不，也是她婆婆——坟前只鞠了一个躬，死活不愿陪她的男人跪下磕一个头，说她连婆婆的面儿都没见过磕什么头。他用眼睛瞪她，她也不理。再后来她问自己的男人，为啥要和她离婚。他只说了一句话：'我娘真聪明，早就知道你们都不如那一个。'这么着两个人就离了。不过他'文革'结束前就'解放'了，马上又娶了一个。"

千秋想到了另一件事，迟疑了一下，还是没有说出来。

大姐隔着上千里的距离，马上就感觉到了。

"他也不是不想对我和心存做点补偿……不是一点良心也没有的人……可他的孩子多，你想想一个男人娶了四个老婆，家里得养多少孩子……那次他就想留下一笔钱给我，我想是为了报答我代他和他的四个媳妇尽孝吧……但我原封不动地将这笔钱通过他委托的人退还给了他。"

"为啥退回去？你牺牲了大半辈子帮他尽孝，为老人养老送终，他别的事做不到，拿一点钱来补偿也是应当的。"

"这你就和他一样错了。我这样做不是为他，甚至也不是为他的老娘。我为我自己，为我参加革命时的初心。"

千秋的心再一次仿佛被一柄重锤猛地击中了……这是有力的一击，也是令他为之气壮的一击。

"刘抗敌副司令员呢……心存毕竟是他的儿子。"

这次大姐什么话也没说。

夜里，千秋一惊醒来，发现夫人正惊讶地盯着他看。她说："你怎么了？一脸的泪……梦见谁了？"

他不好说别的，顺嘴道："我梦见我又回到了战场上……我梦见了白马。"

副　篇

1

千秋将军离休八年后去世。临终前已经看不见任何东西，但直到弥留之际，他一直都在喃喃自语。

夫人泪流满面地守在他身边，问他："你要是有什么放心不下的……心里要是还有牵挂的人……就说出来。"

"白马……大姐……白马……"他口齿不清地说。夫人知道，这不是他最后的呓语，也不是对她的回答，而是他对自己生命中残存的最后意象的叙说。

千秋将军的告别仪式隆重而肃穆，电视台播出的悼词称赞他是军事家、革命家。消息传到沂蒙山区，赵秀英老人的儿子刘心存对他的母亲说，如果她想去参加告别仪式，他可以马上打电话给将军的秘书。事实上将军去世当天这位秘书就打了电话给赵秀英老人和她的儿子。

年近七旬的刘心存老人后来在电话里告诉他的朋友说：

"从听到消息我娘就一直哭……一直哭……过去也有别的

叔叔，她在三十七团时的老战友、老领导去世，她也哭，但是……不像这一次，千秋叔叔去世，她整整哭了一夜，也不出声，就那么躺着默默地流眼泪……后来我和我媳妇都跪下去了，我说：'娘，你要是真想去送千秋叔叔一程，我这就去联系，我们马上买票去北京，赶得上的。'这时她已经哭了一夜，天都亮了，她老人家说：'不，我太老了，我不去了，我要是去了会给工作人员添多少麻烦呀。你也跟他一起去过云南，他也是你的战友呀，你就代表我们娘儿俩去吧。'我把我娘安排好，让我媳妇和儿子女儿寸步不离地守着她，才上车赶到北京，参加了千秋叔叔的告别仪式，当天去当天又赶了回来，我放心不下她老人家……我这么做是对的，一直过了好久，我娘才挺过来。

"转眼过去了这些年。不要以为事情真过去了，不是的。每年一到千秋叔叔的忌日，老太太就会先想起来，我们两口子加上儿子女儿想过多少种办法都挡不住。每到这一天我娘唠叨得最多的话是：'你们干吗都先走了呀……你们都走了，剩下我一个老婆子孤零零地活在世上做什么呀……千秋最不是东西，你还比我小呢，你也先走了，把大姐一个人撇下，你们都是狠心的人哪！'"

刘心存老人的这位朋友就是我。因为我在部队的老首长千秋将军的缘故，我结识了赵秀英老人的儿子，并且在首长去世后我和刘心存老人成了很好的朋友。我们并不经常通话，但他每次打电话来，就总会发觉，这个故事要结束还早呢。

"朱作家，"刘心存老人一直这么称呼我，"有件事我觉得应当告诉你。"

"秀英老人怎么样？"我开口总是这句话，每次都让他听出了对老人的祝福和对答案的迫不及待。

"我娘扎实着呢。谢谢你一直挂念着她老人家。我跟你说的是另一件事。"

"你请讲。"

"今年春天，我和我媳妇终于把老太太说动了，趁她身子还扎实，我们俩带着她老人家在全国到处走一走。老太太一辈子除了胶东，除了东北，东野入关后到过河北和北京，再就是沂蒙山，别的地方都没去过。"

"太好了。老太太过去为什么不答应呢？"

"开始是怕花钱，她现在才有了些老兵补助，过去没有。我们两口子挣得也不多。"

"这次是因为你发财了？"我和他开了一个小小的玩笑。

"你还甭说，还真发了一笔小财。其实从80年代我们那个县城电影院被录像厅取代，我就失业了。今年省里对我们那一批转业后又失业的老兵有了新政策，从那时候开始补，我一共补了十几万块钱呢。"

"这次你们带着老太太去了什么地方？"

"地方是老太太自己选的，说是当年没有随大军下江南，她后悔了一辈子，要我和我媳妇带她像乾隆皇帝一样下江南，目的地是杭州。我们俩都很高兴，以为老太太到底想通了，不怕花我们的钱了。结果到了杭州才知道，原来她真是想通了，要去见见我生父。"

我大吃一惊。"你生父……刘抗敌团长？"

"你看，你一猜就猜出来了。老太太这次愿意和我们一起到杭州，就是为了给自己的心一个了断。"

"我明白了，她一生都只把刘抗敌团长当成自己的丈夫。"

"可是我们两口子被她挑的这个地方给吓住了，尤其是我媳妇，说：'娘啊，您不能……您眼下也是全省全国有点影响的人物了，您要是这会儿去见了您儿子他亲爹，我们就不是孩子他爷爷刘德文烈士的亲属了。要是让媒体知道了，我们一家子以后就甭打算过安生日子了。您老人家自己也安生不了。'可是我知道我娘是个啥样的人，她想好了要做什么事，你是拦不住她的。"

"可是……可是……"我没有把话说出来，不久前我刚在报纸上看到了老抗日英雄、某省军区原副司令员刘抗敌将军去世的讣告。

"真难以相信，几十年了，我娘一直瞒住我，保留了一个获得我生父消息的秘密渠道。正因为有了这个渠道，我生父去世当天她就得到了信儿。老人家突然问我：'儿啊，你不是一直想带着你娘下江南吗？咱们明天就走。'

"我们到了杭州，赶上了和我生父告别，他们家的灵堂还没撤呢。大秀阿姨坐在轮椅上接待来吊唁的人，可她一见到我娘就自己从轮椅上滚下来，给我娘跪下了，抱着我娘的腿放声大哭……这一幕把我们两口子、把现场所有人全都吓住了。大秀阿姨的儿女，也就是我同父异母的五个兄弟姐妹，一时间都看怔了，其中我的大弟弟，在当地商界也算是个人物了，勃然大怒，冲上来问我们哪里来的，老太太又是什么人，还差点要动手将我娘推开，把大秀阿姨扶回轮椅上去。我还没有冲上去制止，偏瘫多年的大秀阿姨却不知哪儿来了一股劲儿，回手就冲儿子扇了一巴掌，大哭大叫，用不清不楚的话说：'你们都给我滚远一点儿！她是谁我知道，你们的爹也知道！'看到我生父的遗像，我娘的眼泪早下来了，嘴唇哆嗦了半天才把话说出来，话有点长，却很平静。

"'大秀，我今天来不是为别的……当年在东北，塔山阻击战打响前，我们在靠山屯说的话……他走了，我就是想来看他一眼。还有，我也想让他的儿子和儿媳妇知道谁是他的生父和公爹……我不能在他活着的时候来呀，不能因为有我和这个孩子在，搅得你们一家过不成日子……今天他不在了，我也这么老了，活不了太久了，为了我们夫妻一场，我还是要来送他一程……好了，这会儿我一辈子的心愿都实现了，以后我的儿子知道自己是谁的儿子，就不怕这几十年里不知道的人暗地里骂他是野种了……大秀你起来，这都过去好几十年了，我听说你跟他过得也不好，不是怕我和他破镜重圆，你和他恐怕早就离了……我今天来算什么呢，我和他总算是抗战时期的同志吧，东北解放战争战场上的战友……对了我还带来了份子钱，咱们老家谁家死了男人，邻居去吊唁总要出一份份子钱。这里有五万块钱，是政府这些年为我补发的抗日老战士津贴……孩子们，你们代你们的妈妈收下，就算是我对你们爸爸的最后一点心意……'

"我娘说话时噙在眼窝里的泪一滴也没有落下，话说完了那眼泪也全憋回去了。刚才差一点就要动手的那个男人，我的大弟弟，这时早把我娘从自己身上掏出来的五万块钱接了过去。老太太什么时候从银行里把她自己的这笔钱取出来的，我一点也不知道，她瞒住了我也瞒住了我媳妇。钱是我娘的，她要怎么用就怎么用，作为儿子儿媳妇我们从来问都不会问一句，但存五万块钱在她是不容易的，她一定很早就开始存这笔钱了。我这个自以为孝顺的儿子居然一点儿都不知道。你知道那一会儿，我都想当着那么些人打我自己的脸，我算个什么样的儿子啊！"

"可是……后来呢？"

"我娘要走了……她已经转身过去，忽然又回头朝身后看了一眼我生父的遗像，我注意到她的脸色渐渐变了，变得白得吓人。我说：'娘，娘，您怎么啦，您可千万不能……'我媳妇也上去了，抱住我娘，一连声地喊：'娘啊，您可要挺住啊，一辈子天塌下来那么大的事儿您都扛住了！'我娘不知道哪里来的力气，一下把她甩到一边去，说：'起开……大秀，我还有话要对你说。一辈子不管是对你还是对他，我没有提过要求，今天他不在了，我倒想提个要求。'大秀阿姨嘴里又说不出话来了，只瞪着一双流泪的眼望着她……这时还是她的那个大儿子，也就是我的大弟弟，又站到前面来，手里捧着五万块钱，语气变得客气多了，说：'这位阿姨，虽然我们兄弟姐妹都不认识你，可你既然说你是我爸的老战友，还……啊，送来了礼金……你就说吧，眼下我妈病着，家里的事我做得了主。'但

我娘仍然只望着已被两个中年妇女——我估计是我的两个同父异母的妹妹——扶回轮椅上去的大秀阿姨，说：'我想要他这张遗像。'

"我娘这句话一说出来，我脑袋里唰地亮起一道闪电。回头看去，果然我生父的遗像不是他1955年授开国少将时的将军照，而是一张他在胶东打鬼子时拍的相片，遗像上的他那么年轻，英姿飒爽，最重要的是，这是一张他骑着白马的照片。"

"事情过去快六十年了，她仍然认得那是一匹名叫'飘雪二郎'的白马？"我在电话里喊叫起来。

"是的……至少我相信她认出了是它。因为……从我娘望见它和骑在白马上的我生父的那一刻起，一直不让自己流泪的她瞬间泪如雨下。"

"赵大秀老人和那一家人什么反应？"

"话一直说不清楚的大秀阿姨一改开始见到我娘时的态度，撒泼打滚地拒绝了我娘这唯一的请求。但是她的儿子——我的同父异母的大弟弟辽生，在辽宁生的那一个——不理睬大秀阿姨的反对，径直将我娘和我们一家人带进另一个房间，取出了为葬礼准备的一张同样尺寸的遗像，交给了我娘，并且马上要安排人将我们一家从后门送出去。我娘坚持不从后门离开，她要带着我生父骑着'飘雪二郎'的遗像堂堂正正地经过灵堂走出这家的大门。

"没有人阻止这件事，后来我娘通过灵堂时连坐在轮椅里的大秀阿姨也没有再表示什么。

"但是我娘就要走出他们家大门时却出了事。大秀阿姨再次从轮椅上摔了下来，大喊大叫，她的话有时能说清楚，有时又说不清楚，但她的儿女们知道，她这是要他们把我娘再追回来。她对我娘还有话说！

"我娘就这样被重新请了回去，当然我们两口子也陪着她回到了灵堂。大秀阿姨已经被她的儿女扶回到轮椅上了，话也大致上能说得清楚了。我明明白白地听到她对她的儿女们说：'都走！……你们都出去！'开始没有人动弹，但是我的大弟弟看了我一眼，我点了点头，他就像突然明白了什么一样，又推又拉地把他们一家人弄出去了。大秀阿姨又拿眼看我和我媳妇，嘴里像是又要说些什么，意思是让我们俩也走。可是我和我媳妇怎么能走呢？我娘这么大岁数，又是这样一种场合和情形，我就对我媳妇说：'你出去，我陪着娘！'

"我媳妇一步三回头地出去了，她还是担心……接下来发生的事你一定猜到了。在我生父、我娘和大秀阿姨三个人之间，他们三个人这一辈子，不但我娘和我生父的往年旧事一直都存在着，从来都没有过去，更没有了断，我娘和大秀阿姨之间也同样有陈年旧事存在着，需要了断。大秀阿姨见他们都走了，又在轮椅上用力，要滚下来，趴在地上给我娘磕头，可是我娘马上就看懂了她的意思，上前抱住她，道：

"'大秀，秀儿，你这会儿还想对我说啥，你把孩子们赶出去那一刻我就明白了……当初在塔山后面的靠山屯，我们见过一面……我看在你身边孩子的分上，看在你又大起了肚子的分上，我对你说，那件事都过去了，我不恨你了，我只恨我自己……可是一辈子都过去了，我现在才知道，要是说不恨你了，那不是真话，真话是我恨了你一辈子，就连刘德文的老娘那么折磨我，我没有恨过她，刘德文一直那么对我和他的老娘，我也没有恨过他，可是我一直都在恨你……因为你在我和刘抗敌成亲的那天早上就什么都知道了，都明白了，你那时就知道我和他阴差阳错成了夫妻，再后来你还知道我为他十月怀胎生下了心存，就是这会儿我身边这个孩子……可是到了东北，你还是咬着牙非要和他结婚不可，他以为我死了，你明明知道我没死，可你一句话都不说，一句话都不说……你贪恋这个男人，你觉得跟上他你这一辈子就能过上好日子，你和我一样，那时就知道共产党能成大事，刘抗敌能成大事，你为了这个隐瞒了你知道的事情，害了我一辈子，还害了我和他的儿子，这孩子从小长到大一直都没见过他的亲爹；你还害了那个男人，害了你自己，因为纸包不住火，后来他还是知道了你做的事，知道了那天拂晓鬼子打进村来时我没有让鬼子的炮弹炸死，没有让大火烧死，我还活着。我当年一直留在东北战场上，我留在东北战场上三年多，最先是为了找你和咱们二区的支前队，可是后来，听到了你和他结婚的消息，我差一点就死了，要是没有三十七团的战友……是他们把我从鬼门关上又拉了回来，就在那一段日子里我好不容易才想明白……不，主要是不敢相信对我做这件事的会是你，要是别人我心里也许会好受些，可偏偏是你。你对我做的事害苦了我，你让我这一辈子成了一个命比黄连还要苦的女人……你也让他，你的丈夫，一辈子背上了负心债，因为这个他恨你，一辈子都没让你过上你想要的那种好日子……秀儿，我们当年都上过识字班，不信封建迷信因果报应那一套……可这算啥呢，也算是报应吧?!

　　"'秀儿，行了，我这次来，本不想对你说这些话，我只想来送他一程，毕竟他才是我的丈夫，我一辈子留在心尖尖儿上的人……这一辈子我也不是没有机会改嫁，也不是没有真心喜欢我的人……可是，一想起他，这些人就都被他比下去了，我不能明明知道我不能把人家放到心尖尖上去疼、去喜欢，就为了别的东西，譬如说好房子、好工作、钱……把自己嫁了，我觉得那样做我不但对不起别人，也对不起自己……一辈子我就这样过来了，最难的时候，我还以为我自己扛不过来的，我会死在这件事情上，可是我扛过来了！

"'今天我要把你和我的事做个了结。我要告诉你，刘抗敌，我的丈夫，哪怕只能和我做一夜的夫妻，我也不恨他，恨不起来，后来我也想过，为啥呢？因为……他知道我还活着却什么事都没有为我做过，一句话都没有，还有他的儿子，一件事都没做过。一辈子的时间很长，他要是愿意为我们娘儿俩做点事情，一定是能做的，但他什么事都没做。我知道为什么，因为你，因为你太厉害，他是个男人，还是个将军，他不是怕你和他闹，是怕你真的和他大闹他丢不起这个人，他可以不在乎自己的面子，可他要在乎一名抗日老英雄、一个共产党人的面子……秀儿，你就用这样的办法保住了自己的婚姻和家庭，保住了你一个将军太太的体面，却让他心里怀着对你的恨活了一辈子！

"'你现在也和我一样到了风烛残年，我刚才已经出了你的门，你又把我喊回来，是想让我最后说一句原谅你的话，不，这句话我是不会说的。这辈子什么人我都不恨，但是对你的恨，我要一直保存在心里，因为一辈子都要过去了，我要对你说句实话，只有这样我活着才会有力量，我才会在最难、最过不去的时候对自己说："一定要活下去，不能让她看你的笑话！"

我当初和刘抗敌结婚是错了，我认错了结婚对象，他也认错了洞房，但那是无心之错，毕竟可以补救，但你大秀后来犯的那个错，就是有心了，而且没有办法补救！我不能用别人犯的错惩罚我自己！秀儿，这一辈子，我就是这样想着，硬撑着活下来的！

"'啊，秀儿哇，姐刚才说的话你也不要太当真，你让我受了一辈子的苦，总得让我吐吐心里的气吧。现在我说完了，我的心又敞亮了，也不恨你了……因为你的一辈子也过完了，我的一辈子也过完了，我们都到了要回头瞅一瞅一生走过来的曲曲弯弯的路，给自己做个总结的时候了。只有到了这个时候我才发觉事情颠倒过来了，你这一辈子真比不上我！你嫁了刘抗敌这个人，却没有得到他的心；我虽然没有得到他这个人，但我却知道，他一辈子都没有忘记过我，我一辈子都留在他心里。为什么呢？因为他一辈子都会记得那个夜晚，他骑着白马，入了我的洞房，吃了我做的媳妇饼和过水面，和我成了夫妻，他觉得对不起我，他亏负了我的一生，而一个人只有一生！……'

"我娘连西湖都没看，当晚就要我们两口子带她离开杭州回临沂。到家当天她就病倒了，这次病势凶猛，大夫好几回都要我和我媳妇为老太太准备后事。可是我不相信，我娘这么多年经过了多少大灾大难都扛过来了，这次也不会被打倒。我把这话说给我媳妇听，说给我的儿女听，也说给我娘听……你知道我娘说啥？我娘说：'你怎么知道我就不会跟着他走呢？他是我想了一辈子的男人哪！'可是就在半年前，老太太真的挺了过来，她又和过去一样硬硬朗朗的了。我看着她笑，老太太说：'哼，我又想通了，他一辈子都对不起我，我干吗要跟着他走呢？我走了一段路，赶上了他，对他说："我又不想跟你走了，活着不能做夫妻，死了连个名分都没有，我不去了，我还有一大堆孙男娣女呢，还有好多三十七团的老战友呢，要走也是我跟他们走！跟你走我算你的啥人呢？"说完了，我又回来了。'"

"太好了……要是千秋首长还活着，他一定——"

"朱作家不要说千秋叔叔……我不拿你当外人……倒是对千秋叔叔、姜大伟叔叔、刘德全叔叔，就连前几年任鹏举叔叔过世，我娘都过了好几年才缓过来……千秋叔叔过世这件事，我娘到这会儿子还没有缓过来呢。"

半年过去了，一天深夜，刘心存老人的电话又把我从梦中唤醒了。

"朱作家吗？"

"是我。你是刘心存大哥。"

"我和我娘刚从武汉回来。"

我一时头脑还不清醒,问:"武汉……你和嫂子又带着秀英老人到武汉旅游去了?"

"哎哟对不起,我回来了,很兴奋,拿起电话就打……都忘了这都夜里两点了。"

"没什么没什么,我反正也醒了。你快说……这是又用了什么法子,到底把老太太哄出去玩了一趟?"

"不是去玩。是去了结她的另一个心愿。"

我彻底清醒过来。

"不会是……不,刘德文老将军早在刘抗敌首长去世前好几年就病逝了!我在武汉军区工作过,他也算是我的首长,这件事我清楚。"

"就是想去看一看他的墓……我娘心里一直有个心结。她一辈子都以刘德文烈士遗孀的名分活着,这些年老是有电视台呀,还有你们这些作家,来家里采访她,谁来都会问到刘德文烈士怎么牺牲的,一位女作家还一定要她说出她和刘德文烈士的恋爱经历……照我娘的脾气,她会一口气把真相全都讲出来,但是……有些事情我就不讲了吧,总之为了我生父刘抗敌和我名义上的父亲刘德文两位抗日英雄的形象不受到曲解,她要求自己不能为了一时之快,把自己和这两位革命前辈的秘密都讲出来……说实话，我不明白为什么就不能讲出来……但我娘是谁呀，她至今都还像在胶东根据地当村长时一样，只要党一句话，还是要她做什么她就做什么，要她怎么做她就怎么做。为了躲避你们这些记者作家，她有段时间甚至不得不回到深山里的刘家窝子村去，但时间长了也不是办法，首先老人家万一哪儿不好了离县医院也有一百多里呢。有一天她想了很久，决定还是要说出来，并且认为说出来没什么，关键是必须让她把故事讲完，她和我的两位父亲的故事是在什么年代、怎样一种情形下发生的，后来自己又为这件事付出了怎样的代价。但在讲出这一切之前，她必须见一见她那个一生都记录在党的历史文献上的名义上的丈夫，和他说几句话。另外，她也想像在杭州从大秀阿姨家里拿到一张我生父的照片一样得到一张刘德文——文捷将军的照片，有了这张照片和我生父的照片，她就可以把她和这两个男人的故事对那些来采访她的年轻人说清楚了。

"这次可不像上次去杭州，只有我和我媳妇两个人为我娘保驾护航，这次我儿子和他媳妇，还有我的孙子孙女，我的女儿女婿和我的外孙子，我们一大家子十几口子，浩浩荡荡去了武汉。花费是我儿子女婿掏的，他们一个是工程师，一个是老板，都挣了些钱，说我们一大家人还没有一起出去旅游过一回呢，这回我们一起去帮老太太壮壮声威，再碰到上次去杭州那样的事我们要给他们好看。当然这是玩笑，我娘也高兴，说：'这样好，不只是我一个人，咱们一家子人都顶着刘德文也就是去世的文捷将军后人的名分活着，照理说也该都去他墓上和家里看一眼。即便他这辈子也有对不起我的地方，革命胜利了他和他的几任媳妇仍然将他娘交给我这个八竿子打不着的人养老送终，但那不全是他和他的媳妇们的错，犯错的人头一个是他的老娘，当然他和他的媳妇们也有份儿。不过活到这把年纪我早想开了，没有当年组织上安排我和他结婚这档子事，离开胶东后我连个立足之地都找不到啊。他不像你们的亲爷爷刘抗敌，该负的责任一点也没负，让我独自养大了儿子，是我自己来到沂蒙山做他这个没死的烈士的遗孀，照顾他的老娘，他真的什么也不欠我的。总之啥也别说了，他对我和他娘是有错，可对我和我们这一家子人也有恩，我们就去看他一眼，刘抗敌刘德文都姓刘，你们姓刘也没错，再说了我们这一家子人日后还要继续顶着刘德文这个刘一代代往后传，一起去他坟前给去世的人磕个头认门亲，假的就成了真的，不但不多余，反倒是件正经大事。他刘德文地下有灵，想他这样心胸豁达的老革命也不会反对的，再说他就是反对也没办法。'老太太说完了我们全家哈哈大笑，然后上车。现在的高铁真快，几小时后就到了武汉，住进一家五星级饭店。我娘一进去眼就花了，说：'谁要再说共产党这几年搞得不好我就不答应，搞得不好还有这么好的饭店？就是从这儿说，我当年当八路的村长干革命路还是走对了。'你问全家人什么反应？当然又是一阵哈哈哈。'老太太说得对，老太太是革命的老功臣。'老太太说：'你们还都甭想拿这些话糊弄我，我说得本来就对，我就是革命的老功臣，你们哪一个也比不上我！'"

"心存大哥你跑题了，我这会儿迫不及待地想听你讲后来发生的事情。"我说。

电话里嗡嗡响了一阵子，才又把刘心存大哥的话传到我耳朵里："这一次我不是主要人物，所有事务都交给了儿子和女婿打理。我们到的当天晚上他们俩就开始打电话联系。结果听到了一个晴天霹雳！"

"什么晴天霹雳？"我兴奋了，同样也不安起来。

"没有墓。"

"什么意思？"

"电话打到文捷将军家。他的儿女们告诉我们，想去给文捷将军扫墓是不可能的，文捷将军去世五年了，骨灰还在家里放着，根本没有下葬。"

"怎么回事？"我连呼吸都急促起来。

"刘德文……文捷将军一辈子娶过五个媳妇，最小的今年才三十七岁，没有生育，享受丈夫作为正兵团职离休干部去世后为家属保留的所有权益，却不愿意用老人过世后组织上给的抚恤金购买墓地，将丈夫的骨灰下葬。前面的四个媳妇都有儿女，为了父亲留下的一所政策性军产房，以及他们完全不知道有没有即便有数量是多少的存款，和这个最小的后妈连同他们兄弟姐妹之间打成了一锅粥，不但没人愿意拿钱为父亲买墓地让他入土为安，反而和最小的后妈打起了遗产官司。这样的官司当然很难赢，但他们也没有人会去执行法院判决，共同凑钱和他们的后妈一起让文捷将军的骨灰下葬。"

"真想不到。"我已经明白了，想起了一些类似的传闻。

"我娘听说这事后在她的房间里一直坐到凌晨1点。我和我媳妇儿子儿媳妇女儿女婿都担心起来，她老人家今年已经九十五岁，真正的风烛残年……我媳妇都哭了，从来没有对我口出过恶言的她一走出老太太的房间就埋怨我不该听我娘的话，带她出这么远的门，蹚这么深的一潭浑水。我也很后悔，回头就和儿女们一起劝老太太回临沂。我说：'娘啊，咱们是一家子，他们是一家子，咱们跟他们家真的是井水不犯河水，文捷叔叔的事真轮不到咱们管……武汉天气热，你要万一中了暑什么的，我就是后悔死也……'

"没想到我娘一句话就把我噎了回去。她说：'怎么就井水不犯河水？怎么就轮不到我管？他虽不是你亲爹，不是你们的亲爷爷，但他是个当年出生入死赫赫有名的抗日英雄呢！他不是我丈夫，可我顶着他的名头做了他一世的遗孀！有一天我要是死了，过到那边见到了罗荣桓司令、林月琴大姐，他们要问起我来，怎么刘德文的事你都没管？我不能这样。他们的孩子我可以不管，最小的这个媳妇也可以不管，但是他本人的事，我要管！'

"你知道老太太是个什么人，第二天一大早就带着我们一大家人浩浩荡荡地开到了刘德文——文捷将军的家。现在应当说是他的遗孀家了。没想到这位年轻的遗孀和将军前面四位夫人留下的五位同父异母的兄弟姐妹全在。一进门我就嗅到了火药味，他们看我们的眼神全是一副严阵以待随时打响战斗的意思。老太太什么阵仗没见过，进了客厅只朝这家所有的人扫一眼就全都明白了。那位年轻的遗孀还好，到底礼貌地说了一句，请老太太坐下。但马上一个看上去没念过什么书的老年男人——后来知道他是文捷将军的长子——就开始发威了。他问：'你这老太太是什么人，今天带着这么多人闯进我父亲留下的家里要做什么？'我怕老太太被气着，但看老太太的神情，一副心平气和的样子，一边听他虚张声势，一边示意我们家这一帮人少安毋躁。老大讲完了，第二位是个老年妇女——将军的长女，比那位遗孀的岁数还要大——也突然开了口，说：'我知道你这老太太是什么人，从小到大，我父亲和我母亲以及我的每一个后妈气氛紧张都因为你！我们家年年月月日日因为有了你的存在都像进入一级战备状态，家里的两位大人包括我们这些孩子最害怕的就是有一天你像今天这样带着一大家子人突然闯进来，声称自己是我爸在沂蒙山老家的女人，这些人是你在老家为他生的孩子和孩子的孩子。你是我们家永远的噩梦你知道吗？不是因为你，我爸和我亲妈也不会关系紧张到离婚，我爸再去和别人结婚，我爸更不会一次次结了离离了结不断地折腾我妈和我的每一位继母连同他自己。是的，是的，你替我爸尽了孝，我说的是为我奶奶养老送终，可你也顶着他的遗孀的名分享受了烈士遗属的抚恤。"文化大革命"中我和我哥哥一起去胶东调查过你，发现你根本没有和我爸结婚，你结婚的对象是一个叫刘抗敌的人，如果不是你解放后自己到了沂蒙山我爸老家自称是他的遗孀，控制了我奶奶，并且给那个老糊涂洗了脑，我们家后来的不幸都不会发生。现在我也老了，有些话可以告诉你了，"文革"中说你是假党员，你在东北战场上的经历都是假的，这些事情都是我干的，我要不是恨透你害惨了我们一家绝对不会这么干，我是要为我爸还有我亲妈报仇。你后来受了些苦，我今天本想为我当年的愚蠢道歉，但看到你还活得精精神神的，我爸我亲妈却都早早地过了世，我又气不打一处来了！你现在就走，马上走，不要让我说出更难听的话来。你要是不走就甭怪我们一家人对你和你们家的人不客气。我爸去世后我们一家子在武汉是落魄了，无权无势，可我们粗手大脚的男人女人还是有几十口子呢，一旦动起手你们不见得就能占到便宜。'

　　"她本来还要长江大河地说下去的，那位老大一忍再忍，终于忍不住，一声断喝截住她的话说：'你这是干什么？不让你这个疯子讲话你偏要讲，你不会说话一边儿待着去！'他回过头来看着我娘，说：'老太太你今天既然到了，有些话我就要讲了。有些账我们可以好好地算一算。从全国解放到今天，你一直顶着我爸遗孀的名分领受国家的抚恤，这笔钱算起来也不少了吧？可这不是你应得的，因为你根本不是我爸的遗孀，你是个骗子，所以我今天当着你的面先礼后兵，请你算好了把这笔钱还给我们。我爸去世后我们这一大家人的情况你都看到了，我下岗很早，退休金没多少，却要养活两个不成器的儿子和他们两家子人；刚才讲话的是我的大妹，她有精神病，男人不要她，现在一个人过，退休金连吃饭都成问题，另外她下面还有我三个同父异母的兄弟和妹子，他们今天听说你要来都到了，家家有本难念的经，所以你欠我们那笔钱要想着早点付给我们，我们可以拿出其中一部分让我爸下葬，再也不用和这个婊子打官司。这个婊子当年仗着年轻骗了我爸和她结婚，现在把我爸留下的房子和存款全都吞到肚子里，一分钱也不给我们。'这时那个一直冷笑地看着现场不说话的遗孀突然站起来，大声和他吵：'谁是婊子，你妈才是婊子呢！'说着就撕扯起来。这时我才发现男人真跟女人打架并不一定都能占到上风。我都还没缓过神来，那间不大的旧客厅里他们一家人就大打起来，三个女人加三个男人原来还不是只有两伙，居然是一人一伙，吓得我和我媳妇急忙去扶老太太，怕他们伤到了她。

"我娘就在这时站了起来，大喝一声：'都给我住手！'

"这一声把屋子里那一家人全镇住了！九十五岁的老太太的一声喊仍然那么有底气，这些人都回头看她，等她接下去会说出些什么。最让我惊奇的是我娘这时的表情并不像我想的那样愤怒，她一个个朝他们望过去，几乎和颜悦色地说：'孩子们，还有这位小妹妹，其实我一直想来，你们的父亲和丈夫去世时我就想来，可是……刚才那闺女说对了，我想我是他啥人呢？不过是一个顶着刘德文烈士遗孀的名头在他的故乡活了一辈子的人，一个和他无关的女人。另外你们刚才说我是自愿去为你们的奶奶养老送终，现在想想这话也没错，我就是自愿

的，和你们的父亲不相干，没有人逼我这么做。所以说无论是你们的父亲，还是你们今天在场的这些人，都不欠我什么。'

"那个长子——看样子不比我年纪小——这时松开了他的大妹，回头看着我娘，一点缝隙也没留，就把话头接过来了。他说：'既然你把话说到这里，下面的话就好说了。你说吧，你什么时候把你这么些年顶着我爸遗孀的名头骗走的本属于我们家的钱还给我们，总共有多少？我觉得你这会儿就该对我们有个答复！——我们家很困难，急着要花这笔钱！'

"我倒没什么，人活了一辈子，多无赖的人都见过，可我的儿子媳妇女儿女婿不干了，要冲他嚷嚷。老太太只举了一下手就把他们到了唇边的话全堵了回去。她仍旧心平气和地看着那一家子人，对长子和那个年轻的遗孀说：'这笔钱我算过了，总共不到十万。我这趟都带来了。'

"长子立即就叫起来，他不相信只有十万块钱。

"'怎么就这么一点钱？这不可能，你骗我们！'

"那位遗孀好像也想跟着说点什么，但嘴唇动了动，放弃了。

"'我今年九十五岁，我这么大年纪的一个要死的人，不会对你这样的孩子撒谎。真的只有不到十万块钱。但是，你刚才的话我不能同意。这个钱我是带来了，但它不是你的，也不是这间屋子里你们每一个人的！'我娘说。

"我意识到长子要疯，但最先喊出来的却是那个被长子认为'有精神病'的长女，她用一种极夸张的歇斯底里的声音喊道：'怎么不是我们的？就是我们的！——是我们的！'

"我娘这一天从头到尾都显得那么耐心，一直等到这女人不再叫喊才接着说：'因为这笔钱是给刘德文烈士的遗孀的，不是给你们的，虽然那时刘德文同志没死，但活着的他已经不叫这个名字，他成了文捷将军，就是你们的父亲。你们现在谁还姓刘，举一下手，如果有人姓刘，这笔钱就有他的份儿！'

"没有人举手。他们只能面面相觑。当年为了保守秘密，文捷将军不但不让他的孩子知道这件事，还让他们都跟自己姓了文。

"'没有吗？没有我就要往下说了。'

"长女这时又喊：'即便姓文，我们也是他——刘德文烈士的孩子！'

"我娘盯着她的眼睛看，一字一句道：'再说一遍，刘德文不是烈士。如果他是烈士，就没有你们这些孩子；如果有你们这些孩子，他就不是，我也就不该以他遗孀的名义接受这笔抚恤金，你们当然更没有资格享受它……是这个道理吗？'

"那个长女嘴唇还在哆嗦，但说不出话来了。

"'但今天刘德文同志去世了。因为他的遗产，以及别的我听到和没听到的原因——我也不想再听到。你们让他的骨灰至今不能下葬，我想用这笔钱让他入土为安。有没有人有不同意见？'

"'我没有！'那个一直不说话，却在全神贯注地看着发生的一切的年轻遗孀突然开口，第一个表了态。

"长子勃然大怒——其实不能说他刚开始大怒，他早就大怒了，但这一刻他的脸色变得那么迅速和猛烈，仿佛全身的血一下都涌到脸上和眼睛里来了，整个人要爆炸……他都站不稳了，大吼道：'我不同意！这笔钱……这笔钱还是应当由我们大家来分！'

"我娘这时看了我一眼……多年来我代表我娘参加她三十七团老战友的葬礼，像文捷将军这样级别的干部去世后组织上的优抚政策我还是知道的。我娘的眼神让我明白我该出场了！

"我扶我娘重新坐下，向前走了一步，一个个看这个家里所有的人，慢慢地对他们说：'有句话我倒想问一下这位……啊，文捷将军是我的叔叔，我称呼你一声阿姨吧——'

"年轻的遗孀马上跳起来，急急道：'别……我比你年纪还小呢，你有什么话就说，我叫赵萍，你可以叫我的名字。'

"'那好，因为你是文捷叔叔的夫人，所以我想代表我娘问

你一句话，你可以回答，也可以不回答。'

"'你说吧，我听着呢。'年轻的女人说完又坐下去了。

"'据我所知，像文捷叔叔这样级别的干部，又是著名的抗日英雄，他去世后组织上都会有一笔抚恤金发放给家属，用于他的安葬。这笔钱在哪里？'

"那个女人又马上站起来了，目光迅速扫过包括长子在内的文家五兄妹，说：'你问问他们……老文去世当天他们就一起把那笔钱领走了，谎称是我同意的。我没同意。现在这笔钱他们已经分了，两个大的分得最多……让他们把这笔钱吐出来，老文就能下葬！'

"刚刚安静了一小会儿的五兄妹顿时又炸了锅一样喊起来，冲遗孀叫骂，相互间瞪眼，有的还要动手，一时间我都听不清楚他们在喊些什么了！

"'你撒谎！''我领的是我该得的那一份！''那笔钱也是遗产，不能全便宜了你这个狐狸精！'……

"我娘用力站起来，刚才的心平气和全都消失，脸都涨红了。她老人家勃然大怒：'够了！都给我住口！——你这个小赵，你叫赵萍是不是？你虽然年轻，但既然做了文捷的夫人，就是他们的长辈！你怎么能——'

"所有的人都不再叫喊了，我都想不到一个九十五岁的老人这一声喊还有这么大的震慑力……年轻女人看了我娘一眼，眼泪忽然顺着苍白的脸颊流下来，委屈地喊：'大姐，我叫你一声大姐，可以吗……我是他们的长辈……我算是什么长辈……他们的父亲活着的时候他们不尊重我，也就罢了，但他们连老文也不尊重……老文最后为什么下决心娶我，就是因为他们让他的晚年一天安生日子也过不成！'

"五兄妹同时喊起来：'你血口喷人！''你这个狐狸精，把我父亲的存款和这座房子还给我们！''我们得的是我父亲的遗产！不是你的！'

"我回头看我娘，顺带扫了我们一家人一眼，发现老太太已经恢复了平静，儿子媳妇女儿女婿也都完全放松了，都在望着这一家人冷笑。我知道事情到了解决的时刻，低头对老人家说：'娘，无论您有什么打算，我们全家人都支持您。您说吧！'

"我和媳妇把她老人家重新扶起来。那一家子人也意识到最后的时刻到了，不吵了，全都回头望向了老太太。刚才被五兄妹围攻的年轻女人抹了一把泪，也站直了看着我娘。我娘说：'怎么，这就不打了？自从新中国成立，在沂蒙山你们老家打完山匪我就没上过战场，看见这么激烈的战斗……再问一句，还打不打了？'

"五兄妹彼此相视一眼，就连长子和那位年轻的遗孀之间也有了一次对视，但马上又分开，回头望着我娘，不知为什么目光中都透出了某种惊恐。没有人回答。

"'没人说话，那就是不打了。好。不打了我就要宣布了，我决定将那笔我曾经以刘德文烈士遗孀名义享受的、不足十万块钱的抚恤金，补足十万，全部用于安葬刘德文烈士。但是这笔钱我不能交到你们手里，事情由我安排人去做，但你们要配合，不能再横生枝节……只要你们中间有一个人捣乱，这件事我就不做了！'

"我的儿子和女婿——已经是两个中年男人了，个个虎背熊腰——一直站在老人家后面，小心地护卫着我娘，这时相互看一眼，女婿先说：'哥，这事儿我们来做吧！'

"儿子点点头，朝前走一步，对我娘说：'奶奶，这事交给我们……我是工程师，可以做设计，我妹夫搞工程，把墓建起来。您老人家只要点一个头，这事儿就齐活了！'

"我娘又把目光一个个扫过那一家人，说了一番话：

"'你们中间一定还有人不服气……可能还会有人在心里想，你拿钱可以，建墓怎么能轮得上你们……那好，我告诉你们我为什么有这样的权利。

"'我信不过你们。

"'要是你们觉得丢脸，我可以不说出去，一开始我就没打算说出去。但若是你们中间有人不听话……这些年我见得多了，德高望重的老革命死了，家里的孩子不争气，拦着不让下葬，甚至把安葬费都分了，然后拿这个事由向组织上闹了一次又一次，给多少钱花掉多少，花光了再闹……这个在我这里不灵……你们花光了文捷将军的安葬费，我不会再找你们讨要，但你们也要记住我下面的话，照着做，不然我不会客气的！

"'我最后要说的话是，我才是刘德文将军的夫人，一辈子都是。你们可能要说，凭什么？就凭一件事，文捷将军是不是抗战时期驰骋在山东战场的大英雄刘德文副团长？如果不是，那我什么话都不说，但如果他是，那我就要告诉你们，他欺骗了组织，更欺骗了我一辈子，我一生都以他的遗孀的身份活在他的故乡，他却对我隐瞒了自己仍然活着的事实，一次次重婚再娶，和你们的母亲生下你们这些孩子。所以，我要向组织上正式打报告，要求追究你们的父亲一次次重婚的责任，判处他和你们的母亲的婚姻全部无效，而你们这些孩子将成为非婚生子女，我还要以真正的刘德文——文捷将军——夫人的身份，要求你们返还他的安葬费和现在你们分掉的抚恤金，包括这座房子，因为在我成为他的夫人后，他所有的婚姻都是无效的，只有我一个人在他去世后有权以夫人的身份享有组织上给予的抚恤和以后的一切优抚权益。

　　"'我希望你们不要再闹，那样的话我会将这桩秘密一直带进棺材里去。我还会留下遗嘱，让我的子孙谁也不能讲出这个秘密。孩子们……无论如何，我还是要喊你们一声孩子们……我这么做只有一个目的，我，一个仍然在世的胶东抗日老战士，是在代表所有已经去世的老战友安葬一位当年在战场上英勇杀敌、名冠一时的大英雄，他在中华民族最危险的关头挺身而出，抛家舍业，无所畏惧，视死如归，他的一生无愧于这个国家、这块土地，无愧于自己的先辈和后人。这样一位大英雄不只是你的丈夫和你们的父亲那么简单，对我来说，能够为安葬这样一位当年的抗日英雄、我年轻时崇拜的偶像、我的同志和战友出一份力，是我至死都会为之骄傲的荣誉和荣幸！'

　　"我娘说完转身对我们说，咱们走！"

　　"后来呢？"我急切地追问道。

　　"没有后来。事实上，那天上午我们离开后，那位年轻的遗孀晚上就一个人找到宾馆，单独和我娘进行了一次秘密谈话。她说出的一个秘密，让我娘差点进了医院。"

　　"怎么回事！"

　　"这位遗孀说，文捷将军一生结了五次婚，结了又离离了又结的真正原因，居然是因为我娘。"

"什么?!"

"那天都到午夜了，她才一个人偷偷找到我们住的酒店，敲开了我娘的房间。她说她只想来告诉我娘一句话……文捷将军临终把话只留给了她一个人，让她有机会转达给我娘。"

"那是一句什么话?"

"活到生命的尽头，回顾一生，他说他最恨的是自己做错了一件事：当初不该因为我娘和我生父刘抗敌团长结错了婚，生出我这么个儿子，没有听我奶奶的话，拒绝接受我们母子……他认为他的一生都受到了诅咒，因为一辈子不能在自己的亲娘面前尽孝，却把这份责任交给了一个因为他的拒绝在他的家乡受了一辈子苦的女人——这个女人还是一位抗日和东北解放战场上的女英雄——就是我娘，他一辈子都被沉重的负罪感压迫着，何况后来他还听说了，他的儿女们在'文革'中恩将仇报，差点把我娘害死。

"最让我震惊的不仅这些，还有那位年轻遗孀最后告诉我娘的一句话：文捷将军去世前，不知为什么居然能未卜先知地对她说，将来一定还是我娘来这里为他办理后事!"

"真的? 这太难以置信了!"我叫起来。

"文捷将军——当年胶东军区老十团的副团长，了不起的抗日英雄，弥留之际一直泪流不止，反复念叨一句话：'为什么没有来世?'那位年轻的遗孀还告诉我娘,文捷老将军最后愿意娶她的原因到了今天她才明白:儿女们都不理解他,他想找一个外人进这个家,对她留下自己最后的遗言,然后让这个外人在适当的时候把它传达给他一生都在想念并满怀愧疚的女人。年轻遗孀就是这位他要找的外人。这位遗孀说他真是有先见之明,到底是做过大事的人。我娘来了,虽然已经迟到了五年,但他的目的和心愿还是达成了。他在死后仍然表达出了对我娘的愧疚和他一生的所有痛苦。还有,最后为他安葬的人真的是我娘。"

2

"故事到了这里应当结束了。不,还没有。"

"因为没有白马。"

"是的,会有白马的。你继续读下去好了。"

为了整理我的老首长千秋将军生前的著述,一段时间里,我通过刘心存大哥和赵秀英老人在胶东抗日战场和东北解放战争中并肩战斗过的一些老英雄的后人以及研究人员建立了资料共享关系。一天，我在我的邮箱里看到了一位刘抗敌老将军生前事迹研究者发来的邮件，这是一篇他刚刚完成的文章，想在发表前让我过一下目。我正在忙，他的事又似乎很急，于是就漫不经心地看下去，其中一段文字不经意间让我激动得跳了起来！

　　刘抗敌将军一生爱马。1941年在五台山抗日根据地和他的老首长聂荣臻将军分别，直到1949年初东野奉命入关，将军才在平津战役前线指挥部见到聂司令。转眼就是八年，他却没有忘记当时对聂司令许下的诺言。刘将军此时已是东野某主力师的师长，他的部队在辽沈战役和平津战役所向披靡，声名远播，他自己也成了两大战场上的风云人物。听说聂司令就住在隔壁村里，部队刚驻扎下他立即就带着自己长年骑的一匹有汗血宝马血统的白马和来自胶东抗日前线的年轻妻子及两个孩子一同去见老首长。

　　被参谋领进房间时，刘将军才发现罗荣桓政委也在，三个人见面后大笑，罗政委抗战时期在山东军区当过司令，还是刘将军的直接上级，于是聂司令看了刘将军一眼，开了刘将军一个玩笑。他说："在这个屋子里我倒是个外人了，你是来看我的还是来见你现在的上级？"刘将军当时就立正说："罗政委我时常见，隔三岔五被他们训一顿那是家常便饭，倒是这些年来想请您训我一顿不那么容易，所以今天我带着老婆孩子是专门来看首长您的。"聂司令哼了一声看他道："你现在是东野的人，主力师师长都当上了，还娶了这么年轻漂亮的媳妇，生了这么可爱的两个孩子。不对，看样子是三个。你刘抗敌打了这么多年仗队伍不见减员反而扩编了！"刘将军和他的夫人就笑，所有人也跟着笑。聂司令又说："我还听说你这位夫人不简单，你们新婚之夜鬼子突然进村，她和另一位女干部及时拉出了一门炮，对着村口就轰了一炮，把鬼子轰了出去，你才有时间逃出村子，捡了一条命。"他没等刘将军介绍就和将军的夫人握手，说："你叫赵秀英，对不对？我可是知道你，你是胶东根据地有名的女村长和支前队队长，你的名气可大了，没想到让刘抗敌这小子中了头彩。"几位首长看着将军的夫人和她的两个孩子（她肚子里还怀着老三），夫人的脸一下就红了，但她还是大着胆子纠正了聂司令的错误，说："首长你记错了，我不叫赵秀英，我叫赵大秀，那天拂晓也不是我而是我们村长赵秀英大姐先把炮抱出来，我只是帮她架好了炮，填上了火药铁砂，是我们俩，不，主要还是她，打了那一炮。"聂司令当时就对刘将军说："原来是这样。刘抗敌你娶了一个好媳妇，她不像有些人革命成功了总把功劳算到自己账上，忘掉了一起流血牺牲的战友。"聂司令话题一转又对罗政委说："东野现在富得流油，刘抗敌来见我总不会没点儿见面礼吧？"罗政委就笑了笑，问刘将军："你给聂司令带了什么见面礼呀？"刘将军立马想起来了，又一个立正说："有！1941 年聂司令离开五台山时亲口交代我，要养好他那匹名叫'飘雪'的白马，八年了我一直没敢忘，今天我把白马给首长送回来了！"罗、聂两位首长当时都有点吃惊，一起出门去看那匹白马。果然是一匹好马，罗政委甚至背了一篇古文：

骥不称力，马以龙名。岂不以国尚威容，军骈趫迅而已？实有腾光吐图，畴德瑞圣之符焉。是以语崇其灵，世荣其至……秘宝盈于玉府，文驷列乎华厩……服御顺志，驰骤合度……泰阶之平可升，兴王之轨可接……汉道亨而天骥呈才，魏德楙而泽马效质。伊逸伦之妙足，自前代而间出。并荣光于瑞典，登郊歌乎司律……徒观其附筋树骨，垂梢植发。双瞳夹镜，两

权协月；异体峰生，殊相逸发。超摅绝夫尘辙，驱鹜
迅于灭没。简伟塞门，献状绛阙。旦刷幽燕，昼秣荆
越……欻耸擢以鸿惊，时濩略而龙矫。弭雄姿以奉引，
婉柔心而待御……

　　如果不是聂司令打断了他，罗政委还会一直背下去。
刘将军后来对人说："我都听呆了，我文化程度不高，听不
懂罗政委背的每一个句子，但我知道这位首长是在用古人
的话夸赞这匹我要还给聂司令的白马……聂司令就看着我
说：'你的这位首长背的是南北朝时期一位叫颜延之的文学
家写的文章，篇名是《赭白马赋》。'他又看着罗政委说：
'这是一匹白马，不是赭白马，你欺负我的人不读书。他现
在就是你的部下了也还是我的兵，他念旧情给我送回一匹
这么好的马，你倒背起了颜延之的文章，你什么意思呀？'
罗政委就说：'什么意思你还听不出来？这匹马不能归你，
应当送给毛主席或者总司令，只有他们俩中的一位才配得
上骑这匹白马。'聂司令回头就对刘将军说：'你瞧你又给
我惹祸了不是？这么好的马我又骑不上了，好吧，一事不
烦二主，毛主席和朱总司令马上就要进京，等入城式完成，
你直接把马给他们送去。我觉得毛主席不会要这匹马，他

会让给总司令。总司令戎马一生，爱马懂马，送给他这匹马就享福了。就这样吧，你可以走了。'"

刘将军所在纵队那时已经整编成了军，参加完北平和平解放的大军入城式，刘将军照着聂司令的指示把白马送到了香山，毛主席果然将这匹马让给了总司令。几个月后大军南下，总司令来这个军做动员，说："这么好的马我留下做什么，应当让它上战场杀敌立功。"他让人将白马牵回去交给罗、聂首长，两个人面对面看了看，罗政委就对聂司令说："还是把马还给刘抗敌吧，就说马是总司令送给他的，要他骑上它下江南多打胜仗，解放全中国！"于是这匹白马转了一个大圈子又回到了将军麾下。刘将军骑着这匹白马，肩负着毛主席、朱总司令和罗、聂首长的期望离开北平南下，后来他率领自己的主力师所向披靡，一直打到天涯海角，成了名噪一时的战斗英雄。

那匹白马并没有一直和将军在一起。像1941年聂司令离开五台山时一样，部队渡黄河南下时遇上了多年不遇的洪水，为避免白马上船后受惊造成事故，不得不把它和部队里所有的骑马和驮马一起留在了北岸。

刘抗敌将军直到生命结束之日，都没有忘记这匹白马。将军直到弥留时仍在呼唤它。在将军的晚年，笔者有幸多次聆听他讲述战争年代尤其是在胶东抗日战场的经历，其中就有一匹白马和一名英勇的抗日女村长将他从死亡边缘救出来的故事。不过笔者一直有一个疑惑：在他至死都忘不了的、在黄河北岸的暮色中离开他远去的白马的光影中，他终生都在思念的到底是一匹白马，还是一位他从来都没有对别人包括儿女说出来的抗日女村长？

　　将军去世后，在整理他的遗物的过程中，我越发相信自己的猜测并非没有道理。有一个传说是：他在和自己的夫人（将军的夫人也是一位有故事的胶东抗日女英雄）在东北战场上成亲之前，曾在胶东根据地和一位抗日女英雄有过一次婚姻，他们之间仅有过一个短暂的新婚之夜，这位抗日根据地的女英雄就从将军的生命中消失了。笔者一直在想，她有可能就是那个和一匹白马有关的、救了他一命的抗日女村长。这位女英雄在当天拂晓救了将军之后就在和大批冲进村子的鬼子的战斗中牺牲了。

　　将军一生忘不了白马，极有可能是对这位自己永远忘不了的、连姓名也没有留下的妻子和女英雄的深情怀念。

　　…………

我用了很长时间思考，要不要把这篇文章转给刘心存老人。赵秀英老英雄已经九十六岁了，我担心看到这篇文章后她的生命还能不能经受住内心的惊涛乍起和骇浪翻滚。毕竟，自从当年那个新婚之夜过后，赵秀英老人——也包括我和刘心存大哥——都没有从刘抗敌老英雄本人那里得到过任何和这件事相关的回忆信息。

第二天我就在家里接待了一名刚从某大学历史系毕业的女记者。落座后她开门见山地告诉我，他是刘德文——文捷将军的孙女。

"我怎么称呼你呢？"姑娘是个急性子，一开口就这么冲我问道，"论年龄，我该叫你爷爷了……我知道你一直都在搜寻我奶奶和我爷爷胶东抗日时期的经历，当然不只这一个时期，还有我奶奶东北解放战争时期的经历。"

"对不起，我打断一下。你刚才说什么？你奶奶……和你爷爷？"

"啊，瞧我，没早点把话说清楚。我说我奶奶，是指赵秀英老人。我爷爷你知道，本名刘德文，离开胶东后改名文捷，1955年授的开国少将。"

"可是姑娘，我不明白……难道你们家……包括你父母……"

小姑娘再次不等我把话说完，就打断了我："不要管我父母和我的姑姑叔叔。我们这一代人都把赵秀英老人认为是我们的亲人，首先她是一位抗日英雄，一位参加了东北解放战争的老战士，其次她是我们的奶奶，至少是我们家几位奶奶中的一位，并且在我们心中是最受尊敬的一位。"

"所以呢?"

"我从内心深处认为她才是我的亲奶奶，我和我们家这一代人都是她的孙子孙女。"

"太好了，我真高兴!"我真的很高兴，不，是内心中洪波一般涌起的感动。

"战争年代照一张相可不是容易的事，就连我爷爷，抗战时期就是副团长、团长，解放战争时期早早地当了师长，全国解放时已经是军长了，也没留下几张战争年代的照片，但他却独独地为一匹白马照了一张相。"

我吓了一跳，"为一匹白马……我能看看这张照片吗?"

姑娘取出了照片，这是她在整理她爷爷的书房时发现的。

我看到了照片上的白马，想起了我的老首长千秋将军去世前仍在喃喃吟诵的古人沈约的《白马篇》:

　　　　白马紫金鞍，停镳过上兰。

　　　　寄言狭斜子，讵知陇道难。

赤坂途三折，龙堆路九盘。

冰生肌里冷，风起骨中寒。

功名志所急，日暮不遑餐。

长驱入右地，轻举出楼兰。

直去已垂涕，宁可望长安。

匪期定远封，无羡轻车官。

唯见恩义重，岂觉衣裳单。

本持躯命答，幸遇身名完。

又想起罗政委当年没有吟诵完的颜延之的《赭白马赋》：

……分驰迥场，角壮永埒。别辈越群，绚练夐绝。捷趫夫之敏手，促华鼓之繁节。经玄蹄而雹散，历素支而冰裂。膺门沫赭，汗沟走血。踠迹回唐，畜怒未泄。乾心降而微怡，都人仰而朋悦。妍变之态既毕，凌遽之气方属：局镳辔之牵制，隘通都之圈束。眷西极而骧首，望朔云而蹀足。将使紫燕骈衡，绿蛇卫毂，纤骊接趾，秀骐齐丁。觐王母于昆墟，要帝台于宣岳。跨中州之辙迹，穷神行之轨躅。

………………

乱曰：惟德动天，神物仪兮。于时驵骏，充阶街兮。

禀灵月驷，祖云螭兮。雄志倜傥，精权奇兮。既刚且淑，
服靯羁兮。效足中黄，殉驱驰兮。愿终惠养，荫本枝兮。
竟先朝露，长委离兮。

　　我久久地望着这张照片，照片上的白马，不知为什么，觉
得它一定就是当年聂帅离开五台山时留给刘抗敌将军的那匹
"飘雪"，是刘抗敌将军当年骑着冒雪赶往昆嵛山根据地边缘的
小村子赵家墕和赵秀英老人成婚的那匹"飘雪二郎"，更是他
1949年夏初离开北平南下在黄河边上放归的那匹送给朱总司令
又被总司令经罗、聂首长之手还给他的白马。当然，也是欧阳
政委在东北战场上骑着穿越纷飞的弹雨奋勇杀敌，直到牺牲后
被姜大伟团长带走换回一门山炮的那匹白马。

　　"你老人家能告诉我这匹白马在我爷爷心中的意义吗?"

　　我内心里的波涛正在撞击礁石，发出天崩地裂的声响。我
说:"我大胆地说一句……你爷爷也许知道你奶奶经历过什么故
事，比方说你奶奶一直惦记着一匹叫'飘雪二郎'的白马……
你爷爷一辈子都没有走出他一直想走出的那一步，但是他的
心……早就走过了那一步，并且，手里牵着一匹白马。"

　　"我没听懂。"

　　"我不知道有没有时间把这个故事写下来……万一将来你

读到这个故事，也许就会明白。其实我也刚刚明白这张照片对你爷爷的意义。"我对姑娘说。

3

去年和今年——2019年和2020年，在我的写作生涯中发生了不少意外，其中最大一个意外就是我突然有时间写完了这个故事。

真的写完了吗？

没有。因为赵秀英老人还在，别人的故事完了，她的故事还没完，还在继续。

不久前的一个黎明，已经知道我醒得很早，于是不时会在这个时间打电话过来的刘心存大哥又拨通了我的手机，说："朱作家，有件事我想告诉你。"

"心存大哥请讲。"

"我娘昨晚上睡得很早，半夜就醒了，对我说她做了一个梦……"

"梦?"

"她说他们等她等得太久了，不想等了，就一起走了……我和我老伴哄了她老人家半夜，这才好了，刚刚睡下。我们两口子却睡不着了。"

"…………"

"姜大伟叔叔、温书瑞叔叔、刘德全叔叔、千秋叔叔、任鹏举叔叔……还有，我生父刘抗敌团长，我档案上的父亲刘德文副团长，还有欧阳政委……他们都一直在等她，每个人都骑着一匹白马，像是在东北长白山的林子边缘……可是，他们没等到她，就一起掉转马头走了……像是把她忘记了，丢下了她，越走越远，没有一个人回头……她渐渐地看不见他们了……她就是这个时候醒过来，哭了半夜，说：'我为什么还要活着呀？他们为什么不等着我？他们把我忘了……人为什么一定要活到一百岁？我心里的人全都骑着白马……全都骑着白马走了……我不要再活了……'

"我和我媳妇就劝她老人家，孩子们也被惊动，都跑回了家……可是她不去医院，她老是说一句话：'我不要活到一百岁……干吗要我活到一百岁呀……再过三年我就一百岁了，我不愿意……再过三年他们就走得更远了……我再也追不上他们了……这可怎么办呀……'

"朱作家，我是找你求教来了……你有没有办法，让我娘不再这么伤心……不再相信梦里的景象……我前不久带她去医院检查过，她身体挺好的，除了有一点点早搏，啥病都没有……再活三年她就能活到一百岁……我们一家子，还有我生父一家、文捷将军一家，都希望她能活到一百岁……她要是一直这么伤心，我们家的日子可怎么过下去呢……"

我脑袋里电光石火一闪，说："心存大哥，你就告诉她老人家，他们没走，他们只是到林子里待一会儿……我这里有一张白马的照片，就一匹白马，没有人，是刘德文——文捷将军留下的。文将军的孙女把它送给了我，我现在就发过去。你找人把它打印出来，拿给老太太瞅一眼……你就对她说，他们为她留下了一匹白马……等着她骑上它赶过去呢，但不是今天，是在她百年之后！"

"真的有这样一张照片？太好了……你快把它发过来，我马上让孙子去打出来，给我娘看一眼……啊，这么快……我收到了，真是一匹好白马……和我生父刘抗敌将军的'飘雪二郎'一个模子刻出来似的……对了朱作家，我也告诉你一件事，前些日子欧阳政委的家人也给我娘寄来了一张欧阳政委在东北战场上骑白马的照片。我娘看到这张照片，人就有了精神……这匹白马和欧阳政委的白马也是那么像……还有千秋叔叔，他也有一张骑白马的照片……加上文捷将军为我娘留下的这张，我娘的身体和精神一定会恢复过来……你说得对，他们……她的老战友们，是不会丢下她一个人离开的……因为他们，早就为她留下了一匹白马……"

2019年8月4日，北戴河一稿
2020年6月18日，海南澄迈二稿
2020年8月23日，北戴河三稿

图书在版编目 (CIP) 数据

远去的白马 / 朱秀海著. -- 北京：北京十月文艺
出版社，2021.2
ISBN 978-7-5302-2082-5

Ⅰ.①远… Ⅱ.①朱… Ⅲ.①长篇小说—中国—当代

Ⅳ.①I247.5

中国版本图书馆 CIP 数据核字 (2020) 第 197618 号

远去的白马
YUANQU DE BAIMA
朱秀海　著

出　　版　北 京 出 版 集 团
　　　　　北京十月文艺出版社
地　　址　北京北三环中路6号
邮　　编　100120
网　　址　www.bph.com.cn
发　　行　新经典发行有限公司
　　　　　电话（010）68423599
经　　销　新华书店
印　　刷　北京盛通印刷股份有限公司
版　　次　2021年2月第1版
　　　　　2022年5月第4次印刷
开　　本　880毫米×1230毫米　1/32
印　　张　18.25
字　　数　320千字
书　　号　ISBN 978-7-5302-2082-5
定　　价　72.00元
质量监督电话　010-58572393
如有印装质量问题，由本社负责调换。

版权所有，未经书面许可，不得转载、复制、翻印，违者必究。